エリザベス・ボウエンを読む

エリザベス・ボウエン研究会 編

音羽書房鶴見書店

エリザベス・ボウエン
(Elizabeth Bowen, 1899–1973)

目次

凡例

・本書で使用したエリザベス・ボウエンのテクストの版は全体としてとくに統一しなかった。各執筆者が使用したテクストについては各章末の注に記載した。
・本文中で人名や地名、作品名などには適宜原語を併記したが、執筆者によって記載するかしないかの原則が異なることがある。生没年の記載についても同様である。
・本文中で注をつけた個所は（ ）つき数字で示し、その内容説明は章末にまとめた。
・書名、雑誌名の邦訳題は『 』に入れ、論文、短編小説、詩編などの邦訳題は「 」に入れて示した。
・引用箇所の示し方は全体的に統一した。同じ作品からの引用箇所はできるだけ本文中の引用箇所の最後に頁数を（ ）に入れて示した。
・使用テクストや版が異なることによって表現・表記に不統一が生じた場合は、執筆者の記述を尊重し、そのままにした。
・人名、地名、書名などの表記はできるだけ統一した。
・常用漢字外の漢字は平仮名にするかルビを振って読みやすくした。
・各章で使用した参考文献は巻末にまとめて収載した。

序章　エリザベス・ボウエンの二十世紀
二つの祖国を超えて
――戦争とフィクションのコンポジション――

太田　良子

アングロ・アイリッシュとエリザベス・ボウエン

エリザベス・ボウエン (Elizabeth Bowen, 1899–1973) は一八九九年六月七日、ダブリン市ハーバート・プレイス十五番地で生まれた。父ヘンリー・ボウエンと母フローレンス・コリーの結婚九年目で生まれた一人娘である。両親は男児を予想して、一族伝来の男子名、ヘンリーまたはロバートを用意していたところに、生まれたのが女児とあって、これも一族の女子名から、エリザベス・ドロシアと名付けた。男児でなかったことで失望するような両親ではなく、童女はエリザベスの愛称「ビタ」(Bitha) で呼ばれ、父母はもとより大勢いる叔父や伯母や従兄妹に愛されて育った。後年ボウエンは、とくに母に愛された少女期について、「人生を最高の形で出発できた」と回顧している。ときにＢＢとある彼女のサインは、この愛称の故である。だがこの男児／女児のジェンダーの変異は、「予定されていた男子の居場所を奪いとった感覚として残り、転位して境界線上に置かれたという意識と連動して、彼女の全生涯に影響しただろう」とするのがノリーン・ドゥーディ (Noreen Doody) の見解である。(1)

ボウエン家は、ウェールズ在の名家に始まる一族で、清教徒だったわけではないが、一六四八年のクロムウェル (Oliver Cromwell, 1590–1638) によるアイルランド侵攻に、血気盛んな息子の一人ヘンリー・ボウエンが従軍してボウエン大佐となり、戦功をクロムウェル本人に認められ、アイルランドの南のコーク州のキルドラリー (Kildorrery) に所領を与えられた。その土地はアイリッシュのクシン一族の所領だったもの、クシン家はカトリックとあって、クシン家の娘エリスがプロテスタントのヘンリー・ボウエンと結婚して和解することは不可能だった。

クロムウェルの時代にアイルランドに入ったイングランド人はアングロ・アイリッシュ (Anglo-Irish) と言われ、その後三百年にわたりイングランドの植民地だったアイルランドを支配するアセンダンシー (Ascendancy) の時代を築く。すなわち一握りのイングランド・プロテスタントが大多数のカトリック・アイルランドを支配する時代が続く。ボウエン家は開祖ヘンリー一世から数えてヘンリー三世が当主になっていた一七七五年に、ボウエンズ・コート (Bowen's Court) を十年余りの歳月ののちに完成させた。これが「ビッグ・ハウス」(Big House) と呼ばれるアセンダンシー文化を象徴する建造物で、イングランドのカントリー・ハウスに相当する。ただしビッグ・ハウスはアイリッシュから見れば、支配者の不正と特権意識の象徴にほかならず、アイルランド独立戦争ではアイルランド共和軍 (IRA) の攻撃対象となった。「一九二一年十二月六日から一九二三年三月二十二日の間に、百九十二軒のビッグ・ハウスが焼夷弾を浴びて焼失した」という記録がある。アイルランドのビッグ・ハウスとイングランドのカントリー・ハウスは異質のもので、名称も区別されている。[2]

翻って、一八四七年にアイルランド全土で最悪の危機に陥った「大飢饉」(the Great Famine) に際しては、ボウエンの曾祖母のイライザ・ウェイドが近隣の村民に大量のスープの炊き出しをした。しかしボウエンズ・コートにたどり着く前に飢え死にした人も多数あった。死体は穴を掘って埋めるしかなかった。イライザ・ウェイドの善意は疑いもないが、飢餓の絶望的な実態に比して、その判断は極めて甘く不十分だった。アイルランドにおける価値観には両面があることを示す一例であろう。アングロ・アイリッシュと周囲のアイリッシュ・アイリッシュが抱えている矛盾や軋轢《あつれき》を、詮議立てしないで長く生きてきた祖先の知恵、それは「物事の蓋《ふた》はとらない」という生き方だった。ボウエン自身、父母の姿勢からそれを学んでいた。蓋はとらない、口は出さない、見て見ぬふりをする。これはのちに長編小説『最後の九月』(*The Last September*, 1929) や『パリの家』(*The House in Paris*, 1935) で世間知に富んだ女たちが利用し、若い世代に干渉し、ストーリーを岐路に導く。

アイルランドからイングランドへ

ボウエン一族の系図で言うとヘンリー六世にあたるエリザベスの父ヘンリーは、一族で初めてトリニティ・カレッジに学んで法廷弁護士の資格を取り、ダブリンでその仕事に当たっていた。そこで一家は毎年五月末には一家でボウエンズ・コートへ、十月初めになるとダブリンに戻るダブルライフを送った。イングランドとアイルランドは二つながらにボウエンの祖国である。一家はダブリンのセント・スティーヴンズ教会の日曜礼拝を欠かさず、一九〇〇年代、教会はプロテスタント信徒であふれていた。エリザベスはカトリック教徒の国の、極めて少数派の人間なのだという意識は持たないで育ったといえる。ダブリンではバレエ教室に通い、あまり上達せず、夏休みはアイルランドで大勢の叔父・伯母や従兄妹たちと楽しい時間を過ごした。あのワーテルローの戦いで対仏戦争を終わらせたウェリントン公爵 (Duke of Wellington, 1769–1852) はボウエンの母方の親戚である。ボウエンズ・コートの玄関ホールには彼の胸像が置かれていた。

ダブリンとボウエンズ・コートの二重生活は、エリザベスが七歳になった時に打ち切られる。父ヘンリーの心気症が悪化し、時には暴力行為も見られたため、母と娘はアイルランドを離れ、ケント州にいた母方の親戚を頼って渡英したからである。ダブリンを発つ夜の馬車は、幼い心に逃避行の不安またはスリルとなって残ったかもしれない。

文字の早すぎる習得が、幼いエリザベスの頭脳に父方の遺伝に疑われる神経症を誘発するのでは、という母親の恐れから、エリザベスは幼少期、母や家庭教師が読む物語を聞いて育った。そして、気候も温暖なケント州で、お金がないときは家庭教師も置かず、母と二人、いっそうこまやかな親密な母娘の関係が築かれる。のちにボウエンの代表作となる小説『心の死』(*The Death of the Heart*, 1938) で、父亡きあと、ポーシャと母アイリーンがスイスの季節外れで低料金のホテルで過ごすささやかな毎日は、ケント時代のエリザベスと母フローレンスの思い出から生まれたフィクションである。ボウエンはもちろん文字を覚え、ジョージ・マクドナルド (George MacDonald, 1824–1905) やイーディス・ネズビット (Edith Nesbit, 1858–1924)、そして後年の傑作「幻のコー」('The Mysterious Kôr', 1945) につながるライダー・ハガード (Rider Haggard,1856–1925) を好んで読むようになり、ジェイン・オースティンやチャールズ・ディケンズ (Charles Dickens, 1812–70)、その他へと読書熱は広がっていく。(3)

病状が安定した父は、やがて妻と娘をたずねてケント州にやってくる。だがそんな日々も間もなく打ち切られる。不調を感じたとき、母の肺がんはすでに末期、エリザベスは最愛の母を告知のわずか半年後に失う。母は一人娘に、もう一つの世界に行くだけだと語り聞かせたが、親戚の伯母たちはエリザベスを病床から遠ざけ、母親の臨終にも立ち会わせなかった。これが後年、短編「訪問者」('The Visitor', 1926) で少年ロジャーの経験として語られる。別離、孤独、裏切り、沈黙、という少女期の経験が抽象名詞になってボウエンの心に刻まれたことだろう。

父の入院前後から発症していたエリザベスの吃音《きつおん》症は、ここに来てとくにマザーの「M」を発音するときに強く出るようになる。時の英国王ジョージ六世 (1895–1952) も吃音があったが、ボウエンの吃音は治療効果が薄く、生涯残った。しかしボウエンの場合、吃音は人柄の一部として多くの人に愛された。吃音や、まばたき、表情筋の痙《けい》攣《れん》といったチック症に類する症状は、人並外れて鋭敏な感受性を持つ人の印かもしれない。

ボウエンは母の死後、初めて学校生活を経験する。まずハートフォードシャーにあったハーペンデン・ホール校に通った後、ケント州にあるダウン・ハウス女学校に入学したのが一九一四年九月、エリザベスは、学業はいまひとつだったが、課外活動で大活躍、一方、このころから短篇を書き始めた。だが同年八月にイギリスは対独宣戦布告、すでに第一次世界大戦が始まっていた。ボウエンの『リトル・ガールズ』(*The Little Girls*, 1964) の第二部では、セント・アガサ女学校の生徒のオリーヴ・ポコックの十二歳の誕生パーティが開かれていて、一九一四年七月二三日という砂糖文字が描かれた丸いバースデーケーキの図柄が出てくる。大戦前夜の、二度と帰らぬ平和、イノセントな少女時代を偲ばせてあまりあるケーキである。

一九一八年、第一次世界大戦が終結、その一方で、一九一九―二一年にはアイルランド独立戦争が始まり、ボウエンズ・コートは難を逃れたものの多くのビッグ・ハウスが焼失したのは先述したとおりである。ボウエンは一九一七年にダウン・ハウス校を卒業すると、ロンドンに出て、再婚してレディ・アレンデルとなっていた伯母イーディスの元に身を寄せ、カウンシル・スクールで絵画を学ぶ。しかし二期通ったときに画才のなさを自覚して、書くことに専心するようになる。ボウエンも愛読し、よく比較されるヘンリー・ジェイムズ (Henry James, 1834–1916) も若いときは画家を志していた。「彼らは生涯を通じて挫折した画家であった。画家の感受性が彼らの作品にあまねく漂っている」、とする見解にも一理あるかもしれない。(4)

一九二三年、作家デビューと結婚

ボウエンは次々と書いた短編を定期刊行誌発行の各社に送り、ことごとく拒否される。だがエリザベスの創作の才はダウン・ハウス校在学中に校長オリーヴ・ウィリスの目に留まっていた。彼女はオックスフォード在学中に同じコレッジにいたローズ・マコーレー (Rose Macaulay, 1881–1958) にエリザベスを紹介、作家・評論家としてすでに名声があったマコーレーはエリザベスの短篇を読み、その才能にすぐ「ピンときた」。新人作家が世に出るには、マコーレーのような人の存在は不可欠である。才能と環境、そして幸運の星。一九二三年、ボウエンの処女短編集『出会い』(*Encounters*) が出る。ここに収められた短編十四編には、若き日のボウエンの想像力が早くもとらえ、その後の創作に活かされていく主題がすでにいくつか出ている。

「カミング・ホーム」('Coming Home', 1923) のロザリンドは十二歳、父を亡くして、いまは母と二人で暮している。「愛しい人」という意味の「ダーリング」を最上級にして母を「ダーリンゲスト」と呼ぶロザリンドは、今日学校で書いたエッセイが先生に褒められて、クラスで朗読された。しかしロザリンドは、母とその感動を共有するまで、喜びを実感できない。走って帰った家は、しかし無人、戸惑うロザリンドを女中のエマが意地悪く見ている。ロザリンドにとっては聖なる儀式にも等しい母と二人のお茶の時間を過ぎて、やっと帰宅した母は、ロザリンドの泣き腫らした顔を見ながら、その哀しみはよそ事のように、窓の外をうっとりと見ながら帽子のベールを巻き上げている。逢引してきた愛人のことを想っているのか？

十三歳で母と死別したボウエンがここに見せた母と娘の別れ、つまり母娘の自立が、むしろ母のほうから始まっていて興味深い。母は人生の経験に誘われ、娘はイノセンスの殻がまだ取れない。出会いと別れ、家を出て行く、家に帰る、は以後、ボウエンが繰り返し取り上げるシーンとなる。「カミング・ホーム」、つまり、“come home”には、「心を打つ」、「あとで祟る」、「つけが回ってくる」という意味もあり、“home”そのものも、名詞で「本場」、「原点」、形容詞で「急所をつく」を意味する言葉でもある。「カミング・ホーム」は、母と娘の別れになぞらえて、少女の世界と成長というテーマから、経験と無垢という大テーマにつながっていく。またボウエンの長編小説のヒロインたちは、これらの少女たちを離れては存在しない。

「第三者の影」（"The Shadowy Third", 1923）は、冒頭でいきなり三人の女がもう死んでいることが伝えられ、主人公のさえない男、マーティンを「連続殺人犯《シリアルキラー》」と見た評論もあってびっくりした。マーティンの二度目の妻、作中でも「プシー」としか呼ばれない女が、室内のソファやカーテンに先妻の影を感じ、おびえる話である。鍵のかかった引き出しの中味を訊かれてマーティンが、「何も入っていないんだ」と答えると、「何も入っていないのにどうして鍵を掛けるの？」と妻が訊く。答えはない。先妻も妊娠中に死亡、プシーも妊娠中である。プシーはいつ殺されるのか？　それは不問のまま「第三者の影」はプツリと終る。ボウエンは作家としての出発点で、第三者という不在の存在になぜ心惹かれたのか？　ボウエンズ・コートにはすでに二百年余の歴史が流れ、腕の良くない画家が描いた先祖の不気味な肖像画が壁を覆い、無人の部屋、暗い階段には事欠かなかった。幽霊も再三出たかもしれない。「第三者の影」は彼女に生来備わったアイリッシュ・ゴシック性と呼応して、彼女のゴースト・ストーリーに出てくる幽霊につながるだけでなく、恋人や夫婦を襲う「もう一人いる？」、という意識や夢にも現れる。アングロ・アイリッシュとは、アイリッシュでもないしイングリッシュでもない。それがどちらからも仲間外れになり、どちらにもコミットできない第三者を意識させ、やがてボウエンの「第三者」は、人間の背後につきまとう「時代」という存在であることがその後の作品の中で明らかになってくる。

一九二三年、ボウエンはアングロ・スコティッシュの出であるアラン・キャメロン (Alan Cameron) と結婚した。琥珀色のオーガンジーで手作りしたドレス姿の花嫁だった。ときにアラン三十歳、オックスフォードを出たあと第一次大戦に従軍、生還したが、ドイツ軍が開発して戦場で使用した神経を糜爛《びらん》させる毒ガスの後遺症に生涯悩まされた。それでもこの結婚は以後三十年、安定した関係を保ち、裏方に徹した静かなアランの存在は、ボウエンの私生活と創作活動の一番の支えとなる。

一九二六年には第二の短編集『アン・リーの店、その他の短編』(*Ann Lee's and Other Stories*) が出た。このタイトル・ストーリーのヒロイン、アン・リーはロンドンに店を持ち、独特な美的感覚と優れた技術で自ら制作した帽子をそこで売っている。結婚はともあれ、職業を持つヒロインはアン・リーを一番手として、その後さまざまな動機に駆り立てられたヒロインたちが家庭を捨てて、社会の中へと出て行く。だがアン・リーは過去から来た男に最後に殺されて、帽子店の奥の黒いカーテンに隠された部屋に横たわっているかもしれない。「出て行った人は、帰ってこないかもしれない」とつぶやくのは、短編「あの薔薇を見てよ」('Look at All Those Roses', 1941) の十三歳の少女、ジョセフィーンである。彼女はベッドに寝たきりの身ながら、ルウとエドワードが夫婦ではなく不倫の仲であることをその場で見破る邪眼を持つ少女である。ボウエンの少女とグレアム・グリーン (Graham Greene, 1904–91) の少年は、大人が見ない世界を見ることができる問題児ばかり、そのボウエン研究書については後述する批評家、ニール・コーコランもボウエンの少女たちを「ギャラリー」に集めてくわしく観察している。

「奥の客間」('The Back Drawing-Room', 1926) は、イングランド人が集まる客間にアイルランド人らしい男がいつの間にか座っていて、自分が見た幽霊の話を始める話。これは幽霊になるのは人間だけでなく、屋敷も幽霊になるという話である。コーコランは著書でこの短篇に一章を割き、ボウエンのアイリッシュ性について詳説している。[5] ボウエンは、私はアイリッシュですと言い、またアイルランドなんか嫌いだとも言っている。アングロ・アイリッシュに生まれたということは、ボウエンの不運と幸運を二つながらに司っている要素なのだろう。ちなみにボウエンのアイリッシュ・ストーリーとされる短編は十編で総短編数の約一割、長編小説は全十作中、『最後の九月』(*The Last September*, 1929) と『愛の世界』(*A World of Love*, 1955) の二冊である。一九二七年には第一作目の長編小説『ホテル』(*The Hotel*, 1927) が出る。

ボウエンに見るガヴァネスの変容

ここで短篇「バレエの先生」('The Dancing-Mistress', 1929) を取り上げて、ボウエンに先行する作家の短篇とボウエンの短篇を比べてみたい。ボウエンの創作の特徴であるゴシック・ロマンの伝統に変容をせまった現代性が検証できると思うからだ。パトリシア・コクランが一九二〇年代のイギリス社会の現状と諸問題を検証しようとして取り上げたのもこの短篇である。コクランは、ボウエンの作品が「当時のミドルまたはアパーミドルのライフスタイルを容赦なく掘り下げ、第二次世界大戦のモダニズムのコンテクストが猛烈な速度で変化しているさまを描いている」と概観している。さらにコクランの論点を要約すると、「ルル」という少女のような名前だけで出てくる青年と、ミス・ピーリーというファミリーネームだけで出てくるピアノ伴奏者という設定が、男は名字で、女は名前で呼んできた「古典的な父系中心主義（ラカン主義）」という社会的な慣習を逆転させている。彼ら二人がジョイス・ジェイムズという姓名を持つヒロインで作る三角関係に、一九二〇、三〇年代になって、経済的自立が女性に意識されてきたこと、そして男女のジェンダーの境界が希薄になっていることを論じている、となろうか。[6]

コクランの論点に学びながら、ここでは「働く」をキーワードにしてこの短篇を読んでみる。帽子の制作をするアン・リーが店を持って販売もする「働く」姿は先述した通り。さらに観察すると、アン・リーは芸術的な帽子を作るセンスと技量があるだけでなく、世に言う「誇示的消費」(“conspicuous consumption”) のみならず、現代病でもある買い物フリークの心理にも通じていることが分かる。今日来店したアパーミドルのミセス・ディック・ローガン（夫の名前にミセスが付いただけ）が何らかの屈折した心情を、夫からもらう金を使い果たす消費熱で晴らしていることを見てとっている。「私は彼女たちにいくらでも買わせることができる」というアン・リー（フルネームで出てくる）は、すでに資本主義社会の住人である。案の定、ミセス・ローガンは、夫に見せて夫が金を払う請求書に挑むように、高価な帽子を三つも買う。夫人の友人で、今日も一緒に店に来たミス・エイムズ（家族名のみ）は、美しい帽子にうっとりしながら、帽子を一つも買っていない。独身のミス・エイムズには、お金を払ってくれる夫がいないのだ。[7]

一方、バレエの先生ジョイス・ジェイムズには、プリマドンナとなって舞台に立つという目的がある。目的実現のために、午前中はマジョウスキー先生の個人レッスンに当て、午後からは地方の教室を回って先生の弟子に教え、その収入でレッスン代と舞台衣装代と生活費をまかなっている。教室に来る少女たち（少年も少しいる）を連れてくる気取った母親や意地の悪いガヴァネスたちがレッスンをじっと見ている。その息詰まるようなストレスは、まだ二十一歳のジョイスには耐えがたい。その唯一のはけ口は、近眼で小太りの生徒、赤毛のマージョリー・マナリングをいじめること。ジョイスはマージョリーの付き添いが女中であることを確かめてから、マージョリーをまな板に乗せる。「マージョリー・マナリングなしでレッスンはできない。殺す相手が必要だった」。叱っていい相手（生徒）と、叱ってはいけない相手、ジョイスはバレエの教師をしているうちに、社会的な人間関係が成り立たせている表裏すれすれのバランス感覚が呑み込めてきたのだ。マージョリーに厳しい特別レッスンをする先生を見て、付き添いの母親たちは、「本当に我慢強くて偉い先生だわ」とささやき交わす。

ジョイスとマージョリーの関係に、マゾヒズムの要素を見るコクランの論述は、サド・マゾといった現代はオープンに検証が進む論題が当てはまるボウエンの一面を示している。だがその前に、十九世紀まで多くの小説に影のように登場し、ときにヒロインとなって社会の変化を示してきた女家庭教師《ガヴァネス》が、自分自身の意識の変化や学校制度の普及によって職場を失い、学校の教師やバレエやピアノの教師となっていることを念頭にテクストを読んでみる。『パリも家』のマダム・フィッシャーも元ガヴァネス、いまは屋根裏の狂女となって、部屋を貸して家賃を取っている女家主。『心の死』のミセス・ヘカムも元ガヴァネス、いまはピアノの先生をしている。

二十世紀、場所はお屋敷から教室に移り、教師と生徒の間には、雇用・被雇用の問題が浮上している。相反する利害関係が生み出す緊張関係をボウエンが見ていたことは確かである。ジョイスはどの生徒の名前もフルネームで覚えている。どの生徒を褒めたらいいかも分かっている。自分の個人的な男性問題が母親たちの目に触れたら、風紀紊乱《びんらん》を理由に即刻仕事を失うことを承知している。ルルとミス・ピールと三人で食事をするにも、町から遠く離れた波止場のレストランを選んでいる。また、時間と場所を区切られたバレエ教室は、利害関係を異にする二組の人間が閉じ込められた密室であるとも言える。マージョリーは母を亡くした少女、彼女の付添は祖母の女中、この女中は、レッスン中はソックスを編んでいてマージョリーなど見ていないのに、休憩で戻ってきたマージョリーには「また面倒を起こしたわね」と嫌味を言って、舌で唇を舐める。彼女は、マージョリーも憎いし、仕事も憎いのだ。家事使用人たちは、住み込みという形で家賃は無料だが、ほとんどゼロに近い賃金で雇われ、一日中拘束されていて自由な時間がない。「猛烈な速度」で変わる現代社会にあって、家事使用人たちは、自分の人生を雇用問題を最も切実に感じた階層だったかもしれない。「バレエの先生」は不満と憎悪とストレスが充満した密室である。もしボウエンがミステリー作家を目指していたら、アガサ・クリスティ (Agatha Christie, 1890–1976) のよきライバルとなっていたかもしれない。

ジョイス・ジェイムズの間テクスト性

生徒の前で軽やかにステップを踏むジョイスは、「日本の『謎』の花のように」美しく、美しいジョイスにルルは目を奪われる。「彼の恥ずかしそうな内気なまなざしは、ジョイスのほうに熱く」向かう。「ジョイスの方に」は原語では、“Joyceward” というボウエンの造語が使われている。そこにあるのは青年が初めて愛した女を見る真っ直ぐなまなざし。それは人の人生で一度しか現れない視線と言っていい。『パリの家』のカレンとマックスは、ボウエンの恋人たちの中でも最高レベルの恋人同士、しかしマックスには “Karenward” というまなざしはない。マックスがひたすら見ていたのはマダム・フィッシャーだった。ヴァージニア・ウルフはボウエンの小説を読んで、“too conventional” と評したことがある。しかしボウエンは実験小説などに手を染めるよりは、「楽しくて、役に立つ」、「身につまされ、我を忘れる」という古くて新しい小説本来の伝統を愛し、そこに独自性を出す自信があった。恋愛小説は小説の王道、「バレエの先生」はその路線にあり、かつ変動する時代の様相に激しくもてあそばれるのがボウエンのラブ・ストーリーである。ルルはじつはスイスのホテルの跡取り息子、いまこのホテルで修業している。万が一、ジョイスが彼と結婚したらスイスの雪の山中へ行く。プリマドンナからこれほど遠い世界もないだろう。一方、伴奏者のミス・ピールも、コンサートピアニストを目指した日があっただろう。しかしいまは独奏者の伴奏者ですらなく、田舎町のバレエ教室のレッスンのピアノ伴奏者。ジョイスのバレエ教室が終わったら、失業するかもしれない。

三者三様のおぼろな未来を抱えた青春を描いたこの短篇の終わりの場面には、ジョイスとルルが波止場の明かりの下でキスをして、それを見ているミス・ピールがいる。ミス・ピールはジョイスとルルの恋で、疑似恋愛をしている、とも言える。「幻のコー」の田舎医師の娘であるコーリーが、女工のペピータと休暇中の兵士アーサーの、明日をも知れぬ戦時恋愛の熱に顔を赤らめているのも同じだと思う。ミス・ピールもコーリーもレズビアンではない。ボウエンはそうした女たちの、男に「まだ見出されたことがない」(her still unsought-out state) という現実に着目し、男女ともに成就しない恋の足踏みを現代社会の一要因と見ている。

さてジョイスとミス・ピールとルルの三人は、帰途につくタクシーの中、眠りこけるジョイスがミス・ピールの腕からルルの腕に抱き取られる。コクランの言う境界線上にあるジェンダー交替を映しながらも、疲れ切ったジョイスに当てた作者の視点は最後まで変わらないように見える。疲れた夢の中でも踊っているジョイス、明日はまた早朝からマジョウスキー先生のレッスンが待っている。マジョウスキー先生は名前から憶測すると、ロシア革命で亡命した白系ロシア人であろうし、革命前のロシアではプリマドンナだったかもしれない。夢に疲れて眠るジョイスは、チェーホフ (Anton Chekov, 1860–1904) の短篇に出てくる疲れ切った小間使いの姿に似ている。マンスフィールド (Katherine Mansfield, 1888–1923) にも、チェーホフのこの短篇にならった短い習作がある。日々の労働、オーバーワーク、疲労困憊、いくら働いても手の届かない理想のキャリア、これらは現代人をつまずかせている重すぎるジレンマではないかだろうか。消えない願望を裏切る肉体の限界、心は熱していても肉体は弱く疲れ切ってしまう。

さらにジョイス・ジェイムズという名前を本家ジェイムズ・ジョイス (James Joyce, 1882–1941) に結び付けてみると、ジョイス・ジェイムズの「疲れ」は、ジェイムズ・ジョイスの「麻痺」("paralysis") にも通じるのではないか。『ダブリン市民』(*The Dubliners*, 1914) の挿話の一つ「イヴリン」('Evelin') のヒロイン、イヴリン・ヒルは、デパートの売り子として働きづめの疲れ切った日々を逃れて、船乗りのフランクとブエノスアイレスに出発しようとする瀬戸際に来て、黒い貨物船が待っている波止場の鉄柵を握ったままその手が離せない。そのイヴリンの耳に、結婚は墓場と歌う、狂った母の声が聞こえる。結婚がゴールではなくなった現実を前に、麻痺に囚《とら》われて固まるイヴリン。では結婚に代わる何があるのか? 明るい将来像を裏切る疲れた体。チェーホフとジョイスが短篇に仕上げたテーマが、ここでボウエンのテーマになっている。ボウエンの短編は、先行する作家たちに習いながら、時代の変容をそこに重ねていることがわかる。

ボウエンとゴースト・ストーリー

一九三〇年代、ボウエンは最も多産な時代に入る。長篇小説は第一作『ホテル』のあと、次々と小説を五作品出版、短篇集も四作目を出している。その間、一九二五年には夫アランがオックスフォード市の教育委員長に就任し、アランとエリザベスはオックスフォード郊外のオールドヘディントンに移り住んでいた。アランの交友関係から、エリザベスもオックスフォードの知的環境に次第になじみ、『出会い』と『アン・リーの店、その他の短篇』、そして『ホテル』の書評もよく、ボウエンは「誰にも好かれ、生まれ持った巧みな社交術で、彼女はどのグループであれ、中心的存在になった」という。デイヴィッド・セシル、モーリス・バウラ、C・デイ=ルイス、シリル・

コノリー、ケネス・クラーク、ヘンリー・グリーン、ジョン・ベッチマン、イーヴリン・ウォー、アンソニー・パウエル、アイゼイア・バーリン、などが彼女を取り巻く名士の面々だった。なかでもボウエンと親しかったバウラ(Maurice Bowra, 1898–1971) が当時のボウエンを次のように描いている。

背が高く、がっちりしていて、カントリーに住んでいる人間のマナーと習慣を知っている感じがした。独特の端正な容貌をしていて、精神と人格が顔に現れていた。……分別と想像力にあふれていて、大きな題目と概観的な思索に果敢に対応する男性的なインテリジェンスがあった。……多くの歴史家に欠けている歴史的な洞察力があり、……歴史家の公平さと小説家の入魂の精神を併せ持っていた。

バウラのこの証言に補足してグレンディニングは、ボウエンには「場所と過去に対する感性から湧き出るものがあり……訪れた場所すべてに魔法をかけ、神秘的にする天与の才能があった」としている。(8)
一方私生活面では、一九三〇年に父が他界、ボウエンは三百年にわたる一族のビッグ・ハウス、ボウエンズ・コートを相続した。一九三五年には夫アランがＢＢＣの教育事業の要職に就くことになり、リージェント・パークの西側の一画にあるクラレンス・テラスに居を定める。一八二〇年代に完成したこれらのリージェンシー・テラス群は、当時もいまもロンドンで最も美しい居住区域とされている。ボウエンはボウエンズ・コートおよびクラレンス・テラスで何度もパーティを開き、多くの作家や友人を招き、酒と料理の大盤振舞いをして、見事なホステスぶりを見せた。このクラレンス・テラスは一九三八年の小説『心の死』のウィンザーテラスのモデルである。
この前後、ボウエンの短篇集は戦前に一冊、戦時中に二冊、戦後にも一冊出ている。ボウエンの短篇は人気が高く、各社の執筆依頼に応えて、多くの作品が書かれた。ことにゴースト・ストーリーは歓迎され、初期のころから書いていたが、戦争になって書かれたゴースト・ストーリーは、スリルの中に戦争そのものがある。なかでもスコットランドに古来伝わるバラッドと同じタイトルで書かれた「恋人は悪魔」('The Demon Lover', 1945) が最も名声が高い。ボウエンは「ゴースト」について、以下のように考えている。

幽霊とは、その性質上、時代とともに変わるのだろうか?……心理学の発達は彼らの思う壺だった。罪悪感は幽霊たちの特別な友人なのだ。……なぜ幽霊の人気が今も高いのか……今日の受身的な、混乱した、抑圧された時代にあって、純粋な恐怖をもたらす効き目のある強壮剤がほかにあろうか? 必要もないのに、わざと怖がるのはじつに愉しい。あるいは、情報過多で頭がバカになっているときに、何の情報も得られない名無しの存在は、怖くて、真に迫っていて、嬉しくなる。理屈に合わず、闇の中に半身を隠している我々は、同類を求めているのだ。……幽霊は残虐行為があった場所に関係がある——世界戦争を体験した我々に言わせれば、どこもかしこも、あらゆる場所で残虐行為があったし、いまもあるということにならないだろうか?……何が、どこで起きたか、誰が知ろう?……我々作家はみな幽霊を見て、それぞれが自分の感知能力を、時には個人的な、時には時代的な感知能力を総動員してきた。我々は二〇世紀のお化け屋敷でお化け狩りをする人間である。とにもかくにも、幽霊とは息の長いテーマである。(9)

一台の黒いタクシーがミセス・ドローヴァーを乗せたまま冥界へ疾走する「恋人は悪魔」の幕切れは、まぶたに焼き付く強いイメージを残す。これは二度の大戦がなかったら、起こらなかった話である。いま右に見たように、ボウエンの幽霊は戦争と大いにかかわっている。戦争の狂気のなか、「何が、どこで起きたか、誰が知ろう？」、それを知っているのが幽霊である。誰も見たことがない、変わり果てたもう一つの世界を歩き回るのが幽霊なのだ。そう、「恋人は悪魔」はもうひとつの世界、様変わりした戦時下のロンドンの肖像画でもある。歩行者もバスもタクシーも猫も、廃墟のようになったもう一つのロンドンの灰色の空の下、息をひそめて動いている。

疎開先からロンドンの自宅に戻ってきたミセス・ドローヴァー。そこにあった置手紙のサインはK、ミセス・ドローヴァーのファーストネームは、Kで始まるKathleenである。作者の意図をはからずにはおかない命名である。彼女は寝室のチェストに入っている大事な物を取りに来た、というが、それは何だったのか？　この手紙ではなかったのか？　二度の戦争が彼女にもたらしたのは、癒《い》えるすべもないまま抱えてきた悪夢ではなかったか？「第三者の影」('The Shadowy Third')でマーティンの二度目の妻は、何も入っていない引出しにどうして鍵を掛けるのと問う。いまミセス・ドローヴァーが探していた物は、空っぽなのに鍵のかかったチェストが見せる「廃絶状態」だったのだ。

物がしまってあるチェストに行って鍵を開けて蓋を上げ、膝をついて中を探した。
……手紙が乗っている裸にされたベッドのほうを肩越しに見ないではいられなかった。
……かつての寝室は廃絶され、……それとともに安心できる力も消えて、危機が訪れた――。
（「恋人は悪魔」、『ボウエン幻想短篇集』二〇六―二〇八頁）

「裸にされた」とは、マットレスが剥がされて土台のスプリングだけになったベッドのこと、その上に「手紙が乗っている」とは、間接的とはいえ性表現であろう。「かつての寝室は廃絶され」の原文は、"The desuetude of her former bedroom,"で、この"desuetude"という単語はよく使われている単語なのか？ N・コーコランが言う「あらゆる種類の伝統が壊滅した戦時のプレッシャー」がその意味を述べた表現ではないかと思う。[10] この単語は第二次大戦の直前に書かれた『心の死』（一九三八）にすでに出ていた。その第三部第四章に、"The place gave out a look of hollow desuetude, as though its destruction would last forever."（「その場所には抜け殻になった廃絶状態が感じられ、永遠が遺棄されたまま続くように見えた」）とある。『心の死』が出た翌年、第二次世界大戦が始まり、「廃絶状態」はさらに徹底し、「破滅への意志」を持ち、それが伝説のバラッドから魔性の恋人をまた呼び出したのだ。原爆投下で終止符が打たれた世界大戦がもたらした「廃絶」の有様は、みな見ている。みなそれぞれが廃絶状態の中に遺棄され、冥界の入り口に立たされたのが二十世紀という世紀なのだ。

しかしユーモラスな場面に不思議と居合わせるボウエンは、荒れ果てた二十世紀に出てくる陽気なお化けたちにも出会っている。戦地に夫を送ったのに、男漁りをするフラッパー女の化粧台に現れる幽霊。戦争でイギリス伝統のクリスマス料理ができないのを恨んで出てくる料理女の幽霊。タキシードの若者が戦死するなどあり得なかった、華やかなりし昔そのままの正装で出てくる幽霊など。ボウエンの幽霊は廃絶状態と良き時代の双方を行き来して、生と死が同一線上にあることを見せてくれる、そこにボウエンの幽霊譚の人気の秘密があるのだと思う。

一九三五年、『パリの家』

二十一世紀を前に、オックスフォード大学英文科マートンプロフェッサーのジョン・ケアリ (John Carey) が

'Pure Pleasure' というタイトルの特集記事を『サンデータイムズ』紙上に連載した。第一回目にその五十冊が一覧表で紹介され、記事の見出しには、「ヘンリー・ジェイムズもベケットもカフカもプルーストも漏れた」とある。連載一回ごとに一冊ずつ、著者の似顔絵付きの記事で紹介されていた。連載が終わったあと、『純粋な快楽　最高に楽しめる二十世紀の書物五十冊』(*Pure Pleasure　A Guide to the 20th Century's Most Enjoyable Books*) が出版された。二十世紀の五十冊の一冊目が一九〇二年のコナン・ドイルの『バスカヴィルの犬』、二冊目がやはり一九〇二年のアンドレ・ジッドの『背徳者』、となっていて、作品は広く世界中から選ばれ、また、毎年一冊、という選書をしたわけではない。二十六冊目に選ばれたのが一九三五年、エリザベス・ボウエンの『パリの家』である。ジョン・ケアリが『パリの家』に寄せた推薦文は一部だが、以下の通り。

エリザベス・ボウエンの最高傑作とされているこの小説の内容は、パッションと裏切りと狂暴な死である。しかし読むうちに非常に強く気づかされるのは、インテリジェンスだ。インテリジェンスが、デリケートだが強力な溶剤のように、あらゆるものを覆っている。人間の思索と感情――半分だけ形になった思索と半分だけ知覚された感情といってもいいが――を、これほど相互に入り組ませて、ここまで追求した作家はほかにいない。ボウエンは、感性と精神がいかに相互に影響し合うか、その面白さから目が離せない作家だった。……彼女は男女のジェンダーの違いに魅了されていた。……暗記したくなる文章をたくさん書いている。彼女は爪の先まで女だった。女について、男たちが知らないことに精通している。……だから男たちはボウエンを読まないといけない。(11)

ケアリのこのコメントは、小説は読む人の人生を豊かにするものであることを、あらためて伝えている。男女の違いから生まれる愛情や誤解やウソを拾い、人生の節々で人間が見せる「感性と精神」の動きの綾をとらえることに小説の面白さと使命がある。小説を読むことは「純粋な快楽」である。だから二十世紀の五十冊は二十一世紀にも二十二世紀にも愛読されることだろう。

戦争、そして帰還

一九三九年、第二次世界大戦が勃発、ボウエンは夫とともに終始ロンドンに留まり、夫は愛国義勇軍に参加、彼女は空襲監視人を務め、英国情報局の極秘の任務に就いた。その任務は、この大戦では中立策をとったアイルランドの事情の視察・報告だった。ボウエンはアイルランドの中立策を重んじるよう、時の首相チャーチルに進言している。[12] 第一次大戦がもたらした廃絶状態を『心の死』(一九三八) に記したあと、十年後に『日ざかり』(一九四九) が出るまでボウエンは長編小説は書かなかったし、書けなかった。短編集二冊のほかは、ボウエン一族の三百年に及ぶアングロ・アイリッシュ年代記、『ボウエンズ・コート』(*Bowen's Court*, 1942) と、ダブリンで過ごした七年間の少女時代の思い出の記、『七たびの冬』(*Seven Winters*, 1943) を書いている。

一九四一年、カナダの外交官でイギリスに赴任していたチャールズ・リッチー (Charles Ritchie, 1906–95) がボウエンと出会う。リッチーの日記には以下のエントリーが見られる。

一九四一年二月十日 (ロンドン) 週末はオックスフォード。……エリザベス・ボウエンに会った、身なりのいい中年女性で、大学のドンの世俗的な妻のような雰囲気があり、知的な細長い顔、見ている眼、意地悪そうな機知に富む口もと。……『パリの家』の子供の部分は、作為も考えもないところに、「向こうからやって来た」と僕に言った。

一九四一年九月二十九日　……彼女は僕に恋している、僕について僕に語ってくれる。僕が微笑んでいる時の僕の微笑を、僕が彼女に触れている時の仕種を言葉にしてくれる。すべてが言葉になる、アングロ・アイリッシュの歌をうたっているようなあの声で。(13)

リッチーとの関係は親密なものとなり、その関係はボウエンが死ぬまで、そして死後もリッチーの心に深く残ったようだ。

一九四九年、十年ぶりに発表した長篇小説『日ざかり』(*The Heat of the Day*, 1949) はリッチーに献呈されている。ボウエンはE・ウォー (Evelyn Waugh, 1903–66) の『ブライズヘッド再訪』(*Brideshead Revisited*, 1945) に深い感銘を受けた。戦場を知らない自分が書くのは、戦争小説ではなくて、「戦時小説」(“war-time novels”) だとの自覚があった。戦争がなければ出会うこともなかったステラとロバート、その男女二人の「戦時恋愛」に英国の諜報員の男が加わってトライアングルを作り、そこに、この戦争では中立政策をとったアイルランド問題をサブプロットにして書いたのが『日ざかり』(*The Heat of the Day*) である。戦火のロンドンの日々は、何物にも替えられない貴重な経験だった、空爆で飛び散った窓ガラスの破片に覆われた道路は、磨かれたボール・ルームの床のようにきらきらしていた、これらはボウエンの言葉である。このあとボウエンが書いた小説は三作、そのすべての風景とプロットとキャラクターを二度の大戦が支配していると言える。
一九五一年、リッチーはカナダで長年婚約していたシルヴィアと結婚、同じ年に夫アランが心臓発作を起こし、翌五二年にはロンドンのクラレンス・テラスを引き払って、ボウエンズ・コートに定住を決める。そして同年八月二十六日の夜にアランは眠るように息を引き取った。夫を亡くしたことと、リッチーの結婚は、ボウエンをどん底に突き落とした。イタリアに赴き、傷心のあまり、橋から身を投げたいとさえ思ったという。『ローマのひととき』(*A Time in Rome*, 1960) はその心境の中で書かれた紀行文である。

金銭面にいたるまでボウエンの心身の生活のすべてを支えていたアランの死去、そして戦後の物価高騰に追いつめられ、一九五九年、ボウエンズ・コート売却。一九六〇年、ボウエンズ・コートを買った農場主、コーネリウス・オキーフ (Cornelius O'Keefe) がボウエンズ・コートを解体した。「ボウエンズ・コートは、廃墟にならずに済んだ」とボウエンは語っている。だが炎上し消失し廃墟となるビッグ・ハウスは、ボウエンの脳裏に恐怖と憧憬の二重のイメージとしてあったものではないか。炎上する運命を逃れたビッグ・ハウスが、解体され麦畑になる。コーネリウス・オキーフというアイリッシュ名を持つこの人は、どんな気持ちでボウエンズ・コートを解体したのだろう。

一九六四年、母と二人で少女期を過ごした思い出のケント州ハイズ (Hythe) に住居を購入。そこからロンドンまで約九十キロ、ボウエンはオンボロ車でせっせとロンドンへ出た。ハイズはドーヴァーの白い崖に沿った海岸の町で、シール、シール・オン・シーなどになって『日ざかり』や『心の死』に出てくる。この一帯は第二次大戦で早々にフランスが降伏したため、対独戦線となった海岸線である。小説で「サウスストン」となっているのは「フォークストン」(Folkestone) がモデル、フォークストンは戦時中、出征兵士を乗せた船が出港する軍港の町、「兵士通り」(Soldiers Road) という名の道路もある。ロンドンでは『愛の世界』に見るように、チャリング・クロス駅から出征列車が次々と出て行った。陸と海から続々と戦場に出て行った兵士たち、帰還しなかった兵士たち、人体の原形をとどめないほどの戦傷を負って帰ってきた兵士たち、その間ずっと駅や港に立ち続けた人々は、ボウエンの短編や小説にこうした場面を重ねて読んでいることを忘れてはならないと思う。

一九七〇年、『エヴァ・トラウト』(*Eva Trout*, 1969) が第二回ブッカー賞の候補になる。(一九六九年出版の本書が一九七〇年のブッカー賞候補になった経緯はまたの機会に述べる。) 一九七一年、長年にわたる喫煙で慢性化していた喘《ぜん》息《そく》が悪化、肺炎を起こして医療施設に入る。同年、第三回目のブッカー賞選考委員に選ばれ、熱心に候補作を読む。一九七二年のクリスマスには、ベッドから起き上がってクリスマス礼拝に出た。七三年にはハイズの自宅に戻ったが、衰弱は進み、救急車が呼ばれ、ロンドンの病院に入院した。旧友たちが次々とボウエンを見舞った。急遽カナダから渡英したチャールズ・リッチーは、シャンパンをもって、病み衰えたボウエンに毎日会いに来た。一九七三年二月二十二日の朝早く、エリザベス・ボウエンはリッチーに見守られて永眠した。ボウエンの希望で遺体はアイルランドに帰り、ボウエンズ・コートの跡地の入り口に今も残るファラヒー教区管轄のセント・コールマン教会の墓地に埋葬された。この教会にはボウエンが生前寄進した小さな礼拝堂があり、礼拝堂を囲む教会墓地に、父ヘンリーと夫アランとエリザベス・ボウエンの墓石が並んでいる。葬儀の日は日曜日で、寒くて雪が降る中、近隣の人々が花束を持って大勢参集した。七十三年八か月の生涯だった。

注

（1）Noreen Doody, 'Elizabeth Bowen: A Short Biography,' Eibhear Walshe(ed) , *Elizabeth Bowen*, Dublin: Irish Academic Press, 2009, p. 1.　本書で言及するエリザベス・ボウエンの伝記的事項は、右記の書のほか、Victoria Glendinning, *Elizabeth Bowen: Portrait of a Writer*, London: Phoenix, 1993 と、Hermione Lee, *Elizabeth Bowen*, London: Vintage, 1999　を参照した。引用は拙訳。

（2）アングロ・アイリッシュ文化におけるボウエンの位置については、Terry Eagleton, *Heathcliff and the Great Hunger: Studies in Irish Culture*, London: Verso, 1995 を参照した。「ビッグ・ハウス」については、Vera Kreilkamp, *The Anglo-Irish Novel and the Big House*, New York: Syracuse University Press, 1998 を参照した。

（3）本論で引用するボウエンの作品は、小説としては『パリの家』、『心の死』、『日ざかり』（いずれも拙訳、晶文社）、『愛の世界』、『リトル・ガールズ』、『エヴァ・トラウト』（いずれも拙訳、国書刊行会）から引用。短編については『あの薔薇を見てよ』、『幸せな秋の野原』（いずれも拙訳、ミネルヴァ書房）、『ボウエン幻想短篇集』（拙訳、国書刊行会）から引用した。書名や簡略な言及については注をつけず、数行にわたる引用のみ、拙訳書名と頁数を引用文の末尾に示した。小説『ホテル』、『最後の九月』、『北へ』、『友達と親戚』、および、短編「訪問者」は書名・作品名に言及しただけなので、注はつけていない。煩雑さを避ける意味で、これらの拙訳書は参考文献に挙げていない。本論における引用文は、特記しない限り、すべて拙訳。

（4）John Halperine, *Eminent Georgians, The Lives of King George V, Elizabeth Bowen, St. John Philby & Nancy Astor*, London: Mcmillan Press Ltd, 1995, p. 85.

（5）Neil Corcoran, *Elizabeth Bowen: Enforced Return*, Oxford: Oxford University Press, 2004, pp. 19–38.

（6）Patricia Coughlan, 'Not like a person at all,' E・Walshe(ed), op.cit., pp. 40–64.

（7）デイヴィッド・ロッジ『小説の技巧』、柴田元幸、斉藤兆史訳（白水社、一九九七年）、五五―六二頁。ボウエンには、愛称だけの人物（ルル、ペピータ）、ファミリーネームがない人物（エディ）、ファーストネームがない人物、似た名前または同名の人物（ロバート・ハリソンとロバート・ケルウェイ）が同じ作品に出てくるなど、フルネームで出てきても、姓名ともに、伝統的な名前と珍しい名前を使い分けているふしがある。ロッジは「小説においては、名前が無色透明であることはない」と断言している。

(8) Glendinning, op.cit., pp. 63–64.

(9) Elizabeth Bowen, 'Preface to *The Second Ghost Book*,' *Afterthought: Pieces about Writing*, London: Longmans, 1962, pp. 101–104.

(10) Corcoran, op. cit., p. 5.

(11) John Carey, *Pure Pleasure: A Guide to the 20th Century's Most Enjoyable Books*, London: Faber and Faber, 2000, pp. 85–87. ケアリの五十冊のリストは、『パリの家』（太田良子訳、晶文社、二〇一三）の巻末にある。

(12) 第二次世界大戦中のボウエンの対アイルランド関連の行動については、Robert Cole, *Propaganda, Censorship and Irish Neutrality in the Second World War*, Edinburgh: Edinburgh University Press, 2006, ならびに、Jack Lane and Brendan Clifford, *Elizabeth Bowen: "Notes On Eire,": Espionage Reports to Winston Churchill, 1940–2*, Aubane: Aubane Historical Society, 2008　を参照されたい。

(13) Victoria Glendinning with Judith Robertson, *Love's Civil War: Letters and diaries from the love affair of a lifetime, Elizabeth Bowen and Charles Ritchie*, London: Pocket Books, 2010, pp. 12–13.

I

長編小説

第一章『ホテル』

生者と死者が集う場所での人間模様
――背景にひそむ第一次大戦による喪失感――

甘濃　夏実

ボウエン作品における「家」の役割

『最後の九月』(*The Last September*) でも、小説『ホテル』(*The Hotel*) と同様に、私は、物語がその軌跡を辿り終えるまで、登場人物たちを彼らの望み通りに――もしくははからずも――同じ屋根の下にとどまらせるという仕掛けを使った。私の処女作におけるイタリアのリヴィエラに在るホテルに続き、大きく孤独なビッグ・ハウスがこの小説の舞台だ。私は場所と時間に密接に関わる小説家であり、またそうあるべきだと思っている。私にとって、場所と時間は単なる要素以上のものだ。それらは、役者なのだ。(1)

これは、エリザベス・ボウエン (Elizabeth Bowen, 1899–1973) 自身により書かれた『最後の九月』(一九二九) の序文である。ボウエン作品における「場所」と「時間」は、登場人物と並ぶ、いや主役級といっていい大きな役割を果たしている。とりわけ「場所」、特に「家」は大きな重要性をもつ。ボウエンの長編・短編小説を読んで、まず読者の心に強い印象を残すのは、その物語の起こった「場所」、特に「家」の存在感だ。ボウエン作品の中で「家」とは、アングロ・アイリッシュ (Anglo-Irish) の人々の住む、かつては華やかな栄光を誇ったであろう、今は廃れていくビッグ・ハウス (Big House) や、ロンドン空襲のさなかの小さなアパートの一室、パリの家、またイギリス南部の海辺のミドルクラスの人々が住む家など、様々な形で現れてくる。その「家」という舞台に、そこを行きかう人々の「過去とその記憶」が映し出され、それはさながら万華鏡のような役割を果たしている。自身が「ボウエンズ・コート」(Bowen's Court) と呼ばれるビッグ・ハウスの後継者だったので、ボウエンは、家というもの、特にビッグ・ハウスに特別な愛着をもつと同時に、その閉鎖性や現実から遮断される危険性にも敏感だった。ボウエン作品における家はしばしば不吉な予感を想起させ、事件の起こる場所であり、また現実逃避的な不可思議な夢の生まれる場所でもある。そんなボウエンの出発点である作品のタイトルが『ホテル』であることは示唆的だ。

一九二七年に書かれたこの処女作はイタリアのリヴィエラにある一軒のホテルを舞台にして、そこにひとシーズン滞在する上層中流階級のイギリス人たちの人間模様を描いている。特に二十二歳のヒロイン、シドニーと、彼女の心を翻弄する年上の謎めいた魅力のミセス・カー、そして中年の牧師ジョン・ミルトンとの心理的三角関係を中心に物語は進む。ホテルという「仮の家」の役割、不安定な若い女性と魅力的な年上女性との関係、裏切り、心理的三角関係、そして背景には第一次世界大戦による人々の心のトラウマと死の影がいつもあること、などその後のボウエン作品の主流のテーマとなる芽がそこかしこにみられる作品だ。同時に物語の設定がイタリアのホテルでの恋愛をテーマにしたE・M・フォースター (E. M. Forster, 1879–1979) の『眺めのいい部屋』(*A Room with a View*) とよく似ており、またピクニックシーンではオースティン (Jane Austen, 1775–1817) の『エマ』(*Emma*) の影響が、シドニーとミセス・カーの関係性にはヘンリー・ジェイムズ (Henry James, 1843–1916) の『ある貴婦人の肖像』(*The Portrait of a Lady*) のイザベルとマダム・マールの関係の影響がみられるなど、イギリス文学へのオマージュも見え隠れする。

この章では、作品の主役の「場所」である「ホテル」の描かれ方に注目し、一時的滞在場所であるホテルが様々な心境の滞在者にどのような影響を与えているかを考察していく。同時にシドニーが散歩するホテルのそばの「墓地」は何を象徴しているのか。第一次大戦後のイギリスの状況と照らし合わせ考えたい。またシドニーの心理状況を分析し、そこにボウエン作品に登場するヒロインの特色である「行き場のないヒロイン」の原型があるのか、ミセス・カー、ジョン・ミルトンとの三角関係の分析を基に、シドニーの未来、そしてこの小説のラストシーンが示唆するものについて考えていく。

第一次大戦後のイギリス人とホテル

ホテルとはどんな場所と考えればよいのだろうか。ハーマイオニ・リーは、この物語の中のホテルは、ビッグ・ハウスと同様に「孤立した小宇宙」でもあるとしている。[2]確かにボウエンがこの小説のなかで描くホテルにはビッグ・ハウスに共通する不可思議で孤独なムードがある。しかし一般的に、ホテルは家族もしくは個人の家とは決定的に違う。ホテルは、家族や近親者や恋人同士だけではなく、多くの他者／ストレンジャーズが一時的に様々な理由で集い、そして去っていく場所だ。

二〇年代になると交通機関が発達し、イギリス人にとって次第に外国旅行が一般化していった。[3]戦間期のイギリス人は積極的に海外のホテルを利用し、余暇を楽しんだ。彼らはホテルを日常から離れた新鮮な空間として受け入れた。その状況に呼応するように戦間期の小説家たちはこぞってホテルを舞台にした小説を描いた。ヘンリー・ジェイムズ、フォースター、モーム (Somerset Maugham, 1874–1965) やマンスフィールド (Katherine Mansfield, 1888–

1923）の作品の多くでも、ホテルが物語の舞台となる。(4)（ボウエン自身、二〇年代から三〇年代、イタリアやフランスに休暇の際に滞在し、特にフランス文学（フロベールやプルースト）への造詣を深めていく。）第一次大戦でのイギリス軍の戦死者は九十万にのぼった。生き残り帰国した兵士の多くはシェルショックに苦しみ、負傷兵が街にあふれた。また大量の若い男性が戦地で命を落としたために、二十代から四十代の二百万にのぼる独身女性たちと、夫を戦地で失った多くの未亡人が残された。(5)第一次大戦後、イギリス人は陰鬱とした自国の雰囲気から逃れるように、こぞって光や解放感を求め、イギリス外へと旅行の輪を拡大していった。

一九二七年に書かれたボウエンの小説『ホテル』には、シェルショックに蝕まれた時代の空気も多分に含まれている。ヒロイン・シドニーとおそらく同年代の美しく社交的で、でもどこか冷めているヴェロニカ・ローレンスはピクニックの最中、ヴィクター――大戦によるトラウマに苦しみ、職を見つけられず、両親と一緒にホテルに滞在する青年――とキスする。それは男性自体が少ない当時の状況と無関係ではない。「誰かとは結婚しなくちゃならないのよ！」と、冷めた口調でヴェロニカはつぶやく。大戦の棘は人々の生活・人生観に深く突き刺さり、その痛みがしばしば突然登場人物たちの会話から浮かび上がるのだ。四十年代、空襲下のロンドンで暮らし、第二次大戦を舞台にした傑作『日ざかり』(*The Heat of the Day*, 1949)、そして「恋人は悪魔」('The Demon Lover') など多数の短編を著したボウエンは、最初の小説からすでに戦争について語っていた。夫のアラン・キャメロンは、第一次大戦の塹壕戦を体験し、毒ガス後遺症の眼病に長く苦しんだ。モード・エルマンの示唆するように、フォースターの『眺めのいい部屋』とボウエンの『ホテル』の決定的な違いは、第一次大戦の経験の有無である。(6)ルネッサンスの空気あふれるフィレンチェを舞台にし、ホテル名もペンション・ベルトリーニと明示される『眺めのいい部屋』のはつらつとした主人公の動きと対照的に、ボウエンのホテルは名前も明示されず、リヴィエラ海岸のどこかである、としか場所も指定されない。ボウエンのホテルの内部描写をみていこう。

隠れ家でありながら、囲いでもあるホテル

イタリア・リヴィエラの光に満ちた屋外のシーンと前後しながら現れるホテル内部は半分麻痺したように半分死んだように薄暗い。冒頭、仲良しのミス・ピムと喧嘩してしまった独身中年女性ミス・フィッツジェラルドは、ホテル内部の静けさに耐えられなくなり「一生自分は考えることができなくなるのではないか」という恐怖にとりつかれ、ホテルから飛び出していく。残されたミス・ピムは、ゆっくりと螺旋階段をくだってラウンジにおりていく。

そこには、人っ子一人いなかった。影に潜む動きさえもなかった。午前十一時、皆、店や図書館に出かけたり、丘に上ったり坂の下のテニスコートに行ったりしているのだろう。客間の曇りガラスのドアには、海からの照り付けを遮る影ひとつ横切らなかった。喫煙室からは物音ひとつ聞こえてこない。ミス・フィッツジェラルドはいなかった。(7)

否定を連発することによって、死んだように静まり返った午前十一時のホテルのラウンジの様子が目に浮かぶ。先ほどまでの激しい口論を思い返しながら、ミス・ピムはその静まり返ったラウンジで自分がいつのまにか冷静に自分を見つめなおしていることに驚く。「誰も急かされず、束縛されていなかった。時間はなににも強制されず、流れていく。午後は絶え間なく伸びていき、明るく空白に間延びしているかのようだった」(二〇頁)。

ホテル内の時間は、果てしなく続く倦怠感にも似た雰囲気と、半分凍りついたかのような不思議な静けさとともに描写される。ベネットとロイルは冒頭シーンからこのホテルは「一時停止」(abeyance)の状況に陥っていること、人々の動きにも「静止した」(still)というフレーズが繰り返され、シドニーを筆頭とする登場人物全体が、流動的・能動的な動きを妨げられ麻痺したような状態にあると論じている。(8) 小説内のピクニックのシーン中、シドニーはこの草原の中に壁があるのは十字軍時代のイスラム軍(サラセン人)との戦いの名残だ、という話から転じた自分の妄想をミルトンに話し出す。「もし突然サラセン人が空から現れて地上に舞い降り、ホテルを破壊したらどうする? みんな彼らはもういないと思い込んでいるけど、サラセン人は「一時停止」しているだけだったの。すべての過去ももしかしたら巨大な「一時停止」状態にあるだけかも! でもね、サラセン人に連れ去られて困る人ってこのホテルに何人いるかしら……」(三五頁)と。自分の空想に興奮気味のシドニーは、ホテル内に入っていくとまたぼんやりとしたいつもの自分に戻っていくのを感じる。そしてまわりを見回し、「望まれず、安全で、個性のない」滞在者の顔を眺めながら、「(いなくなって困る人って)あまり多くはないわ」とひとりつぶやく。

ホテルに滞在するのはほとんどがイギリスからの旅行者たちだ。みなおそらく上層中流階級出身で、毎シーズン常宿している人も多い。そしてまた彼らの多くが私生活で「行き場のなさ」を抱えている。毎午後、ご婦人たちの集団が、ラウンジで様々なゴシップに花を咲かせる。彼女たちは、イギリスの自分たちの家での生活についてこう言う。

「冬場の長い夜を、空っぽの部屋で毎晩毎晩座り続けて過ごしていると、人間らしい感情をほとんど感じなくなってくるのです。いつも外出したり、誰かを訪問したり招待するわけにもいかないでしょう。客間のドアをしめると、すぐに落ち着かない気持ちになるのです。一人で部屋に閉じ込められるのは、とても不自然に感じるものですね。」ある婦人は、そんな回想に身震いしながら、自分の心地よい避難場所である人々を見回した。皆、その通りね、とうなずいている。彼女たちが逃れてきたものは、恐ろしいものだった。（五三―五四頁）

「ドアをあければ、女中たちの笑い声が聞こえて落ち着かないし、本を読んでも電話をしていても終わってしまえば、落ち着かず、孤独を感じずにはいられない。ホテルにいればいろいろな人と出会えて毎日話せるから、とても幸せね」（五四頁）と彼女らは確認しあう。そう、外国にあるこのホテルは孤独な中年のイギリス夫人たちにとっては「心地よい一時的避難場所」なのだ。同時にこのホテルでの生活を息苦しい一種の囲いのように感じる人もいる。ミセス・リー・ミティソンは、ある晴れた日、ピクニックを夫とともに企画する。若い娘たちの気を引こうと必死な夫を横目でみながら、美しい緑の丘に腰を下ろし少し離れた場所にみえる邸宅を眺めている。そこに突然幸せな自分の姿を空想し始める。緑に囲まれた家で家族のために立ち働く幸せな自分を見つめ、束の間の幸福感に酔いしれる。しかし突然現実に戻り、めまいと吐き気を催す。

その家は、まるで彼女が望遠鏡を目から離したかのように、急に彼女の目前から遠のいた。代わりに自分の今の生活に焦点が合い、目の前に跳ね返ってきたので、彼女はめまいを覚えた。ホテルの無数にならぶ寝室のことを考えると吐き気がした。（三六頁）

ホテルは一時的な避難場所、隠れ家である一方で、人々に現実を思い起こさせ、己の人間関係の希薄さ、絆の薄さを露呈させる残酷な場所でもあるのだ。ミセス・デュプリエは、ある夜ホテルで開かれたガーデンパーティーで、夫を見てなどいないふりをしながら監視している自分に気付く。そして突然自分が一番幸せだった十九歳のある夜を思い出す。夫となるデュプリエ大佐に誘われて、ダンスをした十九歳の美しかった自分。しかし突然現実に戻り、夫が若いジョウン・ロレンスと親密そうに話し込み、窓から庭へとでていくのをただ見ていることに気付く。その途端すべてに耐えられなくなり、自室へと逃げ帰っていく。人々をある一瞬麻痺したような、茫然自失の状態に陥らせるホテル内での不可思議な瞬間をボウエンはしばしば描き出す。十一歳の少女コーディーリア・バリーはホテル内の人々を評して「あのひとたち、生きてないみたいじゃない!」(八一頁)と断じる。ホテルそのものが、繭《まゆ》に包まれ死んでいくような錯覚を覚えさせる。そんなひとつ屋根(繭)の下で、これまたそれぞれの繭のなかに閉じこもりがちな人々が、食事時やパーティー、ピクニックの時分に、出会い、少しずつ交流を持ち始める。ボウエンはこの『ホテル』という小説で、食堂やラウンジなどの公的空間と個室という私的空間が混在するホテルの特性を生かし、独自の人間観察を繰り広げ、自分の隠れ家を探す人々が集い、去っていくさまを描いたのではないか。

隠れ家を探すヒロイン像

そのホテルを舞台に、ボウエンはどのようにこの小説のヒロインであるシドニーを造形していったのか。シドニーは二十二歳の知的だが、どこか冷ややかで、常に一歩引いて人々を観察しているようなヒロインである。そんな彼女はホテルの外をジョン・ミルトンと散歩している際、珍しく熱心に話し出す。

私、よく思うんです。いろんな家の、ううん、とりわけホテルの正面の壁を、人形の家の壁みたいに自由に開けることができたら面白いだろうなって。想像してみて。何百もの仕切られた部屋べやを。壁が灯りでほんのり照らされていて、本物みたいな階段があって、みんな、それらしい態度でそれらしいことをしているの。彼らはまるで何かを象徴するためだけにそこに置かれていて、生まれてから一度も自分の人生を生きたことがないの。（六八―六九頁）

ボウエンのホテルへの俯瞰的視点、ホテル自体も登場人物の一人であるという意識を示唆していると同時に、生きている人間を生命のない人形に見立てて、自己の妄想の中で遊びたいというシドニーの他者との、そして現実との距離感・かい離も暗示している。「神経を鎮めるために」「もし可能なら誰かに出会い婚約もできたらいい」と親類筋に期待されつつ、四十歳の既婚女性・従姉テッサに付き添われ、イギリスの冬を避け光あふれるイタリアのホテルにやってきたシドニー。「医者になる試験」を帰国後受ける予定らしいこと、またシドニーには父親がいないことを読者は夫人たちの噂話から知る。母親に関しては何も言及されない。孤児である、といっていいだろう。シドニーはこの小説以降にボウエンが何度も描いていく「行き場のないヒロイン」の原型ではないだろうか。性格も素直でなく、何を考えているか周りの人にもよく分からず、自分自身も何を欲しているのかがつかめていない。

『パリの家』(*The House in Paris*,1935) のヘンリエッタ、『心の死』(*The Death of the Heart*, 1938) のポーシャ、『最後の九月』のルイス、「マリア」('Maria') のマリア、「闇の中の一日」('A Day in the Dark') のバービーなど、ボウエ

ンは「行き場のない」不安定な心境のヒロインを繰り返し描いた。ヒロインのほとんどが孤児、もしくはひとり親で、今いる場所ではないどこかへ行きたいという隠れた願望をもつ。なぜボウエンはこのようなヒロインを繰り返し描いたのか？　ボウエンは父の精神的な病を理由に、七歳から母と二人でアイルランドを離れ、イギリス南部の親戚の家やホテルを移動する日々を過ごしていた。しかし十三歳の時に母を病気で亡くし、そのショックで吃音（生涯、完治することはなかった）になった。数年後、父は再婚し、またボウエン自身も二十二歳でアラン・キャメロンと結婚し、小説家としても成功し、自分自身の居場所を確立することができた。しかしこの子供時代の記憶、トラウマは、生涯消えず、彼女の創作活動の原点になったのではないだろうか。『ホテル』という小説ではボウエン自身が少女時代に感じたであろう行き場のない孤独感と、第一次大戦でイギリスがこうむった喪失というトラウマが二重に絡み合い、根底にくすぶっている。

そんなシドニーは、ホテルに常宿しているミステリアスで美しい年上の女性ミセス・カーに心酔している。二人の仲の良さはホテル内でも有名で、噂好きの女性たちは「年上の女性との友情は時に危険ですわ。男性に夢中になるほうがずっとましですわ」（五三頁）と格好の話題にしている。ミセス・カーはこの作品のなかでしばしば絵画の美女に例えられる。彼女の二十歳の息子ロナルドはある夕暮れテラスで母と話しながら、ロゼッティが最愛の妻シダルをダンテのベアトリーチェになぞらえて描いた瞑想する美女「ベアタ・ベアトリクス」を想起する。ロゼッティはシダルが死ぬ前の様子を描いていることから、美しさと同時に、死の影という不吉なものを宿した存在としてミセス・カーは描かれる。そしてオレンジ色の夕日、ブルーの海、そして鮮やかな赤色のゼラニウムを背景にして、ホテルの窓枠に囲われてソファに座るミセス・カーの姿を、絵画を眺めるようにロナルドはじっと見つめている。ミセス・カーは、ドイツの大学から息子ロナルドがホテルに一時的にやってきて以来、シドニーのことをほとんど忘れたかのように、ロナルドとばかり時を過ごしていた。シドニーにとってミセス・カーに無視されることは「消滅（extinction）」（一四頁）させられたかのように、衝撃的な出来事だった。ミセス・カーの無視をなじるシドニーに対して、ミセス・カーは「絵のように」（一一五頁）微笑みながら「あなたはずいぶん私に多くを期待しているし、私にずいぶん尽くしてくれたのに、ごめんなさい。罪悪感を感じるわ。でも私は友達同士のバランスが完璧にとれていないと恐ろしくなってしまうの。私は多分冷たい人間なのね」（一一七頁）とつぶやく。シドニーは「芸術作品と同じように、無関心な残酷さというのは特有の純粋さをもち、すべてを超越し、その残酷性を行使する一番近くにいる人物に捧げられるのね。（一一八頁）」と悟る。そしてミセス・カーが自分の密かな「避難所（sanctuary）」（一一八頁）になってくれるのではないか、と期待していたシドニーの幻想は打ち砕かれ、改めて自分の「行き場のなさ」をしみじみ実感する。「もうどこにも戻る場所はないんだわ」（一一八頁）とつぶやき、ミセス・カーの腕を静かに引き離しながら「もうホテルに戻ります」とシドニーは言う。

ミルトンの存在感

ミセス・カーという「避難所」をなくし茫然自失だったシドニーの前に現れた救世主のような存在がジョン・ミルトンだった。ダービーシャーからやってきた四十三歳のイギリス人牧師であるミルトンは、大柄で、口髭とねずみ色のまゆげをもった、知的で控えめながら、目じりの皺にちらりとユーモアをたたえたような人物である。ホテルという大きな繭にも似た舞台の下で、受け身で漫然と過ごす登場人物が大半のなか、ミルトンはこの小説内で、貴重な笑いの要素とわずかではあるがアクティブな働きかけを提示する。

まず初めにホテル内での暗黙の了解であったミセス・ピンカートン専用の浴室を、何も知らず、ホテルに着いた途端、汗だくの体を流そうとミルトンは使ってしまう。その珍事からミルトンは一躍陰の有名人となり、「みんなに嫌われてしまった」と一人悩みながら、すべてのピクニックやハイキングに参加し、人々と交流しようとする。オースティンの『エマ』を思わせるピクニックシーンで、場を仕切りたいミスタ・リー・ミティソンの話をほとんど誰も聞こうとせず、ヴィクターとヴェロニカという若いカップルが二人で走り去ってしまい、気まずい沈黙に全員が押し黙っているとき、ミルトンはその奇妙な空気に耐えきれず突然爆笑してしまう。みんなが彼に冷たい視線を投げかける。その後「ミセス・ピンカートンに嫌われてしまった」と落ち込むミルトン。親しくなったミス・ピムとミス・フィッツジェラルドの仲良し二人組は、「気にしないで！ 彼女はキャサリン・ド・バーグ夫人なんだから！」と、オースティンの『高慢と偏見』を引き合いに出して彼を慰め、ミルトンは「ぼくのシャーロットはどこにいるんだろう」とまたひとり考え込む。ミルトンはこの小説内で喜劇的・道化的役割と同時に、シドニーにプロポーズという能動的な働きかけをする大切な役割も受け持っている。ミルトンがシドニーに恋する瞬間はこのように描かれる。

シドニーがふわりとした白いマントを広げ、はおった時、時が止まった。シドニーの思考とは無関係で、彼女自身は全く無自覚だったのだが、情熱的なベアトリス・チェンチ(9)のような表情で彼女がテニスコートを振り返った瞬間、ミルトンの心臓は喉元まで飛び上がったように高鳴った。（六七頁）

そんなミルトンと対照的に、シドニーはピクニックの際、キスするヴェロニカとヴィクターをみても、「映画の一場面のように遠く、情熱のない描写された情熱のように、ミニチュア化された非現実的な二人」（四二頁）としてしか見ることができず、情熱を、恋愛を、生々しいものとして実感できない自分に失望する。そんなシドニーも、ミセス・カーの冷たい言葉には打ちひしがれ、一度断ったミルトンのプロポーズを自らもう一度引出し、二人は婚約する。テッサはシドニーの報告に大喜びし、シドニーとミルトンは束の間の幸せを感じているようにみえた。しかし、ある昼下がり、テッサ、ミセス・カー、シドニー、ミルトンはある丘までドライブに出かける。そのドライブの車中、シドニーは、「自分に映し出された投影像、つまりミルトンの婚約者、テッサの若い従妹、ミセス・カーの元秘蔵っ子で今はただの友人、という役割以外の自分自身が無い」（一五六頁）と無力感につつまれ、茫然と前方を見つめている。その時、突然事故に巻き込まれ、彼らの車は激しく揺れ、急停止する。その瞬間、初めてシドニーは「生」を「死」と同じくらい鋭く、「自分の意識にかみつくように、自分ののどに突き立てられたナイフのようにはっきりと感じた」（一五八頁）。自分の生が初めて切実に危機にさらされた時、「生きている実感」を感じ、ミルトンに婚約の破棄を申し出る。今までのことは「夢の中のようだったから、結婚は無理だわ」（一六〇頁）と。ミルトンも受け入れ、小説はラストシーンに突入する。

死者が詰めかける墓場

シドニー、ミセス・カー、ジョン・ミルトンの関係を見てきたが、この物語の底を支えるイメージにつながる場所をもうひとつ見ておきたい。ホテルという建物が有する雰囲気、それが象徴するものはこの物語全編を支配し、特にシドニーの不安定な心理状況を映し出す鏡のような役割も果たしている。そのホテルと同じくらいの存在感をこの物語の中で示す場所が、墓地である。第十三章に登場する墓地の風景は第一次大戦の残した傷をまざまざと浮かび上がらせ、この物語の屋外のシーンにあふれるリヴィエラの強い光につきまとう陰のように、物語全体に暗い通底音を響き渡らせている。ある朝、シドニーは、親密だったミセス・カーに無視され、彼女が一人息子ロナルドと出かけるのをじっと見送った後、ジョン・ミルトン、少女コーディーリアと共にホテル近くを散歩する。墓地に入る直前、コーディーリアが少し離れた時、ミルトンはシドニーに突然プロポーズするが、シドニーは即座にそれを断る。ミルトンはホテルに戻っていき、シドニーとコーディーリアは墓地に入っていく。二人は、「非難するような強い光の中で、兵士たちの小さな十字の墓標がずらりと千鳥格子状に並んでいる」（八六頁）多数の戦死者の眠る荒れた墓地を見渡す。刺すような強い光によって、墓地は「優雅さが奪われ、細かいところまで鮮明に見えすぎるような印象」（八六頁）を二人に与えた。「リボンやマーブルや花や陶器であふれるその墓地は、サロンのようだった。死の重要性がこれほど強く前面に押し出されている場所はほかになかった。」（八六頁）

エルマンが、「（ホテルと墓地の）類似性は、驚くほど確かなものだ。ホテルの滞在者と同様に、死者もまた一過性のコミュニティに押し込められた他者たちなのだ」[10]と端的にまとめているように、ボウエンは「ホテル」と「墓地」に奇妙なほどの類似性と交換可能性を暗示する。ホテルと同様に、墓地も、特にこのように大量の戦死者を出した大戦後は、見知らぬ者同士がひしめき合う死者の場所なのだった。またホテルが一般的には人々の一時的な滞在場所であるのと同様に、この墓地も遺体が永久に埋葬されることはあまりないという。コーディーリアは言う。「この墓地に永遠にいるためにはものすごいお金がかかるんですって！　この墓地は小さくて、でも人は死に続けるから、お金が払えないと、どこかほかの場所に移動しないといけないんですって。」（八八頁）生者が生活する場所を移動するのと同様に、死者もまた掘り起こされ移動させられていく。そしてまた「あのホテルにいる人たちって半分死んでるみたいじゃない！」といったコーディーリアは、「私はイタリアの墓地って大好きよ。人が本当に住んでいる感じがするから！」（八六頁）と付け足す。生はどこかに死を宿す。生と死はどこかでつながった、ひと連なりのものなのではないか。半分死んだような、麻痺したようなホテルに集う生者も、墓地に埋葬された動かぬ死者も、あるひと時、偶然居合わせ、集い、同じ時間を共有し、そしてそれぞれの場所へまた去っていく。コーディーリアの言葉を聞き、シドニーは突然「新しい死者が墓地の門に詰めかけている」（八八頁）様子を妄想し、ぞっとする。そして「死者の代わりに、ミセス・カーとロナルドが笑顔でおしゃべりしながら門から入ってきたらどうしたらいいんだろうと思った。自分が二人を恐れる気持ちが、たとえ想像するだけでも、彼らの無意識をひきつけたのかもしれない」（八八頁）と考えている。シドニーを遠ざけたミセス・カーを恐れる気持ちと、戦死者にあふれた墓地が象徴する第一次大戦の残した傷の深さが、時間を超え絡みつく。

小説『ホテル』が出版された同年に、ヴァージニア・ウルフ（Virginia Woolf, 1882–1941）は『灯台へ』（*To the Lighthouse*）を著している。ウルフはその第二部「時はゆく」の中で、かつてラムジー一家が暮らしていた美しい家が第一次大戦によって、空っぽになり、荒れ果て滅茶苦茶になる様子を刻名に描写している。

> 来る夜も来る夜も、夏も冬も、時には横暴をきわめる嵐が、また時には晴天時の刺すような静けさが、誰にも邪魔されることもなく一帯に君臨していた。空っぽの家の二階の部屋で耳を傾けると（そんな人がいればだが）、聞こえてくるのは、雷鳴まじりの巨大な混沌がころげまわり、あばれまわる地響きの音ばかりだったろう。(11)

「意識の中の時間」「意識にとっての時間」に徹底的にこだわったウルフは、この第二部で、第一次大戦を含む十年という月日を、一軒の家を襲う一夜の暴力的な嵐のように描写した。[12] 第一部の心温まるラムジー家の描写との落差により一層、戦争の暴力性、人々にもたらすむなしさと喪失が容赦なくえぐりだされる。ボウエンもまた独自の手法で、戦争の生み出す無数の死を、そしてコインの表裏のような生と死の関係性をこの小説内で、特にこの墓地の章で描写したかったのではないか。そんな多数の死者が眠る墓地で、頭上の空を飛ぶ鳥を眺めながら、シドニーは「未来へ逃れたいといつも思っていたけれど、ここは未来の終着地なのね」(八七頁)と思う。シドニーの未来は、ホテルの未来はどうなるのか。小説のラストシーンを最後にみていく。

丘の上からホテルを見下ろす二人

物語の最終章、「旅立ちのとき」(Going Away)は、ロナルドとミルトンが一緒にジェノヴァへ旅立つ様子から始まる。別れを惜しむ滞在客と握手する二人を、階段下で眺めながら、ミス・ピムは、「われら(彼ら)死せんとする者きみに礼す('Morituri te salutant')(剣闘士がローマ皇帝に挨拶するときの表現)」とひとりつぶやく。

出発しようとする人々を見ると、いつもこう言っているように彼女には見えた。彼らにはどこか、運命に支配された、犠牲的な雰囲気があった。(二七一頁)

これから死にゆく人をみるように、旅立つロナルドとミルトンを眺めるミス・ピム。ミルトンは出発直前、同日旅立つ予定のシドニーとテッサに、階段途中で呼び止められる。ぎこちなく握手し、別れの言葉を交わすミルトンとシドニー。シドニーはテッサに連れられ、フランスのリヴィエラに行った後、イギリスへ戻るという。婚約破棄後、シドニーは「取るに足らない人物として追いやられ、無名の死者のように噂され」（一六二頁）ていた。出発前日、シドニーは、ミセス・カーに借りていた本を返しにいく。ミセス・カーは、パリにいる友人から招待されたので、次はパリに行くわ、とロナルドに話している。シドニーは、ミセス・カーに言う。「あなたから学べることがあるとすれば、それは残酷さと不公平によって、人は病み、寒々とした気持ちになる、ということです。あなたがこれから会いに行く誰かもそのことを学べたらいいと思います」（一六八頁）と言い放ち、部屋を出る。茫然とするミセス・カー。こうして、皆、ばらばらの場所に向けてホテルを去っていく。シドニーは自分の居場所をいつか見つけることができるのだろうか？　読者には何もヒントは提示されないが、まだしばらく彼女は自分の一時的避難所を求めて、漂い続けるのではないだろうか。そんな人々をしり目に、ロナルドとミルトンが出発した後、ミス・ピムとミス・フィッツジェラルドは栗の木の下を散歩している。ミス・ピムは親友を優しく見つめ、しみじみ感じる。「自分たちの関係性の最も難しい部分に関して話し合える誰かがいつもそばにいてくれることは素晴らしい。人々がやってきてそして去って行っても、変わらずそばに誰かがいてくれること。友情は人生の素晴らしい基盤だ」（一七四頁）と。そして二人は大喧嘩をした日のことを思い出す。

丘から見えるホテルは、人形の家のように小さかった。肩を寄せ合いながら二人はホテルを見下ろした。手を取り合い、仲直りし、心から安心して、二人はあの日のことを思い出していた。（一七五頁）

これが小説のラストである。ミス・ピムとミス・フィッツジェラルドは、丘の上からホテルを眺め、お互いの大切さをかみしめながら、物語の始まりの日を思い出している。ラストシーンの中に小説の始まりが円環的に回帰していることが示唆される。ミス・ピムとミス・フィッツジェラルドはお互いの友情の中に、お互いの居場所を見つけた。ボウエンが女同士の友情に永続する幸せを見出していることは、注目に値する。「人形の家」のように見えるホテルからシドニーもミセス・カーもミルトンも去り、そしてまた新たな滞在者がほどなくしてやってくるだろうことを読者は感じ取る。時間は続いていく。

ボウエンの長編小説の出発点として読むと、この『ホテル』という作品には多くの重要なテーマの萌芽がみてとれる。ボウエンは、「ホテル」という人々が束の間集い、そして去っていく場所を舞台にし、「避難場所を探す」ヒロインを描いた。イタリアというイギリスの外から、二〇年代のより海外旅行が一般化したイギリスの上層中流階級の人々の心境と人間模様が描かれるのも興味深い。その物語の背景には第一次大戦が人々に与えた取り返しのつかない喪失感があり、死者の影が物語の底辺に常にちらついている。ヒロインを始めとする登場人物の多くが、ホテルという仮の家の一時的な生活のなかで、誰かとつながりをもちたい、絆を深めたいともがいている。でもなかなか絆は深まらず、ばらばらなまま、ホテルを去っていく。その様子を丘の上から眺める二人の老婦人の友情にラストシーンで焦点が当てられ、物語は幕を閉じる。二年後の二九年に出版されたビッグ・ハウス小説『最後の九月』のラストシーン――ビッグ・ハウスの大炎上――(ヒロインの去就も含め)と対比しながら考察してみると、さらにこの小説の味わい深さは増すだろう。

注

（1）Elizabeth Bowen, *The Mulberry Tree* (London: Virago, 1986), p. 123.　拙訳。

（2）Hermione Lee, *Elizabeth Bowen* (London: Vintage, 1999), p. 59.　リーは、ウルフ『船出』(*The Voyage Out*) と『ホテル』の類似性についても説明している。

（3）海野弘『一九二〇年代旅行記』（冬樹社、一九八四年）、一〇九頁。二〇年代のホテル、汽車、汽船など旅する空間を舞台にしたアメリカ・イギリス小説に焦点を当てている。

（4）Paul Fussell, *Abroad: British Literary Traveling Between the Wars*(Oxford: Oxford UP, 1980), p. 53.　またイギリス文学における様々なホテルの表象に関して、宗内綾子、「イギリス文学と「ホテル」一八七四―一九三九」（『リーディング (*Reading*)』23、東京大学大学院英文学研究会、二〇〇二年）、一四三から一五一頁。を参照させて頂いた。

（5）清水一嘉編／鈴木俊次編『第一次大戦とイギリス文学――ヒロイズムの喪失』（世界思想社、二〇〇七年）、i-x.

（6）Maud Ellmann, *Elizabeth Bowen The Shadow Across the Page* (Edinburgh: Edinburgh UP, 2003), p. 79.

（7）Elizabeth Bowen, *The Hotel* (London: Penguin, 1927, 1956), p. 5.　拙訳。以下引用は本文中で括弧内に示す。

（8）Andrew Bennett and Nicholas Royle, *Elizabeth Bowen and the Dissolution of the Novel* (New York: St.Martin's Press, 1995), pp. 1-15.

（9）チェンチ (Beatrice Cenci, 1577-99) は、イタリア貴族の女性で残酷な父親の仕打ちに耐えかね、継母・兄弟と謀って父親を殺したために捕えられ、翌年処刑された。

（10）Ellmann 83.

（11）Virginia Woolf, *To the Lighthouse* (London: Wordsworth Editions Limited, 1927, 2002), p. 98.　御輿哲也訳『灯台へ』（岩波文庫、二〇〇七年）、二五八頁。

（12）前掲書『灯台へ』のあとがきを参照させて頂いた。

第二章『最後の九月』

光と影の効果から読み解くヒロインの心理
——反転する始まりと終わりの意義について——

杉本　久美子

多彩な要素を持つ『最後の九月』

短篇の名手エリザベス・ボウエン (Elizabeth Bowen, 1899–1973) にとって『最後の九月』(*The Last September*, 1929) は、二作目の長編小説である。[1] この作品については一九五二年に出版された同作品のアメリカ版の序文にボウエンが詳しい解説を記しており、作品を読み解く上で多くの手掛かりを与えてくれる。この序文によると、『最後の九月』は小説家として長編小説を書く上での自らの課題に取り組んだこと、彼女が書いた長編小説十作品の中でも特に心情に近い作品であるとしている。さらにボウエンはこの作品に「回想録」(recall) としての側面を与えたと記している。[2] 技巧上および心理的な面からも思い入れの深いこの作品は、ボウエンにとって初期の長編小説でありながらも、後の作品の根幹をなす要素が多分に織り込まれたものとなっている。

物語は、ダニエルズタウンと呼ばれる邸宅を舞台に、ヒロインのロイス・ファーカーの葛藤と精神的覚醒へといたる過程が、ビッグ・ハウス (Big House) を中心とするアングロ・アイリッシュ (Anglo-Irish) 文化やトラブルズ (the Troubles) と呼ばれる時期のアイルランドの緊迫した社会状況とともに描き出されている。またボウエン自身もアングロ・アイリッシュであること、『最後の九月』の最終場面が、彼女の実体験から着想を得たものであることから、ボウエンの自伝的要素も組み込まれた作品である。さらに文体に関しては、序文で彼女が記したように意図的に過去形や時代の変遷を感じさせる表現を多用することで、「回想録」の側面を強く漂わせている。加えてボウエンの風景描写は言葉による絵画と言えるほどに視覚効果に富んだものとなっており、読者の脳裏にダニエルズタウンの景観を鮮明かつ印象的に映し出す作品でもある。

このように『最後の九月』には多くの構成要素が組み込まれており、作品に対する中心視点次第で作品の様相が様変わりする、万華鏡のような魅力を湛えた作品である。よって、この作品の主要要素を建物・登場人物・描写方法の視点から三段階に分け、作品で多用される「光」(light) と「影」(shadow) という表現をキーワードとし、最終章における物語の反転の意義について考えてみたい。

共鳴しあう邸宅と住人

『最後の九月』はダニエルズタウンと呼ばれる邸宅にヒューゴとフランシーが到着する場面で始まる。このダニエルズタウンはアイルランドではビッグ・ハウスと呼ばれるもので、物語は主にこの邸宅を中心に展開する。ボウエン自身もアメリカ版の序文で指摘しているように、『最後の九月』が描き出す世界を読み解くには、ビッグ・ハウスを中心としたアングロ・アイリッシュの実情、またトラブルズと呼ばれる第一次世界大戦前後から一九二〇年代にかけてアイルランド南部でおきた対英抗争などの状況を踏まえる必要がある。よってまずは作品の土台となっているビッグ・ハウスおよびアングロ・アイリッシュの実情をおさえ、主人公ロイスを取り巻く状況を概観したい。

ビッグ・ハウスはアングロ・アイリッシュ・アセンダンシー (Angro-Irish Ascendancy) と呼ばれる地主階級の居

住地であった。アングロ・アイリッシュの由来は、生粋のアイルランド人ではなく、イングランドとアイルランドとの間で生じた王権争い、またその後の宗教・領地問題に対する政策で十六世紀末からアイルランドへ送り込まれたイングランド人移民である。カトリックとプロテスタントのせめぎあう情勢のなかで、彼らは領地保有という使命のもと、イングランド人やプロテスタントとしての誇りのもとに地主階級としての地位を確立していく。その一方で、時代を経ても生粋のアイルランド人からは支配者とみなされ、イギリス人でもアイルランド人でもない、アングロ・アイリッシュという両国から孤立した存在となっていった。(3) ボウエンもアングロ・アイリッシュの後裔であり、幼くしてイギリスに移り住んだものの、ボウエンズ・コート (Bowen's Court) と呼ばれ、またダニエルズタウンのモデルともなった邸宅を相続している。対英抗争が烈しさを増した一九二一年に近隣のビッグ・ハウスが襲撃されたこと、またボウエンズ・コートも焼き討ちされるかもしれないと父親からの知らせを受けた経験が、ボウエンに『最後の九月』の着想を与えた。(4) またボウエンズ・コートとダニエルズタウンはほぼ同じ形状であること、さらにはボウエン自身が序文のなかで「私はダニエルズタウンを生み出した家の子どもだった」(『マルベリー・ツリー』二二六頁) と述べるなど、両邸宅の相関関係を指摘している。(5)

そもそもビッグ・ハウスはアングロ・アイリッシュの単なる住宅に過ぎなかったものの、地主階級としての地位が確立されていくに従い、邸宅や屋敷と呼ぶにふさわしい規模へと拡大していった。ボウエンはビッグ・ハウスを「まるで一つの島、一つの世界のよう」(『ボウエンズ・コート』一九頁) とし、「アイルランドにおけるビッグ・ハウスはとても孤立している」(『印象集』一九五頁) と述べ、ビッグ・ハウスの特性として「孤立」を強調している。邸宅までの長いアプローチや広大な敷地を森が取り囲むといったビッグ・ハウスの造りは物理的な孤立性を帯びるだけでなく、そこに住むアングロ・アイリッシュたちの文化にも影響を及ぼした。ビッグ・ハウスの持つ特性についてボウエンはエッセイ集の中で「それぞれの家は個々の呪縛のもとに暮らしているようだ」（『印象集』一九五頁）と表し、ビッグ・ハウスが帯びる孤立性については「呪縛」(the spell) という表現をあてて、邸宅とアングロ・アイリッシュの特異性を指摘している。

> 木々に取り囲まれたビッグ・ハウスでの生活には特質が滲み込んでいます。これが呪縛の要因だと思うのです。無数の過去の亡霊たち、ここに住みこの壁の中でこれと同じ決まりきった生活を送った死者たちの亡霊が、何かあるもの、つまり一種の秩序、生存の根拠のようなものを一刻一刻つけ加えるのです。ビッグ・ハウスの住人たちが今なお多く犠牲にするのは、こうした秩序、生活様式、伝統に対してなのです。(6)
>
> （『印象集』一九八―一九九頁、傍点筆者）

「呪縛」という表現の他にもビッグ・ハウスに対して「決まりきった生活」(same routine of life) や「秩序」(the order)、「伝統」(the tradition) という表現が用いられており、ビッグ・ハウス文化の中核には「孤立」と「不変」があるといえるだろう。ボウエンが小説を書く上で場所や時代は単なる構成要素以上のものであった。このビッグ・ハウスやアングロ・アセンダンシーの特性は『最後の九月』の登場人部たちにも色濃く反映されている。

世代別にみる登場人物の特性

『最後の九月』の主人公ロイスはダニエルズタウンの所有者サー・リチャード・ネイラーとマイラ・ネイラーの

庇護下にある。ロイスはこの邸宅に暮らすロレンスと同様、夫妻の実子ではなく、姪と甥にあたる。作品の中でネイラー夫妻の子どもは登場せず、ダニエルズタウンの直接的継承者は描かれていない。よってダニエルズタウンは継承の断絶する可能性を内包している。この作品で主に描かれているアングロ・アイリッシュは、ネイラー夫妻、ヒューゴとフランシーとロイスの母ローラ、マーダ・ノートンそしてロイスとロレンスである。よって世代別にみると三世代に分類することができる。

　ロイスたちの庇護者であり第一世代にあたるネイラー夫人はダニエルズタウンと同様に旧来のアングロ・アイリッシュの特性を象徴している。ネイラー夫人は「私は気づかないようにしている」（七八頁）とフランシーに言ったように、ネイラー夫人は社会の実情をあえて認識しようとはしない。むしろ夫人の開くテニスパーティにはイギリス人もアイルランド人も招待されていることから、アングロ・アイリッシュの置かれた現状にすら気づいていないことがわかる。

　第三世代のロイスは本質的に孤独であり、自分の将来に不安を抱いている。ロイスについてボウエンは序文の中で「未だ目覚めていない、半覚醒状態のヒロイン」（『マルベリー・ツリー』一二六頁）であることを明かしている。ロイスの両親は既に他界している点や彼女が思い起こすのは母親との思い出ばかりであること、ネイラー夫人がロイスの絵の才能を伸ばそうとするくだりは、ボウエンが幼児期に父親と離れ母親と二人で生活していたことや十三歳にして母親を癌でなくしたこと、小説家になる前には画家になるのが夢だったことと符合するため、ロイスにはボウエン自身が投影されているといってよいだろう。十九歳という年齢のわりには言動に安定や定着を求める傾向が強く、結婚することでネイラー夫人らと同じ世界、旧来のアングロ・アイリッシュの世界に帰属したいと思っている。それには彼女の生い立ちもさることながらダニエルズタウンにおける彼女の立場も深く影響している。サー・

リチャードの血縁であるとはいえ、後ろ盾となる父親もいなければ、女性として一番身近なプロトタイプとなる母もいないロイスには精神的に拠り所となる人物がいない。ネイラー夫妻とモントモレンシー夫妻の会話から何もいわず中座しても「誰にも気づかれない」存在であり、また外階段で夕涼みをしていてもロイス以外は早々に屋敷内に戻り、彼女一人だけが散歩に出かけ、戻ってきても誰にも気づかれないことから、ダニエルズタウンにおけるロイスの存在は希薄なものであるといえる。ロイスはマーダに対して「パターンに組み込まれたい」「繋がりたい」「ただ存在しているだけだなんて心もとないし、とても孤独だわ」（一四二頁）と吐露しており、自分の不安定な立場と孤独を認識していることがわかる。そのようなロイスに対しマーダは、ゆくゆくは妻となり母親となりたいのか尋ね、「常に女でいられることとっていいものよ」（一四二頁）とコメントしている。しかしロイスは「女なんて嫌いだわ。でも他のものになるにはどうしたらいいのかわからないの」（一四二頁）と述べており、彼女の中に「揺らぎ」があることがわかる。さらにロイスについては「彼女は女性であるがゆえに意識されることは気にしなかった。淑女であるがゆえに意識されないことにはうんざりしていたのだった。」（一四三頁）と記されており、あえて気づこうとしないというネイラー夫人と違って、ロイスには認識の有無に対する強い意識が窺える。

　彼女は妻帯者でありダニエルズタウンでは第二世代にあたるヒューゴに淡い恋心を抱くも、ヒューゴはロイスを一人の女性として認識していない（一一八頁）。むしろ彼女を通してかつて彼が愛したロイスの母ローラとの思い出に想いを馳せている。ゆえにロイスは自分に愚直なまでに想いをよせるジェラルド・レスワースと「結婚しなければならない」（一四一頁、傍点筆者）と折に触れて思う。[7] このような「揺らぎ」はロイスの外面と内面についての描写からも読み取ることができる。

　ロイスは外見上母親のローラに似ている、まるで生き写しのようだとフランシーに称されている。またロイスが外階段に立っている際の邸宅の様子は「いつもとは何かが違う」、「その場所を別のものにしていた」（一六頁）と描かれており、ネイラー夫人は、ロイスの性格は亡きウォルターに負うところが多いとしている（一八頁）ことなどから、ロイスには第一および第二世代にはない要素が秘められていると考えてよいだろう。さらにロイス自身も自分が外見的に他者にどのように見られるべきか、また見られているかを意識している。その一方でネイラー夫人とフランシーの会話の中で、彼女の性格について話題が出た際には、あえて大きな物音を立て、遮断するかのような行動をとっている。彼女の性格に関する発言は、第二部で登場するマーダとロイスが初めて会話した際にも中断されており、本作品には女性として過渡期を迎えたロイスの自己同一性と自己実現の獲得がテーマとして込められているといえる。ロイスは自分の状況を「繭のなかにいるよう」（六六頁）、「水差しの中の蠅のよう」（八三頁）などと述べており、外界から保護された、あるいは外界に出ることのできない閉塞されたものであることがわかる。さらにロイスにとってダニエルズタウンは離れがたい「磁力」(magnetism) を持つものでもあり（二四四頁）、ロイスの現状は繭に包まれたさなぎのように、安寧と変化の狭間にある、不均衡な状態であるといえる。

見えざるつながり——ヒロインと母そしてロレンスとの関係性

ロイスにとってダニエルズタウンの住人の中でもっとも率直に話せる相手がロレンスである。彼はロイスと年齢が近いため、彼らの関係性は本物の兄妹のようでもある。

ロレンスはオックスフォードの学生であるものの、金銭的問題からダニエルズタウンに滞在している。ヒューゴに実利主義者のようだと言われるロレンスはシニカルな性格でダニエルズタウンに対する彼なりの考えを示している。

食べていかなきゃ仕方ないだろ。それに僕は食べることは好きだし極めて実質的だよ。でも何か起こって欲しいんだ、現実が踏み込んでくるような何かが。退屈すぎてむかむかするんだ。この家が炎上する時には、僕はここにいたいと思うよ。（五八頁、傍点筆者）(8)

ロレンスの「この家が炎上する時には、僕はここにいたい」という発言は、邸宅に対する想いとダニエルズタウンの今後を暗示するものとなっている。彼はアングロ・アイリッシュの特性を理解しており、「俺たちはみな気づかないよう用心している」（五八頁）とヒューゴに述べている。またダニエルズタウンでテニスパーティが催された際、「これは本物のパーティではない」と言っている（五八頁）。情勢は切迫しつつある中で、あえてその状況を気づこうとせずにイギリス人とアイルランド人のどちらとも交流を持ち続けるアングロ・アイリッシュの、現実から遊離した在り様を示した表現であり、現実の踏み込んでこない非現実的状態を表したものである。テニスパーティの際に、コートの外にでたテニスボールをヘラクレス少年とヒューゴ、そしてロレンスの三人で探した際、その日見失ったボールだけでなく、戦前のボールも見つかっており、ダニエルズタウンに住むアングロ・アイリッシュは、このような世間から遊離した生活を継続し続けてきたことがわかる。さらに同場面で描かれるほころびだらけのネットや半ペニーのテニスボールさえ惜しむ様子などから、ダニエルズタウンに押し寄せる衰退の波は内部にまで至りつつあることがわかる。実社会の現状に気づかない、また気づこうとしない姿勢はダニエルズタウンの内部、ひいてはアングロ・アイリッシュの文化が抱える問題にも気づいていないことを示唆している。

ニール・コーコラン (Neil Corcoran) は『エリザベス・ボウエン――評価の復活』(*Elizabeth Bowen: The Enforced Return*. 2004) の中でロレンスとロイスの母ローラの名前に着目し、ロレンスはローラという名前の男性系であると指摘している（四九頁）[9]。さらに両者の名前と関連するものとして、作中でたびたび描かれる月桂樹（laurels）を挙げている。この月桂樹はロイスが夜道を歩く場面やロレンスがテニスボールを探す藪の中、ジェラルドがロイスと会う場面などで描かれている。よってこの「月桂樹」は登場人物たちの深層や両者の関係性を暗示したものである。

低木の小道は重苦しい闇に覆われており、彼女はその闇を押しわけていった。月桂樹の匂いがひんやりとそして濃密に漂っていた。彼女のむき出しの腕に葉の先がこすれ、じめじめした。それはまるで死んだ動物の舌のようだった。低木への恐怖が足かせとなった。理性の奥にある恐怖であり、彼女が生まれる以前の恐怖、それはローラの中で蠢いていたロイスの胞胚のような恐怖だった。（四一頁）

コーコランはさらにアンドルー・ベネット（Andrew Bennett）とニコラス・ロイル（Nicholas Royle）の『エリザベス・ボウエンと小説の解体』（*Elizabeth Bowen and the Dissolution of the Novel*. 1995）から同引用箇所に対する考察を挙げ、この「恐怖」は母親の名前に対する恐怖であり、ロイスの歩いていく道は母親の名前にもとづいているという彼らの指摘に着目している（四九―五〇頁）。そしてコーコランは、ロイスとロレンスが認識している、アングロ・アイリッシュが陥っている罠と失敗そのものをローラは表しており、また彼らが克服しなければならないものを表したもの（五〇頁）、としている。これらのことを踏まえると第三世代にあたるロイスは血縁によって、ロレンスは名前によって、ローラとつながっており、両者は二卵性双生児のような共に同じ宿命を帯びた関係性にあるといえる。

マーダ・ノートンが表象するもの

『最後の九月』で描かれる人々は、第一世代のネイラー夫妻たち、その次の世代としてローラやヒューゴそしてマーダ、最後にロイスとロレンスである。彼らの特性を見比べると、旧来のアングロ・アイリッシュの特性を象徴する第一世代、現状に甘んじている第二世代、そして現状を認識し変化の必要性をどこかで感じている第三世代と読むことができる。第三世代のロイスを変化へと導く、いわば触媒のような存在がこの作品には三人いる。ヒューゴ、マーダそしてジェラルド・レスワースである。第一の触媒であるヒューゴはロイスが淡い恋心を抱く最初の男性であるが、彼はロイスを大人の女性と見ておらず、ロイスを通してローラを思い起こしていることは先に述べた。またヒューゴは年上の妻フランシーに甲斐甲斐しく尽くしながらも、マーダに魅かれていくヒューゴに対し、ロイスの想いはヒューゴの中にあるローラとの思い出と呼応するかのように急速に減退していく。そしてロイスはジェラルドに安定を求めようとする。北川依子氏の論考によると、生きる道としてヒューゴは結婚相手に依存すること、ローラは結婚することでダニエルズタウンから脱しているものの、その結婚生活は惨めなものとなっており、結局二人ともアングロ・アイリッシュの世界から抜け出せたことにはなっていない。[10] よってロイスがヒューゴやローラと同じように結婚する道を選び安定を求めても、結婚によって真の安定はえられないことを第二世代は体現したものといえよう。

二つ目の触媒であり第二世代にあたるマーダは、ロイスにより鮮明な変化をもたらす存在である。マーダも「気づかないでいること以外に私たちにできることはあるのかしら」（一一七頁）と述べており、アングロ・アイリッシュの現実に対する盲目性を認識しているものの、「私には野心はない」（一一八頁）と述べるなど、ヒューゴと同じく現状に甘んじている面がある。しかし十歳年上の彼女はロイスにとって女性としての身近なプロトタイプであるだけでなく、ロイスが抱える闇に対して光を導く存在として描かれている。ロイスは第一印象からマーダのことをとても変っているとロレンスに言うが、逆にロイスもそうだと彼は切り返しており（一一一頁）、マーダとロイスには共通項があるとみてよいだろう。作品中盤の山場である、ロイスがマーダ、ヒューゴと共に出かけた際の、廃工場での経験はロイスに大きな変化をもたらしている。脱走兵と遭遇し彼の拳銃によってマーダが手を負傷したことを二人だけの秘密にしようと誓った後、ロイスは「まるで呪縛が解けたかのように」（一八七頁）歩き出している。この廃工場での出来事はロイスが邸宅外で初めて経験する実社会の一部である。そして「呪縛」という表現はボウエンがビッグ・ハウスにあてたものであり、その特性は邸宅で暮らすアングロ・アイリッシュの特性に反映されている。この「呪縛が解けた」という表現は、実社会を経験したことでダニエルズタウンに表象される旧来のアングロ・アイリッシュが持つ不変性の呪縛から一歩踏み出した、解放の一つと解釈してよいだろう。

明暗法で描かれるヒロインの覚醒過程

『最後の九月』はボウエンの絵画的描写方法のなかでも、特に「光」(light) と「影」(shadow) および「闇」(dark) といった明暗に関する表現の多用が顕著な作品である。ダニエルズタウンを取り囲む木々が作り出す陰影、視点に沿って光と影のコントラストが描き分けられている点は、一時は画家志望だったボウエンならではの精緻な筆致によるものである。さらにこの光と影そして闇の描写は景観描写のみならず登場人物の心理や社会情勢と密接に結びついている。

ロイスの内にある安定や帰属への憧憬と、現在や将来に対する漠然とした心理的葛藤は「影」として表現されている。この「影」を内包しているロイスはヒューゴやマーダ、そしてジェラルドとの関係を通して次第に変化していく。ロイスにとって女性としてのプロトタイプであるマーダが醸し出す雰囲気は、影をおびない(unshadowy)、明るさをおびたものであり、また彼女はダニエルズタウン到着後の会食の場面でのドレスや表情、会話の仕方など、マーダの外見的特徴や性格には light という単語が多く用いられており、彼女の前向きさや軽妙さを際立たせている(一一四―一一五頁)。[11] そしてそのマーダと秘密を共有したことでロイスが内に抱える呪縛が解けたことは先述のとおりである。しかしロイスが抱えるもう一つの影、安定にかかわる問題としてジェラルドの存在を挙げることができる。

ロイスを率直に愛するジェラルドもテニスパーティでの登場場面では「ほとんど輝いていた」(四五頁)と描写され、マーダのように影を持たない光を帯びた存在のように思えるものの、ロイスに会いたいがためにパーティやダニエルズタウンを訪れた際の彼の眼もとや顎には「暗さ」(dark)や「影」を帯びた様子が描かれている。イギリス人将校である彼は、アイルランドの反乱兵を捉える任務についているものの、彼はロイスたちアングロ・アイリッシュの人々と交流することの真意を理解していない。よってロレンスとの何気ない会話で、自分の捉えた人物がダニエルズタウンの人々の友人でもあったことを初めて知る。そしてこの事実によって、自分の行為の真意に直面するとともに、彼の内にも「影」が射し始める(一三一頁)。またその時、彼に近づくロイスの様子は「ジェラルドを見つめながら無表情で近づくロイスは、ほとんど一つの影のようだった」(Lois, watching Gerald approach with an absence of smile that was almost a shadow. 一三四頁)と描かれており、登場人物の心理の描写に明暗表現が多用されていることがわかる。ジェラルドは、イギリス人将校との交際を認めないネイラー夫人によって、長きにわたって地域の人々と関係のある、繋りを持つ自分たちアングロ・アイリッシュと、サリー州あたりに親戚が散らばっていて繋がりを持たない、系譜をたどれないようなジェラルドの家系との違いを指摘される。そして両者の結婚は認められないこと、ロイスには絵を学ばせたいこと、なによりネイラー夫人にはロイスはジェラルドを愛していると は思えないと告げられ、彼の中に 複雑な怒りによる「闇」が生じる。彼の心理的葛藤はロイスとの最後の場面で光と影が拮抗する形で表現されている。ロイスの本心を知ろうとする場面の農園は影に覆われながらも目線近くに光が射しこんでいる。しかし真っ直ぐとした影はネイラー夫人との会話について語るジェラルドの厳粛さを際立たせている（二七九頁）。そして別れの場面では、彼の顔は光の中でも無表情なままである。ロイスの言葉に一縷の希望を感じた際には、「光が目に見えるかのように彼の中で大きくなった」（二八〇頁）ものの、彼女との会話からロイスは自分の事を愛していないと認識する。そして真実に気づいた際の彼は「ジェラルドはどこかで変化を感じた。彼の顔から光は離れ、木々の間へと動いていき、そして消え去ってしまった。」（二八一頁）と描き出されており、やがて訪れるジェラルドの死の場面は「闇夜」である。このように『最後の九月』では、登場人物たちの性格や心理が光と影に密接に関連づけられている。さらにジェラルドの死を知ったのち、ロイスは結局、ジェラルドは自分にとって何ら特別な存在ではなかったことに気づく。そしてその後ロイスの目に映るダニエルズタウンの景観はこれまでとは違う、「馴染みのない」(unfamiliar) なものになっている。これは、もはやダニエルズタウンは彼女にとって磁力を持たない、安息の地ではない存在となったことを意味し、ロイスは旧来のアングロ・アイリッシュ的生き方、ボウエンの言う「呪縛」から解放されたことを示唆している。作中では彼女がダニエルズタウンを離れフランスへ旅立ったと記されており、ロイスはアングロ・アイリッシュとして新たな旅立ちを果たしたことになる。

反転する第一章と最終章

『最後の九月』の最終章は作中で多用された明暗法のごとく第一章と対照的になっている。車でやってきたヒューゴとフランシーをネイラー夫人とサー・リチャードが出迎える第一章での場面は、「幸福であり、完璧な瞬間」(It was a moment of happiness, of **perfection.** 三頁、傍点および強調筆者)である。そしてこの瞬間をロイスはできることならずっととどめておきたいと願っている。しかし、完璧にまで至った幸福の瞬間から物語は深まる秋のように衰退と終焉へと展開する。「完璧」という表現は作中では他に、ロイスがジェラルドと一緒にいるときに感じた気持ち(四一頁)、フランシーがネイラー夫人を評した際、そしてロレンスがロイスとジェラルドとの結婚を望む場面(一四七頁)でも使用されているが、物語は最終章にかけてロイスとジェラルドの別れ、ジェラルドの死という完璧とは間逆の末路をたどる。そして最終章では、第一章でロイスが永遠にとどめておきたいと願った瞬間の反転ともとれる場面が描き出されている。第一章では、ヒューゴたちの車がやってきた際、ロイスは身をかがめて一匹の犬を軽くたたいてやっている。マーダとフランシーの再会の場面やロイスと犬との平穏な瞬間は黄金色の日差しに包まれている。しかし、最終章ではロイスやロレンスはフランスへ、ヒューゴとフランシーもすでに旅立っており、邸宅にはネイラー夫妻のみである。車で立ち寄ったトレント夫人はネイラー夫人の誘いを断って、ダニエルズタウンの中に入ろうとはしない。犬たちの姿もなく、夫人は哀愁を感じながら邸宅を後にする。その際に交わした二人の会話は第一章でのロイスの願いを思い起こさせるものとなっている。

その家の景色に、トレント夫人は別れを告げるかのように頷いた。

「秋になるたびに、この場所は本当に最高だと思わされるのよ。」

「正直、私も本当にそう思うの。秋は特別だわ。」とネイラー夫人は言った。（三〇二頁）

トレント夫人の「最高」(best) という表現は第一章の「幸福で完璧な瞬間」と同様のものである。だがこの後一転して漆黒の闇に覆われた邸宅は深紅の炎に包まれて炎上する。この第一章と最終章の反転は何を意図しているのか。ロイスが永遠の瞬間として留めておきたいと願った、第一章のダニエルズタウンは光に包まれ、敷地や邸宅の窓も光り輝いている。ボウエンは光と影そして闇を巧みに描きだしながら、ダニエルズタウンを物語の中心に据え、ネイラー夫人やマーダそしてロイスといった三世代にわたるアングロ・アイリッシュの人々を描き出している。それぞれの世代が持つ特性は文字通り、アングロ・アイリッシュの歴史の変遷といえる。それはボウエンが所有したボウエンズ・コートの歴史と符合するものでもある。ダニエルズタウンのモデルとなったボウエンズ・コートは焼き討ちを免れたものの、一九六〇年に売却された後取り壊され跡形もなくなった。『最後の九月』が出版されてから実に三十一年後のことである。主人公のロイスにもボウエン自身が色濃く投影されている。このような点から作品を捉えると、確かにボウエンが目指した「回顧」的側面の強い作品である。しかしさらに踏み込んで考えるならば、物語のなかで多用されている光と影そして闇は両者が存在して初めてその存在を明らかとし、印象づけることのできるものである。ならば第一章で秋の光に包まれた、完璧で幸せな瞬間を永遠にとどめるには、その間逆の存在が必要となる。その逆の存在こそが最終章であり、邸宅は闇に包まれながら炎上したのだ、と解釈すると最後の反転の意味も納得のいくものとなる。そしてダニエルズタウンが焼失し無に帰したことで、逆にダニエルズタウンの存在が強烈に浮かび上がり、またその存在は読者に鮮烈に印象づけられているのである。

注

（1）『最後の九月』のテキストは Elizabeth Bowen, *The Last September.* (New York: Anchor, 2000) を使用した。同書からの引用箇所は頁数のみを記す。日本語訳文は主に筆者によるものである。

（2）一九五二年のアメリカ版に付記されたボウエンの序文はわずか四頁足らずのものであるものの、作者自身による執筆の経緯と構成、また当時の心情などが簡潔に記されており、解釈の糸口を多分に与えるものとなっている。

（3）風呂本武敏編『アイルランド・ケルト文化を学ぶ人のために』(世界思想社、二〇〇九年)、四一―四二頁。を参照した。また同書にはビッグ・ハウス小説の伝統としてボウエンの『最後の九月』を挙げている。

（4）Elizabeth Bowen, *Bowen's Court* (New York: Knopf, 1942), p. 403. においてボウエンはその時の心象を記している。

（5）Elizabeth Bowen, *The Mulberry Tree: Writings of Elizabeth Bowen*, Ed. Hermione Lee. (London: Virago, 1986), p. 126.

（6）Elizabeth Bowen, *Collected Impressions.* (London: Longmans, 1950), p. 195.　本引用箇所は山根木加名子『エリザベス・ボウエン研究』(旺史社、一九九一年)、三六頁の訳文を引用した。

（7）同じ表現は一八二頁と同義的文が二四三頁でも使用されている。また『最後の九月』の中でロイスは 'must' という表現をよく使用している点も、彼女の性格を表す要素として挙げておく。

（8）burn という表現はマーダとの別れを惜しむロイスの心理として「マーダの記憶を鮮烈に呼びおこすために、カーペットなんか邸宅と共に深紅の夜に燃えてしまえばいい」("the carpet would burn with the house in a scarlet night to make one flaming call upon Marda's memory.")(一四一頁) と思う場面でも用いられ、邸宅の最後の伏線となっている。

（9）Neil Corcoran, *Elizabeth Bowen: The Enforced Return* (Oxford: Oxford UP, 2004.), p. 49.　なお名前に関しては Maud Ellmann, *Elizabeth Bowen: The Shadow Across the Page.* (Edinburgh: Edinburgh UP, 2003.), p. 62. において Gerald Lesworth の名前にも less worth の意味あいが込められているとされている。

（10）北川依子「「欠如の発見」――エリザベス・ボウエンの『最後の九月』」(『論集』第四三号、青山学院大学、二〇〇二年)、一〇頁。

（11）本文中ではマーダについて「明るい茶色のドレス」(light brown dress) や「軽快な様子」(lightest look)、会話に帯びる「素早い攻撃性」(lightning attack) など light という表現を重ねて使用している。

第三章　『友達と親戚』

有産階級の家族関係を凝視

――「自己満足」へのアイロニー――

木村　正俊

「なにも起こらない小説」

『ホテル』(*The Hotel*, 1927) と『最後の九月』(*The Last September*, 1929) に続くエリザベス・ボウエン (Elizabeth Bowen, 1899–1973) の第三作目の長編小説は『友達と親戚』(*Friends and Relations*, 1931) である。この小説は、イギリスのある地方に住む裕福な有産階級のいくつかの家族が絡み合う人間関係を扱い、その安定しているかに見える関係性のなかにひそむ不確かさや危うさを描いた、一種の「コメディ・オブ・マナーズ (風習喜劇)」ともいえる傑作である。読まれたり論評されたりすることは比較的にまれで、論評されても、高く評価されることがあまりない。『最後の九月』にみられるような社会的重大事件が起こることはなく、また際立って劇的な場面が次々に展開することもない。「なにも起こらない小説」('non-occurrence novel') と評されるのももっともである。[1]

この小説でボウエンは、上流中産階級のマンネリ化した風習や自己満足的な生活を鋭く凝視している。彼女の透徹した目には、階層全体が周囲の社会と切断されて孤立化しており、その階層の人々がまるごと、旧世代も新世代も合わせて、真に必要とされる思考力や行動力を失っていると映っていたかもしれない。決定的な高まりに欠けた全体的な筋運びに、批評家たちは作品としての弱さを感じ取る。モード・エルマンは「彼女［ボウエン］の小説のなかで最も弱い作品で……感嘆させる力に欠ける」と断定し、[2] ヴィクトリア・グレンディニングも「エリザベス・ボウエンの熱烈な愛好者でさえ忘れてしまいがちな作品」であると述べている。[3]

しかし、そうした否定的な見解はあるものの、この小説をあらためて仔細に読み返せば、ボウエンが第三作目にして新たに切り開こうとした創作上の地平がはっきりと視野に入ってくるように思われる。主題的には、小説の舞台を一九二〇年代から三〇年代にかけてのイギリスの一地方とロンドンに設定し、有産階級の実態に視座を定めながら、ボウエンはヴィクトリア朝時代の残滓《さい》をとどめる価値観や倫理観のありようをみごとに写し取っている。何代にもわたって特権的自由を享受した上流中産階級の人びとは、世界大戦の試練に遭遇し、幻滅と混沌のさまを目の当たりにしながらも、旧来の価値観の転換や社会の変革に向けてさほど能動的な動きをしたようにはみえない。この小説でも、人びとの日常生活は、テニスやビリヤードをしたり、旅行に出かけたり、買い物や食事会を楽しんだりが主で、物質的な関心や欲求がめだっている。大戦を通過しておきながら、人びとがあまりにも安穏で無風な状態にいるさまを、ボウエンは風刺し、コミカルに皮肉っているのに違いない。その一方で、究極の合一的愛を遂げることなく、別れのあとそれぞれの家庭へ回帰していく男女の愛に、ボウエンは現代小説にふさわしいテーマ性を与え、「結婚をもって完成とする小説」の伝統に反旗を掲げたのではないかと思わせる要素がある。

ボウエンは家族の複雑な関係性にとらわれた人びとの深層心理に分け入り、潜在的意識をつぶさに分析してみせる。表現の手法は斬新で、断片的な語りや意識の流れ的な文体が用いられ、さらには超心理の幻影までもが登場する。それらの技法は明らかに反リアリズムやモダニズムの文学の構成要素でもあり、ボウエンはこの小説で新たな言語的実験を企て、革新性をもたらそうとしたかにみえる。

拡大する友達と親戚の関係

『友人と親戚』は長編ではあるが、全体の語りが長いわりに筋立ては単純で、物語の概略を述べれば手短なものになる。物語の始まりは一九二〇年代で、イングランドの一地方の町チェルトナムに邸宅を構える有産階級スタダート家の娘ローレルは、同じく裕福な階層のティルニー家の息子エドワードと結婚する。六週間後に今度は、ローレルの妹ジャネットが大邸宅バッツ・アビーに住むメガット家の相続人予定者ロドニーと婚約する。ところが、その婚約成立後に、エドワードの母親レイディ・エルフリーダがロドニーの叔父で大型猟獣のハンターであるコンシディーンと過去において愛人関係にあったことがあらためて表ざたになってしまう。この不義の愛のために、エドワードの父親はエルフリーダを離婚し、間もなく父親も死んだのであった。ティルニー家の罪深い過去の事実を知ったスタダート家には衝撃が走るが、それによって婚約が破談になるにはいたらない。エルフリーダが離婚したのちも当の二人は結婚せず、「元愛人たち」は今は「友達同士」という妙な関係で親戚のあいだに平然と姿を見せる。許しがたい過去の裏切り行為が日常の家族関係なかで風化しているのである。

一方、母親の醜聞によって父親を失い、精神的傷痕をかかえた宿命の息子エドワードは、ローレルと結婚して子どもをもち家庭を営んでいるが、性格的に気難しい人物となり、ヒステリー症状を引き起こすことがある。それが親戚づきあいにも支障をきたし、エドワードは危機的な状況に追い込まれる。ところが結婚後十年が経過した今、ジャネットとエドワードは互いに相手を密かに愛し続けてきたことを確認する。だが二人はその困難な愛を成就させることができない。二人は、燃え上がった瞬間にも身体的な結合を果たすことなく破局を迎え、それぞれの家庭へ戻っていく。最後はスタダート家の老夫婦と二人の娘たちとの仲のよい、のんびりした微笑ましい場面で終わる。

この小説は、ボウエンが二十世紀イギリスの有産階級にみられる複雑な家族間の関係性に鋭い透視的な目を向け、そこにひそむ自己満足的な風習や価値観などを批判的に浮き彫りにしてみせた作品である。物語はローレルとエドワードの結婚式で幕開けするが、「不吉な」雨が降っている場面設定は（あとで陽光は射すが）、登場人物たちの未来に対する作者の意地悪な予感を示したものであろうか。教会での結婚式のありきたりな場面は語られず、結婚式に出席した大勢の親戚や友人たちの、新たな拡大する関係性が細密な筆致で強調される。

ローレルの結婚式に、頑固さが非難されていた多くの旧友たちや、ほとんど消え失せてしまうほど遠方に引っ込んでいる親類たちが一堂に集まることは、スタダート家にはうれしいことであった。クリフォード家も出席しているが、そのあいさつは十二月に週ごとに三回も届き、その返事はクリスマス前にようやく間に合った。ボウリーズ家はいつも少女たちをベイズウォーターに泊める用意をしているが、だれもそこへ行こうとしない。サードマン家はスイスに十年暮らし、ここにはひとりも知り合いがいない。(4)

結婚式に出席することで友人関係や姻戚関係が拡大し、増殖し、ネットワーク化が進む。祝賀雰囲気のなかで会話ははずみ、にぎやかである。「スタダート家の友達の一人がティルニー家の友達の一人に言った、またお会いできるといいわね――ああ、でもそれはできないことだった。ティルニーの女友達は海外旅行に出かけるからだ。ティルニー家の友人の一人がスタダート家の友人一人に昼食をしよう、組織するのを手伝ってほしいことがあるからとお願いした」（一四頁）。こうして家族関係はふくらみ、しだいに複雑化していく。スタダート家の結婚式に集まった人々のなかには、スイスやニュージーランドに居住している（あるいは居住した）人も含まれ、まさにインターナショナルな関係性が形成されていくことに作者は目を向けさせようとしているようだ。

　だが、増殖する親戚の関係性には危うさを伴う。もともとの個としての、あるいは単体としての家族は、やがて「全体として」('en masse') 機能し支配する、より大がかりな規模の家族関係に取り込まれ束縛されていくのが当然で、そこから脱出することが困難になる恐れさえある。ことに支配的な力を誇る階級の場合、ひたすら結束して安泰を保とうとする伝統が強いために、自己満足や自己喪失に陥りかねない。批判的な目を向け適正化できる、傑出した指導者が存在すれば別だが、そうでない限り、その階級に属する人たちが全体的にいつしか孤立的な小宇宙をつくり、無力で凡庸な集団になり下がってしまうことがありうる。アングロ・アイリッシュ (Anglo-Irish) としてアイルランドのいわゆる「ビッグ・ハウス」(Big House) で育った来歴をもつボウエンは、そうした危険性を身に染みて感じ取っており、この小説でその危険性をテーマの中心にすえていることは疑いない。この小説のタイトル『友達と親戚』はあいまいでとらえにくいが、「友達と親戚」にとどまらず、「友達にして親戚」（あるいは「親戚にして友達」）という微妙な関係性をも表しているとすれば、ボウエンはその関係の濃密さのなかに、良い意味でも悪い意味でも、大きな問題点を見出しているのであろう。

表層下にある深淵

　スタダート家はローレルがティルニー家のエドワードと結婚し、続いてジャネットがメガット家のロドニーと婚約したことで、急速に姻戚関係を広げることになるが、ジャネットの婚約よってティルニー家とメガット家の背負っている罪深い過去に巻き込まれることになる。すでに遠い過去の出来事であるが、エドワードの母親レイディ・

エルフリーダとロドニーの叔父で旅行家のコンシディーンが「愛人関係」にあったことが明らかになる。これはスタダート家には度肝を抜くような報せであった。新婚旅行中のローレルは取り乱し、「ジャネットは言う言葉がなかった。だれかに手紙を書くこともしなかった。彼女に代わって心臓が出血した。彼女の幸福は差し止められた」(一七頁)。しかし、家族全体として、現実の婚約関係を無効にはできない。すでに一家は親戚関係の逃れられぬ網のなかにいたのである。

……スタダート家はそれまでティルニー家についてなにひとつ知らなかった。両家の世界には隔たりがあった。エドワードの母親の悲惨な過去はスタダート家にはひとつの事実に過ぎなかった。詳細な事柄へは――エドワードへの心づかい、気まずさ、心配などから――深入りしたくなかった。(一六頁)

結婚と婚約の喜びで有頂天になっていたスタダート家は打つ手を知らない。運命へ黙従するだけである。こうした八方ふさがりの、出口のない、行き詰まりの状況は、実存主義的な小説の場面設定を思わせる。

エルフリーダとコンシディーンとの不実の関係はこの小説の最も悲劇的な暗部である。エルフリーダがコンシディーンと愛人関係にあることを知った彼女の夫(エドワードの父親)はエルフリーダと離婚するが、傷心のあまり間もなく死ぬ。ところが、離婚後エルフリーダは自由になっても、コンシディーンと正式に結婚することなく、相変わらず二人は親密さを保ち、臆することなく親戚の前に姿を見せるのである。外面的には「親戚にして友達」、「友達にして親戚」という穏やかな関係を維持しているが、その表層の下には暗い深淵が口を開けているのである。「明と暗」、「光と闇」の相対する生の両面性を、ボウエンはことのほか鋭く認識していた。

膨らんだ親戚集団のなかでのエルフリーダの存在感は大きく、彼女の唯我的で支配的な動きは際立った影響力をもっている。彼女は離婚後フランスへ渡り、エドワードの説明では、「深く後悔しながら、パリで一人暮らしをした」という。だが、彼女はイギリスに戻ったあと、過去を忘れたかのように平然と構えている。彼女は過去の出来事を少しも気まずいことと思っておらず、スタダート家への手紙で「人も入れ替わり、他の人も死んでしまったのだから、気にすることはありません」（一七頁）という考えを伝える。スタダート家はエルフリーダの姿勢に衝撃を受けるが、困難な状況を意識するだけで、結局、事態を荒立てないようにうやむやな対処をする。女性の結婚が難しい時代状況のなか、娘がうまく結婚できたことに感謝する気持ちが勝ったのであろう、エルフリーダの我意に押し切られてしまう。

エルフリーダには圧倒的な押しの強さがあり、子どもですら近寄りがたい。十五歳のサードマン家の娘シオドーラが結婚式で会ったときも、エルフリーダに接近しようとした彼女は「とてもすばらしいエドワードの母親にものの見事に無視され」（一二頁）てしまう。エルフリーダは普通の若い女性より活発で、思いのまま行動するパワーをもった女性として造型されている。彼女は移動型の女性で、折あるごとにヴェニスやアイルランドといった遠隔の地へ旅に出る（ただし、旅先の行動については叙述されない）。コンシディーンもそうであるが、こうした「旅行＝移動」への執心ぶりにボウエンは時代性を意識し、好んで小説のモチーフにしているのはたしかである。

だが、レイディ・エルフリーダは姦通と裏切りによって、夫を破滅させ、息子に精神的な傷痕を残すなど、罪深い破壊性をもった女性として悪形を演じる羽目になった。作品中の随所で彼女のもつ否定的な面が言及される。エルフリーダの持ち前の性格は「（相手から）共感を誘い出すことがなかった。友達はほとんどいなかった。口数を少なくしていることができず、むやみやたらに話したせいかもしれない。自分の考えを大げさに言うくせがあった」(二一〇―二一一頁)。彼女の犯した罪の大きさについては、ローレルがジャネットにこう語る。

「彼女[エルフリーダ]の持ちもの、彼女の過去は恐ろしかった。それが私たちみんなをひどく傷つけたのよ。私たちがなにかを失ったのはたしかだわ……。ほんとうに怖かった、ジャネット、ほんとうにそうよ。私たちみんなを破滅させたんだから。」(二一九頁)

しかしながら、エルフリーダという女性は複雑で、ヤーヌス的な矛盾する両面性をもっている。彼女はジャネットとエドワードを結びつけるが、同時に二人の愛を行き詰まらせる要因ともなる。エルマンはエルフリーダがボウエンの他の小説の人物、たとえば『パリの家』(*The House in Paris*, 1935)のマダム・フィッシャーと似ていると指摘する。(5) マダム・フィッシャーは若い二人の性的関心を呼び覚ましもするが、一方では制止する働きもする。マダム・フィッシャーと同様に、エルフリーダも「グレートマザー」の系譜に属するといってよい。

では、エルフリーダと親密な関係にあるコンシディーンはいかなる男性としてとらえることができるだろうか。彼はヘンリー八世から下賜された大邸宅バッツ・アビーと広大な土地の所有者で、上層階級にふさわしく悠々とした自由な生活を送っている。彼は独身で子どもがいないため、甥のロドニーが相続人に決まっており、ロドニーは数エーカーの土地を大農場として使っている。コンシディーンは「破壊的な叔父」(三五頁)で「家族の中で最も陽気で、最も不誠実な人」(六七頁)と描写される。エルフリーダとの過去が内面で彼に重くのしかかっているはずだが、それが暗鬱な形で彼の行動を抑制しているようにはみえない。旅行家で猛獣の狩猟家でもある彼は、ヘミングウェイの小説の主人公にも似て、アフリカで射止めたライオンなどの大型獲物と並んで写真に収まり、新聞に載ることがある。その雄姿は英雄的であり、実際若いエドワードは彼に英雄性を感じる。

コンシディーンの行動的生き方には、享楽主義的な面はあるものの、根源的な人間性に価値を見出す人間に固有の魅力がそなわっていることは否定できない。エルフリーダとの罪ある恋愛に踏み込んだのも、彼のそうした快楽への求道的姿勢がなさしめたものであったのだろう。二人の反倫理的な恋愛は、同質的な二人の避けがたい成り行きだったのだろうか。友達関係をしたたかに持続できるのも、実は二人をつなぐ紐帯に絶対的な強みがあるからとも考えられる。

抑圧される若い世代の自我

エルフリーダとコンシディーンは過去の罪悪から脱却する境地に達しえたとしても、問題なのは、母親のもたらした不面目によって深い精神的な傷痕に苦しみ、不幸にさせられたエドワードのほうである。エドワードは幼い子どもの頃母親の不実な行為によってもたらされた恥辱、さらには父親の死と母親の離婚を体験した（『日ざかり』のロバートも父親の死や母親の死を体験した人物である）。エドワードは自分の家族に起こった不運によって大きな打撃を受けて精神の安定を失い、今は神経衰弱のような危機的状況に追い込まれている。作者はこの小説で「難しい」（'difficult'）という語をキーワードのように多用するが、エドワードはまさに「難しい」人間に性格づけられている。彼はローレルと結婚して家庭を持ち、二人の幼い娘アンナとサイモンがいるが、仕事の疲れもあって、ヒステリー症状を起こすことが間々ある。エルマンは、エドワードがジェイン・オースティンの『ノーサンガー・アビー』（*Northanger Abbey*, 1817）に登場する同名のティルニーとは対照的にヒステリックであることに目を向けさせる。[6] ボウエンがエドワードを神経症の人間に仕立てたことは、彼女の伝記的背景に由来するだろう。ボウエンがまだ幼い子どもの頃、ボウエンの父ヘンリーが仕事の激務や経済的失敗などから神経衰弱を患い、六年間も苦しんだ事実があり、ボウエンは生涯にわたってそのことから大きな影響を受けた。

エドワードは、彼の子どもたちに及ぼすコンシディーンとエルフリーダの影響を考え、二人との関係を断とうとしているが、バッツ・アビーで二人と子どもたちがはちあわせしそうになったとき、エドワードが現れ、彼のヒステリックな行為はクライマックスに達する。子どもを引き取りに来たエドワードは怒りを爆発させ、「発作を起こしたか、葬式にやってきた」(九六頁) かのような表情になった。こうしたエドワードの極端に神経質な振る舞いは、周囲の人々に不安と懸念を引き起こし、この小説を通じて暗い低音となって鳴り響く。

のちにエドワードとの潜伏愛に目覚め、遅きに失したもののその愛を高まらせたジャネットにここで目を向けなければならない。ジャネットもエドワードと同じく、旧世代のエルフリーダとコンシディーンの罪過の影におののき、エドワードと程度は異なるが、自己の内面に異変を生じさせている。素直に自己の感情を表現できず、自己を抑圧しさえしているかに見える。自己の本心の在り処を見失っているといってもよい。ジャネットの特徴は言葉の抑制 (verbal reticence) である。[7] 彼女はあまり発言しないために「最も静かな女」とみられ、この小説で目立つ言葉の上での慎み、ないしは自制の典型的人物となっている。たとえば、彼女は「意見があっても言わなかった。彼女が何を考えているのかだれにもわからなかった」(一五頁) とか、「私は言うことがあまりないの」(九一頁) とかは、端的に彼女の性格を表している。ジャネットを相手にしては会話がとぎれとぎれになった意味不明で終わることも少なくない。エドワードの子どもたちが滞在しているバッツ邸を、迷惑な客であるエルフリーダとコンシディーンの二人が訪ねてくるのを認めるべきかどうかで、ロドニーとジャネットが話し合う場面は次のような対話である。

「でも、コンシディーに帰るように頼めないでしょ?」とすぐさまジャネットが言った。

「もちろんさ」

「だったら二人とも……?」

「いいんじゃないの?」

「でもそれじゃエドワードが……」

「僕にはよくわからん……」

「そう、私にも、ロドニー。でも、それじゃ……」（六九頁）

ジャネットの言葉が途切れ、言い終わらないうちにロドニーが言葉を発し、対話は完結性が高いとは言えない。ジャネットの言いよどむ話し方は、彼女の思考が発言の瞬間にまとまっていないというよりも、自らの発言を抑制しようとする心理的な習性が強く作用しているからではなかろうか。ジャネットに生来の寡黙な性質があるとしても、彼女が生まれ育った上流中産階級の家庭環境、婚約・結婚後にティルニー家から受けた衝撃などが、ジャネットに言語上の慎みをもたらしたかもしれない。

このことと合わせてここで考えておきたいのは、言いよどみの多い、あるいは発話が停止してしまいがちなジャネットをヒロインに仕立てたのは、作者ボウエンが、語りの手法に新機軸を出そうとしたからではないか、という点である。言い換えれば、ジャネットの造型は、ボウエンの確固とした文学的意図の表れとも考えられるということである。この小説全体が緩やかで静かに、飽き飽きするほど間延びした感じで展開し、登場人物自身は吃音症の人ではないにしても、あえて言えば、吃音《きつおん》症の人の言い方に似た語りの作品になっていることを看過してはならない。しきりに言いよどむ言い方や途中で言葉が急激に休止する話し方はある種の緊張感や不安感をもたらす。幼い頃から吃音の癖のあったボウエンは経験的にそのような話し方の心理的作用を鋭く認識していた。ボウエンは自らの吃音症について断片的な回想集『挿絵と会話』(*Pictures and Conversations*, 1972)のなかで言及している。「私は子どもの頃父親の病気のもたらす緊張や不可解、気づかいからくる無口あるいは混乱した叫び声を上げる状態から脱したが、……結局はこの上なく不運な吃音症になった」という。[8]

『友達と親戚』は、ボウエンが自らの発話の苦痛に悩んだ体験を踏まえて、発言しても途中で言葉がつかえたり途切れたりして、最後まで言い終わらないことが多いジャネットを登場させることで、会話に空白が生じ、滑らかでない場合が多い小説となりえたのかもしれない。この作品の文体は総じて断片的で、非連続的であるとの印象を与える。そこにボウエンの新たな文学的意図、つまりリアリズムにならない、反小説の要素を刷り込ませる狙いがあったと考えると、抑圧されたジャネット造型は成功したといえるだろう。

隠れた自我への覚醒

この小説の本筋をなすのはエドワードとジャネットの恋愛である。長く秘められた二人の愛は第三部の終盤に至って際立った高まりをみせるが、合一することなく破局を迎えてしまう。この愛も、エルフリーダとコンシディーンの愛同様に、近親者間の許されぬ不実愛で、恋愛の始まりから禁忌の壁に阻まれていた。相手を間違えたといえばそれまでだが、ロメオとジュリエットの場合ほどではないにしても、「悪い星のもとに」運命づけられていたといえる側面がある。ジャネットがエドワードを愛していることを素早く察知したのは十五歳の少女シオドーラで、ローラの結婚式の時であった。

シオドーラは、熱心に聞き耳を立てながら、ジャネットがエドワードを愛していること、彼の母親がジャネットのほうが好きなことを推測した。ジャネットにとって今日は無念の日、おそらく絶望の日であったろう。（一三頁）

シオドーラの直感による判断には鋭いものがある。ジャネットはこの頃から十年以上もエドワードへの愛を潜伏させていたことになる。ローレルと張り合うかのようにあわただしくジャネットがロドニーと結婚したとすれば、物語の悲劇性は強まるが、ジャネットの心の内は明瞭には叙述されない。ロドニーとの婚約を発表する前に二人が散歩しているとき、「ジャネットは彼を愛していなかったが、欲望を理解し始めた」（一八頁）瞬間があったことが語られる。ジャネットのロドニーに対する愛は結婚段階でもまだ成熟してはいないようである。彼女は本来的な意味での愛を感じることなく、結婚による安定を求めてかなり安易に結婚を選択したのではなかったか。ジャネットは「ロドニーとの結婚生活が退屈である」（九四頁）と考えるようになる。

エルフリーダがバッツを訪ねたことが、エドワードとジャネットを結びつけるきっかけになった。ジャネットのロドニーへの愛情不足を見抜いているエルフリーダは、ジャネットにロドニーとの結婚の真意を訊くが、ジャネットは「ビッグ・ハウス」を構えるメガット家と姻戚関係を持ちたかったことを冷静に打ち明ける。ジャネットは振り返って考えると「自分は妙だったと思う」と言い、「私は経験がなかったし、自分以外になにもなかった」（一〇六頁）と自己反省する。ジャネットは結婚段階での自分の未熟で利己的な判断を率直に認めたのである。エルフリーダはさらにエドワードを本当に忘れてしまったのかと問い、ジャネットの心の奥底に潜んでいるはずのエドワードへの愛の意識を顕在化させようとした。このときエルフリーダはいかにも「グレートマザー」らしく、母的な「意志の力」を示す。かつてコンシディーンとの愛の決行で見せた、あの根源的で野性的なパワーをジャネットに注入したのである。ジャネットの魂がその「意志の力」に応え、エドワードへの愛が急速に覚醒へと導かれていく。

一方のエドワードもジャネットとの関係を深化させ、ジャネットとの一体化を渇望するようになった。ジャネットと会話するなかで「彼はジャネットだった」（九五頁）との突き詰めた思いに達する。二人の自我が融合するこの究極的な愛の表現はE・ブロンテの『嵐が丘』のキャサリンの言葉――「私はヒースクリフなのよ」をたちまち想起させる。思いの乱れたローレルから「ジャネットと結婚すべきよ」（九九頁）とまで言われるが、それは制止力にはならない。

ボウエンはジャネットとエドワードの愛の高揚を叙述するのに、深層心理のメカニズムや超心理のヴィジョンを文学的手法に援用する。第二部の最終章でジャネットとエルフリーダの会談が深夜に及んだとき、二人は闇のなかで対話をするが、ジャネットの頭脳をよぎるイメージは影のようでとらえどころがなく、散漫としている。混沌とした闇のなかでの、意識下をかいくぐっての取りとめない想念は、新たな自我の誕生へと向かう準備行為の表れなのであろう。ボウエンはまた、ジャネットがエドワードを求める気持ちが高じて、彼に会いにロンドンへ出かけるとき、彼女ともローレルとも異なるもう一つの自我、つまり「第三の自我」をヴィジョンとして登場させ、行動の方向づけをさせる。このグロテスクで不思議な自我は、

ジャネットとローレルのあいだに介在するものとして出現した。女性で、まだ生まれていない、恥ずべき姉妹

であり、彼女らの二つの性質を滑稽化し、敵となる存在である。彼女はローレルを嘲笑するために、ジャネットの誇りは無力になった。彼女は姉妹のお互いに似ていて、ちょっと二人のあいだに割り込んできたが、……どこか暗く親しみがあった。（一二二頁）

この恐ろしい幻影の人物は、ジャネットが乗ったロンドン行き上り列車に同乗した。彼女の困惑ははっきり言い表せないものだったが、幻影を相手に自己の本体を問いかける。確かな自己の発見へ誘うこの幻影は、ウィリアム・ジェイムズ (William James, 1842–1910) らの没頭した超心理学研究の成果からボウエンがつくりあげたものであろう。ジャネットはこの幻影によって催眠にかけられたかのように、ロンドンへの旅に出る。この幻影は、エルフリーダと深くかかわっていると考えられる。エルフリーダの強力な生への意志がジャネットに伝わり、幻影化したと解釈することができるだろう。(9)

愛の破局――安定への回帰

こうしてジャネットはロンドンのホテルで訪ねてきたエドワードと会うことになるが、二人の愛は結実しない。

窓は、レースで輪にして巻かれ、照明されていない庭に面していた。上には静かな窓があり、下では声がしていた。エドワードはジャネットを腕で抱いた。彼は自分の顔にふれた彼女の顔を冷たいと感じた。彼女の動きは進むことなく、その瞬間の広がりの深いところで、暗い停止と過去の驚きにつつまれたままであった。

衝撃が過ぎ、まったく衝撃がなくなっていた。二人は口をきかずまた身体を離した。ジャネットは震えていた。彼女は彼に手でなでることはさせなかったが、彼の指が思いのこもった軽いタッチですべるのを彼女は目が見えないかのように感じつづけた。彼女は落ち着いているのだろうか、なんの身振りも見せなかった。彼女はついに口をきいた。「私たちにはどこにも居場所がないのね」。（一三三頁）

二人に別れたくない気持ちが強くあったとしても、二人はホテルに泊まることはせず、結局は二人とも別れることにする。ジャネットは最終の列車で帰宅し、エドワードはエルフリーダの部屋に一人泊まる。家庭へ帰った二人は、迷いから覚めたかのように過去を断ち切り、現実的な生活を再始動させる。

エドワードとジャネットの愛も、エルフリーダとコンシディーンと同じく、許されぬ近親愛であった。旧世代の与えた傷痕は大きく、二人はそれを克服できなかった。エルフリーダの強大な力からジャネットがエネルギーをもらったが、それとて障壁を打ち砕く力にはなりえなかった。エドワードにもジャネットにも生を全うする根源的な力が備わっていなかったともいえるかもしれない。

ボウエンはこの小説をもう一度冒頭のスタダート家に戻し、スタダート家ののどかで平和な、笑いをもたらす家庭風景で終える。今や夫と子どもがいる家庭持ちで、安定的な生活を営むローレルとジャネットはしきりに実家帰りを繰り返し、スタダート一家は安泰と幸福の絶頂にある。「娘が結婚すると母と娘は仲良くなるという。なるほど、現在でもそれには絶対の信服をおける」（一五七頁）というほど、スタダードの親娘の関係は緊密である。姉妹関係もジャネットが「私たち姉妹は一生親戚なんだからね」と語ったとおりで、壊れそうもない。

スタダート夫人はのんきな日常のなかで、空想上の「親しい女性の友人」（'confidante'）をもち、その人を相手に対話を楽しむ。いつも存在する人ではないが、彼女とは理解しあえるので、つい多弁になるというところがユーモラスである。スタダート夫人の内面を描くボウエンの文体は「意識の流れ」を写し取ったようであり、ここにもボウエンの言語実験の試みが認められる。

彼らはありに幸福で周りを見ることはなかった。私には心配な一日だった。「それはそれ」と心の中で考えた、十一年前のことだけど。でも、そうだったかな？（彼女は今もなお魅力的だった、彼女の髪は同じ色、〈蜜の色〉。夫は朝ごはんのときに、いつも気に留めた。）彼女はどうなったの？　彼女は外出したことがないのよ。この家がいつか――私にはわかんない。（心臓病のことは話したわね。）エドワードがおそらく、不親切な……（彼は夢中だから。難しい人はとっても夢中になるんだって。私にはわかんない。難しい人と暮らしたことがないからね。彼らはロンドンで暮らしていて、訪ねてきて、会って……）あの人のための生活なんて耐えられない！（一五八頁）

一方、スタダート大佐は娘たちと非常に仲がよい。彼は左右の腕にそれぞれ娘一人をかかえ、チェルトナムの街に繰り出すのだが、その様子があまりに幸せそうで滑稽で、道行く人びとの微笑みを誘ってやまない。「左右にいる友人たちは父娘たちに微笑みながらお祝いの言葉を述べ、帽子を頭上に持ち上げた」（一五八頁）。ジャネットはここではまったく陰りのない人物として登場する。エドワードとの一件を乗り越えて、婦人活動にいそしむ平均的な家庭主婦の生活に徹していると受け止めてよいのだろう。エドワードとの恋愛に決着をつけ、旧来どおりではあるが、安定した家庭生活に落ち着いたことに、意味を認めるべきなのであろう。ジャネットとエドワードの別れによって、ティルニー家も安定を保ち、メガット家も崩壊を免れた。スタダート家に至っては先に述べたように、幸福の絶頂にある。姻戚関係は揺るがないかに見える。

だが、最終章のスタダート家の一種喜劇風の結末には、作者ボウエンからのアイロニーが込められているのではないだろうか。スタダート大佐はあまりにもゆったり、のんびりしており、時代の混乱も戦争の禍根も眼中になさそうであり、スタダート夫人は宗教心が薄れ、ローマカトリック教に疑念を抱いている。ボウエンは二十世紀イギリスの時代のありようをこの小説で批判し、皮肉っているのではないかと思われる。

ジャネットとエドワードの別れを階級的保守主義の視点からとらえるのは当たっていないかもしれないが、イギリスの土地持ちの上流階級が伝統的に守ってきた「変わらないこと」を信条とする生き方が、二人の別れを生んだとの見方もあってよい。その生き方の原則に照らして分析した場合、ジャネットは自分の未熟さと自己形成の弱さを認識して、自己成長を遂げたという点で、この小説を一種の「教養小説」として読むこともできる。

ボウエン文学の革新性

ボウエンはイギリスの有産階級の織りなす人間関係に目を向け、そこに見られる表面的には安穏で幸福そうな家族にも危うさや不確かさが隠されていることをこの作品で検証している。『ホテル』で人々の動きが激しく交錯するホテルを舞台に人間模様を描き、『最後の九月』ではアイルランドに舞台を移し、ビッグ・ハウスに関わる政治的事件やアングロ・アイリッシュのあいまいで複雑な心理を剔出してみせた。『友達と親戚』は上流中産階級のネットワーク化した「関係性」に透視的な目を向け、深層をえぐり出した。これら初期の長編作品に限っても、ボウエン文学の顕著な進展と作品ごとの新境地の開拓の軌跡は際立っている。

この小説は「なにも起こらない小説」とも評されるが、掘り下げて読んでいけば、レイディ・エルフリーダとコンシディーンの婚外恋愛やエルフリーダの夫の犠牲的な死、母親によって幼い頃にエドワードが受けた傷痕とそれにともなう神経症、エドワードとジャネットの達成されない恋愛など、実は重大な出来事は多い。ボウエンは目立たないように書くが、エルフリーダやコンシディーンの海外旅行、シオドーラのスイスでの寄宿生活など登場人物の動きの範囲も非常に広い。実際は出来事にもアクションにもそれなりに富んでいる小説である。

表現の手法も、「吃音」にも似た、言いよどみや発話の中断などを特徴とした文体を意識的に用いている。滑らかな流れの、リズミカルな文体ではない。それは反リアリズム、そしてモダニズムに通じる実験的文体であるといえる。意識の流れや内面の独白に似た文体の工夫も随所にある。さらに幻想的、怪奇的場面も盛り込まれており、ボウエンはこの第三作の執筆に際して、革新的な地平を開こうと並々ならぬ意欲を燃やしたと考えられる。

注

（1）Andrew Bennett and Nicholas Royle, 'A Reassessment of Elizabeth Bowen's *Friends and Relations*: the Quiet Catastrophe' in *Textual Practice* (Bristol: University of Bristol, 2013), p. 70.

（2）Maud Ellmann, *Elizabeth Bowen: The Shadow Across the Page* (Edinburgh: Edinburgh University Press, 2003). p. 88.

（3）Victoria Glendinning, *Elizabeth Bowen: Portrait of a Writer* (London: Weidefeld and Nicholson, 1977), p. 81.

（4）Elizabeth Bowen, *Friends and Relations* (Chicago: The University of Chicago,1931), p.11.　以下引用箇所は本文中で括弧内に頁数のみを記す。日本語訳は拙訳。

(5) Ellmann, *op.cit.*, p. 90.
(6) Ellmann, *op.cit.*, p. 90.
(7) Andrew Barnett and Nicholas Boyle, op.cit., p. 70.
(8) Victoria Glendinning, *Elizabeth Bowen: Portrait of a Writer* (London: Weidenfeld,1977), p. 23.
(9) Ellmann, *op.cit.*, p. 90.

第四章『北へ』

近代という「不穏な世紀」
――戦間期に生きる女性と忍び寄る脅威――

小室　龍之介

危なげな旅、危なげな生き方

『北へ』(*To the North*, 1932) はエリザベス・ボウエン (Elizabeth Bowen, 1899–1973) の作家としてのキャリアが頂点に達する前に世に問われた、四作目となる長編小説である。このテクストはミラノから帰国の途につく二十九歳のセシリア・サマーズが、汽車の中で三十三歳のマーク・リンクウォーターに話しかけられる場面から始まる（サマーズという姓は、『北へ』が四月から八月に設定されていることを考えると示唆的だ）。病死した夫ヘンリーの未亡人セシリアは、ヘンリーの妹で二十五歳になるエメライン・サマーズとセント・ジョンズ・ウッド地区で同居している（ヘンリーとエメラインは孤児として育った）。再婚へのためらいを感じるセシリアは、三十九歳になる友人ジュリアン・タワーズに言い寄られている（ジュリアンは同時にエメラインにも秘かな思いを寄せている）。一方のエメラインはマークとの逢瀬を重ねることとなった。『北へ』は特にエメラインとマークの恋愛を中心に据えているが、この二つの恋愛にかぎらず身の回りのあらゆる恋愛に介入しようとするのがウォーターズ夫人（ジョージーナ）である。ウォーターズ夫人は初婚の際、セシリアを姪とした。ロバートとの再婚により、ウォーターズ夫人とエメラインはいとこの関係になった。ウォーターズ夫人は初婚の夫から、グロスター州のカントリー・ハウス、ファラウェイズを譲り受けている。

セシリアは「背景のない女性」(三九頁)と描写され、また職についている様子はない。再婚相手と共に渡米した母親のもとに行くべきかと思案を繰りかえしている。エメラインはブルームズベリー地区にて旅行代理店を経営するキャリア・ウーマンだ。彼女はジュリアンに旅行代理店の宣伝文句として「危なげに動け」[1]を掲げ、「不安定要素」を追求していると語るが、その旅のあり方は人生のあり方そのものでもあることがわかる。

「私たちにはスローガンがあります。『危なげに動け』――『危なげに生きろ』をもじったのです。考え出すにはいくぶん時間がかかったけれども、効果的だと思います。私たちの周遊ルートにも刻んでいるところです……」

「なるほど。でも転ばぬ先の杖がかなりあるとなると、きっとあなたの顧客はいつもひたすら安全でいようとしているのではないのですか」

「そうね、物理的には」といささかの軽蔑をこめて彼女は言った。「とはいえみなさんが感じていることは、人生とは、旅ならなおさらのことだけれど、不安定要素を失いつつあるということです。私たちはそれを供給しようとしているのです」(二三頁、強調は筆者)

ウェストミンスター地区に住むジュリアンは創業以来二〇〇年以上つづく家業を引き継ぎ、女性からの疎外感に襲われる一方で、レコードや絵画収集に耽っている。エリートコースを進むマークはハロー校からケンブリッジに進み、現在は法廷弁護士として働く。セシリアとジュリアンとの関係は紆余曲折こそあれ、最終的には婚約へと辿りつけるが、それとは対照的に、エメラインとマークは破滅的な恋愛関係しか築くことができず、この破滅的な関係はさらに破滅的な事故を引き起こすこととなり『北へ』の結末となる。

戦間期における女性と近代性

二十八章の章からなる『北へ』は四月下旬から八月に設定されている。年代は明示されてはいないが、セシリアの母は二人の息子を戦死させてしまっていることから第一次大戦後であることに疑いはない。また、第二十七章においてジュリアンとマーキーが初めて会ったのは「ストライキの最中」(二三二頁)だったことが語られる。詳細な理由は後述するが、『北へ』の設定は一九二〇年代後半から世界恐慌を経験した一九三〇年代初頭までの両大戦間期と考えられる。

『北へ』を議論する目的を示すためにも、テーマが凝縮された箇所を吟味しよう。これはウォーターズ夫人がジュリアンに語る一節で、「落ち着きのなさ」が強調されている。

「彼女はまた渡米のことを話しています。よほど母親に会いたいのですね。しかし、私たちは彼女を行かせてはならないのだと私は感じています。主に彼女の落ち着きのなさのことを言っているのです。彼女が腰を据えるのを願っています。」

「とても難しいですよ、この頃は。思うに主教やジャーナリストなどが正しいです。落ち着きがない時代です」

「すべての時代は落ち着きがないのです」とウォーターズ夫人。ポーリーンはニオイニンドウを摘んでは粉々にしながら熱く同意した。「でもこの時代は」とウォーターズ夫人は続けた。「落ち着きがないのをはるかに超えています。分権化 (decentralized) されてしまっています。毎週誰がどこにいるのか知りようがありません。私自身は全く動きませんが幸運でした。自分の身の回りに友人がいますし、人間への関心なら無尽蔵にあります」(一七〇―一七一頁、強調は原文)

セシリアの渡米についての決心を皮切りに、登場人物たちの生きる時代が落ち着かないこと、そしてその象徴的出来事として、一九三一年のウェストミンスター憲章を容易に連想させる「分権化」が話題に上っている。さらに、「動き」を軸に、動きに重きを置かないウォーターズ夫人とエメラインとの対立が、そして最後に、まだ幼いポーリーンまでもが抱く不安定化する世界への懸念がこの一節で示されている。

『北へ』に登場する主な登場人物についての十分な吟味から出発したい。登場人物の境遇や癖といったものが『北へ』を舞台とする人間ドラマを読み解くための鍵となるのは言うまでもない。特に、戦間期における女性の社会的地位について注目すべきだろう。一つ屋根の下で暮らす上流中産階級出身のセシリアとエメラインには、結婚相手を求めるという共通点を認めるのは簡単だが、事業主であるエメラインと、社交や旅行に明け暮れ労働に従事する様子のないセシリアとの対称性は、物語の展開のさせ方にどのような効果を生み出しているだろうか。

前述のとおり『北へ』の設定は戦間期にあるが、一九二〇年代から三〇年代のイギリスは、テクストに直接的に、または間接的に影響するさまざまな政治的変化を経験した。加えて、エメラインが従事していた旅行産業は戦間期、特に一九二〇年代に流行した。これらの社会的事象がそのまま『北へ』に影を落としているという主張するつもりは毛頭ないが、「不穏な世紀の継子」(六三頁)と性格描写されるエメラインはこういった事象の重力から自由だと考えるのはいささか不自然だ。さらには、テクスト内に散見されるイタリアにまつわる言及に注視すると、ベニートというエメラインの飼い猫が最も顕著な例であるように、『北へ』はムッソリーニを想起せざるを得ない。(2)つまり、発表から六年後に勃発する第二次世界大戦を予感させる不穏さをこのテクストは湛えているのだ。エメラインの最期を、これらの国家制度の変遷に照らし合わせて『北へ』の読解を狙いたい。(3)

エメラインとセシリアの生き方

エメライン・サマーズとヘンリー・サマーズは孤児の兄妹として育ったが、ヘンリーはセシリアとの結婚直後に肺炎で死去した。エメラインもセシリアもそれぞれの人生を、男性からの援助を受けることもなく謳歌している。エメラインは車の運転を好み、衣服にも気を使い、起業した旅行代理店に情熱を傾けているし、セシリアは煙草をたしなみ、衣服への強いこだわりを持つ。(4)一見すると女性の自立が実現できているようではあるものの、事はそう単純ではない。未亡人となった二十九歳のセシリアとエメラインがセント・ジョンズ・ウッドで同居することになったのは、エメラインの提案によるものだ。この背景には「余剰の女性」という社会的背景が潜んでいるだろう。第一次世界大戦による戦死者数がおびただしかったため、多くの女性は男性不足に悩まされた。つまり、パートナーを見つけるために相当の苦慮を強いられたということだ。結婚にたどり着けない女性に待ち受けているのは経済的苦境であり、それを乗り越えるために売春に手を出してしまう女性もなかには存在した。エメラインは旅行代理店の事業に関わっていることから収入源については心配無用だが、他方のセシリアは労働に従事する様子を見せないからといって、経済的余裕が決してあるのでは決してない。外出やタクシー代、高騰する家賃、チェロのレッスンなどでかさむ費用について、イタリアから帰国直後のセシリアは真剣に思い悩んでいるのだ（二八頁）。ゆえに、エメラインの友人コニーがセシリアのことを「寄生虫」（九五頁）呼ばわりするのも納得がいく。同居する「余剰の女性」にはレズビアン的なセクシュアリティーが仄めかされることが恐らく原因となってウォーターズ夫人は二人が同居することに猛反対だったが、その後しぶしぶ認めるようになったのは、エメラインではなくセシリアにより近い距離感を持つウォーターズ夫人がセシリアの経済的状況をかんがみてのことだろう（ウォーターズ夫人はセシリアを「最大の暖かさ」（一五—一六頁）で迎えるが、エメラインに対して夫人は手厳しい）。[5]

これらのことを考慮すると、エメラインもセシリアも将来結婚することを見据えた行動をとるのは自然の成り行きであり、なるほど『北へ』は彼女たちのそれぞれパートナーとなる男性との関係を中心に物語が展開されていく。その点で見過ごせないのは、セシリアはジュリアン・タワーズとの婚約にこぎ着けるが、エメラインはマーキーとの破壊的な結末を迎えるという見事な差異である。彼女たちに共通するのは、彼女たちの行動には移動によってもたらされる野心が備わっていることだ。エメラインは旅行代理店の宣伝文句「危なげに動け」やその元となった「危なげに生きろ」をモットーとしているし、友人から再婚を勧められるセシリアは、そのパートナーを求める積極的な姿を「社交のコロンブス」（八七頁）とウォーターズ夫人に揶揄されている。それにしても、彼女たちの差は何に起因するのだろうか。

エメラインとセシリアの分かれ目

第一の理由として考えられるのは、エメラインの言語への不信である。彼女は「マーキーが愛について語るのを聞くことをどうしても恐れてしまい」、「他の意思伝達の手段」（七一頁）を求めてしまうのは、彼女自身が「言葉はすべてをねじ曲げてしまう」（一九四頁）という認識を持っているからに他ならず、マーキーがプロポーズすると必ず言葉のやりとりが破綻してしまうのは、このようなエメラインの言語観に起因するとしか考えられない。

第二の理由を挙げるならば、ウォーターズ夫人の友人ティム・ファーカーソンが婚約破棄に至ったのはウォーターズ夫人の存在感、すなわち彼女の直接的もしくは間接的な影響力であろう。ウォーターズ夫人の友人ティム・ファーカーソンが婚約破棄に至ったのはウォーターズ夫人の助言がきっかけだが、ファラウェイズのコテージで彼女はティムに「人生とは再調整の連続だ」（六一頁）と説いている。セシリアにはこの教えが十分に伝わっている。まさかエメラインの好きな人がマーキーだと思いもしなかったセシリアは、自分の予想が外れてしまった時に「すばやい調整」（九六頁）を行えているのだ。そもそもセシリアの日々は迷いの連続だ。彼女は再婚するべきか、ジュリアンのプロポーズを受け入れるべきか、アメリカにいる母親の元へ行くべきかと逡巡をくり返えすものの、最後はジュリアンとの婚約で決着をつけられるだけの判断能力を身につけている。[6] 他方、エメラインが持つ判断能力の乏しさはテクストによって象徴的に示されている。エメラインは迷いなく人生に猛進している。「危なげに動け」というモットー通りに生きる彼女は、事業を軌道に乗せ、マーキーとの交際にこぎ着けられた。しかし、エメラインは「あらゆる意味で近視」（二五頁）であり、「近視による曖昧さ」（一二三頁）を持っていることがテクスト内で再三にわたって強調されている（ウォーターズ夫人はエメラインの「視界ははっきりしている」（一七頁）と誤解している）。このことは、エメラインの状況把握力の乏しさを物語っている。人生を猛進するエメラインは、人生を盲進しているのだ。

セシリアからマーキーに関する酷評を耳にすると、彼とエメラインの結婚に反対を貫く場面のウォーターズ夫人は身辺の恋愛に口出しするという得意技を存分に発揮する（六〇頁）。夫ロバートとともに彼女はマーキーとエメラインの関係を壊すべく実力行使に踏み切り、「エメラインの背後にはあなたとジュリアンがいて、彼女の恋愛はあなた自身にあることをマーキーにはっきりと感じさせる」（二二一頁）という指示を、夫人はセシリアに向かって発するのだ。

より重要であると考えられる第三点は、女性性と職業が対置されることにより、セシリアは女性的であり結婚向きの家庭的で母性的な存在として描かれているが、エメラインはプロフェッショナルであるため、セシリアが持つそのような特徴をまったく与えられていないどころか否定されていることだ。セシリアは病死したヘンリーとの結婚歴がある他、ジュリアンや彼が親族から押しつけられて世話をしているポーリーンに関する描写の中で彼女の女性性が示される。第五章にてセシリアがポーリーンの存在を初めて知ると、「彼女は実際、子供のことがかなり好きだった」（三八頁）という語りがなされるし、第十章でジュリアンの所有するベントリーに乗せられてポーリーンの寄宿学校に訪問する際には、セシリアはポーリーンのことを非常に気にかけている様子を見せ、ジュリアンが覚えられなかったポーリーンの友達の名前さえ難なく覚えてしまう。さらに、第十九章にてウォーターズ夫人がポーリーンをファラウェイズのコテージに招待した時も、セシリアは彼女のためにロンドンから駆けつけさえするのだ。

他方のエメラインには、子供と接する場面もなければ家について思い巡らす節もない。彼女は結婚には不向きだとセシリアは考える節さえある（七五頁）。実際、彼女は家に対する意識は希薄であり、パリ出張中になって初めて家への思いを、「エメラインは、英仏海峡を見渡しながら、彼女自身の家、それも恐らくきちんと住んだことのない家のなかによそ者を感じた」（一四八頁）と語り手を通して吐露する。また、友人コニー・プリーチから借りたコテージでマーキーと滞在中のエメラインがセシリアとジュリアンの婚約を知らせる電報を受け取った第二四章において、彼女の家の喪失感が頭をもたげる。セシリアの婚約によって同居相手を失うエメラインは、「私の家、私の家」

（二〇八頁）と近い将来起こる家の喪失を悲嘆する。「女たちで共有された家は砂の上に建てられている」（同頁）という語り手の視点はウォーターズ夫人のそれと相通じるが、病死したヘンリーをかんがみると、サマーズ姓を名乗れるのはエメラインただ一人となる状況は、彼女をさらなる孤独へと追い込むのだ。付言すれば、文字通りの「家」と国家としての「家」がここでは意識されるべきだろう。最終章にてマーキーを乗せて荒々しい車の運転をするエメラインは「縮小したり（shrinking）、沈んだり（sinking）する地球のよう」（二四四頁）であることを考慮すると、彼女が英仏海峡越しに国に思いをはせる一節は、国家、もしくは帝国の弱体化を暗示してはいないだろうか。[7]

死せる者としてのエメライン

マーキーをボールドックまで送り届けようとエメラインの運転する車が交通事故を引き起こし二人とも命を落とすという『北へ』のクライマックスについて指摘すべきは、エメラインは最初から死んだ存在として描かれていることだ。グレンディニングによれば、『北へ』を再読したボウエンは「可愛そうなエメライン！　それは必然だったのだ」と言ったという。[8] 例えば第十六章にて、エメラインの部屋を覗き込むセシリアは、彼女の部屋が「今ここは誰も眠っていないかのように覆いがかけられているように見えた。最後の秘密を守っている雰囲気の友達の部屋は遺体安置室のようだ」（一三三頁）と感じている。また、米国行きの決心をセシリアから聞かされたエメラインは「自らのことをほとんど語らず、まるで彼女は存在しないかのよう」（一七五頁）な状態に陥っている。

エメラインの死が必然であるのは彼女自身の生き方にも関係している。というのも、彼女にとって静止とはすなわち死を意味することが、「危なげに動く」「危なげに生きる」という彼女のモットーの裏に秘められているからだ。

このことは商用でパリに向かったエメラインと彼女に同伴したマーキーが登場する第十七、十八章から形をとり始める。そもそもエメラインの旅行代理店は事業拡大が視野に入るほど順風満帆で、彼女は代理店のあるブルームズベリー地区の顧客だけでなく、ファラウェイズの牧師をも顧客として迎えることができた。ところが、姉妹店を持つことを目的としたパリ出張で悲劇の幕がいよいよ上がる。「スピードというなんとも素晴らしいアイディアがエメラインに取り憑き、決してじっと(still)座ってはいられなかった」(一三五頁)という一節が示す通り、エメラインはマーキーとともに乗り物としては最高速度を誇る飛行機を使用してパリへと移動する。(互いに愛し合っているが結婚には至れない煮え切らない)交際に関する口論によって二人のあいだに険悪なムードが漂う機中の場面を皮切りに、パリ市内を移動するタクシーがスピンするという(結末の予兆となる)アクシデントも発生する。注目すべきは、スピードに取り憑かれていたはずのエメラインがパリ訪問を機に、動きではなく静止を求めるようになったことだ。

エメラインは、とても大勢の顧客を送り飛行機に搭乗させてきたためにブルームズベリーのオフィスは発光するようだったのだが、今やサン=クルーにある木の樹皮に手をおいてじっと(still)立っている。……突然彼女は固定される(fixed)ことを望み、明白な静止(stillness)を楽しむことを望んだ。(一四四頁)

第二十六章では、顧客減や牧師の死、さらにはミス・トリップの後釜であるミス・アーミテージが顧客とのあいだで引き起こしたトラブルから窺えるように、エメラインの事業は下降の一途をたどる。これは最終第二十八章で、「停止はありえなかった」(一三八頁)エメラインがマーキーを乗せて運転する車が「グレート・ノース・ロード」

を北上している時に交通事故を起こし、二人とも命を落とす結末にかなった伏線と言えよう（彼女の車には新しいピストンが装着され、これにより車の走行能力の向上が見込まれることが第八章で示される（六五頁））[9]。

『北へ』を一読すると悲劇に見舞われる女性はエメラインに限らない。エメラインの代理店で働いていたミス・トリップは、上司のエメラインや同僚のピーター・ルイスから受ける非人間的な扱いに憤懣やるかたなく退職してしまうし、ファラウェイズのコテージに滞在するマーセル・ヴェネスも語り合える友人を失った「不幸な女性作曲家」（一五五頁）だ。だが、エメラインの悲劇は『北へ』においては特殊だ。なぜなら、エメラインは「不穏な世紀の継子」だからである。『北へ』の中で明示や暗示の形で表れるイギリスの政治、社会、経済状況を、テクストの設定となる一九二〇年代後半から『北へ』が出版された一九三二年の数年間とともに精査したい。

「不穏な世紀」に出現する脅威

『北へ』の年代は特に明記されていないことは既述の通りだが、このテクストから年代を特定するための判断材料ならば拾い上げることができる。最も明瞭に記されているのが一九二六年のゼネストである。ベントリーを運転するジュリアンが車を運転しない弁護士マーキーを裁判所まで送り届けたことを回想するなかで言及される「ストライキ」は大文字で示されていることから、一九二六年のゼネストを自然と想起することとなる。このゼネストをはじめとして、『北へ』には一九三〇年代へと突入するイギリスやヨーロッパを含む国際政情に忍びよる不穏さがさまざまな形で暗示されているのは興味深い。順を追って確認しよう。ウォーターズ夫妻がファラウェイズへ大勢を引き連れる第八章において、車のスピードを念頭におきながら「物事が飛ぶように過ぎ去る速さに驚き」「車を運転することの動機はどこか他の場所に行こうとする欲求のように思う」牧師は、「現代生活はいやましに複雑になっている」（六四頁）と考えている。ウォーターズ夫人によってポーリーンがファラウェイズへ招待される第二十章で、セシリアの米国行きに反対であることをジュリアンに述べるウォーターズ夫人は、時代そのものが「落ち着きがないのをはるかに超えています。分権化されてしまってい」ることをその根拠にしている。この「落ちつきがなく」、ウェストミンスター憲章を連想させる「分権化された」時代を察知するウォーターズ夫人はその後「多くのことが四年後に起こるかもしれない」（一七二頁）と続ける。[10] さらに、エメラインが従事する旅行代理店についても時代の影が及んでいる。パリでの商談からロンドンに戻った後の第二十六章で、エメラインの事業は大きな危機を迎える。テクスト中において、彼女の事業が下降の一途をたどる原因の一つとして言及される顧客減は、現実世界が直面した問題でもあった。戦間期における文学と旅行というテーマを活写するポール・フッセルは、イギリスが一九三一年に金本位制を停止したことを重要視している。[11] 金本位制の停止は、結果として通貨ポンドの価値を下落させることになり、外貨獲得には不利に働き旅行者数の減少を引き起こしてしまった。つまり、金本位制停止を原因とする旅行産業の不振が『北へ』出版の前年に起こったのだ。

最後に、次の第二十一章ではロバート亡き後にやって来るかもしれない文明の危機的な状態への意識がセシリアからジュリアン宛の（差し出されることのない）手紙の中で示される（一七六頁）。「不穏な世紀の継子」とされるエメラインの姓がサマーズであることを思い起こすと、次の一節は看過できない。

心の表面にわたって――世界の緊張感や、自国やヨーロッパにおける緊迫感がその上に刻まれているのだが――損なわれた夏という感覚が、多くの可愛らしさが浪費されたために、こぼれたインクのように黒々と広が

っている。（一七七頁、強調筆者）

「損なわれた夏」が意味するところは実に大きい。まず『北へ』四月下旬から八月に設定されていることで、この時期における国内情勢、世界情勢ともに暗雲立ち込めている状態にあることを意識せざるを得ない。また、「損なわれた夏」には主人公エメライン・サマーズ本人をも含めて考えて当然だろう。「不穏な世紀の継子」とされるエメラインは、前述したような彼女の身に次々と降りかかる悲劇的な出来事を考慮すると、荒れ狂う政治情勢という磁場から自由では決してない。いや、それ以上に、エメラインは世界に対する、ひいてはイギリスに対する脅威として解釈できはしないだろうか。「彼女の真剣さ、天使のような丁寧さ、猫のような不可解さはすべて、一方では彼（マーキー）の笑いを誘うけれども、彼の嘲りを超えたところで留まっていた」（一八二頁）と語り手による地の文にある通り、旅や人生に「不安定要素」を求めるエメラインには「猫のような不可解さ」が存在し、この猫にこだわれば『北へ』でたびたび登場するエメラインの愛猫ベニートを思い出さずにはいられない。さらに『北へ』の設定が両大戦間期であることを考慮すれば、ベニートという名前はイタリアにおけるファシズムの指導者ベニート・ムッソリーニを連想させるに十分ではなかろうか。また、『北へ』の出版年におけるイギリス政治に目をむけてみると、オズワルド・モズリーが英国ファシスト連合を結成した年でもあり、ファシズムという脅威がイギリスにも迫りつつあったことを付言しておくべきだろう。

第二次世界大戦の予兆

かくしてエメラインは悲劇的人物であると同時にヨーロッパやイギリスに対する脅威として描かれているので、『北へ』の最終章である第二十八章をひも解くと、エメラインは極めて否定的に扱われていることは自明だ。エメラインとセシリアの住まいで、エメラインの事故を知らずに彼女の帰りをただ待つセシリアとジュリアンを描く最終章の最終場面にて、今や「猫のような不可解さ」を持つエメラインの分身と捉えられるベニートは「落ちつきがない」（二四六頁）ために、苛立たしさを感じたジュリアンによって寝かしつけられる。「不穏な世紀」のイメージと重ね合わされるベニートと婚約にこぎつけた二人という対照は、いかにもエメラインを悲劇的かつ脅威の存在として描き、そしてその脅威を抑え込むことでこのテクストは幕を閉じるように思える。しかし、エメラインと彼女の愛猫ベニートが連想させる脅威に対抗する力が、すなわち、帝国としてのイギリスの力がこのテクストには刻まれているように思える。その力とは、婚約によってサマーズを去ることになったセシリアとウォーターズ夫人である。

既述の通りセシリアとウォーターズ夫人の結びつきは強力であり、そのためにこの二人にはいくつかの共通点が確認できる。一つは二人とも英国性を体現することである。第十四章の結末にて、語り手によって、セシリアは（ジュリアンも含めて）「彼らはわけもなくイギリス人でいるのではなかった」（一一五頁）とされ、他方のウォーターズ夫人も第二十章にて「生まれながらの島国の人間」（一七一頁）とされている。また、「圧倒的」（一六七頁）かつ「広くゆきわたる」（一六頁）存在感を漂わせるセシリアは、「支配力の強い人格」を持つと強調され、ウォーターズ夫人も身辺のカップルや夫婦への介入をためらわない。特にウォーターズ夫人の極めつけとなる力強さは、ファラウェイズのコテージに招いたポーリーンに夫ロバートの力を借りてチェスを教え込もうとする彼女の企みにある。これは駒の動かし方を教育するという点で、人間や世界情勢を駒のように操り思いのままにするための手腕を身につけさせる訓練とみなせ、世界における覇権争いに有用な手練手管の継承をもくろむウォーターズ夫人の姿をここに読み取れるのである。

よって、『北へ』というテクストは、エメラインの破壊的な生き方やその悲劇性が、そしてその急進的な生き方が第二次世界大戦へとつづく暗雲たるヨーロッパ世界を表しつつ、他方では「従来型の人生観」（八五頁）を抱いているとウォーターズ夫人に指摘されるセシリアや旧世代のウォーターズ夫人らの帝国主義を彷彿とさせる力とを描いているのではないだろうか。これを換言すれば、動きや移動を重視し、不安定要素を追求し、家を、そしてイギリスを顧みない外向きのエメラインと、動きを軽視し、不安定要素を危惧し、家庭や国家の喪失を阻止する内向きの帝国主義を仄めかすウォーターズ夫人との対立だろう。そのような見地に立てば、アリソン・ライトが主張する「コンサーヴァティブ・モダニティー」、すなわち戦間期において「前方にも後方にも同時に視線を向けられるヤヌスのような顔をした」政治性、または「現在という新しい形式の中に過去を内包する」ような社会状況を、エリザベス・ボウエンは『北へ』の中に込めているように考えられる。[12] しかし、『北へ』が向ける視線は戦間期のみだと考えては不十分だろう。ウォーターズ夫人が「落ち着かず」「分権化された」社会に向ける懸念の目はポーリーンも共有するものであることを思い出せば、『北へ』というテクストは戦間期だけではなくその後の世界情勢のあり方にも注視する必要性を物語っているのである。

注

（1）Elizabeth Bowen, *To the North* (London: Vintage, 1932[1999]). 以下、同書からの引用は本文中で括弧内に頁数のみを記す。訳はすべて拙訳。

（2）『北へ』にはイタリアへの参照が多く見受けられる。第一章にてセシリアはミラノから帰途につくこと、第八章にて、ウォーターズ夫人は客を連れ立ってローマン・ヴィラへの散策を行うことが好例である。

（3）ボウエンの『北へ』はこれまで必ずしも重要視されてこなかった。先行研究には『北へ』に認められるあらゆるテーマを総合的に考察する Hermione Lee, "The Placing of Loss: Elizabeth Bowen's *To the North*." *Essays in Criticism*. 28.2 (1978), pp. 129–142、もしくは John Coates, "Moral Choice in Elizabeth Bowen's *To the North*." *Renascence*. 43.4 (1991), pp. 241–268 のような例が確認できる。先行研究を大別すると、どれもこのテクスト内の「移動」、もしくは戦間期における女性の姿に焦点を当てていることがわかる（このテクストの重要な局面はすべて、ファラウェイズのコテージやパリ、ポーリーンの寄宿学校、コニーの別荘といったロンドンからの移動を要する場所である）。「移動」に特化した研究として、車や飛行機という移動を象徴する近代性に着目し、ボウエンの近代性に対する立ち位置をあぶり出そうとしている Wendy Parkins, "Moving Dangerously: Mobility and the Modern Woman." *Tulsa Studies in Women's Literature*. 20.1 (2001), pp. 77–92 の議論が挙げられる。戦間期の女性性に特化した例である Genevieve Brassard, "Fast and Loose in Interwar London: Mobility and Sexuality in Elizabeth Bowen's *To the North*." *Women: A Cultural Review*. 18.3 (2008), pp. 282–302 は、移動と戦間期における女性の社会的地位や状況に着目して『北へ』を論じる。ユニークな研究例としては、一九三〇年代に出版されたボウエンのテクストを包括的に扱いながら、『北へ』における登場人物の自意識に着目し、女性のアイデンティティよりも男性のそれの方が危機的であることをジュリアンとマークを軸に論じている Chris Hopkins, "Elizabeth Bowen: Realism, Modernism and Gender Identity in Her Novels of the 1930s." *Journal of Gender Studies*. 4.3 (1995), pp. 271–279 や、衣服の表象に注目し、登場人物の人間関係を吟味する Vike Martina Plock, "Sartorial Connections: Fashion, Clothes, and Character in Elizabeth Bowen's *To the North*." *Modernism/modernity*. 19.2 (2012), pp. 287–302 という考察もある。

（4）「ニュー・ウーマン」について詳説する紙幅はないが、Ann Heilmann, *New Woman Fiction* (New York: Macmillan P, 2000) が詳しい。

（5）Virginia Nicholson, *Singled Out: How Two Million British Women Survived without Men after the First World War* (Oxford: Oxford UP, 2008) は、二百万人にも達した戦間期における「余剰の女性」を膨大な証言をもとに描きだしている。

（6）ジュリアン自身も「すばやい調整」の人物だ。彼はセシリアとエメラインを天秤にかけている。レストランで姉バーサとの食事を描く第十四章にて、彼はエメラインとマーキーの交際を目撃してしまい「衝撃」（一一三頁）を受ける。すると彼はすぐさまセシリアに電話を入れるのだ。また、第二十章にて彼はエメラインに気持ちがあることをセシリアに見抜かれると、「仰天し」つつも知らぬふりを貫く（一六七頁）。

（7）この箇所はまさに、一九三〇年代以降の帝国の拡張／縮小の問題とイギリス文学（特にモダニスト文学）を論じるJed Esty, *A Shrinking Island: Modernism and National Culture in England* (Princeton, NJ: Princeton UP, 2004) に直結する問題をはらんでいる。

（8）Victoria Glendinning, *Elizabeth Bowen: A Biography* (New York: Anchor, 2006), p. 105.

（9）「グレート・ノース・ロード」は、E・M・フォースター (E. M. Forster, 1879–1970) の『ハワーズ・エンド』(*Howards End*, 1910) にも現れる。E. M. Forster, Howards End (London: Penguin, 1910[2000]), p. 12.

（10）『北へ』の年代設定が仮に一九二六年だとすると、この四年後とは一九三〇年となる。この限りにおいて、ウォーターズ夫人は世界恐慌を念頭にしている可能性がでてくる。

（11）Paul Fussell, *Abroad: British Literary Traveling between the Wars* (Oxford: Oxford UP, 1980), pp. 72–73.

（12）Alison Light, *Forever England: Femininity, Literature and Conservatism between the Wars* (London: Routledge, 1991), p. 10.

第五章『パリの家』

異質な他者との連携の可能性
――引き継がれるレ・ファニュ『アンクル・サイラス』の新しさ――

松井　かや

二つのアイルランドの物語

コーコランの「文学のブリコラージュ」という言葉通り、エリザベス・ボウエン (Elizabeth Bowen, 1899–1973) の作品に他の作家や作品の影響を見て取ることは容易である。[1]『パリの家』(*The House in Paris*, 1935) についても、登場人物の中で圧倒的な存在感を放つ「パリの家」の主マダム・フィッシャーに、コーコランはジェイムズの『ある婦人の肖像』のマダム・マールを、[2] エルマンはシャーロット・ブロンテの『ヴィレット』のマダム・ベックの姿を重ねている。[3] さらにディバティスタは、彼女が『荒地』に登場するマダム・ソソストリスであり、同時に(その名の通り) 女性版の「フィッシャー・キング」でもあると指摘する。[4]

これらの人物をすべて念頭に置いていたかどうかはともかくとして、ボウエンがその創作において文学の伝統を強く意識していたことに、疑念の余地はないだろう。しかし、ここで今一度注目したいのは、彼女が引き継ぐアイルランド文学の伝統である。マダム・フィッシャーがフランス人であり、かつてイギリスでガヴァネスをしていたことに加えて、誰もが認める彼女の不気味さと支配者然とした姿を想起するとき、そこには非常によく似た経歴と特徴を持つある一人の人物が浮かび上がる。アイリッシュ・ゴシックの名手レ・ファニュ (Sheridan Le Fanu,

1814–73) の『アンクル・サイラス』(*Uncle Silas*, 1864) に登場するフランス人ガヴァネス、マダム・ド・ラ・ルジエールである。

『パリの家』と『アンクル・サイラス』の関連についてはすでにウェルズ＝ラサーニュの指摘があるが、彼女はその関連はあくまでもエピソードの借用というレベルに留まるものであるとして、それ以上踏み込んではいない。(5) 確かに、親を失った子供(たち)が大人の支配下に置かれ、なおかつ自分に関する重大な秘密を隠されていることや、「家から家への移動」が登場人物の人生を決定づける要因となることなど、この二作において状況の相似は数多く見られるし、先に挙げた二人のガヴァネスの類似もその一例として眺めることができそうである。しかし、レ・ファニュとボウエンが共にアイルランドの支配階級アングロ・アイリッシュ (Anglo-Irish) の出自であり、両作品がその奥にアイルランドを抱え持つことを考慮すると、話は違ってくる。『アンクル・サイラス』の舞台はイギリスであるが、この長編の元となったのはレ・ファニュがアイルランドを舞台として執筆した短編であり、ボウエンは一九四七年、『アンクル・サイラス』クレセット・プレス版に寄せた序文においてこれを「アイルランドの物語」と呼び、そのアイリッシュネスを指摘した。(6)『パリの家』は「現在」と題された第一部と第三部の間に、第二部「過去」が挟まれるという構成であるが、その「過去」はイギリスに住むカレン・マイクリスが船でアイルランドに渡るところから始まる。彼女の滞在は短く、実際にアイルランドが舞台となっている部分は全体の十分の一にも満たないのだが、それでもこの物語のそもそもの始まりがアイルランドであることはおそらく偶然ではない。

本章は『パリの家』を『アンクル・サイラス』の延長線上に置く——すなわち、『パリの家』をプロテスタント的ゴシック小説との関連において読む試みである。十九世紀以降、アイルランドのゴシック小説の主たる担い手となったのは、民族主義運動の高まりの中で孤立を深め、衰退へと向かうアングロ・アイリッシュ、すなわちプロテスタントの作家たちであった。イーグルトンは、このプロテスタント的ゴシック小説を「死の淵に瀕している社会階級が自らの幻想を投影する無意識のスクリーン」[7]であると述べる。アイルランド国教会の聖職者である父を持つレ・ファニュも、コーク州のビッグ・ハウス（Big House）[8]「ボウエンズ・コート」（Bowen's Court）の最後の継承者であったボウエンも、この階級の内部を熟知し、その運命を意識せざるをえなかった作家であった。このことを念頭に置いて、『パリの家』と『アンクル・サイラス』、この二つの「アイルランドの物語」の重なり合いを再考してみたい。

『アンクル・サイラス』におけるマダム・ド・ラ・ルジエール

『アンクル・サイラス』は典型的なヴィクトリア朝恐怖小説である。ボウエンが指摘する通り、執筆された当時ですら、十七歳の少女が邪悪な叔父に財産と命を狙われるというその筋立てに目新しさはなかった（「序文」一〇〇頁）。しかし、ボウエンはこれを「時代遅れのゴシック・ロマンスではなく、サイコロジカル・スリラーの先駆け」であるとして、少女モードの内面で起こる感情のせめぎ合いにこの小説の新しさを見出している（「序文」一〇二頁）。

そのモードに最も恐怖心を抱かせる存在として登場するのが、フランス人ガヴァネス、マダム・ド・ラ・ルジェールである。雇い主であるモードの父オースティン・ルシンの机を漁ったことで解雇された彼女は、彼の死後、モードが預けられた先であるサイラス叔父の屋敷に再び現れる。男性のように大柄で、禿頭に鬘をつけ、陰では酒浸りのこの醜悪なガヴァネスを、ボウエンは「有形の悪」（physical evil）と呼び、悪意を庇護者の姿の下に隠しているサイラス叔父の「抽象的な悪」（metaphysical evil）と対になっていることを指摘する（「序文」一〇六頁）。善悪の構図が非常に明確なこの作品において、二人は（少なくとも読者には）一見してそれとわかる「悪」として存在している。

だが、マダム・ド・ラ・ルジェールに与えられた役割はそれだけではない。注目すべきは彼女にあってサイラスにはない特徴、すなわち、彼女が外国人であるという事実である。モードが怯えるのは何よりも彼女の「異質さ」であり、そのことは二人が初めて顔を合わせる場面からも明らかである。彼女は窓の外に現れる。つまり、文字通り「外から」やってくるのだ。

不意に目の前の芝生に奇妙な人影が立った。（中略）

薄気味悪く笑いかける、見たこともない大きな落ち窪んだ顔を、私は恐怖にも似た思いでじっと見つめた。私が見ているのがわかると、灰色の女は甲高い声でけたたましくまくし立て――窓越しでは何かはっきりとは聞き取れなかった――長い両手、両腕を振りあげて奇怪な身ぶりで話しかけて来た。(9)

不気味な人物の突然の到来に、モードが怯えるのも無理はない。しかし、この場面には善悪とは別の構図を読み取るべきだろう。この人物が言葉や身ぶりで伝えようとすることが、モードには一切わからない。この直後、モードは無我夢中で呼び鈴を鳴らし、執事に女性を追い払うよう命じる。ここに見て取れるのはコミュニケーションの試みとその拒絶という構図である。そして、この場面がマダム・ド・ラ・ルジェールの全てを物語っていると言っていい。彼女はモードの財産を狙うサイラスたちの「仲間」であるにも関わらず、最後までコミュニケーションを拒絶されたアウトサイダーのままである。結末近く、彼女はモードと見誤られ、サイラスの息子に惨殺されるが、これは仲間の中で彼女だけが計画のすべてを明かされていなかったことに因る不幸な事故である。

自身の孤立におそらく気付いているマダム・ド・ラ・ルジェールは、物語の終盤、モードに驚くべき提案をする。サイラスやその息子の挙動に不穏なものを感じ取り、怯えるモードに、マダムは（何度も切り出すのを躊躇った後に）もし自分がサイラスから逃げるために手を貸したとしたら、お礼に何をしてくれるのかと問うのである。驚いたモードは、「本当に助けてくれるつもりなのか」と問いながらマダムの表情を見つめ、そこに彼女の真意を見ようとする。


こう言いながら、私は彼女の顔をまじまじと見つめた。彼女も奇妙な目つきでぽかんと大口をあけて、私を見返した。この時の顔つきは後後までも私に取り憑いて離れなかった。石のように黙りこくって腰をおろしたまま、互いに相手の凝視に恐ろしいまでに魅入られたかのようであった。（『サイラス』四一一頁）

モードの目に、マダムの眼差しは最後まで「奇妙な」(strange) ままである。それでも、互いに目を離せないこの二人の間には、このとき確かにそれまでの敵意や猜疑心とは異なる何かが生じかけている。連携の可能性と呼べるかもしれないその何かは、この直後、二人が口を開いたときには消滅する。孤独なマダムの最後の賭けとしてのコミュニケーションの試みに対し、モードは疑いを払拭できず、そのことを見抜いたマダムもすぐに提案を撤回する。

だが、モードがその後も――サイラスたちの魔の手を逃れ、幸福な結婚をした後も――マダムの不可解な表情に「長く取り憑かれていた」ことを、見逃すべきではないだろう。部屋から眺める美しい景色に「自由と安全のイメージ」（『サイラス』四四三頁）だけを見るモードの結婚生活は幽閉と紙一重であり、さらに「愛する夫の愛情に包まれ」、「内気で何もできない少女が、今や母となった」という描写（『サイラス』四四四頁）で示唆されるのは、彼女が他者の支配下にある無力な子どものままだという事実である。イーグルトンは「ゴシック小説は、死者が生者を掌握する形式である――そこでは、過去のひややかな手がさし伸べられ、現在を制御し、それを過去の空疎な反復へと還元しようとする」（三三五頁）と述べるが、モードはまさに亡き父オースティンに支配されたままであり、この「過去の空疎な反復」から逃れられていない。だとすれば、彼女の真の意味での逃亡の可能性は、彼女が「嫌悪と不信と恐れ」（『サイラス』二六頁）を抱いたマダム・ド・ラ・ルジェールとの連携の中にこそあったのではないか。自身の世界の外にある、不可解で異質なものとのコミュニケーションの中にこそ、モードの生きる道があったのではないか。

先に触れた『アンクル・サイラス』序文において、ボウエンはマダムが殺害されて以降のモードの人生が「影のよう」(ghostly) であること、そして彼女の第一子が死産であったことにわざわざ触れられている点に言及し、モードを「死の花嫁」であると述べている（「序文」一〇二頁）。異質さを否定し「外」と触れることのない彼女の世界は、屋敷に閉じこもり、過去を反復し、衰退へと向かうアングロ・アイリッシュの世界として眺めることができよう。『アンクル・サイラス』において、異質さとの出会いは連携には至らない。しかし、その可能性は、マダム・ド・ラ・ルジェール及びモードの似姿と共に、ボウエンの『パリの家』に引き継がれている。

『パリの家』の「過去」――モードの人生をなぞるカレン

ロンドンから初めてパリにやってきたヘンリエッタの姿で幕を開ける『パリの家』は、まさに異質なものとの出会いをテーマとする作品である。そして、『アンクル・サイラス』においてマダム・ド・ラ・ルジェールとモードの間に展開されたコミュニケーションの試みが、この作品ではより複雑な形で取り上げられている。マダム・ド・ラ・ルジェールを彷彿させる元ガヴァネス、パリの家の主マダム・フィッシャーは、人を思い通りに操る支配者の面を持ち、娘のナオミは「悪がこの家を支配している」[10]と考えるのだが、彼女もまた単純な「悪」ではない。その不気味さの奥にあるものを考える上で鍵となるのが、第二部「過去」に登場する、カレンの伯母でアイルランドに暮らすヴァイオレットである。「物静かで、鈍感で、愛らしい」（七六頁）彼女は、一見マダム・フィッシャーの対極に位置する人物に思える。しかし二人の人生はある部分で非常に似通っており（これについては後述する）、加えて、伯母の死の知らせと同日に、カレンの母の元にマダム・フィッシャーの「スミレ色 (violet) の筆跡」（一二五頁）の手紙が届くことで、二人の結びつきは確たるものとなる。このことを踏まえて、まずは第二部「過去」におけるカレンと伯母の関わりと、その影響を見ていきたい。

ロンドンの上流階級の出身で「従兄の従兄」であるレイ・フォレスティエと婚約中のカレンは、周囲の祝福の煩わしさから逃れるためにこの伯母の元を訪れる。再婚して間のない伯母夫婦が暮らすコーク州ラッシュブルックの小さな屋敷マウント・アイリスは、伯父が所有していた屋敷がトラブルズで焼き打ちに遭った後、その補償金で買われたものであり、同じ境遇のアングロ・アイリッシュがラッシュブルックには大勢暮らしている。「十九世紀の静けさがこの植民地に垂れ込めていて、残るアイルランドを気違いじみた孤独な夢にしていた」（七五頁）という描写に、まだ記憶に新しいはずの革命と、それに伴う自らの階級の終焉の現実を遠くに押しやり、過去に閉じ籠もって孤立するアングロ・アイリッシュの世界が凝縮されている。しかし、押しやられた現実はすぐそばにある。カレンがこの国に上陸するのは「復活祭からまだそれほど経っていない」（七〇頁）日であり、この表現はアイルランド独立戦争の契機となった一九一六年の復活祭蜂起を読者に想起させずにはいない。マウント・アイリスにも真っ黒の廃墟となったかつての伯父の屋敷モンテベロの写真が飾られており、革命はこの空間の内部に刻印されている。そして、そこにはまたひとつの終わり――ヴァイオレット伯母の死――が近づいている。

カレンはその事実に動揺するが、最も衝撃を受けるのは、彼女の口から「もっとしておけばよかったと思う時がある」、それも「自分本位に」、という後悔の言葉を聞いたときである（八三頁）。その言葉から彼女の人生に思いを馳せるとき、カレンの前に立ち現れるのはもはや「鈍感で、愛らしい」伯母ではない。

本来死は、もっと厳しく勝ち取られなければならない。だがこれは、彼女のために礼儀正しく開かれたもう一枚のドアを通り抜けることだった。芝生から引き抜かれるデイジーのように、根こそぎ引きぬかれ、傷つき、血を流しながらも生きているほうが、芝生の上をあっさりと吹き飛ばされる麦藁よりもずっといい。この年月、彼女は批判しないで微笑んでたたずんできたが、本当は、ほかの女たちのように、物事の核心であり、起きていることそのものでありたかったのではないか？（中略）どこで暮らそうとも、彼女の人生は別の場所から現れて一瞬だけ立ち寄る人たち、あるいは、彼女の居場所を自分たちの別天地とする人たちで、あふれていた。（中略）彼女がもし動乱に巻き込まれて踏みにじられたいと願っていたら、怒りの標的になることを願っていたら、なすすべもなく見捨てられた船とともに沈没したいと願っていたら？（八三―八四頁）

伯母の言葉の向こうにカレンが見るのは、生の実感を得られなかったことに苦しむ孤独な人間の姿である。多くの人の通過点でしかないその人生は、革命に身を投じ、あるいはタイタニック号と共に沈むような、現実と激しく対峙する人生と対比される。彼女の生から死への移行が「またひとつ、開かれたドアを通るだけ」なのだとしたら、それは現実を締め出す彼女の世界が限りなく死に近い状況であるということに他ならない。これは伯母と同様の人生を選び取ろうとしているカレンにとって他人事ではない。第一次大戦を経てもなお「戦前の小説の家族のよう」（七〇頁）に暮らすマイクリス家もまたアングロ・アイリッシュ世界の縮図であり、彼女はその衰退の運命を感じ取ってもいる（「彼女は代々相続してきたこの世界を外側から眺めてみて、これは続かないかもしれないと思ったが、おそらくはこの理由から、断固としてこの世界の側についていた」（七一頁））。その世界の終焉を先延ばしにするためのレイとの結婚は彼女の義務であり、彼女自身の望みでもあった。しかし、死を前にして伯母が口にした悔いの言葉に、そこに垣間見えた激しい苦悩に、彼女は怯まずにはいられない。

カレンは逃げるようにアイルランドを去るが、伯母が仄めかした別の「生」の可能性は彼女に取り憑いて離れない。そのことは、イギリスに戻る船中でのアイルランド人女性「イエローハット」との出会いによっても暗示される。彼女はアイルランド人の異質さをひけらかし、知り合いの男が港でカレンに目をつけたことを伝え、「あなたに悪魔が付いたわよ」と言う。以下はこれに続く二人の会話である。


カレンは言った。「私が会った悪魔は、みんなかなり退屈だったわ」

「ああ、でもね」相手は機先を制して言った。「あなたの毒は、私の毒じゃないんだわ！」

（中略）

「私の毒って、なんのことだかわからないけど」

「じゃあ、ご用心、だわね、ジプシーがそう言うでしょう！」（九二―九三頁）

カレンの言う「悪魔」とはアイルランドの「退屈な」(dull) 男たちのことであるが、彼女がヴァイオレット伯母をかつて「鈍感」(obtuse) と形容していたことを思うとき、上記のやりとりは外の現実に対するカレンの反応の鈍さを寧ろ浮かび上がらせる。そして、それを見透かしたかのように投げかけられた「あなたの毒は私の毒とは違う」という言葉を、彼女は後に一度ならず思い起こすことになる（一〇一、一五四頁）。自分の毒が何かわからない彼女にとって、もはや安全な世界など存在しない。伯母と「イエローハット」との接触によって、カレンの閉じられた世界は揺らぎ始め、やがて彼女はかつてパリの家に出入りしていた「イギリス系ユダヤ人でフランス人」であり、ナオミの婚約者でもあるマックス・エバートとの密会という「革命」に走ることとなる。

この思い切った行動は、カレンがそれまで避けてきた異質な存在との積極的な連携に見える。しかし、その関係はむしろ二人がどこにも行けないことを読者に印象づける。マックスは「僕らは悲惨な結婚をするだろう」（一四六）と断言し、そして、最終的に共に生きることを決意したときですら、歩く二人の目の前の景色が一幅の絵となり、「彼らの姿は額縁に入って」いく（一六六頁）。マックスはその後間もなく自殺するが、たとえ生きていたとしても、その結婚がカレンに新たな「生」をもたらすとは考えにくい。

その可能性を秘めるのは、別の異質な存在である。それは、マックスと関係を持った夜中、「子どもは存在しないだろう」と思ったまさにその瞬間から彼女の頭の中で存在し始めた子ども、レオポルドである。

――子どもは災厄だろう。（中略）彼らは毒された誰かとして私を見るだろう。彼らは思っている、毒だけが作用すると。ある物が作用するとしたら、それはひとえに毒であり、異国のものであるだろう。「あなたの毒は私のじゃないから」と彼女は言った……。なぜヴァイオレット伯母は、あのように私を見たのか？　彼女

にはわかったのだ、レイが私の母と同じであることが。彼女は私にこれを望んだのか？（中略）子どもは災厄だろう。（一五四頁）

彼が自身の世界においては致命的な「毒」であることを、彼女は重々承知している。しかしこのとき、彼女は伯母の表情やイエローハットの言葉を思い出さずにはいられない。「子どもは災厄だろう」という言葉に封じ込められたこの数行には、異質な毒が自分の中に入り込むことへの不安と同時に、そこに別の可能性が潜むことへの恐れと微かな期待が忍び込んでいる。重要なのは、このときカレンが実際に身ごもったとは思っておらず、マックスとの結婚も考えていないという点である。つまり、彼女の「生」の可能性は、結婚という制度の中ではなく、恐怖を喚起する「異質なもの」との実現しない接触の中にこそ垣間見えるのだ。実際、マックスの死後、彼女は生まれたレオポルドをナオミの助けを借りて養子に出し、レイとの「安全な」結婚によって元の世界にしがみつく。彼との第一子は死産であり、二人の結婚生活にはレオポルドが幽霊のような存在となって常に影を落としている。つまり、カレンは『アンクル・サイラス』で「死の花嫁」モードが辿った人生を忠実になぞるのである。

『アンクル・サイラス』から八十年後に書かれたこの『パリの家』では、代々続いてきたアングロ・アイリッシュ世界の衰退と彼らの現実から目を背ける姿勢がより直截に取り上げられ、結婚という形式も明らかに更なる機能不全に陥っている。カレンとマックスという「異種混交的な」結婚も成立せず、レイとの「近親交配気味の」（七一頁）結婚ももはや新しい命を生み出さない。異質なものとの連携の試みは、『パリの家』の「現在」へ、すなわちレオポルドの世代へと持ち越される。ここからは、マダム・フィッシャーとレオポルドの関わりに焦点を当てねばならない。

『パリの家』の「現在」——蘇るマダム・ド・ラ・ルジェール

「彼女の人生は、別の場所から現れて、一瞬だけ立ち寄る人たちで溢れていた」——先に挙げたヴァイオレット伯母の人生を描写するこの部分はそのまま、下宿を営んでいた元ガヴァネス、マダム・フィッシャーの人生の描写ともなる。彼女もまた、人々にとって自身が通過点でしかないことへの苛立ちを抱える人物であるが、彼女の場合はまるでその反動のように、パリの家に足を踏み入れる者たちの行動をすべて「知っている」ことによって彼らを支配する。穏やかなヴァイオレット伯母がカレンとレイの結婚の本質を見抜き、その表情と言葉がカレンを支配したことを考え合わせると、マダム・フィッシャーはこの伯母の不気味な反転像であると言えよう。その最たる犠牲者がマックスである。彼女の支配は「腐食性の酸」（一三八頁）のように彼を蝕み、最終的に彼は自分の意志さえも彼女の手の中に握られていることへの抵抗として、目の前で彼女に気付かれぬように手首を切り、その支配から逃亡する。

以来十年間、打ちのめされたマダム・フィッシャーは、パリの家で寝付いている。その姿は「まだ生きているのに、自分の墓碑のために鋳造された記念像のように横たわっている」（四八頁）と描写され、本人も「私はかれこれ十年、生きてなんかいなかった」（二〇二頁）と言うように、擬似的な死の状態にあったことが強調される。これは『アンクル・サイラス』において、孤立したマダム・ド・ラ・ルジェールが情報を与えられなかったが故に殺され、墓穴に投げ込まれたことと響き合う。マダム・ド・ラ・ルジェールが「あなたのことは何でも知っている」（一〇八頁）という言葉でモードを怯えさせたことも、その相似を強めるだろう。

ただし、マダム・フィッシャーは死んではいない。十年後、かつてカレンとマックスが出会い、そして彼が手首を切ったこのパリの家に、ロンドンから南仏へ向かう途中の少女ヘンリエッタが、そして実母カレンに初めて面会を希望されたレオポルドがイタリアの養父母の元からやってくる。過去が充満するこの空間で、異国から来た男女が出会い、マダム・フィッシャーは亡きマックスの面影を求めて寝室でレオポルドを待ち構える。「過去の空疎な反復」の気配が濃厚に漂う中で、しかし、二人の対面は思わぬ方向へと進んでいく。

カレンが現れず、自身の出生の経緯を実母の口から聞くことが叶わなくなったレオポルドに対し、マダム・フィッシャーはそれを知っているという点で優位に立ち、彼にもそのことを知らしめる。言うまでもなく、これは彼女がかつてマックスを支配したのと同じ方法である。レオポルドの表情を凝視し「かつて知っていた思索と熱情の地図のミニチュア版を再読する」（二〇二頁）彼女に、彼を第二のマックスにしようとする暗い欲望を見て取ることができるのだが、その支配／被支配の構造が様相を変え始めるのは、「この十年生きていなかった」彼女の「どこにいようと、自分は感じないし、（人から）感じられもしない」という発言に、レオポルドがこう問いかけたときである。

「どういうことですか、感じられもしないって？」

「あなただったらどう思う？」

レオポルドの瞳は、睫毛と睫毛の間で細められた。用心してマダム・フィッシャーを見つめ、刺し貫くように見た。「人々が僕のいるのを知らないこと」（二〇二頁）

問い返されたレオポルドの答えは、彼がこの十年間置かれていた状況そのものだ。「僕のことを知った人たちは、僕が生まれたことを知ってはいけないし、僕が生まれたことを知った人たちは、僕のことを知ってはいけないんですね？」（二〇〇頁）という言葉からもわかるように、彼もまた生きたまま「墓に投げ込まれて」いたに等しい。このことが彼とマダム・フィッシャーを結びつけることは、上の引用に続く以下の彼女の言葉からも明らかである。

「（中略）でも、生まれたということは、いまいるということよ——死ぬ前に生きることをやめるような人もいるけれど。あなたや私にとっては、レオポルド、とにかく生まれてきたことがチャンスなの。あなたや私にとっては、考えることは怒ることかもしれないけれど、覚えておくのよ、私たちは自分が感じた怒りを克服できるの。お墓のなかに生えた若木を自分だと思うことは、その墓を突き破ってどこまでも伸びる力を見つけ出すことなの」（二〇二—二〇三頁）（傍点引用者）

「あなたや私」という表現が「私たち」となるこの一節には、同じ「怒り」を抱く者としての連帯が前面に押し出されている。そのことに恐らくは気づいていないマダム・フィッシャーの、彼を「墓の中の若木」に例える言葉は、彼に対する何と力強いエールであることか。同じ「墓の中」から、死が近づきつつある彼女は衰弱した体に鞭打って彼に十年前の過去を語るのだが、その言葉は辛辣で、レオポルドにダメージを与える意図があるようにも見える。しかしどのような言葉であれ——「あなたを愛してはならないと彼女［カレン］の心に書いてある」、「（カレンは）他にも子どもが欲しかったのよ」（二〇七頁）といった冷酷な言葉でさえも——それは「墓の中」のレオポルドが喉から手が出るほど欲していた自身の「過去」であり、初めて触れる現実であり、よって彼に命を与える恵みの雨となる。「彼女の言葉はレオポルドにゆっくりとシャワーになって降り注ぎ、雨後に疲れておとなしく立っている一本の木から、自分の重みで落ちてくる冷たい水滴のようだった」(二〇七頁)。盲目的に「母は自分と同じ」(五九頁)だと断言し、母が自分と暮らすことを切望していると信じて疑わなかったレオポルドは、マダム・フィッシャーが語る過去の事実ひとつひとつに反発することによって、初めて「生き」始める。「あなたが僕を怒らせると、僕はなんでも見えるようになる」(二〇八頁)。それは母を「異質な他者」として知るプロセスに他ならず、それこそが彼を閉塞した世界から連れ出すのである。その状況を可能にするのは、やはり彼にとって完全なる他者であるマダム・フィッシャーしかいない。彼女がマックス亡き後のレオポルドの十年に思いを馳せたように、彼もまた、彼女の傷を思う。

彼女はじりじりと蝕む腫瘍のような「過去」の餌食になり、起きたことによって腐敗していったのだと彼は診断した。これを知って、彼女が病気にならないわけはなかろう？　彼は人生を彼自身に対する一斉攻撃と見ていたが、彼女もまた一本の矢で射抜かれていたことがわかった。(二〇八頁)

状況も年齢も性別も国籍も異なる二人は、人生によって受けた「傷」によって結びつく。死が近い彼女からレオポルドは「過去」を受け取り、彼女は「生き始めた」レオポルドに「何があっても、あなたはできることをするのよ――」と最後の言葉をかける(二〇九頁)。無論、こういった言葉が、レオポルドを介して最後までカレンとレイの人生を支配しようとする邪悪な意図で発せられている可能性は否めない。しかし、彼女の意図がどうであれ、「墓の中」にいた二人が「生きる」ために互いを必要とし、互いを単なる通過点とするのではないコミュニケーションがここに成立していることは確かであろう。

『アンクル・サイラス』において孤立していたマダム・ド・ラ・ルジェールは、このような形で『パリの家』に甦り、仄めかされるのみであった「異質な」者同士の連携もここに来て成就する。レオポルドが力強く生への一歩を踏み出す一方で、実母カレンはレオポルドに会う勇気を失い、ヴェルサイユのホテルのベッドで身を震わせ、胸につけた菫の花は潰れている。その結婚生活にはマックスとレオポルドが亡霊のごとく付き纏い、彼女は今なお過去に絡め取られて動けずにいる。「異質なもの」とどう対峙するのか。その違いがもたらす人生の明暗が、『パリの家』でははっきりと呈示されていると言えるだろう。

アングロ・アイリッシュの未来

『アンクル・サイラス』と『パリの家』には「死の淵に瀕している社会階級」アングロ・アイリッシュの世界が描き込まれている。「近親交配気味の」結婚によって維持されてきたその世界は、特に『パリの家』において、外部からの異質なものとの接触によって揺るがされ、そこに新たな生の可能性が示唆される。

「一九世紀の静けさがこの植民地に垂れ込めていて、残るアイルランドを気違いじみた孤独な夢にしていた」という一文に、アングロ・アイリッシュの視点が凝縮されていることはすでに述べた。過去に閉じこもり、それを反復する世界の行き詰まりは明らかである。レオポルドが母カレンから聞くことを望んだのは「現在と同じくらい明白な過去、つまり、どこかほかの場所にある現在」（六七頁）であり、その中で彼と母は「同一」である。この小説の第二部はカレンが語るはずであった「過去」であり、それは第一部と第三部の「現在」を合わせたよりも長い。このアンバランスな構成自体が、イーグルトン言うところの「過去が現在を制御する」ゴシック小説の形式の具現と見なすことができよう。アングロ・アイリッシュにとって必要なのは、過去に閉じこもる現在こそが「夢」であり、外側にある「気違いじみた夢」こそが現実であると知ることだ。レオポルドとマダム・フィッシャーの対話はまさにそのプロセスである。彼女の語る過去は、彼の耳に心地良いものでは決してない。それでも、母が他者であるという現実を認め、過去を過去として位置づけ、さらに「異質な」他者の痛みに思いを馳せるところから、彼の生は始まるのである。

この生き始めたばかりの子どもに、おそらくはアングロ・アイリッシュの未来が託されている。母の胸でつぶれた菫の花に代わり、レイと共に歩き出すレオポルドの胸にあるのは、この日初めて出会い、母と会えない彼の痛みに寄り添って共に涙を流したヘンリエッタが身に付けていた「さくらんぼ色の花型徽章」（二二九頁）である。共に現在を生きる他者からのこの贈り物は、彼らの連携を、そして彼らの生が過去に制御されないことを示唆するだろう。ボウエンは衰退する自身の階級を、「死の花嫁」ではなく、「呼吸を始めたばかり」（二三九頁）の子どもとして描いてみせた。疑いや恐怖を越え、異質な他者との連携の中に生きる道を見出すこと——レ・ファニュが作品に滑り込ませた「新しさ」は、『パリの家』に確かに継承されていると言えるだろう。

注

（1）Neil Corcoran, *Elizabeth Bowen: The Enforced Return* (Oxford: Oxford University Press, 2004), p. 152.
（2）*Ibid.* p. 84.
（3）Maud Ellmann, *Elizabeth Bowen: The Shadow Across the Page* (Edinburgh: Edinburgh University Press, 2003), p. 118.

（4）Maria Dibattista, 'Elizabeth Bowen and the Maternal Sublime' in Allan Hepburn (ed.), *Troubled Legacies: Narrative and Inheritance* (Toronto: University of Toronto Press, 2007), p. 230.

（5）Shannon Wells-Lassagne, '"She-ward bound": Elizabeth Bowen as a sensationalist writer' in Susan Osborn (ed.), *Elizabeth Bowen: New Critical Perspectives* (Cork: Cork University Press, 2009), p. 101.

（6）Elizabeth Bowen, '*Uncle Silas* by Sheridan Le Fanu' in Hermione Lee (ed.), *The Mulberry Tree: Writings of Elizabeth Bowen* (New York: Harcourt Brace Jovanovich, 1986), p.101. 以下、ここから引用する場合は、「序文」と付した上で頁を記す。

（7）テリー・イーグルトン『表象のアイルランド』、鈴木聡訳（紀伊國屋書店、一九九七年）、三三六頁。

（8）ビッグ・ハウスとは、英国からアイルランドに入植し、地主階級となったアングロ・アイリッシュの居住する邸宅である。アイルランド独立戦争時には帝国主義の表象と見なされ、多くが焼き討ちに遭った。ボウエンズ・コートはそれを免れたものの、ボウエンは経済的事情により一九六〇年にこれを売却した。

（9）Joseph Sheridan Le Fanu, *Uncle Silas: A Tale of Bartram-Haugh* (Harmondsworth: Penguin Books, 2000), p.24. 以下、本書からの引用は、『サイラス』と付した上で頁を記す。翻訳は榊優子訳『アンクル・サイラス』（創土社、一九八〇年）を用いたが、筆者の考えで変更したところもある。

（10）Elizabeth Bowen, *The House in Paris* (Harmondsworth: Penguin Books, 1987), p.182. 以下、本書からの引用は括弧内に頁のみを記す。翻訳は太田良子訳『パリの家』（晶文社、二〇一四年）を用いたが、筆者の考えで変更したところもある。

第六章　『心の死』
日記を書く危険な少女
――二つのテクストの抗争――

伊藤　節

書くことをめぐって――無垢と経験

エリザベス・ボウエン（Elizabeth Bowen, 1899–1973）の作品に現れる少女たちは多くの場合作家自身を投影しているのだが、長編六作目の『心の死』（*The Death of the Heart*, 1938）においては特にそのことがいえるだろう。伝記的側面が再現されているのではない。作家であること、書くこと、言語をめぐるボウエン自身の思いが少女の運命に託してドラマ化されており、この種のものはボウエンの作品に他には見当たらない。

これは無垢な少女が裏切りを経験しながら大人の世界に入っていく通過儀礼のような物語として読まれ、ボウエンの長編の中でも人気作となってきた。たしかにここには無垢と経験、若さと成熟を対立項として汚れのない少女から見た世界が残酷なタッチを加味して描かれている。だがボウエン作品の中でも珍しいペンをとる少女の登場、また彼女の書く日記が重要な位置を占め、主要人物の一人が作家であることからわかるように、ここでは〝大人になること〟が〝書くこと（作家になること）〟と〝言語〟に関わる問題に重ねられて焦点化されている。

十三歳のとき母を亡くし……私は自分が大人にはなれないかもしれないという潜在的な不安をずっと抱いてき

ました。おそらくその不安がわたしを書くこと（作家になること）に駆りたてたのでしょう。……今思うに、私は大人に近づこうと必死だったようです。同時に大人を粉砕してやることにも。[1]

となっている。

このようなボウエンの少女時代の記憶は、ここで彼女の文学全体にも通底する特異な性格を知る意味深い手掛かりとなっている。

この作が発表される二年前の一九三五年、ボウエンは夫アランがBBC関係の要職についたことからロンドンのリージェント・パークにあるクラレンステラスに居を移した。近隣に湖と樹木を備え、外部の木々の緑が室内に映じて都会の喧騒を押さえてくれるこの都会のオアシス風テラスハウスはボウエンにとってたいそう気に入るところとなった。アングロ・アイリッシュ（Anglo-Irish）である彼女にとってロンドンという都会は常にふるさとアイルランドとの関係で認識された。「イギリスが私を小説家にしたのです」[2]との言葉はむろん文字通り受け取られるものではないが、〝小説を書くこと〟はボウエンにとって、イギリスという大人の世界（経験）とアイルランドの子供時代との亀裂を際立たせたものであったと考えられる。

この両世界の間の深い裂け目は、ボウエンにとって自己の二つの立脚地というというだけでなく、その書きものに二重性の意味をはらませていくのである。しかも〝子供時代の神話〟はますますその強度を増していくのである。本作品ではそれが主人公の少女ポーシャとその分身ともいうべきアナとの〝書くこと〟をめぐる抗争となってあらわされている。

ロンドンのE字型テラスハウス

ドラマの背景となっているのが、現代社会の比喩ともいうべき多血症的に常に変化し続ける大都会ロンドンである。物語のはじめで読者に紹介される少女ポーシャの日記の最初の書きこみにも「こうして私は彼らと一緒にロンドンにいる」[3]と、大人の世界であるロンドン生活の始まりが記されている。

舞台は、ボウエンの住むクラレンステラス二番地を正確に模したウィンザーテラスのクウェイン邸という中産階級の居間である。ロンドンという社会的スペースを反映するものとしての私的なスペースが読者の前に提示されるのである。膨大なエネルギーを秘め、あらゆるものを飲み込み変化し続けるこのロンドンは、人間の感情、思考を受け入れない。のみならずそこに住む人間の生を規定し〝編集〟してしまうものとして描かれている。

ポーシャが預けられることになるこの義兄夫婦の家は冷たく、家庭（ホーム）を満たす家族の〝感情〟を欠いている。彼らが囲むのは「絵に描いた暖炉の火」（一九二頁）で、手を温めようとしても無駄なものであった。クウェイン邸にあっても、ロンドンの町にあっても、ポーシャは自分自身の大切な個人的ストーリー、すなわち亡くなった母のこと、父のこと、エディへの思慕のこと、といった情感に満ちた話を分かち合うスペースはどこにも見出せない。

クラレンステラスは十九世紀、将来の田園都市を予見したジョン・ナッシュにより設計された壮大なファサードを持つ建物である。建築空間を人間関係の展開する場と考えていたナッシュの思想[4]に合わせるかのように、作品中でも「舞台のようなもの」（五三頁）と紹介されるこのE‐字型構造のテラスハウスは、大人の世界への入り口に立ち日記を綴る少女と、彼女の人間関係を劇的な装いで展開させる舞台の役割を果たしている。ボウエンにとって書くことは、自分が「それを欠いて生まれてきたもの――社会との正常な関係――の代りとなるもの」[5]であった。ポーシャを含めてここに現れる登場人物たちは、緻密に幾何学的に配置され、相互に絡まり合う複雑な関係性の中に立ち上がり、無垢や愛、裏切りといった多様な側面を持つ言葉とともに、言語で表出される大人の経験世界がパズルあわせのように考察されていく。ポーシャがしきりと取り組むジグソーパズルのように、現実世界と言語はかみ合わず、パズルはすぐにばらばらになり決して完成することはない。

そうさ、僕は芝居じみているんだよ。僕は芝居がかっているのさ。シェイクスピアの全部は僕について書いているのさ。(一二七―一二八頁)

ポーシャがその中身を読み間違え愛していると思い込んでいるエディは、経験から何も学んでいない青年で、その意味では彼もまた極めて無垢な人物である。彼は自己の感情からではなく、他人が自分に期待していると思うことを演技して生きている。他人の眼に映る自分を見る以外、自分が何ものかの概念はない。しかし総じてこの舞台に登場する人物はみな自分の感情を抑圧し、半分嘘で固め、何かに拘束されながら生きている。すなわち演じているのである。ポーシャが一時期滞在する「ワイキキ荘」も人々の誇張された振る舞いや言動で騒騒しく、さながらシェイクスピア劇の小宇宙なっている。

幕開けの章には、「ところで彼女はなぜポーシャという名前なの?」との作家のセント・クウェンティンの問いに、「そんなこと考えたこともないわ」とアナが戸惑って答える場面がさりげなく置かれている(二一頁)。実はこれに対する解答が、ポーシャが夕食時になっても帰宅せず、彼女の家出が発覚する最終場面に巧妙に示されるのである。この事態にどう対処するべきか、解決策が見いだせないクウェイン夫妻と客の作家セント・クウェンティンが囲むディナー・テーブルはたちまちポーシャという不在の裁判官が仕切る緊迫した法廷場面と化すのである。このように『心の死』では主人公のポーシャは、シェイクスピアのだましと逆転のモチーフによって統一された『ヴェニスの商人』の、法の正義よりも慈悲を説く裁判官ポーシャに重ねられている。

それだけでなく最終場面のポーシャはまるで「エリザベス朝の芝居のなかの子供の誰かのようで、いいなりに連れて来られ、連れて行かれ、ほとんどしゃべらず、悲劇的な運命に縛られていて、その非運は一行だけで語られる」（三九〇頁）登場人物のようでもある。ポーシャの「存在、視点は一貫して非現実性を帯びて」（三九〇頁）いるように、一見リアリズムをベースとしたかのようなこの作品では、大人の社会に運命によって引きずり出された無口な少女が、眼前に広がる夢か幻のような世界で迷い子になっている様がシュールな趣で描かれている。

それは、子どもが大人をその〝心〟の問題で裁くドラマ、とも読みとられる。熟考の末に最終的に答を出すのが義姉アナではあるが、ポーシャはクウェイン家に戻ってくるのだろうか。オープンエンディングはボウエンの常套手段であるものの、ここには大人の世界への不信とその世界を粉砕したい少女の願望さえ感じられる。

純粋無垢性——言葉の世界の孤児

未熟な少女が辛い経験を通じて大人の世界へ入るというテーマに『心の死』は一応沿ってはいる。少女の情緒的成長を示すように始まりは木々も枯れて凍りついた冬である。やがて春、夏とめぐる季節にあわせての展開も用意されている。しかし面白いことに物語は実は堂々巡りとなっている。愛するエディに裏切られ、彼の部屋で別れを告げるポーシャが、彼の部屋を何回もぐるぐる歩き回る様子は「言語の世界の迷い」として次のように描かれている。

彼女は、一冊の本の中で迷い子になったか、その本の意味合いを取り違えてしまい、スタートに戻って最初から始めなくてならない人のような印象があった。(三六四頁)

ポーシャがクウェイン邸に戻ってくるとすれば、最終は再び本の始まりに戻るのであり、「ポーシャと私が新しくスタートしたいと思っても、まずできないわ、残念ながら。私は常に彼女を侮辱するし、彼女は常に私を迫害するわ」(四一〇頁)というように相変わらず折り合わないアナとの葛藤がその始まりから再現されることを予想させる。

そもそもこのポーシャとはどういう子どもで、その無垢性とは何なのだろう。彼女はボウエンの作品に出てくる少女の中では最も真摯な少女というべきだろう。義兄トマス・クウェインとその妻アナが住むウィンザーテラスに引き取られてくる物語の始まりで、ポーシャは十六歳。「君いくつ? お穣ちゃん」(二一七頁)と言われてしまうほど年齢の割に幼い観がある。生まれながらに素直で全く策略のない少女、すなわち純粋無垢性の完全版ともいうべきものだ。

クウェイン邸の主であるトマスの父クウェイン氏はロマンチックな性癖を晩年までとどめ、引退してから若い未亡人アイリーンと恋に落ちた。そこから生まれるのがポーシャである。この事件の処理に際して典型的上層中流階級の彼の妻クウェイン夫人は、生まれてくる子に父親を与えてやるためすぐに夫と離婚し、追い出すようにアイリーンの下に送り届けるという〝正しいこと〟をやりきった。

以来一家三人はヨーロッパのシーズン・オフのホテルやフラットを転々とし、やがてそうした生活がなじまないクウェイン氏は健康を害して亡くなり、残された母アイリーンとポーシャは言葉が不要な、愛情に富んだ緊密な結びつきで生きてきた。

ポーシャとアイリーンは、日蔭の身、季節外れの、どこでもない列車の駅か岩場にあやうく滑り込んだり、湖畔観光船の……船客の臭いのする羽根布団にもぐってくすくす笑ったりした。世間知らずなままに、彼女たちは腕を組んで都会の遊歩道を歩き、夜はベッドを近づけたり、あるいは同じベッドで寝た――できることなら、身二つになって生まれたことを克服しようとした。（六八―六九頁）

「人が心から思うことで行動するその九割かたは、誤った行動になる」（六八頁）ことを知っていたアイリーン。この母と過ごしたエデンともいうべき〝沈黙の世界（言葉を不要とする母子一体的世界）〟がポーシャという無垢な少女をはらみ育てたということである。やがてその母も病で亡くなり、ポーシャは孤児となるのである。アイリーンはポーシャに豊かな愛情を注ぎながらも、言葉を駆使する大人の世界での生き方をまったく教えることはなかったのである。「学ぶという習慣がなく、人は学ぶべきだということを学んだこともなかった」（六四頁）ポーシャ。その孤児性とは、親がいない、不義の子供であるということ以上に、現実社会――言葉と文化の世界に居場所を持たない孤児という意味合いを含んでいる。

言語レッスン(大人への教育)――〝脅威〟の構図

この無垢な孤児少女が遭遇する経験、すなわち人生勉強は三つのパターンに分けて描かれている。Ⅰ部が「世界」、Ⅱ部が「肉欲」、Ⅲ部が「悪魔」という三部構造である。それぞれの題名は、英国国教会の祈祷書に含まれるお決まりの文言であり、中世の人々にとって心の聖性、完全無垢性、純粋さへの脅威となるものを象徴している。(6)ボウエンは、少女の無垢性と成熟というテーマをこの三つの伝統的枠組みに流し入れることで、現代人にとって経験の意味するところを探ろうとしている。ただ興味深いのは、経験は単に成熟する人間の必須の過程というよりむしろ誘惑、悪に汚染される〝恐怖〟として宗教的な色付けで語られていることであろう。ここには裏切りに会ったポーシャの哀しみ、苦しみ以上に、母との共生時代、すなわち母性的・前エディプス的な世界を裏切っていくボウエン自身の逡巡とうしろめたさが濃厚ににじみ出ている。

ポーシャの最初のレッスンである「世界」とは、ウィンザーテラスのクウェイン邸での経験である。「きちんとした家庭生活を味わわせてほしい」(一五頁)とクウェイン氏が生前に書いた手紙によって、ポーシャは一年間、腹ちがいの兄の家に引き取られることになる。

ところが兄とその妻アナは情熱の発露を嫌い、体裁を第一とする夫婦である。アナはかつての恋愛や仕事の失敗、二度の流産以来、自分の心の痛み、感情を封じ込めて生きている。独身の男性に取り巻かれ、スタイリッシュでこぎれいという可視的効果だけを求めるアマチュアのインテリア装飾家である。夫のトマスは現代という時代を象徴するような広告業において有能さを発揮している。本性ではなく〝洗練された〟生活を送る彼らは「自然なもの」、「自発的なもの」に価値を置かない。

感情を率直に表現しないこの家は、暖かさを求めるポーシャの期待を大きく裏切っていく。何より問題なのはここでは言葉が真意を伝えないことである。彼らが言っていることと、本心思っていることが違っている。謎と失望感が募り、これがポーシャの最初の試練（経験）となるのである。アナの旧友であるブラッド少佐から贈られるジグソーパズルに従事するポーシャの姿には、世俗的知を欠いた少女の戸惑いが示されている。ウィンザーテラスでの〝編集〟された複雑で不可解な生のテクストを読みとる手段として、ポーシャは日記をつけ始める。

アナに盗み読みされているとも知らず、ポーシャはアナの取り巻きでその庇護下にあるエディにこの日記を見せるのである。彼女と最も年齢が近い二十三歳のエディを「自分の生きる理由のすべて」（二六一頁）としてポーシャは恋するようになる。このエディへの愛が中心のように設定されているこの作は、実は〝日記を書くこと〟をめぐって展開していくのである。クウェイン邸に来てからというものポーシャが紙という紙を自分の引き出しに集めていることからわかるように、この世界で生きていくために彼女は言葉を学ぼうとする意欲もあらわにしていく。ただ母アイリーンとの沈黙のコミュニケーションの記憶が濃厚なことから、ポーシャはアナたちが使う言葉ではなく、もっと直接的で、真実に近い言葉を欲していることが暗示される。

「肉欲」と題されたⅡ部における試練の舞台は、何事も統御されていない俗物性に満ちたヘカム家の「ワイキキ荘」である。ポーシャの存在をうっとうしく思うクウェイン夫妻がカプリに休暇に出かけている間、彼女はここに預けられる。この海辺の町シールで、ポーシャは愛するエディがヘカム家の娘ダフネの手を握るという裏切りに打ちのめされるのである。

それでは最終Ⅲ部の「悪魔」における脅威とは何なのか。この〝悪魔〟とはセント・クウェンティンという男性作家であることは注目すべきことだろう。彼は日記をアナが盗み読みしている秘密を口にし、その裏切りをポーシャに暴露する当人でもある。最後の法廷の場、すなわちポーシャとアナの抗争の調停に立ち会うのもこの作家である。後述するように、この作の本質である〝書くこと〟の問題がここに収斂されてくるのである。

アナのテクストにひそむ〝蛇〟

『心の死』の冒頭の章で無垢な少女ポーシャは、アナの語りを通じて「草むらの蛇を探す」（九頁）ような少女として姿を現す。作品はいきなりアナが真冬の歩道橋上で、友人である作家セント・クウェンティンに向かって彼女が盗み読みしたポーシャの日記について話をしている場面から始まっている。奇妙なことに二人は対話をしているようでありながら、それはほぼアナの独白、〝アナの語るポーシャの物語〟となっている。アナは夫の異母妹の母親役を押しつけられた立場にあるにしても、盗み読むという自分の行為を棚に上げ「あれ以上に悪いものはない」と、日記を書くポーシャの悪口をひどい言葉で言い募っている。

あの日記は完全に捻じ曲げて、ゆがめているの。読みながら思ったわ。この少女か私のどちらかが正気ではないのだと。（七頁）

後に読者に示される当の日記とは、クウェイン家で起きた出来事を逐一稚拙な文体で綴った観察記録のようなものである。なぜそれが「私、こんなに動顛したことないわ」（四頁）と言わせるほどアナを恐れ嫌悪させているのだろう。アナはポーシャについて「生まれる前から問題ばかり起こしていた」（七頁）少女であり、彼女が「自分自身の国からも追放され、正常で快活な家庭生活からも追放されて成長したこと」（一三頁）、またこの「不運なる堕落」をひきおこした親である義父やその愛人について悪意をこめて語っている。クウェイン家の系図にも載らないポーシャは一年間という約束でやってきたが、もしかするとずっと置いておくようになるかもしれないと懸念している。アナがこの話を作家セント・クウェンティンに話す態度に注目したい。

彼といる時は、彼女は自分を茶化したり、自分を哀れんだりという小細工をして、彼女が抱く自分観を、彼が抱く女性観に協調させようと演技する。彼女は今のように自分のレベルを下げて、おとなしく彼に合わせ、そこに友だちみたいな横柄な味をにじませている。彼はこの過剰な演技に一種の空威張りを見て取り、それゆえにアナを好ましく思い、彼女が一層好きになった。（五頁）

ここで見えてくるのは、語り手アナは家父長的な社会での女の生き方を心得ており、言語活動を生業とし女に権威的な男性作家に意識的に寄り添おうとしていることである。そのような欺瞞と体裁という仮面をかぶった生き方をつぶさに観察するポーシャの容赦ないまなざしはアナに対する無言の鋭い批判、叱責、挑戦となり、その心の傷口を残酷に開いていくのである。まさにポーシャは、アナの構築した生のテクストに潜む〝蛇〟となり、彼女を苛立たせるのである。

アナがポーシャの日記を「ひどくヒステリックだ」（八頁）と非難する態度は、女の作品（＝ポーシャの日記）に向けた男性作家の侮蔑的批評に酷似している。アナは自分の綴る物語の中で無垢な分身を徹底的に抑圧しなければならない。物語の語り手（作家）になることはそのような権力を振るうことだという、女性作家となったボウエン

自身の微妙な裏切り意識もそこに伺われるのである。(7)

ポーシャのテクスト（日記）の〝文体〟

ポーシャを母アイリーンと一体化していた愛の世界から切り離し、理性的な言語に支配される世界（ロンドンのクウェイン邸）に送り届ける役割をするのが、父親クウェイン氏の遺書であることは象徴的ともいえよう。ためらいを覚えながらも大人の世界を生きなければならないポーシャは、そこで言葉が大きな力になることも会得していく。実際ポーシャの書く日記はクウェイン夫妻に深刻な動揺をもたらすという〝力〟を発揮している。

また第一章、二章、六章においては、ポーシャの誕生と生い立ちに関して異なる語り手（アナ、ポーシャ、家政婦マチェット）の話も提示されている。アナの物語の中でポーシャは「祝福されない誕生」、「厄介者」として語られる。これに対しポーシャもまた「でも私たち、幸せだったのよ。私が生まれてくることを失敗と思わせないで」（九七頁）と抗弁し、他人が語る物語を自分の言葉で書き変え、自己復権を試みている。

反目するアナとポーシャの関係に変化が生じるのは「ワイキキ荘」においてである。アナの元家庭教師ヘカム夫人によってあてがわれたポーシャの部屋には、十二歳の頃のアナを描いたパステル画がかけられている。アナの長い髪はミモザ色である。ミモザはポーシャが母と旅暮らしをした大陸で、春の訪れを告げる花であった。子猫を抱いてどこか無力な優しさを漂わせたアナ、立ち惑うような不安を浮かべたアナ。アナとは無垢な少女から、大人の世界（家父長社会）へ妥協して参入したポーシャの分身であることがほのめかされるのである。

これを見た日の夜、ポーシャは幼い少女と一緒に一冊の本を読んでいる夢を見る。それは肖像画の少女アナのようであった。途中ポーシャは「本の読み方がわからなくなっていることに気づく」のだが、これを「あえてアナには告げない。アナはページを繰り続けている」。ポーシャは「アナの髪の毛が落ちてくるので絶望でいっぱいになる」のである。（二八一頁）

二人のコミュニケーションを断つかのように落ちてくる髪の毛は、人生という一冊の本を読む手助けをアナが拒絶しているとも受け取られる。いずれにしてもこの夢は、ポーシャに対し大人の生のテクストを読む手ほどきができるのはアナ以外にないことを暗示している。ポーシャはこの時、これまで「アナに優しくなかった」こと、アナはすでに〝心の死〟を経験して大人の生のテクストを書いており、感情はすでに自発的なものではなくなっていることにぼんやりと気づくのである。

言葉の世界（家父長社会）への参入

第Ⅲ部「悪魔」において、アナとエディが共謀して自分を裏切ったと思いこんだポーシャは家を出る。ここで事態は一見悲劇的なようでありながら、何か奇妙な展開をみせる。セント・クウェンティンはアナと自分が日記を読んでいた事実をポーシャに残酷に告げながら、済まないという気持ちを示すよりもむしろ日記を書くポーシャを「危険な少女だ」と次のように咎め立てるのである。

「君は我々を動かして、何かにはめ込んでいる。……君が書くことはまったく馬鹿げているが、それでも君は自由にやっている、君は我々にわなを仕掛けているんだよ。我々の自由意思を踏みつけている。

「私は起きたことを書いているのよ。私は発明なんかしてないわ」
「君は物事を構築している。君は最も危険な少女だ」（三二八頁）

ここにはポーシャの書きもの（日記）への容赦ない批判と大人になるための心得が、職業作家からの勧告として示されているのである。彼は既に先に述べた第一章で彼女の文章のカンマの位置をアナに問いながら、ポーシャが既に〝文体〟を身につけており、「文体とはいつもちょっとインチキをやるものだ」（八頁）と指摘している。

こうした場面について要約すれば次のようなことになろう。日記を書くポーシャは母とつながる無垢な子ども時代への愛着を捨てがたく、言葉の世界に入ったもののその世界に抵抗を示している。それは、家父長社会に足場を据えたアナとは違う言葉、すなわち透明で真実の言語で書きたいという欲求として表される。しかし書くことは〝文体〟を伴い、それは事実を粉飾する。ポーシャはペンを執ったその時から純粋無垢性を失ったということであろう。いかに事実をあるがままに綴ったとしても、そこには書き手の視点がおのずと含まれ、対象を変形させてしまう。特に日記は自分のために書くという性質上、剥き出しの事実（真実）を書いているようでありながら実は自分の意向を書きたてており、〝インチキ〟で〝構築〟しているということである。だからこそそれは他人（アナ）を深く傷つけてしまい、危険だというものであろう。一方作家は真実を書くのではなく、嘘（フィクション）を書くからこそ危険性が少ない。この嘘を書く男性作家セント・クウェンティンと、赤裸々な真実を日記に書こうとする少女ポーシャの双方の立場は、作家であるボウエン自身の二重のスタンスを表しているともいえる。

エディに最後に会いに行くポーシャを待ち受けていたものは、「僕が君を愛していると言ったので、まるで僕が君の母親のように愛してくれると思っているんだ」とのエディの言葉であった（三六九頁）。彼との愛は純粋無垢な世界を必死で守ろうとするポーシャの最後の砦のようなものであったことが明かされるのである。それが壊れた今、追い詰められた彼女は次にジグソーパズルを送ってくれたブラッド少佐の安ホテルへと向かう。クウェイン夫妻を理想の家族とみなす大佐の幻想（ロマン）を残酷に打ち砕きながら彼のお嫁さんにしてほしいと頼むのである。大佐の答えは、ポーシャがクウェイン夫妻に対しあまりに厳しすぎるというものであった。作家セント・クウェンティンの以下の言葉とともに、無垢な少女の妥協を許さない姿勢とその激しい攻撃性の非が諭されていくのである。

僕らはきっとそれぞれの心の内に一種の狂気じみた巨人――社会的には適応できないが実物大の巨人――を抱えていて、あて木でふさがれているんだ。そしてそいつがときどきお互いの中で暴れ回るのを聞くおかげで、僕らの付き合いが陳腐にならずに済んでいるのさ。ポーシャは始終この音を聞いている。実際ほかには何も聞いていない。彼女がほとんどいつも間抜けに見えるのも不思議じゃないね。（四〇七頁）

アナに差し向けられた家政婦のマチェットが不吉な「ロンドン橋落ちた……」の替え歌である「マチェットがお迎えに……」とともに迎えにやって来るところで物語は閉じられている。言葉の世界から家出するポーシャに対し、作者ボウエンは居場所を用意することはない。ポーシャは結局「検閲されパズル化された女の人生をすでに半分潜り抜けた」のであり、それも「知性のみが更に模様をゆがめる人生」（一五八頁）という〝女の人生〟へ参入したということであろう。

このように『心の死』は、真実の日記を書きたいポーシャと、〝ゆがめられた女の人生〟というテクストを書くアナという二人の書き手、およびその両者の対立する関係が、汚されていく無垢性（子ども時代）〟と〝女性が書くという問題〟につなげられ、女性作家ボウエンの内面の葛藤をリアルに描き出すものとなっている。人生はインチキや嘘があってうまく納まるのだと、無垢な少女ポーシャの未熟さをたしなめながら、父の世界（言語の世界）で妥協するアナの大人の態度をほめそやす使命を、〝悪魔〟の名の下に男性作家セント・クウェンティンに負わせているところは、書くことに向けたボウエンのアンビヴァレントな思いを表すものといえるだろう。

注

（1）Elizabeth Bowen, *The Mulberry Tree: Writings of Elizabeth Bowen*. Hermione Lee (ed.) (London: Virago, 1986), p. 121.

（2）Elizabeth Bowen, *Pictures and Conversations* (New York: Knopf, 1975), p. 23.

（3）Elizabeth Bowen, *The Death of the Heart* (New York: Anchor, 2000), p. 9.　大田良子訳『心の死』、晶文社、二〇一五。本章の引用は主として太田訳に基づく。なおこれ以降は、引用には括弧をつけて頁数を付した。

（4）Allan Hepburn, 'Architectural London: Elizabeth Bowen in Regent's Park' in Tom Herron (ed.), *Irish Writing London: Revival to the Second World War* (London: Bloomsbury, 2013), p. 116.

（5）Elizabeth Bowen, Graham Greene, V. S. Pritchet, *Why Do I Write?* (New York: Haskell House, 1975), p. 23.

（6）Edwin J. Kenney, *Elizabeth Bowen* (London: Associated University Presses, 1975), p. 57.

（7）Harriet S. Chessman, 'Women and Language in the Fiction of Elizabeth Bowen' in Harold Bloom (ed.), *Elizabeth Bowen* (New York: Chelsea House Publishers, 1987), p. 124.

第七章『日ざかり』

裏切り者たちの第二次世界大戦
——スパイ、ファシズム、アイルランドをめぐって——

小室　龍之介

ボウエンと第二次世界大戦

アングロ・アイリッシュ（Anglo-Irish）の作家、エリザベス・ボウエン（Elizabeth Bowen, 1899–1973）の『日ざかり』（*The Heat of the Day*, 1949）は、第二次世界大戦を克明に描く代表的な作品として挙げられる。ボウエンは第二次世界大戦と深く関わっていた。当時、アイルランドの港湾使用を望むイギリス政府としては現地の政治的情勢を慎重に吟味することが喫緊の政治的課題であり、彼女はこの課題をクリアするべく諜報部（Ministry of Information）へ勤務した。また、防空警備員（Air Raid Precautions）としての活動も行った。そして、一九四四年のロンドンの空襲によってボウエンの住居は爆撃され、私生活にも大戦の影響が及んだ。[1] また、ボウエンの周囲には共産主義に染まった謀反人がいたという。[2] そのためであろうか、ロザモンド・レーマンはボウエンにむけて、なぜロバートは共産主義ではなくてファシズムに走ってしまったのかを問うた（グレンディニング　一八九頁）。

十七の章からなる『日ざかり』は一九四二年九月のロンドンを舞台とする。ヴィクターとの離婚歴があるステラは、ダンケルク戦で足を負傷した年下のロバートとの交際を二年ほど重ねている。そんな中、ハリソンがステラに近づき、ステラはロバートにかけられたスパイ活動の嫌疑を知る。カウンタースパイとしてのハリソンは、ロバートのスパイ活動を報告しないことの引き換えに自分との交際を迫り、ステラをゆする。ハリソンのこの行為は、恋人が敵国のスパイとして密告されかねないという政治的危機と、ロバートとハリソンの一方を恋人として選ばなければならないというセクシャルな危機、いわば二重の危機をステラに突きつけることになる。この伏線として、妻のカズン・ネティーを見舞いにイギリスへ向かうさなか、ヴィクターのいとこであるカズン・フランシスが死去する。その結果、二十歳になるステラの息子ロデリックがアイルランドの地所であるマウント・モリスを相続する。また、防空警備員であるコニーの友人で、出征中のトムを夫に持つルーイ・ルイスがテクストの開始と結末の両方を飾る唯一の人物として登場する。

このように、『日ざかり』の多くの登場人物は大戦とは無関係ではない。また、ロンドンの空襲の他に、一九四〇年五月ダンケルク戦、同年六月のドイツ軍によるパリ陥落、エル・アラメイン戦、イタリアやロシアでの戦況、そして最終章の設定である一九四四年のリトル・ブリッツなどという、第二次世界大戦、特にドイツ軍によるロンドンの空爆を記し、虚構の中に現実世界を織り交ぜる作風となっている。

多数存在する『日ざかり』の先行研究の中で最も包括的な議論を行っているのはコーコランであろうが、このテクストを第二次世界大戦やロンドンの空襲を主軸とする論考としてヘップバーン、ジョーダン、ラスナー、プレインの論考が挙げられる。また、アイルランドの政治状況を詳述するウィルズやマコーマックの論考は、『日ざかり』とファシズムとの関連を考える際に有益であり、本論考はこれらの研究を踏襲することとする。(3)

本考察の手順を示そう。第二次世界大戦下の日常を生きるステラ、ロバート、ハリソンの関係は、表面上は恋愛関係を基礎とするにもかかわらず、彼らの発言や行動がスパイ活動を彷彿とさせるものへといつの間にか様変わりする過程を、彼らの嘘や隠蔽に注視しながら検討する。ステラとロバートが築く「閉ざされた世界」と描かれる情事はハリソンの介入によって三角関係へと変容するだけでなく、そこから一気に第二次世界大戦の渦中に巻き込まれてしまう。(4) その中で、嘘や隠蔽を意図的に使用するハリソンを訝しく感じるステラはスパイと化してしまい、その結果、ステラとハリソンはスパイ同士の関係へと変質することを確認したい。(5) また、言語に対する不信感を払拭できぬロバートはステラと「本のページ」、「途切れぬ愛の物語」(九九頁) などと言語的構築物のように描写されるのは、彼自身が「虚構的」であることが端緒となっていることを示したい。そして、ロバートをファシズムへと駆り立てた要因を、彼の実家ホーム・ディーンに求めたい。

これらの議論を踏まえた上で、ファシズムや政治的中立にあったアイルランドの歴史的事象を加味して『日ざかり』のエンディングについて考察する。自分の結婚に関して下したステラの決意や、相続した地所、ひいてはアイルランドの未来について考え抜いたロデリックの結論が、結末がオープンであることと密接に関わるさまを提示したい。また、このテクストに散在する文体の特異さは、『日ざかり』の内容と連携していることを示したい。最後に、もう一つの場面であるアイルランド、そしてアングロ・アイリッシュのカズン・フランシスが『日ざかり』の中で与えられる意義について考察したい。

カウンタースパイのハリソンとスパイ化するステラ

ステラは両世界大戦の影響をもろに受けている。部屋の照明漏れを防ぐ暗幕が窓に据えつけられているフラットに住むステラは両親をすでに亡くし、二人の兄弟もフランダーズ戦で戦死している。離婚成立後に死去したヴィクターとの間には兵役中の息子ロデリックをもうけている。ステラは「秘密裏で骨の折れる、重要でなくはない任務につき、一九四〇年以降のヨーロッパはこれに対してこれまで以上の重きを置いていた」（二六頁）とあるとおり、彼女の任務は第二次世界大戦やロンドン空襲と無関係ではない。

不審で計算づくのハリソンに対し、ステラは一貫して懐疑的だ。そして、このことはステラをスパイ同然の人物に仕立て上げてしまう。『日ざかり』の設定から遡ること四ヶ月、第四章にて描かれるカズン・フランシスの葬儀にてステラとハリソンの初接触がある。招かれざるハリソンが「厳密に私的な」（六六頁）葬儀に姿を表すと、ステラは違和感を覚える。その後を描く第二章で、ハリソンはステラの住まいに押し掛け、ロバートはナチスのスパイであることを彼女に打ち明けると、ステラは彼に対する懐疑を再びにじませる。「彼（ロバート）が手にする情報の肝心なことが敵に届いて」おり、そのことが「今では固まった、周知のこと」であるとハリソンがステラに告げると、それは「おかしなことだわ」（三五頁）と彼女は切り返すのだ。

ハリソンがステラの住まいへ二度目の訪問を果たす第七章においても、屋外で展開されるドイツ軍の空爆の脅威が描出されるが、それと同時に、彼に対するステラの懐疑は強化される。ステラが彼の母親について探ろうとすると、「そのことを語るまいとする明白な意図」（一三四—一三五頁）によりハリソンはまともに答えようとしない。加えて、現住所にかんするステラの質問を回避すべく「立ち寄れる場所が常に二、三はあり」、「二、三のカミソリを持っている」（一四〇頁）と答えたり、「僕は計算する。それが僕の人生だ」（一三八頁、強調は原文）と力説したりするハリソンは、そのような彼の意図をステラに確信させてしまう。

ステラとハリソンによる言葉の応酬は、世界大戦やロンドンの空襲のイメジャリーに繋がっている。具体的にいえば、空襲や爆撃に見舞われる屋外と爆撃から身を守るシェルターであるはずの屋内という関係が反転してしまっているのだ。

この夜、彼女にとって「屋外」とは無害な世界を意味していた。災難は彼女自身や他の部屋にあった。戦闘のきしみや叫び声、身体や国家を痛めつける機械仕掛けの攻撃は、神経をずたずたにし木々を根こそぎにしながら室内で企てられた。（一四二頁）

この屋内こそが戦場である。「なんらかの計算によらない行為は一つもない。（中略）どんな行為も今では敵の行為」（一四二頁）となる状況に置かれると、スパイの嫌疑がロバートにかけられているとハリソンに吹き込まれたステラは、スパイとしての自覚を持つに至るのは当然だ。このことは、「あなたは私を見事にスパイに仕立てあげたのよ」（一三八頁）というハリソンに対するステラの一言によって裏付けられる。これらのやり取りは誰でもスパイと化す可能性を仄めかしており、戦時下のロンドンにおける危機や恐怖が情報戦争という形を取って人間関係にも潜む状況を見事に反映していると言えよう。[6]

ロバートの言語不信とファシズム

他方のステラとロバートの関係はどのようなものだろうか。第二章でロバートにかかるスパイ疑惑のことを知るステラは第十章にてその真偽をロバート本人に確認するが、第十五章になって初めてロバートは、ファシズムの手先としてのスパイ行為をステラに認める。つまり、その間彼はずっとステラに嘘を突き通し、彼女はしばらくの間ロバートのスパイ疑惑について白黒つけられぬままでいる。

ステラとロバートの馴れ初めは、「恋人たちは二年間、閉ざされた世界を築いていた。これは、何についてでもない理想の本のように、内部の力によってそれ自身を支えていた。彼らは一九四〇年九月のロンドンで初めて会った。ダンケルクで負傷後の病院から解放されたロバートが陸軍省に来た時」（九〇頁）と記されており、歴史的には同年六月のパリ陥落やドイツ軍によるロンドン空襲直後に当たる。ステラとロバートの恋愛が「何についてでもない理想の本のよう」であり、「途切れぬ愛の物語」、「本のページ」（九九頁）と描写されることは、二人の恋愛が言語的虚構性によって支えられていることが理解できる。また、ロバートとは「虚構の人物なのだろうか」（九七頁）とステラに疑問を抱かさてしまう彼自身が、言語的虚構性の最たる例であると言える。ロバートはスパイとしての己を虚構性というベールで覆い隠し、そのためにステラに嘘を貫き通す。まさに「彼らは歴史の産物だった」（一九四頁）のだ。

そのようなロバートがファシズムに手を貸すことの端緒は何だろうか。この点に関しては多くの先行研究がロバートの実家ホーム・ディーンに原因があると結論を下しているが、この見解は正しい。ロバートがダンケルク戦で足を負傷しただけでなく、「父親から被った言いようのない侮辱」（二五八頁）によって「生まれながらに負傷した」（二七二頁）と感じてもいる。つまり、彼は身体的負傷と心理的負傷、つまり二重の負傷に苦しんでいる。特に後者は実家が戦場と化した場であることが明白である以上、ロバートの実家ホーム・ディーンについて精査する必要が生じる。

ロバートの部屋に初めて入ったステラの印象は、「空っぽみたい」（一一七頁）というものだった。また、幼い頃から毎年撮影された自分の写真を「犯罪歴」（一一八頁）と感じるロバートは、「今も存在しないばかりでなく、これまでも存在したためしがなかった」（一一七頁）と漏らす。ステラが見るロバートの虚構性は、彼の実家や過去に端を発しているのである。ハリソンがホーム・ディーンを「腐敗がはじまる場」（一三二頁）と見なすように、第六章にて彼の実家を初めて訪れるステラも、「秘密の私道」（一〇五頁）という大文字で誇張された注意書き、「裏切りの庭」、「錆ついた椅子」（一二一頁）などの不吉さに目を奪われる。さらに、「色あせたバラ」は「今年だけでなくこの場所」（一二一頁、強調は原文）のために存在していると彼女が思う象徴的な一節もある。第十四章においても、「何にも続くことのないカギ十字の形をした通路」（二五八頁）のあるホーム・ディーンは、「人食いの家」（二五七頁）と形容される。ホーム・ディーンのこのような環境には、ロバートをファシストに染め上げるための要因が揃っているのである。

言語への不信が蔓延するのもまたホーム・ディーンである。ロバートの実家には「抑圧や疑い、恐怖、ごまかし、そして嘘」（二五六頁）が溢れ、「死せる言語で困難を伴いながら意思疎通」（二五二頁）が図られている。さらに、ロバートの母までもが「軽蔑的に言葉を使用」（一〇九―一一〇頁）する。このような家庭環境に身を置いていたこともあり、ロバートはステラに嘘を突き通す。第二章でロバートのスパイ嫌疑のことを知り、第十章で「あなたが情報を敵側に回していると人びとが言っていた」（一八九頁）と暴露するステラに対し、ロバートは恥と知りつつも「嘘つきへのひそかな羨望に取り憑かれていた」（一八六頁）と漏らす。第十五章においてステラに対し自分はファシストの手先だとロバートが認める場面は、ステラに嘘をつき通していたことが証明される瞬間であり、ホーム・ディーンにおける言語の虚しさや蔓延る嘘に突き動かされてきたロバートは、「あの言葉のすべてが通用しない代物」であり、「言葉は何も意味しないと絶対的にはっきりするまで何度も何度も自分にそう言い聞かせて」（二六八頁）きたことを力説する。その直後、ロバートが追っ手の存在におののき屋根伝いに逃亡を試みるも転落死する。それは、彼にとってステラに真実を語る行為は、嘘からの解放を意味し、また、言語的虚構としての存在の終焉を意味する。つまり、彼には死しか待ち受けていないのだ。

アレゴリーとしてのステラとアイルランドの政治的中立

ドイツ・ファシズムへ手を貸すロバートと、そのロバートのカウンタースパイとして働くハリソンの二人にステラが板挟みにされてしまったことは、第二次世界大戦中におけるアイルランドの政治的中立に深く関わる。ロバートの転落死は『日ざかり』の反ファシズム性を暗示するという早急な結論はここでは避けたい。むしろ本論では、三角関係にあったステラは結局のところロバートもハリソンも選ばず、「いとこのいとこ」(三二一頁) と婚約したことを重視したい。つまり、彼女はファシズムも反ファシズムも選択しなかったのだ。

ステラがどちらも選ばなかったことは、連合国にも枢軸国にも加担しなかった第二次世界大戦中のアイルランドと共鳴する。ボウエンは「エール」('Eire,' 1941) というエッセーの中で、一九三一年の時点において、アイルランドの唯一可能な選択は政治的中立であって、たとえ枢軸国側にアイルランドが加担したとしても、それが利益をもたらすことは絶対にないと断ずる一方、アイルランドにはドイツからの、特にナチスからの文化的影響が深く濃い影を落としていたことを述べている。これは具体的には民衆文化、とりわけ人種としての歴史や神話の復活を目指し、地域独自の歌やダンスがロールモデルとして機能していたということだ。ゆえに、デ・ヴァレラ政権下のアイルランドは第二次世界大戦時には政治的中立を保持し、ファシズムを脅威としたが、アイルランドにはファシズム支持者も決して少なくなかったと述べるマコーマックやウィルズの指摘は驚くに値しない。ウィルズは当時のデ・ヴァレラ内閣にはドイツではなくイギリスを脅威とする閣僚の存在をも指摘する。(7) つまり、ファシズムと反ファシズムという二重の脅威の板挟みとなったアイルランドの政治状況は、ファシズムの手先だったロバートとそのカウンタースパイだったハリソンという二重の脅威に晒される中、結局どちらも選択せず中立を貫いたステラの三角関係と合致する。すなわち、ステラはアイルランドのナショナル・アレゴリーと解釈できるのだ。「全てのストーリーはルーイに集約していく」（三二八頁）ように、テクストの結末はシール・オン・シーに帰省中のルーイにのみ焦点が当たることは看過できない。結末の直前で夫トムの戦死を電報で知る彼女に残されるのは、彼女がゆきずりの男との間に授かったトム・ヴィクターという赤ん坊のみだ（ステラとルーイそれぞれの夫の名前をかけ合わせた命名の意図もついに明かされることはない）。[8]

一、二分前、目に見えない高さを帰還する私たちの爆撃機が低音を響かせていった。赤ん坊は起きてはいなかった――彼女は赤ん坊がトムのように育っていくのを毎日見ていた。そして今度はまた別の音が鳴った――彼女は振り返って後方の空を見上げた。彼女は赤ん坊を乳母車からすばやく抱きかかえ、高々と持ち上げ、この子もわかってくれるだろう、きっと忘れずにいてくれるだろうと望んだ。三羽の白鳥がまっすぐ飛んでいった。三羽は上空を通過し、西へと消えていった。（三二九―三三〇頁）

このオープン・エンディングはアイルランドやステラを揺るがした政治的選択の不可能性を反映したものであって、多くの先行研究が終始する楽観論、悲観論には期待できないだろう。[9]むしろ、ステラ／アイルランドがロバート／ファシズムやハリソン／反ファシズムという二重の脅威の板挟みにされたという政治的苦境の解決はステラやルーイの世代では困難を極めるけれども、「この子もわかってくれるだろう」とルーイが望むように、次世代に託され引き継がれていくことをこの結末は示しているのではなかろうか。

次の世代に託されるこの問題は、ロデリックにも深く関わっているようだ。なぜなら、イェイツを想起させる

「白鳥」や「西」という方角は間違いなく『日ざかり』のもう一つの舞台であるアイルランドを連想させ、しかもそこにはロデリックが相続するマウント・モリスがあるからだ。カズン・フランシスの遺言から弁護士はコンマを一つ削除してしまったため、彼が遺志として示したマウント・モリスの管理方法や「伝統」の曖昧さにロデリックは当惑してしまうが、それでもなお彼はマウント・モリスを相続し、いずれはそこに居住すると意を決し今後の世界のあり方を模索しようとする。ロデリックはマウント・モリスの管理法について思い悩むように、ロバートの死や世界大戦について「今の自分にできることはこの問題を解決することだけれども、これにしたってきっと一生かかってしまうだろう」（二九九―三〇〇頁）とステラに胸中を明かす。アイルランドが直面した世界大戦やファシズムといった政治問題は簡単に片付けられるはずもなく、問題解決は先延ばしにせざるを得ないのだ。(10)

『日ざかり』の登場人物によって象徴される政治的選択の保留は、第二次世界大戦やファシズムを言語表象することの不可能性を物語っており、これは倒置や二重否定などといったボウエンの一癖ある文体に起因するのかもしれない。先述したように、カズン・フランシスの遺志の曖昧さはコンマの削除に端を発する。また、ロバートは「フィクションの境界線を越え」てしまい、ハリソンも「登場人物としては『あり得ない』」（一四〇頁）存在であることを再確認されたい。二人とも虚構の中の存在が希薄な人物である。ボウエン自身も登場人物や世界大戦の言語化に相当の困難を感じたであろうと容易に想像できる。(11)

謀反人としてのカズン・フランシス

ここまで『日ざかり』の主なストーリーを軸に議論してきたが、アングロ・アイリッシュの人物としてサブプロットに登場するカズン・フランシスに注目すると、『日ざかり』が提示するアイルランドやファシズムの問題を紐解けるだろう。

カズン・フランシスがウィスタリア・ロッジを訪れたのは名誉の問題であって、単に頑固さの問題だけということではなかった。彼が渡英する真の目的は、その国に戦争での貢献を申し出ることにあった——彼自身の国の戦争不参加は大きな打撃だったが、それでも彼はその打撃を受けたまま座すことは決してなかった。情熱と義務感によってマウント・モリスにへばりついていたが、彼は二年半ものあいだアイルランドがその決定を覆すのを待っていた。ドイツ軍進出への希望が、その間彼を支えていた——彼はマウント・モリスの通りに戦車壕を掘っていた——だがこういった希望が消えてしまうと彼は意を固めて行動に出ることにした。

（六九—七〇頁）

この一節はかなり問題含みだ。カズン・フランシスが抱く「ドイツ軍進出への希望」とは、どの国家への進出なのか。その希望は一体何なのか。ドイツ軍によるロンドン空爆がテクスト内で言及されていることを、また、彼は「戦車壕を掘っていた」ことを含めて考えれば、その進出先はアイルランドなのだろう。そして、民主主義の脅威であるファシズムはイギリスにしてもアイルランドにしても避けるべき事態であることは明白であり、イギリスへの軍事協力を惜しまぬ人物が「ドイツ軍進出への希望」を抱くことは不可解としか言えない。

このことを解明するために、アングロ・アイリッシュのロジャー・ケイスメント（Roger Casement, 1864–1916）を参照したい。[12] ボウエンは一九五二年八月二一日にＢＢＣで放送された「反逆者についての座談会」（“Conversation on Traitors", 1952）に加わった。作家、ジャーナリストや元軍人を交えて、反逆者は良心に基づくべきか、またその良心は己に対する良心か、それとも国家や社会に基づく良心であるべきかについて討論しているのだが、討論会の口火を切ったボウエンが真っ先に挙げたのがケースメントだった。詳細には触れられないが、外交官として知られるケースメントはコンゴ自由国への視察をイギリス政府のもとで行ったり、リオ・デ・ジャネイロ駐在総領事として活躍したりした。その功績が認められ、一九一一年にナイトの称号を得ている。その後、ケースメントの政治性は大転回する。ダグラス・ハイド（Douglas Hyde, 1860–1949）が一八九二年に創設したゲール語連盟に関わるなどのナショナリスト的な動きを示し、ついにはアイルランド義勇軍の暫定委員会メンバーとなり、アイルランドの分離独立を目指した。第一次世界大戦中は、アイルランドの分離独立を掲げた反乱、とりわけ有名なものとして一九一六年のイースター蜂起のためにドイツからの軍事的援助を得るべく、そしてあわよくばドイツ軍のアイルランド上陸を実現させようと奔走したが、謀反のかどで一九一六年にイギリスによって逮捕、その後絞首刑となった。[13]

ケースメントが『日ざかり』の着想となった理由を二点挙げられる。一つは、ケースメントは法律の条文で用いられるコンマやセミコロンの意図的な操作により絞首刑になったと言われることだ。[14] これはカズン・フランシスが残した遺書のコンマを弁護士が削除したことを十二分に思い起こさせる。そして二つ目がより重要なのだが、ケースメントは忠誠をかつて示したイギリスに反旗を翻し、ドイツ側に味方したことである。

カズン・フランシスの理解を助けてくれるのは、まさにこの後者だ。ケースメントがイギリスに奉仕しつつその国を裏切ったように、カズン・フランシスもイギリスへ奉仕しつつドイツと手を組んで裏切り行為に走った。イギリスへの軍事協力を申し出る一方で「ドイツ軍進出への希望」を抱く――この表面的には理解不能な矛盾を解決しうるのは、カズン・フランシスは謀反人だったという説に他ならない（その場合、彼はアングロ・アイリッシュとして対英独立戦争に動いたことになる）。カズン・フランシスはイギリスに対する謀反人であったために葬儀を「厳密に私的」にしたのであり、ハリソンはスパイとしてカズン・フランシスを追跡していたので彼の死を知ることができ、さらに彼の「厳密に私的な」葬儀に駆けつけることもできたのだ。(15)

「結論はない」という結論

本章では『日ざかり』のステラ、ロバート、ハリソンに主に焦点を当て、戦時下で繰り広げられる恋愛が第二次世界大戦に飲み込まれ、三者がそれぞれスパイと化していく様子を考察した。ハリソンはスパイであることが前提となるので、ステラは彼とのそれ以上の関係を築くことは最後までなかったが、他方のロバートとの関係について言えば、恋愛感情にファシズムという政治的な要素を絡ませてくるボウエンの描写力は圧倒的である。しかし、もっと圧倒的なのはカズン・フランシスに関する描写だ。当然のことながらスパイや謀反人は素性を明かすことは決してないのだから、彼らがどのように潜伏しているのかを知ることは、まずあり得ない。ロバートやハリソンと異なり、カズン・フランシスは謀反人と考えられるに十分な行動をとるが、スパイだと断定することは不可能だとしても、読者は彼が謀反人かどうかを判断しきれぬまま『日ざかり』を読了せねばならない。このことは、戦時中に身辺にスパイの存在を疑わなければならない環境で人々が感じるサスペンスを余すところなく伝えている。

「結論はない」と『日ざかり』について語ったのは吉田健一であるが、これは的を射た見解だ。第二次世界大戦下のロンドンを描く『日ざかり』は、ロバートとハリソンという二人に板挟みにされるステラを通して、大戦中にアイルランドが選択した政治的中立をアレゴリカルに描いたテクストであると言えよう。このようにどちらも選び取らない、つまり「結論はない」という結論は、ステラの息子ロデリックが自分の世代だけでは世界大戦の総括を尽くせないと考えること、ルーイやその子どもが西の大空へ眼差しを向けるオープンな結末と無関係ではない。第二次世界大戦終結の四年後に出版されたにもかかわらず『日ざかり』が終戦の描写を避けるのは、ファシズムと反ファシズムの勢力が拮抗していたアイルランド独特の政治的苦境によるものだろう。それを含めた戦後の政治的課題にロデリックやルーイの子ども、つまりステラやルーイの次の世代が生涯をかけて取り組もうとする。その意志の象徴としてオープン・エンディングを捉えられるのではないだろうか。このように、このテクストは終戦後の「政治的正しさ」に基づく安易な判断を決して許しはしない。『日ざかり』は、世界大戦や戦後社会について考えるのはロデリック以降の世代であり、それは私たちであることを物語っているのかもしれない。

注

（1）以上の伝記的事項は以下を参照。Victoria Glendinning, *Elizabeth Bowen: A Biography* (New York: Anchor Books, 2006), pp. 159–209.

（2）Hermione Lee, *Elizabeth Bowen* (London: Vintage, 1999), p. 169.

（3）グレンディニングやリーの論考をはじめ、以下の研究書も参照されたい。Maud Ellmann, *Elizabeth Bowen: The Shadow across the Page* (Edinburgh: Edinburgh UP, 2003).

（4）Elizabeth Bowen, *The Heat of the Day* (London: Vintage, 1949 [1998]), p. 90. 以下、同書からの引用は本文中で括弧内に頁数のみを記す。訳はすべて拙訳。

（5）一般に第二次世界大戦は多くの市民を巻き添えにした戦争であり、『日ざかり』の登場人物はそもそも大戦に飲み込まれてしまっている。だがここでは、身近な恋人にかけられたスパイ嫌疑がステラにもたらす緊迫感を重視したい。

（6）空襲やファシズムの脅威に晒される市民のうかつな会話さえ、敵国に有利な情報をリークしてしまう可能性を伝えるプロパガンダについての考察がある。Petra Rau, "The Common Frontier: Fictions of Alterity in Elizabeth Bowen's *The Heat of the Day* and Graham Greene's *The Ministry of Fear*." *Literature and History* 14.1 (2005), pp. 33–38.

（7）Clair Wills, "The Aesthetics of Irish Neutrality during the Second World War." *Boundary 2* 31.1 (2004), p. 122; W. J. McCormack, *Dissolute Characters: Irish Literary History through Balzac, Sheridan Le Fanu, Yeats and Bowen* (Manchester: Manchester UP, 1993), p. 215.

（8）登場人物名の紛らわしさは、ロバートとハリソン、ルーイの子どもの事例に加え、ステラの息子ロデリック・ロドニーやルーイ・ルイスなどの同音をくり返す姓名も問題含みと言えよう。Neil Corcoran, *Elizabeth Bowen: The Enforced Return* (Oxford: Oxford UP, 2004), pp. 179–183 は詳細に議論している。また、決して地味ではない男性遍歴や父なし子を共通して持つことから、ステラとルーイはダブル、すなわち瓜ふたつと解釈できるかもしれない。

（9）Heather Bryant Jordan, *How Will the Heart Endure: Elizabeth Bowen and the Landscape of War.* (Ann Arbor: U of Michigan P, 1992), p. 168 を例として、帰還する爆撃機よりもルーイの友人コニーが語る「戦争に気づくはずもない」（一五四頁）渡り鳥を想起させる三羽の白鳥を重視し、安寧で平和な未来が赤ん坊に約束されるというように、楽観的に結末を読む例が大半を占めるが、Kristine A Miller, "'Even a Shelter's Not Safe': The Blitz on Homes in Elizabeth Bowen's Wartime Writing." *Twentieth Century Literature* 45.2 (1999), pp. 151–153 のようにルーイによる私生児の出産は結婚という女性的な伝統的価値観から解放された普遍的フェミニズムを体現するようでいて、実は労働者階級のルーイと中産階級のステラとの階級差は未解消だと断じる。また、Harriet S. Chessman, "Women and Language in the Fiction of Elizabeth Bowen. *Twentieth Century Literature* 29.1 (1983), pp. 77–78 は、ルーイによる表象や新たな言語創造の不可能性を論じ、Neil Corcoran, pp. 197–198 は、私生児の赤ん坊が戦死したトムに似てきたというルーイの印象は単なる自己正当化に過ぎないとして、悲観的な結末の読み方をする。

（10）付言すれば、ロデリックがアイルランドの行く末を案じることは、史実とも関連づけられそうだ。『日ざかり』の出版前年にアイルランドは共和国法を制定し、出版年にはイギリス連邦を離脱、共和制へと移行することとなった。

（11）ボウエンは『日ざかり』の執筆に多大な労力と時間を費やしたことは有名だ。例えば Lee, p. 158 を参照。

(12) McCormack や Wills のみがケースメントの名に言及しているが、その観点で『日ざかり』に踏み込むわけではない。

(13) ケースメントの詳細については、Brian Inglis. *Roger Casement* (London: Hodder and Stoughton, 1973) を参照。

(14) Inglis, p. 348.

(15) リーはこの人物関係の背後にアイルランドの政治的中立が絡んでいると仄めかしている (Lee, pp. 177–178)。確かに、ケースメントに照らし合わせると、カズン・フランシスは分離独立を目指すアイルランド内のナショナリストと大いに重なる。

(16) 吉田健一「ボウェンの『日ざかり』に就いて」『英国の文学の横道』(講談社、一九九二年)、一四〇—一四六頁。

第八章『愛の世界』

ビッグ・ハウスへのオマージュ
――未完の生をめぐる寓話――

北　文美子

大邸宅を舞台とした小説

エリザベス・ボウエン(Elizabeth Bowen, 1899–1973)の後期作品に数えられる『愛の世界』(*A World of Love*, 1955)は、初期の長編作品である『最後の九月』(*The Last September*, 1929)と並び、アイルランドの大邸宅を舞台としたビッグ・ハウス(Big House)小説である。『最後の九月』ではアングロ・アイリッシュ戦争さなか周囲の不穏な空気を感じながらも、テニスや茶会に興じる経済的に恵まれたビッグ・ハウスの生活が活写されたが、『愛の世界』では第一次世界大戦で後継者を失い、その後従妹が継承するものの斜陽し荒廃を免れえないビッグ・ハウスの様子が描写されている。『最後の九月』の結末では、華やいだ生活が繰りひろげられたダニエルズタウンの屋敷は、英国支配に反発する急進派IRAの襲撃によってあっけなく焼失してしまう。一方、『愛の世界』においては、まるで焼失を免れたビッグ・ハウスの「その後」が描かれているのではないかと勘ぐりたくなるような現実がうかがえる。二つの世界大戦を乗り越え、廃墟になることをかろうじて逃れたモントフォート荘園では行き先を失ったあてどない日常が淡々と続いている。

『最後の九月』が一九二九年、『愛の世界』が一九五五年に出版され、またボウエンがボウエン家のビッグ・ハウスであるボウエンズ・コート（Bowen's Court）を経済的な理由から売却したのが一九五九年であったことを考えると、二つ作品の時代的な隔たりとともに、作者自身のビッグ・ハウスに対する個人的な経験が舞台設定に少なからぬ影響をあたえたと考えるのは決して唐突ではないだろう。『愛の世界』のモントフォートを所有するアントニアは、邸宅に対して感傷的な思い入れがあり、そこにはボウエンの自嘲気味な感情さえうかがえる。[1]「モントフォートを手放すか、全部引き取るか、のどちらかに。この所領に対するアントニアの過剰な感傷は、彼女以前の所有者だった従兄の場合と同じように、ここに定住する意思も能力もなしに、はぐくまれたものだった」（一四頁）。[2]同じビッグ・ハウス小説とはいえ、ボウエンの『最後の九月』と『愛の世界』では研究者の指摘を待つまでもなく、[3]全体のトーンはきわめて対照的であるといっていい。

アイルランド、コーク州（County Cork）にあるとおぼしきモントフォート荘園は、若き当主ガイ・ダンビーの所領であった。第一次世界大戦のさなか一九一八年初めの戦闘において、彼は還らぬ人になる。ガイには戦時休暇中に出会い婚約したリリアという許嫁がいた。相続といった処世的な配慮など思いも及ばなかったのだろう。彼は遺書を残さなかった。そのため、死後モントフォート荘園を含むすべての財産は、一番の近親者である従妹のアントニアに渡る。アントニアは、ガイを失い行き場をなくしたリリアに対してとりあえず援助の手を差し伸べるが、はかばかしい結果を生むことはなかった。無為に年月が過ぎていくなかで、アントニアは庶出の従兄であるフレッドとリリアの結婚を思いつく。リリアは当初彼女の提案に強く反発するが、一人で生きていくすべもなく、しぶしぶ結婚を受け入れるのだった。

リリアの結婚後、夫フレッドとの間に子供ができ、家族はモントフォートで生活する。一方、アントニアは芸術写真家としてロンドンに住み、ときおりモントフォートを訪れるだけだった。フレッドはモントフォートで農場を経営し、かろうじて生計を立てるが、ビッグ・ハウスの維持など彼の力の及ぶところでは到底なかった。朽ちていくにまかせたモントフォートは、見知らぬ人をして「ここに誰かが住んでいるとは思いませんでした」（三〇頁）と言わしめるほどの荒れ様で、その姿は悲惨きわまりないといっても差し支えない。伝統の終焉は誰の目にもあまりにも明らかだったが、にもかかわらず、邸宅を描き出すその筆致は、興味深いことに、必ずしも悲壮的なものとばかりはいえないのだ。古きモントフォートの姿を留めるキッチンの様子は次のように語られる。

窓の横枠を覆う蔦の緑と、石畳の床に残る蒸し暑さが、本当は全然違うのにキッチンを涼しげに見せていた。ここはモントフォートでも、もっとも変わっていない部屋だった。決まりきった日課が古い呪文のように空気に溶け込んでいた。パンを焼き、肉をあぶり、シチューを煮込み、ミルクからクリームをすくってきた何世代にもわたる匂いが、トネリコの材木だけを残して石灰塗料を塗った壁と、掻き出した石灰殻と、茶葉と、擦り切れた布巾と、入れ替えたばかりのランプの油に染み付いていた。（二一〇―二一一頁）

「決まりきった日課が古い呪文のように」溶け込んだ空気。遠くない将来に失われてしまうだろう過去の遺産に気おくれするわけでもなく、悲しみや諦めの感情にことさら身を任せるのでもない。何世代にもわたった伝統の重みに耐えられなくなった現実がここではユーモラスに表現されている。ボウエン研究者であるリーはボウエン作品に共通する特徴を「悲劇的な感情と乾いた喜劇性との融合」(4)といみじくも指摘している。うんざりするような現実が描かれているにもかかわらず、どことなく深刻すぎることのないモントフォートの様子は、なるほど鋭いアイロニーが喜劇的な雰囲気を醸し出しているのかもしれない。感傷的な悲劇性を巧みに回避した『愛の世界』には、ビッグ・ハウス小説の先達者であるマライア・エッジワース (Maria Edgeworth, 1767–1849) の小説にも似た軽妙なユーモアが感じられるのだ。

ラブレターの発見

むせかえる暑さに見舞われた六月、時が止まったような「寝ぼけ顔」を思わせるモントフォートで事件が起こる。リリアとフレッドの長女である二十歳のジェインが屋根裏部屋でガイ・ダンビーが書いたと思われるラブレターを発見するのだ。

ジェインは六月のある日祭りに出かけた。退屈したのか、夏祭りに続く戸外でのダンス・パーティを早々に切り上げ家に戻ってくる。帰宅後、特にはっきりした理由があるわけではなかったが、何かにうながされるように彼女は家の屋根裏部屋を「調査」するのだった。屋根裏には放置されたがらくたが積み上げられ、古いアルバムの下にトランクが置かれている。トランクを開くと、中にはモスリンのドレスが入っていた。ジェインがそのドレスを引っぱり出してみると、手紙の束が一緒に足元に落ちてくる。彼女は人目を避けるかのように手紙とドレスを抱え、自室に急ぐのだった。

手紙は書き手のサインと思われるイニシャルや内容から、屋敷のかつての当主ガイが書いたラブレターではないかと思われた。しかしながら、手紙には宛名がなく上段に曜日が記されているだけだった。ガイのラブレターは謎に満ちている。なぜ彼の手紙がそもそも彼の屋敷に残されたのか、どのような経緯でトランクに収められたのか、真実は物語の最後まで明かされることはない。手紙の内容もほんの一部が明らかになるだけで、ジェイン曰く、手紙にはそもそも「始まりがない」（四二頁）のである。加えて、束をとめていたゴム輪をはずしたところ、ゴムが切れてしまい、手紙の束は床に落ちてしまう。ばらばらになった日付のない手紙を元の順番に戻すことは、もはや不可能だった。

ガイの手紙はまるで過去を示唆しながらも、それを明らかにすることを拒んでいるようでさえある。そこには主体的な意思とも呼べるようなものが感じられるのだ。そもそもジェインが屋根裏部屋で手紙を発見したときも「手紙がジェインを見つけたのだ、彼女が手紙をではなく」（二七頁）と、手紙とジェインの逆転した関係が強調されているし、人目を忍びながら熱心に手紙を読みふけるジェインに対してアントニアは、「ジェインは恋文と恋に落ちたのよ」（三九頁）と語っている。ガイのラブレターは、まるで実体をともなう存在であるかのように表現されており、その点は特筆すべきだろう。モントフォートと結びついた記憶でしかなかったガイは、ラブレターの発見とともに、手紙という実際に手に取り触れることのできるリアルな実体として甦ったのである。

エルマンは、「読むという行為によってガイが手紙から孵化した」[5]とゴシック小説の文脈でガイの手紙を解釈している。手紙からガイが「孵化した」とするイメージはなるほど説得力があるが、しかしながら、「読む」という行為をことさら強調することには多少疑問が残る。たしかにジェインは手紙を読みふけっているものの、ガイの同時代人であるリリア、アントニア、そしてフレッドは手紙を読むことを拒んでいる。誤解をおそれずにいえば、手紙を読む、読まないといった行為にかかわりなく、手紙そのものが記号でしかなかったガイに生々しい実体を与えたのではないだろうか。事実、手紙の発見に呼応するかのように、ジェインに加え、モントフォートの女たちはガイの姿を目にすることになる。

手紙を発見した翌日、ジェインはレディ・ラタリーの邸宅に招待される。レディ・ラタリーは、長らく住む人もなく荒れ果てた古い城館を購入した新興成金だった。美しいジェインがパーティに花を添えると思ったのだろう。彼女はジェインを屋敷のパーティに招くために車をよこした。

パーティの客人に見知った者はいなかったものの、ジェインは昔のモントフォートを知る人物が客の中にいることを耳にする。彼女はその人物、老テレンスに近づき、かつてのモントフォート、そしてなにより生前のガイについて話を聞こうとする。しかしながら、テレンスはすでにモントフォートがなくなったとさえ思っていたのだった。酔いがまわっているのか、齢のせいか、彼はガイどころか昔のモントフォートについてもろくろく覚えていない。失望を隠しきれないジェインであったが、そのとき突然ガイの姿をその場に認めるのだ。

ガイはみんなの中にいた。みんなたじろいでいる――ジェインは彼らのたじろぎを一瞬たりとも疑わなかった――これでガイが勝利のうちに彼らの風向きを変えたことがはっきりした。彼女は一人ひとりの顔に重大局面に遭遇した影響が出ているのを見て取り、大きく、低く、押し殺した声々にそれが出ているのを聞いた。晩餐が告げられていた。（六五頁）

ジェインの言葉にもかかわらず、この描写はあくまでも彼女の幻覚であって、パーティに参加している人たちにガイの姿が見えている様子はない。パーティ会場では、座る人のいない席が用意されていることをめぐってあれこれ憶測があるものの、晩餐は特に混乱もなく開始される。一方、周囲の様子とは裏腹に、ジェインはパーティの間じゅう、ガイの気配を感じ続けることになる。ジェインの見る虚構の世界と現実のパーティの様子は一見乖離しているように見えるが、しかしながら、不在の存在ともいうべき席についての挿話が暗示しているように、虚構と現実は一連の映画のシーンを思わせ、(6)たがいが無理なく結びつけられている。また、物語の展開に加え、ボウエンの散文詩を思わせるナラティヴも現実と非現実との親和性を高めており、緻密な文学空間を構築することに成功している。

ジェインがガイの手紙を発見したことは、ほどなく家族の知るところとなる。手紙の存在はジェインばかりでなくアントニア、リリアにも大きな影響を及ぼした。夜中にガイの存在をいつになく強く感じたアントニアは思わず声をあげてしまうほどだったし、リリアはリリアで午後モントフォートの庭園で物思いにふけっているときにガイの気配を感じるのだった。ドアの先にガイの姿を目にしたと錯覚した彼女は、ちょうどやってきた夫フレッドに「ガイを見た」と言う。内心動揺はあっただろうが、フレッドは「さては日射病にやられたな」(九九頁)と妻を軽くいなすのだった。

ラブレターの発見は死者を甦らせた。その死者の姿はさらに抑圧された過去の記憶も呼び戻すのだった。

未完の生

「甦った思い出がもたらす緊張感に、人は疲れ果てる。肉体はともかく、あるだけの細胞が消耗する。真実が露わになると、薄くなっていた布地は擦り切れる」(九五頁)。ボウエン独特の詩的な語りは、ガイの手紙がモントフォートにもたらした疲弊を見事に表現している。

手紙はジェインからモード、モードからフレッドに渡る。フレッドはリリアにそれを「返そう」とするが彼女は頑なに受け取ることを拒んだ。手紙はそもそもリリアに宛てられたものだったのだろうか。リリアは多くを語ることはないが、われわれ読者はリリアの回想を通して、手紙がどうやらリリアに宛てられたものではないだろうと想像するのだ。

『愛の世界』はこれまでのボウエンの作品と較べても、物語のプロットよりは場の雰囲気や人の気配が充溢した詩的な散文作品であるが、リリアの回想場面についていえば、臨場感のある会話、ドラマティックな展開など、きわめて散文的な魅力が感じられる。リリアの回想するチャリング・クロス駅の場面は、『愛の世界』の中でもとりわけ有名な場面であり、読者に忘れがたいイメージを残す。

十七歳のリリアは、戦場に向かうガイに最後の別れを告げるため、ロンドンのチャリング・クロス駅に向かう。彼は駅には来るなと命じていたものの、彼女は駅で彼を見送ることにしたのだった。駅のプラットホームで、リリアは、まるで人を探しているかのようにあたりを見回すガイの姿を見つける。彼女に気づいた彼は、リリアを優しく抱きしめ、その場を離れるように促すのだった。帰り際の彼女は、しかしながら、別れの言葉を交わす人々の間に挟まれ身動きがとれなくなってしまう。

そこにアントニアがガイを見送りにやって来るのだった。「君か！」という彼の声の調子から二人の親密な関係が感じ取れた。ガイとアントニアの短い会話は、リリアの心に衝撃をあたえる。

「あなたが結婚する女の子はどこなの？」……「いまさっきまでいたけど、帰った」……「じゃあ、誰を探しているの？」……「顔だけ見ようかなと？」……「あら、顔だけ見る、そうなの？」……「できれば、もう一度会えるかなと」……「どうして、できれば、なの？」……「君にはわかりっこないよ」（九六頁）

会話から、彼はリリアでもアントニアでもない、別の誰かを待っていることがわかる。この人物が一体誰であるのか、真実はここでも最後まで明かされることはない。短いながらも、選び抜かれた会話の言葉は、愛に対する裏切りを予感させるだけなのだ。

ガイの待っていた人物はそもそも女性だったのだろうか。ガイという名前 'guy' から「男性」かもしれないと指摘する研究者もいる。(7) ボウエンの作品に同性愛的な人物が登場すること、私生活での他の女性との関係、あるいは上流階級の習慣や文学の伝統などを考えると、確かに男性ととらえることも無理ではないかもしれない。もっとも手紙に目を通した女中キャッシーが女性の名を目にしたとも表現されているので、彼女の言葉を信じるとするならば、手紙の宛先は女性であるのかもしれない。(8) 想像は膨らむが、いずれにしても、ガイが待っていた第三者が誰であったにせよ、ガイの手紙は苦々しい過去を呼び起こしリリアを疲弊させる。

手紙が甦らせる思い出は、皮肉にも、愛の記憶が幻想であったことを示唆している。つまり、ガイが若くして戦死することでアントニア、リリア、フレッドの人生はそれぞれに結びつき現在にいたったのだが、ガイとリリアの愛そのものがあやうい幻想の上に築かれた虚構だったことをチャリング・クロス駅の場面は明らかにしているのである。幻想によって成立する生は虚構でしかない。手紙という具体物が出発点となり、過去の記憶が甦り、現在の生は苦しめられる。「薄くなっていた布地のように擦り切れ」、その拠りどころを失ってしまうのだ。

ガイがリリアに出会ったのは、戦時休暇中に訪れたメイデンヘッドのダンスホールだった。リリアは十七歳、「金色の柳のごとき乙女」(一四頁) だった。ガイがモントフォート荘園を所有するアングロ・アイリッシュの当主であったのに対して、リリアはテムズ川の河口近く、ロンドン郊外の出身だった。ガイからの求婚により「自分の生まれた地区から舞いあがった」とあることから、彼女の身分はそれほど高くなかったことが想像される。二人は

いわゆる典型的な「戦時恋愛」で結ばれたのだった。(9)

身分も境遇も異なる二人は、恋に落ちるやいなや早々に婚約した。戦時恋愛の多くがそうであったように、婚約したとはいえ、将来は必ずしも明るいわけではなかったろう。とりわけチャリング・クロス駅でガイを見送ったリアとアントニアは、彼らの愛の行方が不確かであることを承知していたはずである。しかしながら、ガイの戦地での死により、裏切りの記憶は愛の幻想にとって代わられたのである。

「彼らは未完だった」(四五頁)。ボウエンの言葉は軽くて重い。愛の幻想を抱え込んだまま、生きることを選んだ彼らの生は「未完」だったのかもしれない。チャリング・クロス駅の場面は過去から現在にいたる時間を俯瞰する契機となり、生のただならぬねじれを明らかにしている。愛の幻想を生きる世界では、生は未完を標榜することしかできない。『愛の世界』では、ビッグ・ハウスの運命に寄り添うように、哀調を帯びた生の寓話が語られているのだ。

逸脱としてのモード

ガイの手紙は過去を呼び起こし、モントフォートの人々を翻弄する。研究者ギルダースリーヴは、現在に揺さぶりをかける過去の経験をトラウマの経験として捉え、トラウマ的な記憶がいかに『愛の世界』の物語に反映されているかを分析している。彼女はジュリア・クリスティヴァ(Julia Kristiva, 1941–)やジャック・デリダ(Jacque Derrida, 1930–2004)の思想を援用しながら、過去から現在、未来にいたる時の流れを拒むトラウマ的な記憶の峻巡を物語のそこここに認めている。(10) その議論はたしかに読みの地平を広げているのだが、一方で単なるトラウマという視点からだけでは読み込めない物語の躍動も『愛の世界』には感じられる。その原動力ともいえるのが、リリアとフレッドの次女であり、ジェインの妹である十二歳のモードである。彼女は閉塞感のある物語空間から逸脱する、闊達かつ不可思議な少女である。

モードは物語の最初の場面から、手に負えない自由奔放な子供として描かれている。彼女は、身体的な特徴からそもそも際立っている。「モードの秀でた額は、髪の毛を後ろにかきあげていてむき出しだったが、真っ赤な蕁麻疹《じんましん》が出てぼこぼこになっていた」(二二頁)。外見に加えて、彼女の服装もまた独特である。「木綿のワンピースは、模様がオレンジ色の馬の絵柄で、洗濯で縮んでしまい、細い胸に巻きついていた——清潔だったが、去年の夏のフルーツジュースがお化けみたいに染み付いていた」(二三頁)のだった。彼女はその姿からして、美しい姉のジェインとはまったく異なった存在であることが強調されている。

ガイの手紙に家族が翻弄されているなか、モードだけが幻覚を見ることから免れ、現実的に行動している。彼女はジェインがこっそりと隠していたガイの手紙をめざとく見つけ、彼女が不在の折を見計らい手紙を持ち出した。こともあろうか、それを父親フレッドに十シリングで売り渡そうとするのだ。無邪気に手紙を手にして報酬を要求するモードに対して、父親のフレッドはひどく憤慨し、彼女を殴りつけた上でそれを奪い取る。

父親の思わぬ暴力に驚くものの、しかしながら、それに怯むようなモードではない。彼女はアントニアの寝室の窓の下に現れ、あたりを行き来し、祈祷書の『詩篇』の一節を声高に詠唱する。それは、自分に暴行を加えた父に対して神の復讐を願う行為だったのである。モードの執拗に正義を求める姿は、真摯であればあるほどコミカルである。彼女はただ単に子供に手をあげた父親を非難する代わりに、詩篇を読み上げることで父親による不当な暴力に対して真剣に抗議しているのだ。子供らしからぬしたたかさと執拗さには思わず苦笑を禁じ得ない。モードの姿は過去の記憶にとらわれ、たじろぐ家族と著しいコントラストをなしている。ボウエン独自の悲劇と喜劇が絶妙に交叉する文学空間にあって、モードの人物造形は物語全体にとりわけ魅力的な生彩を与えているといっていい。

　現実主義的なモードの態度は、彼女の誕生にまつわる秘話からも看取される。ジェインが生まれて七年たったとき、リリアはフレッドに愛想がつきたのか、モントフォートの生活にうんざりしたのか、幼いジェインを残したままロンドンに向かう。彼女は当時まだ存命だった姉の小さなアパートに身を置くのだった。リリアとフレッドの破綻寸前の関係は、アントニアが二人の間に入ることでなんとか修復され事なきを得る。リリアとフレッドの和解により、リリアはモントフォートに戻るが、彼女はまもなく懐妊に気づくのだった。この結果生まれてきたのが、次女のモードである。モードはまさに「臭いものすべてに蓋をしてくれた」（九四頁）のだった。彼女の生誕からして、過去に撞着することなく、未知の世界に踏み出す活力が感じられる。

　ところで、モードは日頃からビッグ・ベンを「崇拝」（二二頁）している。傍からみても奇妙なほど、何時であるかを知ることにこだわっているのだ。ギルダースリーヴの言うところのトラウマ的な時間の支配するモントフォートにおいて、彼女はまるで停滞する時間を拒絶するかのように、ラジオにかじりつき時報を確かめなくては気がすまない。彼女にとって、時は記憶に絡めとらえられることなく、前に前に進まなくてはならないのだろう。『愛の世界』においてモードはきわめて異質な存在として印象深く描き出されている。彼女のエクセントリックな存在は、結果として、モントフォートの暗澹たる生の陰影をいや増さずにはいない。

　風変りなモードはまた、ゲイ・ディヴィッドと呼ばれる妖精のような存在を引き連れている。家族も「ホブゴブリン（いたずら小人）」、「親友（ファミリア）」などと呼んで、それとなくその存在を受け入れているようである。ゲイ・ディヴィッドは、妖精譚から抜け出したような不気味な存在であるものの、モードとスパークリングを繰り広げたりするなど、ほほえましくもある。その姿はモードの異質性をさらに強める一方で、ビッグ・ハウスを残すアイルランドの物語空間を喚起している。精緻な文章でリアリズムを標榜するボウエンの作品にあって、ゲイ・デイヴィッドはまるで物語の夾雑物のようであるが、しかしながら、彼の存在は「アイルランドらしさ」とも呼べるようなニュアンスを物語に決定的に付与しているのだ。

愛の世界へ

レディ・ラタリーの依頼から、ジェイン、モード、そしてゲイ・ディヴィッドは、彼女に代わりコーク空港まで彼女の知人を迎えに行くことになる。知人とはどうやらかつての恋人のようで、コロラド出身のリチャード・プライアムという男性だった。リチャードは、母親とアイルランドを訪れる予定だったが、母親はやむにやまれぬ事情から今回の旅行を取りやめたらしい。彼の旅の目的はさだかではないが、レディ・ラタリーに未練があったのかもしれない。一人でアイルランドを訪れることにしたのだった。

レディ・ラタリーがよこした運転手ハリスは、リチャードを出迎えることになっていたジェインを空港まで送りとどける予定だった。ところが、モントフォートに到着したとき、ほんの一瞬運転席を離れたすきに、モードがちゃっかり車に乗り込んでしまう。彼女のレインコートのポケットの中には、例によってゲイ・ディヴィッドもしっかりおさまっている。頑固なモードを追い出すこともできず、ハリスは仕方なく「三人」を空港に連れていくはめになるのだ。

車がモントフォートを離れる間際、クライマックスが訪れる。ジェインはアントニアにガイの手紙を燃やしたことを告白するのだ。「私、ちゃんと知っているのよ、あれが誰にあてたものか」（一三九頁）。彼女はある名前をアントニアに伝え、その名前に聞き覚えがあるかどうか知りたがる。それに対して、アントニアは「知らない」とそっけなく応えるのだった。二人が会話しているのを目にしたリリアは、ジェインたちの乗ったバンが走り出した直後「ジェインは何をしていたの？」とアントニアにたずねる。「あなたに宛てたガイの手紙を燃やしたの」というアントニアの言葉を聞くや、リリアはよろめき、泣き声をあげるのだった。

手紙は、もちろん、リリアに宛てたものではなかっただろう。アントニアばかりでなくリリアも、そのことを十分に承知していたはずである。けれども、二人はあくまでも幻想を現実として演じることに徹している。手紙はただ単に燃えてはならなかった。それは、ガイが「愛した」リリアに宛てたものだったという虚構とともに消滅しなければならなかったのである。こうして、手紙の焼失は、彼女たちに生きるうえでのフィクションをあとに残すのだった。

子供たちを乗せたバンが視界から完全に消えると、三人はそれぞれ元の生活に戻っていく。フレッドは、仕事に向かうのだろう。近道のためにホールを通って中庭に出る。アントニアは、これからのことをたずねるリリアに対して「将来がなかったら、私たちの手には何もないわ」（一四一頁）と語り、三人は物語から静かに退場する。言葉少なではあるものの、アントニアの最後のセリフからは、もどかしげながらも未来に向かって足を踏み出そうとする意思が感じられるのだ。

物語全体に哀調を帯びたトーンがあるのにもかかわらず、『愛の世界』の結末は、これまで多くの研究者が指摘しているとおり、そこはかとない希望や明かるさがある。ジェインたちが車で去った後のモントフォートには、静謐ながらも確固たる生の脈動が感じられるし、また、コーク空港で出会ったリチャードとジェインが「一目見るなり、愛し合っていた」（一四九頁）という物語のエンディングは、あまりにも唐突であることは否めないものの、幸福感が充溢しているといっていいだろう。

『愛の世界』はよく知られているように、ボウエンの最愛の夫アラン・キャメロンが一九五二年に亡くなった後に書かれた作品で、ボウエンが一九五〇年代に書いた唯一の作品である。作品にうかがえる悲観的な楽観主義とも呼べる雰囲気には、夫との死別という現実に向き合い、かつビッグ・ハウスの維持という経済的問題に直面することになったボウエンの彼女自身の生への矜持、すなわち運命を受け入れ、生き続けていくことへの意思が反映されているように感じられる。過去にとらわれず、未来に向かうというボウエン自身が抱いた肯定的な生への信念が、物語の最深部に響いているように思われるのである。

一方、生の複雑なドラマに加えて、モントフォート、モードやゲイ・ディヴィッドが象徴しているアイルランド的な要素も、物語の中の情緒とぴったりと寄り添いながら、重要な役割を果たしていることを忘れてはならないだろう。モントフォートを出発し、コーク空港に向かう車はコーク州を抜け、リメリック州に入り、クレア州をめざす。モントフォートの城館を描き切ったボウエンは、ここでは彼女の慣れ親しんだアイルランドの風景を描き出すことに専心している。ジェインたちの道程を描くテクストは、ことさら細部まで描かれ、地形的な情報に心情が巧みに投影されている。

バンはリメリック平原を抜け、リメリック市内にゆっくりと入る。「ビジネスライク」な市内を横目に通り過ぎながら、その後シャノン川を越えクレア州に入る。そこには「見渡すかぎり気が狂ったように何もない岩だらけの斜面が西部一帯まで続き、見せられるものは重厚な別荘群だけだった」（一四五頁）という光景が広がっている。単なる風景描写を超えたボウエンの風景の詩学ともいえるものが、その文体に垣間見られる。

ボウエンはアイルランドについてのエッセイの中で、アイルランドの魅力のひとつとして「風景の自然な一部となったビッグ・ハウスの姿」を挙げている。もともとビッグ・ハウスはいわゆる侵入者が立てたものだが、しかしながら、その石の城館と周囲の緑とは溶け合い、アイルランドの風景の一部となっていると述懐する。(11)彼女の出自を思えばなるほどと思われる表現であるが、ボウエンの親しんだアイルランドへのオマージュが、思索的な風景として『愛の世界』の最後の場面を飾っている。車はクレア州の別荘群を過ぎて行く。

　別荘群は自分たちの物語をついに語り終えた。また道が真っ直ぐになり、緑なす森の丘が遥か右のほうに刻まれていて、名もない荘園のために小さな空間をとり、廃墟になった塔がその背景にあった。イグサが野原に点々と群生し、ここが沼地の流域であることを主張し、その流域を横切るハイウェイが堤防のようにむき出しになっていた。驚くべきは、世界がかくも素早く変化しうること――みなどこにいたのか、いまはどこに？　さらに、これからどうなるのか？　空気は、開け放った窓に切り裂かれて、車中に入り、疾走するバンを押し上げ、これがクレッシェンドになって次第に勢いが出るのか、ジェインは、両手を握ったり開いたりしていた。（一四六頁）

悠然たる時の流れの中に風景が溶け込んでいく。モントフォートは、やがてジェインたちが今車窓から目している名もない荘園のように廃墟となるか、あるいはボウエンズ・コートのように取り壊されてしまうかもしれない。「世界はかくも早く変化しうる」のである。しかしながら、それでもなお、虚構だろうが、幻想だろうが、愛の記憶が人々を結びつけたように、世界は続いていくことだろう。ジェインとリチャードとの愛の邂逅は新たなる世界の始まりを予感させるのだ。

注

（1）ボウエンの伝記作者であるグレンディニングは、「ゴールド・フレイクの煙草の箱、聖書、飲み残しのあるグラス、マッチ、サングラス、睡眠薬、爪やすり、そして蝋燭」といったアントニアのベッド脇のテーブルに置かれた品々に言及し、アントニアは「ボウエンそのもの」と評している。Victoria Glendinning,, *Elizabeth Bowen: A Biography* (New York: Anchor Book, 2006), p. 251.

（2）Elizabeth Bowen, *A World of Love* (New York: Anchor Books, 2003), p 10. 以下、同書からの引用は文中で（　頁）と表記する。邦訳は、エリザベス・ボウエン（太田良子訳）『愛の世界』（国書刊行会、二〇〇九年）である。

（3）たとえば、Hermione Lee, *Elizabeth Bowen* (London: Vintage, 1999), pp. 186–187., Maud Ellmann, *Elizabeth Bowen: The Shadow across the Page* (Edinburgh: Edinburgh University Press, 2003), p. 178. などを参照のこと。

（4）Hermione Lee, Introduction, *Bowen's Court and Seven Winters* (London: Virago, 1984), p. ix.

（5）Ellmann, *op.cit.*, p. 182.

（6）映画への言及は、Gendinng, *op.cit.*, p. 248 を参照のこと。

（7）Ellmann, *op.cit.*, p. 189.

（8）ガイの不実の相手の性別をめぐる議論については、太田良子「作品解題」、二二八頁を参照のこと。

（9）二人の出会った「メイデンヘッド」とは「処女膜」を意味するとのこと、また「戦時恋愛」の詳細な背景については、同右「作品解題」、二六八頁を参照のこと。

（10）Jessica Gildersleeve, *Elizabeth Bowen and the Writing of Trauma* (Amsterdam, Rodopi, 2014) を参照。

（11）Elizabeth Bowen, *People, Places, Things: Essays by Elizabeth Bowen* (Edinburgh: Edinburgh University Press, 2011), p. 155.

第九章『リトル・ガールズ』

少女時代を追い求めるオールド・ガールズ
――未知の言葉で語るノスタルジア――

渡部　佐代子

タイム・カプセルとしての金庫

『リトル・ガールズ』(*The Little Girls*, 1964) は『パリの家』(*The House in Paris*, 1935) と同様、第一部と第三部に現在、そして第二部に過去を描いている。時間の流れに逆らい真ん中に過去を配する構成は、作品の中で過去の重要性を示唆しているようだ。

第二部で三人の少女たちダイナ・ピゴット（正しくはダイアナ、愛称ダイシー）、シーラ・ビーカー（愛称シーキー）、クレア・バーキン‐ジョーンズ（愛称マンボ）は、自分たちが通うセント・アガサ女学校の校庭に金庫をタイム・カプセルとして埋める。この金庫を埋める行為は、作者エリザベス・ボウエン (Elizabeth Bowen, 1899–1973) の経験がオリジナルとなっている。彼女は、複雑な生い立ちから三つの学校、ケント州にあるリンダム・ハウス校 (Lindum House)、ハーフォードシャー州にあるハーペンデン・ホール校 (Harpenden Hall)、ケント州にあるダウン・ハウス校 (Downe House) で学んでいるが、ハーマオニ・リー (Hermione Lee) によると、当時ボウエンが三人の少女と同じような年頃だったとき、ハーペンデン・ホール校では小さなビスケットの缶の中に、二、三の壊れた装飾用小間物と一緒に秘密の手紙を入れて壁の窪みに埋めることが流行していたようだ。(1) こうした事実を考慮に入れるならば、ボウエンは第二部で自らの少女時代の思い出を描いたと考えられる。そのため、この作品にはノスタルジックな要素が見られ、さらに作者がこの三人の少女に自分自身を投影していることがわかる。そうであるならば、作品の中で約五十年前に埋めた金庫を掘り出す行為は、三人が過去を取り戻す行為だけではなく、ボウエンもまたこの作品を通して過去を捉えることを試みたと読むことが可能であろう。

金庫を埋めてから約半世紀の年月が流れ、三人は再会を果たし、校庭に埋めた金庫を掘り出す計画を立てるが、二つの大戦によってすでにセント・アガサ女学校は跡形もなく、跡地には住宅が建ち並び、昔の面影はほとんど残っていない。三人は何とか金庫を埋めた場所を捜し出すことに成功はするものの、掘り出してみると金庫の中身は空っぽである。この一連の「埋める」そして「掘り出す」といったある種儀式めいた行為は、作品の中心的な主題であることから象徴的な意味をになっていると考えられる。そして、クレアが作り出した「未知の言葉」(“the Unknown Language”)は、小説家ボウエンの言葉に対する意識を表していると言えるだろう。

さらに小説の最終場面、空っぽの金庫に衝撃を受け、病床に横たわるダイナと彼女を見舞うクレアとの短い対話について、マリアン・ケリー (Marian Kelly) は、「ダイナがこの時初めてマンボではなく、成人したクレアを認識し、失われた友情を回復させたのではなく、新しい友情を築いた」(2) と解釈している。確かに、ダイナが「マンボじゃないわ。クレアね。」(3) という言葉には、彼女の中に時間の流れへの、現在への眼差しを見ることができる。けれども、クレアが自分のことを「マンボ」と言ったことは、彼女の眼差しが過去へ向けられていることは明らかであるため、新しい友情の形以外のものを見出すことはできないだろうか。

本章では、特に「埋める」、「掘り出す」行為、そして「未知の言葉」に注目し、そこから見えてくる「空っぽの金庫」の意味について検討する。さらにダイナとクレアが最後に交わした言葉から彼女たちが得た交流について考察してみたい。

過去を捉える試み

第一部の冒頭、夫を早くに亡くしたダイナ・ドラクロワは、二人の息子ローランドとウィリアムが独立したため、サマーセット州にある緑豊かな屋敷アップルゲイトにハウス・ボーイのフランシスと二人で暮らし、近所に住む親友フランク・ウィルキンスと屋敷の側にある洞窟に自分たちが執着しているものを埋めている。それは、数百年、数千年後の後世の人が埋められたものを手がかりに「自分たちを再構築する」(一一頁)ために残すものだという。この洞窟は有史以前から存在し、「ここでは時間はどこか別の時間だった——奇妙なことに、おそらく時間はどこにもなかった」(五頁)と描写されるように、時間の流れから免除され、ある種無時間の世界となっている。ダイナがこの屋敷を購入した理由の一つは、彼女がこの洞窟に魅了されたからだ。そんなダイナとフランクについて村の反対側に住むミセス・コラルは次のように描写する。

上からミセス・コラルが見ていたのは、やや寸詰まりに見える年齢不詳の二人の不良で、その飾らない美しさは、彼らの臆面のなさ、というか、騙し合いのうちでは、もっともおとなしいものだった。「時間」を騙しているのだった。……この二人は、なぜか、自然が与えた期間限定の証文をまだ返却していなかった。(八頁)

洞窟が影響を及ぼしているのか、ダイナとフランクもまた「永遠」を思わせるような時間を生きており、さらに特異な内的時間感覚を持っているらしい。そんなダイナが埋めることにこだわる理由は、後世に自分の個性、または人格を伝え、「再構築してもらう」ためであり、それは時間の流れに抗い、死後も別の形で生き続けたい、自分の人生を意味付けたいという願望と受け取れる。

ボウエンが同時代に活躍した作家グレアム・グリーン（Graham Greene, 1904-91）に宛てた手紙の中で、「十のうち九までが、作品を書くという当初の願いが自己の存在を感じさせることにあることを、私は確信している」[4]と書いたことを考慮に入れるならば、ボウエンの言葉で自分を表現することは、ダイナにとって自分の執着物を残すことと匹敵するだろうし、自己の存在を確信するための行為へとつながるだろう。

ミセス・コラルにタイム・カプセルについて説明しているとき、ダイナはふと約五十年前に友人たちとセント・アガサ女学校の校庭に埋めた金庫のことを思い出す。

私、今までにないくらいの異常なセンセーションを覚えたのよ！　そう、今も、まだ続いている！　あることが一瞬のうちに甦ってきて、それがあまりにも完璧だったので、あれが「あの時」ではなくて「今」になったの、これって確かにセンセーションでしょう？　私にはわかるの、あれは単なる思い出じゃない、もっともっと違うものなんだと！　その中に舞い戻ったの。その真ん中に。（二〇頁）

第一次世界大戦が始まる直前の一九一四年夏、イングランド南東部ケント州のサウストン（Southstone）にあるセント・アガサ女学校に通う、十一歳になるダイナ、シーラ、クレアの三人はある夜、クレアが考案した「未知の言葉」で書かれた後世に宛てた手紙を読み上げ、それぞれ特別な秘密の物を入れて封印する。まるで彼女たちは、自分たちが過ごした日々を永遠化しようとしているかのようだ。しかし、第一次世界大戦が直後に勃発したため、学校生活が続いたのはつかの間、三人は離散し、それぞれの行方を知ることもなくなる。そして、六十代になったダイナは、時計の上での時間とは異なる彼女自身の内的時間感覚によってこの少女時代へと一足飛びに遡行したのだ。現在の時間の有意性の大半が失われ、甦る過去への肯定的な感情で満たされたダイナの意識は、現在と過去の時間の境界を越え、過去の中へと沈潜して行く。過去にとらわれてしまった彼女は、シーラとクレアを捜し出し、金庫を掘り出すことに躍起になる。

ダイナが過去を捉える試みは、かつての友情を再構築するだけではない。「センセーション」という言葉の反復から伺えるように、彼女は感覚的に物事を捉えようとする傾向がある。そのため、彼女が「単なる思い出じゃない」と言うことは、彼女が言葉で的確に表現することはできないとしても、確かに少女時代に感覚で捉えたものであると推測することができる。永遠に平和な日々が続くと信じていた頃に彼女が捉えたもの、とりわけ、第二部第七章で級友オリーブ・コポックの誕生日に催されたピクニック・パーティの場面は彼女の揺れ動く心情を見事に描いている。

第一次世界大戦直前の一九一四年七月二十三日、オリーブの誕生会を兼ねたパーティが砂浜で開かれ、この日出席する予定のなかったクレアの父バーキン＝ジョーンズ少佐も遅れて現れる。軍務に服する彼は戦地モンスに赴く前に別れの挨拶をするために立ち寄ったのだという。しかし、実際はダイナの母ミセス・ピゴットに最後の別れをするためであった。

程遠からぬところで彼は立ち止り、こちらに振り返って立っていた。二人は彼を見つめた。彼は二人を、しっかりと、きわめて明確に見た。――もっと何か望んでいるのか、何か他にあるのだろうか？　ミセス・ピゴットが、彼と同じく微動だにせず、言葉にならない問いかけを発したのかもしれない。彼が言った。「さようならだけ」彼の瞳はよく似た二つの顔に注がれていた。「あなた方に神のお恵みを」彼は二人に言った――そして向きを変え、今度こそ行ってしまった。（一六七頁）

翌日には母とカンバーランド州に疎開することになっているダイナが「今日が私たちの最後の日です」（一六五頁）と彼に告げた言葉は、皮肉にもその後戦地で殉職した彼とミセス・ピゴットの最後の日となってしまう。決して多くを語ることなくただ静かに見つめ合う二人の意味深長な様子を目にしたダイナは、子供ながらに言葉では語りきれない二人の想いを密かに感じ取ろうとするが、母に繰り返し問いかけみても、満足な答えは返ってこない。アンドルー・ベネットとニコラス・ロイル（Andrew Bennett and Nicholas Royle）はこの場面について「ダイナは大人の言葉と身振りの意味を理解できなかった、読み取ることができなかったけれども、言葉にならない大人の欲望を解釈し、禁断の愛を体で読み取っていた」(5)と分析している。確かに、ここで彼女が大人の秘密の愛を十分に理解できない無垢な心が繊細に描かれていると同時に、彼女の感覚的に感じ取る鋭い感受性もまた見ることができる。その後、パーティがお開きになり、ミセス・ピゴットが娘ダイナとクレアの仲を気遣って「でも会えないのよ、そうでしょ、しばらくの間は。長い間に思えるけど」（一六八頁）と言った言葉に促され、ダイナはクレアに別れを告げようと突然駆け出す。まるでその姿は二度と取り戻すことができない友情と少女の無垢を追いかけているかのように見える。こうしたことを踏まえて考えてみると、現在のダイナにとって過去を捉える試みは、少女時代の友情と無垢を取り戻すことであると言えるだろう。

未知の言葉が消えたことの意味

ハーマイオニ・リーによると、ボウエンが『リトル・ガールズ』で試みたことは、「新しい種類の言葉と手法を得ようとすることであった」。[6] 作品の中でクレアが創作する「未知の言葉」について、言葉に対する意識を表しているると先に述べた通り、彼女はこの作品で自分が目指す小説を示唆している。この作品が過去を捉える試みを目的としている以上、これまで他の作家によって書かれた「過去」とは一線を画する「過去」を再構築する手法を作り出そうとしたのだろう。そして、クレアが考案した「未知の言葉」こそ、ボウエンが手探りの形で、独自の手法を模索した小説の言葉を意味していると考えられる。

ある夜、三人は校庭に集まり、タイム・カプセルとして金庫を埋めるとき、クレアが血で書いた「未知の言葉」を読み上げる。


「あなたがこれを作ったの？」

「私が作った」

「でも、自分の血が読めるの？」

身震いした人は、身震いをこらえて、訊いた。「どうしてわかるのかな、これは私たちが言ったことだと？」

（中略）

「もっと面食らうわよ、全体が未知の言葉じゃなかったら。きっと誰もわからないわよ」（一四七―一四八頁）

そもそも、クレアの「未知の言葉」は彼女が「作った」という彼女の言葉だけで、本当に彼女が「未知の言葉」を完成させたと言えるのだろうか。約五十年後に金庫を掘り出してみると手紙は消え、後世となった三人がその手紙を手にすることが出来なかった以上、不確かなものである。誰にも理解できない、そして何よりも考案者でさえ後に手にすることができないという事実は、過去を捉えることがいかに困難であるかを意味しているように思われる。それはまた、ボウエンの言葉への模索とも通ずることとなるだろう。

作家が自身の過去を小説化するとき、多かれ少なかれ私的なもの、例えば心にとまる家族や友人の顔、かつて住んでいた家から見えた景色など子供時代の些細な思い出が過去の象徴的なイメージとして示される。社会生活のなかで無意識に蓄積された経験のカテゴリーによって、私たちは作家の経験をある程度共有することができるが、ボウエンはそうした私たちが抱く共感、彼女が「組み立てられた」("fabricated")感情と呼ぶものを引き起こすものについて作品の中で「全くの作りもの」(二一三頁)と批判する。それでは彼女が追求した手法とはいかなるものなのだろうか。彼女は、画家を目指していた経験から彼女が追求する手法について視覚芸術を利用して表明している。そのため、難解とされる彼女の小説の手法を解く鍵として作品の中に出てくる二つの絵画を見てみたい。

まず初めに、第二部第二章のフェヴェラル・コテージにあるミセス・ピゴットの応接間で、クレアがマントルピースや棚に置かれた陶器の中の一つに魅了される場面である。

風景の模様が特にクレアに何かを語りかけていたのだ。細密画で描かれた広い全景が、彼女にぴったり合う大きさだった。永遠とも思える情景が一分もしないうちに感得された。彼女はその中に住んだことがあった。彼女は景色の一つ一つを知っていて、それが彼女の宇宙であり、宇宙が描かれているカップやボウルや皿の壊れやすさにつながり、愛に差し迫った危難を加えた。人がここに見たものは、陶器がどうやって壊れるかであった。さらに人は予知していた、いつの日か、それは必ずや壊れて修理も及ばなくなると。（九三頁）

陶器に描かれた風景について詳しく描写されていないが、一度も見たことのない風景であるにもかかわらず、いつかどこかで見たことがあるようなデジャヴュ（既視感）、つまり「組み立てられた感情」を引き起こし、クレアに一瞬の恍惚感をもたらす。しかし、一方で「永遠とも思える」ものが「いつの日か必ずや壊れる」という語り手の不安な言葉は、堅固さとはかなさを併せ持つ陶器の性質を示すだけではなく、クレアたちが住む平和な世界に影を落とす大戦をほのめかしているようでもあり、描かれた風景の中に親密さと同時に奇妙な遠さを感じずにはいられない。さらに、「愛に差し迫った危難」は後にクレアとダイナが目撃するミセス・ピゴットとバーキン＝ジョーンズ少佐の秘められた愛の終わりを暗示しているようだ。こうして二つの相反する意味や不安が潜む細密画は、絶対的なものではなく、はかなさを示唆している。

二つ目の絵画は、第三部第二章の中に出てくるシーラの結婚祝いに贈られたオールド・ハイ・ストリートの絵である。少女時代に買い物に出かけたことのあるダイナはこの絵を見て、「これが永遠のオールド・ハイ・ストリートになるんだわ――この嘘っぱち！」（二一二頁）と自分の記憶の中に残っている通りの印象と異なるために違和感を抱く。クレアが「あらゆる細部が正しく見える」（二一三頁）と言うように、画家は詳細な部分を正確に描いているようだ。しかし、ダイナにとって正確に描くことが芸術のリアリティではないと言う。

この気の毒な画家は自分が見たと思ったものを少なくとも描こうとしたのね――だから、私たちが今見ているように、細部を正しく捉える以外のことは彼も大して見ていなくて、彼は自分が見たものを正しく見ていなかったんだわ。でも彼がもう少し上手だったら、仕事の鬼になって、自分が感じたと思ったことを描くか、描こうと努めるかに取り組んでいたでしょう。知っての通り、誰かが自分は感じていると思うことって、全く作りものでしょ。――でも、力強い効果がないと言うんじゃないのよ。絵の中とか外に。(二一三頁)

ダイナは、対象をあるがままに描こうとするリアリズムに異議を唱えるが、一方で、対象から受ける感動だけをキャンバスに留めようとする印象主義のような描き方にも賛同を示しているわけではなく、「人は感じるように前もって組み立てられたものを感じて喜んでいるだけ」(二一四頁)だと批判する。

クレアがフェヴェラル・コテージでミセス・ピゴットが所有する陶器の風景画から引き出された「組み立てられた」感情は、作者の私的な過去を細かく知らない場合でも、私たちは普遍的な経験を通して知ることができる。しかし、作者にとって些細な事柄が非常に重要であったとしても、最終的に私たちは彼が感じているのと同じほどに深い感動を覚えることは不可能なのである。そこには作者と鑑賞者、そして小説では作家と読者との間にある埋められない隔たりがある。ボウエンは作品の中で具体的に彼女が目指す芸術について触れてはいないけれども、ジューン・スターロック(June Sturrock)が「ボウエンの芸術は、現在と過去、自然と超自然、現実と空想の境界線が曖昧であり、想像力を必要とするものである」(7)と分析していることから、彼女は特別な感情を伴って過去を装飾する問題を克服するべく自分なりの道を探そうとしたと考えられる。おそらく外的世界と内的世界を描くだけではなく、言葉にできない言葉、つまり「未知の言葉」で彼女自身がリアリティを感じられるものを描こうとしたのだ。それは、ダイナが捉えようとする感覚的なものとつながりがあるのかもしれない。しかし、いずれにしても「未知の言葉」が誰も理解できないものである以上、そこには過去の捉えがたさが示唆されているようである。

過去の捉えがたさ

ボウエンは、『ローマのひととき』(*A Time in Rome*, 1960) の中で「時間は空間 ("space") の一種であり、時間は距離 ("distance") を作る」[8]と語っている。彼女はここで時間の経過がもたらす距離、つまり、現在と過去の間で果てしなく広がる隔たりを見ている。こうした彼女の時空間における感覚から考えると、『リトル・ガールズ』でダイナ、シーラ、クレアの三人が約五十年の年月を経て掘り出した空っぽの金庫は、現在と過去の距離、それも二つの大戦によって決して埋めることができない大きな距離を示している。戦争が後世に伝えられるはずの社会、文化、価値観などを奪い去ったように、金庫の中の空間 ("empty") は、過去が手の届かないものになってしまったという虚無感 ("emptiness") を与えるが、一方で、これまで多くの作品で彼女が扱ってきた戦争、過去という主題から漂う緊迫した空気とは異なり、三人のやや大げさで滑稽な言動から作品全体にコミカルな雰囲気を醸し出していることも事実である。そこに、晩年を迎えた作者がこの距離を悲観的に受け止めず、むしろ過去を客観的に見ることができるものとして肯定的に受け入れる意識の変化を窺い知ることができる。こうして考えてみると、この作品には彼女の過去が捉えがたいという認識と過去を取り戻したいという願望が交錯していると言えるだろう。

そもそも、小説冒頭でダイナがシーラとクレアを捜し出そうと考えたとき、フランクは「君があの時の二人を見つけるのは無理じゃないか。いいかい、彼女たちはもういないんだ！　つまり、彼女たちはもうどこにもいない。今となっては。遠い過去になってしまったんだよ。」(二二頁) と諭している。現在のシーラは地元の不動産業を一手に引き受ける名士トレヴァー・アートワースの妻となり、クレアは離婚を経験し、現在は高級ギフトショップのチェーン店「モプシー・パイ」の経営者として成功している。要するに、思い出の中で永遠の少女であるシーラとクレアは大人に成長したため、ダイナは彼女たちの中に少女時代の二人を見つけ出すことなどできないのだ。しかしながら、ダイナは彼の忠告を無視し、「私たちがすごく幸せだった頃」（二〇六頁）を取り戻そうとする。そんな彼女の気持ちとは対照的に、現実的なシーラとクレアは昔の友情を再構築することには消極的だ。なぜなら、彼女たちはそれぞれにつらい経験を抱え、昔のままではないことを理解しているからだ。

シーラは片肺を失って重症の帰還兵を看病していたとき、「君は僕を愛したことはないが、僕と一緒にいるんだ。出て行くな。僕と一緒にいるんだ、もう長いんだから。それが僕の願いだ」（二九八頁）と繰り返す彼の言葉に、ある日「あなたはそればかり言うのね」（二九八頁）と言って、彼を残して部屋を出て行き、その日彼は亡くなってしまう。彼を愛していたシーラは、彼と十分に理解し合えなかったことを後悔する。そして、クレアは、第一次世界大戦勃発後の一九一四年八月二十三日に父親をモンスで亡くす。しかし、ダイナもまた、母と第一次世界大戦を生き延びたにもかかわらず、戦後に流行したスペイン風邪によって母を亡くしている。

彼女たちは、それぞれに二つの大戦がもたらした大切な人の死を経験し、大きな傷を抱えており、そのため彼女たちが幸せな少女時代に戻ることなど不可能なのである。第二部でオリーブ・コポックのために用意されたバースデーケーキに書かれた「今日の良き日がいくたびも巡って来ますように」（一五三頁）という言葉は、その直後に起きた悲惨な大戦によってあらゆるものが崩壊してしまったことを考えると、皮肉な意味として読み取ることができる。そして、そこに作者の戦争に対する批判的精神を見ることができよう。戦争による埋めることのできない「距離」を前になす術もなくただ呆然と立ち尽くすダイナは、かつて三人で描いた友情のバランスが損なわれ、最後にはクレアと口論になる始末となり、フランクの忠告通り、過去を再構築することなど不可能であることを認識する。

過去にこだわっていたダイナにとって、過去の不在という事実は受け止めがたい。「何も残っていない」（二〇八頁）と言うダイナは、過去が現在の中に存在するものと信じていた。金庫が埋められていた現在の場所は、「青の洞窟」（"Blue Grotto"）と名付けられ、ダイナの住むアップルゲイトの洞窟を思い出させ、時間の流れから免れ、過去が保存されているかのような印象を与える。けれども、現在の住人である男性が三人の様子に気付いて家から出て来たところ、ダイナが自分たちが庭にいる経緯を説明しているとき、彼女は過去が捉えがたいものであるという事実を突きつけられる。つまり、「青の洞窟」とは名ばかりで、実際には過去の不在を明らかにするだけなのだ。

その後、厳しい現実に圧倒されたダイナは、ショックを受けて倒れてしまう。

ここ数日は、他の全てから遠ざかる感じが加わって、死の床のような様子――というよりも、埋葬を前に正装安置するためのベッドか？――のような様子を帯びていた。その上にいる女は、生きるのをやめたようにじっと横たわり、身体をまっすぐ、持ち上げられたことのないカバーの下から、その細い体格を見せていた。

（二五七頁）

現実の大きさを受け止めきれず、頭を強く打ち付けて倒れてしまったダイナをハウス・ボーイのフランシスが見つけ、フランクと一緒にベッドまで運ぶ。眠るダイナの様子を死者に例えている描写は、彼女の身体的打撃、精神的打撃をも併せており、ベネットとロイルが分析しているように、ダイナはこのとき過去を現在と切り離し、「過去を過去として受け止め」[9]ようとしていることを示唆している。それは、これまで過去にこだわり続けたダイナの死を意味し、過去の捉えがたさを認識することで、彼女はようやく過去を客観的に見つめる「距離」を手に入れたのだろう。
長い眠りから目覚めたダイナは、孫娘のエマからアップルゲイトの洞窟がカビに侵されて、入れないことを知らされる。彼女が後世に残そうとしたものは、時間の浸食によって朽ち果て、空っぽの金庫のイメージと同様に、永遠の時間というものが存在しないことを意味している。彼女はこれまでの自分が抱いていた幻想の全てを洗い流すかのように、お風呂に入り、過去を捉えようと必死になっていた今までの自分を解放する。彼女がお風呂に入る様子が「鳥が飛び去る」（二七〇頁）と描写されるように、彼女はこのとき現在に向けて一歩踏み出したと言える。

再構築された友情

再び眠りに就いたダイナを見舞うため寝室に入ってきたクレアは、三人の出会いが自分たち人間の「選択」（"choice"）によるものではなく、神の絶対的な力の「偶然」（"chance"）によって成されたものだという感慨に浸る。そして、かつてフェヴェラル・コテージの応接間で見たミセス・ピゴットの陶器の世界へと再び入って行く。

羊飼いと羊飼い女は、修繕された腕と腕を差し伸べあっていた。美しいボウルが数個、ひび割れ模様をその中にあやしながら、じっと佇んでいる。取手は、小さく合金の爪につかまれて、カップにしがみついている。クレアは、誇り高い世界のもろくはかない展示、またの名は不変不屈の展示に見とれていた。（三〇六頁）

このとき、クレアは少女の頃に永遠とも思えた情景の中に再び沈潜して行き、恍惚感に浸る。皮肉にも、ダイナの過去への固執に批判的な態度を取っていたクレアが、陶器を通してある種の過去を取り戻す。彼女は「そうだった、畏ろしかった、あの空っぽの箱を覗き込んだときは。私はあなたを慰めなかった。あなたを慰めたことは一度もなかった。私を許して」（三〇六―三〇七頁）と心の中で呟き、今はじめてダイナの想いを理解し、過去を捉えることができなかった悲しみに共感を寄せる。

そして、クレアがダイナの方を振り向いたとき、砂浜で最後の別れを告げようと走るダイナの姿を思い浮かべる。

「さようなら、ダイシー」と彼女は言った。――今と、あの時のために。

眠っている人が少し動いた。ため息をついた。それから肘をついて身を起こして、言った。「そこにいるのはどなた？」

「マンボよ」

「マンボじゃないわ、クレアね。クレア、今までどこにいたのよ。」（三〇七頁）

クレアが自分のことをかつての愛称「マンボ」と言ったことは、彼女が曲がりなりにも過去を捉えたかのように見える。ミセス・ピゴットが娘ダイナとクレアの仲を気遣っていたことから考えると、クレアが陶器を眺めることによってダイナの過去への憧憬に寄り添うことができたことは偶然ではあるまい。目に見えないミセス・ピゴットの力によって二人はお互いに歩み寄ることができたのだろう。このとき、戦争によって中断を余儀なくされた二人の友情の再開がほのめかされているのではないだろうか。その友情は、陶器が孕む永遠性という錯覚とはかなさを暗示しているため、一瞬の僥倖であるかもしれないが、そうであったとしても、彼女たちの微笑ましい光景に、二人を包み込むような作者の温かな眼差しを感じ取れることも確かである。

注

（1）Hermione Lee, "*The Bend Back*: A World of Love (1955), The Little Girls (1964), and Eva Trout (1968)." *Elizabeth Bowen*, ed. Harold Bloom (New York: Chelsea House, 1987), p. 112.

（2）Marian Kelly, "The Power of the Past: Structural Nostalgia in Elizabeth Bowen's The House in Paris and The Little Girls." *Style Spring 2002, Vol. 36* (Illinois: Northern Illinois University, 2002), p. 10.

（3）Elizabeth Bowen, *The Little Girls* (New York: Anchor Books, 2004), p. 307. 引用箇所は特に断りがない場合は同書の頁数のみを記す。日本語訳は、太田良子訳『リトル・ガールズ』（国書刊行会、二〇〇八）を参考にさせていただき、一部改変をした。

（4）V. S. Pritchett, Elizabeth Bowen, Graham Greene, *Why Do I Write?* (New York: Haskell House, 1975), p. 55.

（5）Andrew Bennett, Nicholas Royle, *Elizabeth Bowen and the Dissolution of the Novel: Still Lives* (New York: St. Martin's Press, 1995), pp. 127–128.

（6）op. cit., p. 105.

（7）June Sturrock, "Mumbo-Jumbo: the haunted world of The Little Girls." *Elizabeth Bowen: New Critical Perspectives, ed. Suzan Osborn* (Cork: Cork UP, 2009), pp. 91–92.

（8）Bowen, *A Time in Rome* (London: Vintage, 2010), p. 11.

（9）op. cit., p. 138.

第十章『エヴァ・トラウト』

「ここで私たちはハネムーンを過ごすはずだったのよ」

――虚構と現実との境界が揺らぐとき――

鷲見　八重子

エヴァという名のヒロイン

エリザベス・ボウエン (Elizabeth Bowen, 1899–1973) の長編小説『エヴァ・トラウト』(*Eva Trout, or Changing Scenes*, 1968) が出版された六〇年代後半といえば、アメリカのジャーナリスト、ベティ・フリーダンが著した『新しい女性の創造』(一九六三) という一冊の本を契機として、「全米女性組織」をはじめ多数の女性運動が組織され、国連では「女性差別撤廃宣言」(一九六九) が採択され、「女らしさの神話」から解き放たれた女性たちが女性の地位向上や、女性のセクシュアリティの自由な発露を主張するようになる大きな転換期であった。イギリスでは新進気鋭の女性作家たち、マーガレット・ドラブル (Margaret Drabble, 1939–) やアンジェラ・カーター (Angela Carter, 1940–92)、あるいは少し年長のフェイ・ウェルドン (Fay Weldon, 1931–) やバーニス・ルーベンス (Bernice Rubens, 1928–2004) らが、才気あふれる第一作を世に問い、新しい時代の幕開けを告げていた。(1)

文壇の長老の域に達したボウエンの『エヴァ・トラウト』もまた、そうした時代状況を背景に、従来の認識の枠組みを根底から揺さぶり、新しい表現方法を模索する極めて先駆的な作品である。いささか時代を先取りし過ぎたせいか、出版当初は、批評家からも読者からもあまり歓迎されなかった。しかし、その後ボウエン研究が進み、小説というジャンルそのものに挑戦した創作の実験として、あるいは脱構築的作品として注目を集めている。(2) タイトルは古風だが、ヒロインの名を冠した名作、ジェイン・オースティンの『エマ』(一八一六)、シャーロット・ブロンテの『ジェイン・エア』(一八四八)、ヴァージニア・ウルフの『ダロウェイ夫人』(一九二五) などと同様、英文学史の名だたるヒロインの系譜にまた一人忘れがたい女性像が刻まれる予感を抱かせる。ひるがえれば、イギリス小説の起源とされるサミュエル・リチャードソンの『パメラ』(一七四〇) の原題は、『パメラ——美徳の報酬——』であった。副題の「美徳の報酬」が作品のテーマを要約しているように、ボウエンの『エヴァ・トラウト』も、ヒロインの名に併置された副題「移りゆく風景」が主題を読み解く鍵となるのではないだろうか。

「移りゆく風景」(“changing scenes”) は、旧約聖書の「詩篇」三十四編二節からの引用で、これにもとづいて作られた讃美歌一三九番「うつりゆく世にも」は、教会に通っていたボウエンの愛唱歌であったという。(3) 日本語でも日常よく使う「シーン」は、「風景や景色」のほかに、演劇では一幕一場の「場」、事件などが起こる「場所」、人生ひとこまの「出来事」、映画や記憶にある「場面」、比喩的には、人間の活動の場としての「舞台」、人の生きとし生ける「この世」など、じつに様々な含蓄のある言葉だ。その前に「移りゆく」、「ものみな変わる」という誰もが抱く思いが、形容詞として連想の世界を広げている。時の流れとともに変わる社会や価値観、そしてまた時代の変化につれて変わる人の心情——作家として一九二〇年代から激動の世紀を見つめて四十年あまり、七十歳を目前にしたボウエンが世に問うた『エヴァ・トラウト』には、どんな思いが託されているのだろうか。

ヒロインの名が「エヴァ」であることも読者の想像を掻き立てる。旧約聖書の「創生記」のアダムとイヴを想い起こさせずにはおかないからだ。「創世記」(Genesis) は第一部のタイトルでもある。すると案にたがわず、物語がちょうど佳境にさしかかる転換点(第一部十一章「幕間」)に、エヴァと林檎のエピソードが挿入されている。一九五九年十月三十日、エヴァが単身ニューヨークへ向かう飛行機の中に居合わせた大学教授からの、エヴァに宛てた手紙に記された「幕間」の出来事である。

私たちが、覚えておいででしょうか、語り合う仲になったのは、離陸して四十五分ほどしてから、あなたが林檎をなくしたのがきっかけでした。袋の中にあった林檎たちから脱走した林檎は、袋が乗っている座席のはじまで逃げ、象徴的でしたね、私のほうにぽんと弾んで、中央の通路を横切りました。

あなたに戻す前に、私はそれをぬぐいました。それから私は、それが傷ついていないといいがと申しました。あなたは傷ついた林檎が好きだとおっしゃり、その味がすきだと。(4)

この小さなエピソードは作家のユーモア、何気なく読者の期待に応えるボウエンの遊び心としておくとして、本筋から離れた閑話休題ともいえる「幕間」において、エヴァの印象に思いがけない視点から光があてられるところに作者の語りの特徴を見ることができる。エヴァの第一印象は「大女」であり、立っている姿は「石で固めたコンクリート構造」(一一頁)のようであったが、ここまできて、デカルトを専門とする教授の目を通して、見られていることを意識していないエヴァの別の側面、「完璧にくつろいだ」悠然とした魅力が垣間見られる。また、「傷ついた林檎が好き」というエヴァからの直接の情報として、母親は「飛行機事故で、アンデス山中に消滅した」事情が整理され、さらにエヴァがこれから成そうとしている無謀な計画がそれとなく見えてくる。他方、一目で恋に落ちた教授の憶測、思い違い、独りよがりが織り交ざり、知識人や批評家が得意とする言葉の操作の空しさが、徹底的にパロディ化されてもいる。しかも、この手紙はエヴァに届かず、ブーメランのように差出人に返送された。つまり、論理とか雄弁は相手に真意を伝える有効な手段とは限らないし、言葉はかえって人間関係の断絶を招きかねない事例となっている。こうして「幕間」の章が作品の根本問題の淵源を暗に伝えているというのも、ボウエンらしい捻りが効いたパラドクシカルな語りの手法である。

エヴァの居場所はどこに?

第一部「起源」(Genesis) は一九五九年、いま三十二歳のエヴァが二十四歳の時にさかのぼる。彼女はアーブル夫妻のラーキンズ荘に身を寄せていた。そこはウスタシャー州の一画で、果樹園の中に位置し、プラム色の煉瓦造りの四角い三階建ての「子どもの絵のような」家である。アーブル夫人となったイズーは、エヴァが十六歳のとき通っていた女学校の英語の教師で、この少女の「セメントで固めたような会話のスタイル」から何とか柔軟性を引き出そうと献身的な努力を惜しまなかった。それはエヴァにはありがた迷惑だった反面、先生に対する畏怖の念は学校を去ってからも消えることはなかった。イズー・スミス先生と出会うまで、エヴァに愛情を傾けて注目してくれた人は、一人もいなかったからだ。

エヴァの父親ウィリーは才覚のある企業家で、親から相続した遺産を三倍に増やした。一流のポロ選手でもあり、美しい妻がいる人気者だった。その妻シシー(セシリア)が逃げたのは、エヴァが生まれて二か月後のこと、ほとんど同時に飛行機事故で死んだ。原因は、「ウィリー・トラウトがコンスタンティンに寄せた全面的な愛着という影」という表現から想像するほかはない。エヴァはその影の下で成長した。「エヴァは愛については、それが存在するということ以外には何も知らなかった」。ウィリーの死は、それから二十三年後、同性愛が縺れたすえの自死であった。[5] そこで身寄りのないエヴァという遺産が、二十五歳になるまで、後見人となったコンスタンティンにゆだねられ、ようやくラーキンズ荘という解決策が見つかったところである。

それにしても、イズーはなぜエヴァを引き受けなくてはならない運命にあるのか。教え子への愛情はとうの昔に消え失せていたのに——。じつは、彼女と夫エリックは、生活のために「エヴァ・マネー」が必要だったのである。エリックは果樹農園に精を出していたが経営が破綻し、いとこの自動車修理工場で働いていた。朝七時半のバスで出勤し、六時半のバスで帰宅する。イズーは暇つぶしにフランス語の翻訳をしていた。エリックに勧められても、教師に戻る気はさらさらない。そもそもイズー・スミスが輝かしいキャリアを捨てて選んだ結婚は、「頭でっかちの若い女性がはじめて知った肉体の情熱がその根底にあった」。しかし数年たってみれば、ラーキンズ荘にはうすら寒い隙間風がふいていた。まさにそのときに、エヴァが現れたのだった。居候がいれば二人きりになれるのはベッドの中だけ。それでも高級車「ジャガー」に象徴されるエヴァの莫大な遺産は、ラーキンズ荘の安定した生活を約束していた。だから、二人はジャガーが見えなければ不安にかられ、真夜中のジャガーの帰還に複雑な安堵感をもって耳を澄ますのだ。

エヴァは、しばしばラーキンズ荘を離れ、教区の牧師館で時間を過ごしていた。一八八〇年代から牧師の生活のさまざまな情景を目撃してきたこの古びた牧師館には、ダンシー牧師夫妻と七歳から十三歳まで四人の子どもたちが暮らしている。ここには十分に騒がしい家庭生活があった。ミスタ・ダンシーは最上階の屋根裏部屋に書斎を構えていたが、建物の造りが空洞式のため、なんども書斎から飛び出して子どもらに「やめなさい！」と、窒息しそうな声で吼えなければならない。「四十二歳とはいえ、彼は自分の子どもの誰よりもハンサムだったろうに、慢性疾患のせいで、それも台無しだった——瞼は腫れ上がり、鼻は痛々しくすりむけ、唇はふくれ上がっている。冬がようやく包囲を解くと、必ず花粉症に捕まるのだった」（二八頁）。クリーネックスが底をついて、牧師館のどこにももうなかった。「ふんだんに使うのが唯一ゆるされている贅沢」がクリーネックスという日常風景から、エヴァの豪華ないでたちとは対照的な、倹しい牧師一家の生活があざやかに浮かんでくる。

エヴァが牧師館を訪れる理由には何よりヘンリーの存在が大きい。ある土曜日の午後、エヴァは重大な相談事を携えて牧師館に立ち寄るが、お目当てはダンシー牧師ではなく、ヘンリーを確保して内密に力になってもらうためである。ヘンリーはまだ十二歳、二十マイル先にあるグラマー・スクール（寄宿学校）の通学生であった。いったい相談相手になるのだろうか。ここで、冒頭の風景において、エヴァのジャガーで「遠出」したダンシー一家の中でも、ヘンリーに作者の特別な目が注がれていたことが想起される。

十二歳という年齢のわりには小柄だったが、ヘンリーは際立っていた。貧困と、血筋と、生きていく必要から、ある程度知的にならざるを得ない一家の中でも、飛びぬけた知性があった。その物腰は沈着で、ときに辛辣だった。男の子の中ではアンドルーのほうがハンサムだったが、ヘンリーの目鼻立ちは、早熟によって繊細さを帯び、時がくればいっそう興趣を増すことが約束されていた。彼の魅力はまだ発生期にあり、ひねくれていて、かすかに冷淡だった。すでにエヴァに対応する資格を備えていた。エヴァはヘンリーのボスにはなれず、ヘンリーはエヴァを苦しめることができた。（一四頁）

ヘンリーは、明らかに物語のはじめから、年齢差を超えてエヴァの「相手」（恋人）の資格を備えていたということである。

さて、土曜日の午後、エヴァが彼にもちかけた相談とは、アーブル夫妻にも後見人のコンスタンティンにも誰にも知らせず、「どこでもいい、ここから一番遠いところ」に自分の家を手に入れたい、そのため最愛のジャガーを売りたいという内緒話であった。


「つまり、このジャガーの収益で生きていくということでしょう？」

「ほんの四月まで。そのあとは全部、私のお金になるから！」

「さすが億万長者の跡取り娘でいらっしゃる」ヘンリーはやや軽蔑して言った。「あなたは四月まで辛抱できないの？」

「辛抱って何のこと、ヘンリー？」

「最後までラーキンズ荘にしがみついていたら？　まだいまのところあなたを食っていないようだし。二月、三月、四月……」彼は指折り数えた。（七二頁）

ヘンリーの判断は正しい。四月二十一日の誕生日が来れば、二十五歳となるエヴァは遺言により遺産を全部自由に使えるのだから。ところが、ヘンリーだけに打ち明けたはずの計画は、とっくに知れ渡っていたことがミセス・ダンシーの帰宅でたちまち明るみに出る。「ヘンリー、あなた、聞いた？　エヴァはラーキンズ荘を離れるのよ。いまにも、あすにも、とミセス・アーブルが。彼女はご主人ともども、言うまでもなく、とても残念がって……」。

　牧師館は、イギリス小説に欠かせない舞台となってきた。このいたって気の好い牧師夫人の存在は、物語に生き生きとした彩を添え、ジェイン・オースティン以来脈々と息づいている伝統を垣間見せている。そしてこの場面でエヴァを愕然とさせ、また読者を唖然とさせるのは、若干十二歳のヘンリーが、噂を知っていたことをエヴァに隠したまま、素知らぬ顔で相手の優位に立つ術を心得ていたことである。

キャセイ邸――エヴァだけの家――

四月を待たずにエヴァが手に入れた家は、ケント州のブロードステアーズにほど近い海岸ノース・フォーランドにあり、「キャセイ邸」と呼ばれていた。一九〇八年頃に建てられ、一九二〇年初めに現代的な装飾を入れた。その後、三〇年代の好景気によって増築されたサン・ラウンジは爆弾で吹き飛ばされたが、戦時災害対象となって改良された。いわば二十世紀の二つの世界戦争を生き延びてきたキャセイ邸は――、

長い長い間、一人の借り手もないままに、何軒もの不動産屋の帳簿に載っていたが、すべての不動産屋がそろそろ抹消するところを、一社だけが残していた物件だった。そのデンジ&ダンウェル商会は、まださささやかな、できたばかりの会社で、ビジネス・チャンスをしつこく狙っていたので、遅ればせながらキャセイ邸を取り扱い物件としたのだった――これを片付けた際に彼らが見せた大きな感動のほどは、どんな客でもこれは怪しいと感づいただろうが、エヴァは違った。エヴァが聞かされたかぎりでは、キャセイ邸はまさに彼女が求めていた物件だった。(七六頁)

自分だけの家を得たいと願うあまり、世間知らずのエヴァはミスタ・デンジにまんまと騙され、とんでもない代

物をつかまされたのだ。応接間は家具付きだったが、椅子の背には黒っぽい油じみた跡や、無数の煙草の焼け焦げた穴。キッチンのガス器具は「ポンという音ばかり、一度など爆発したような音がした」。バスルームの蛇口は、「二度咳き込んでから、黒い錆びた水を吐き出した」。トイレットの水洗のチェーンを引っ張ってみると、「その結果出てきた唸り声と大洪水に押し流された」。それでもエヴァは、「いま自分を取り巻いているものに魅了されていた――いっそう気分が高まった。これを私が所有するのだ」（一二二頁）。女性の自立には「自分だけの部屋と年収五〇〇ポンド」が必要不可欠であると、ウルフがケンブリッジ大学の女子学生を前にして語ったのは一九二八年のことである。(6) それから四十年、エヴァもまた自立への道のりを、身をもって歩いた仲間の一人と言えるだろう。

エヴァの自立にある意味で貢献したミスタ・デンジという人物は傑作である。用心深くて慇懃無礼な物腰は商売上のマナーとして、根っから楽観主義的な受け答えの妙がじつに滑稽で、さながらディケンズの作品から抜け出てきたかのようだ。大事な顧客を逃さじとエヴァにへつらう一方で、家に入るや帽子を脱いでテーブルに放り出す「あるじ然とした」その横柄な態度に、彼の本質が見え隠れしている。しかもデンジは陰では、エヴァが「複雑きわまりないガス器具をいじくってキャセイ邸を吹っ飛ばすのでは」とか、「火を見ると興奮するエヴァの中に放火魔を嗅ぎとった」とか、聞いて呆れる「不運な不動産屋の不安」（一五四頁）などなど、あらぬ噂を撒き散らしていたことがまわり回って聞こえてくる。エヴァが海辺の保養地を自転車で疾駆していた姿も、巷のご婦人方の噂の種になっていたのかもしれない。

こうしてキャセイ邸そのものが、旧式なガス器具やら、水洗の騒音やら、扉の軋む音やらで、エヴァが望んだ静けさとは程遠いうえに、「電話は絶対に引きませんから」と宣言したにもかかわらず、不意をついてエリックが、次いでコンスタンティンが出没する。この二人の男たちとイズー、そしてエヴァとの関係性は、この物語の謎の要因であり、また謎を解く鍵でもある。

エリックは、屋敷の横手にある茂みからさり気なく出てくると、「男爵のお住まいみたいだ」と皮肉を言い、玄関ホールでエヴァを引き寄せ、頬にキスした。応接間の見てくれの悪さにショックを受け、出窓の周りにおびただしい量のパン屑がこぼれているのを見て、もう抑えきれず、本音を口走った。「いつでも僕のところにくればよかったのに。僕はいるんだから、いつだって」――エリックは「僕はほんとに君が好きなんだ」と言い、エヴァを「マイ・ガール」(僕のいい子)と呼び、「そのはずだった」と主張する。しかし、エヴァは確信をもって、きっぱり否定した。「まさか、私は誰かのいい子だったことなど一度もないわ。だから、どうしてそんなはずがある?」二人の会話はかみ合わず、ラーキンズ荘でなにか「問題」があったのか、無垢なエヴァを相手に恋愛ゲームをしているだけなのか、はたまた「エヴァ・マネー」目当てに善からぬ術策をめぐらしているのか、すべては闇の中である。「私たち、今度はなにをしましょうか?」エヴァの無邪気な問いは、謎を深めるばかりだ。

もう一人の男コンスタンティンは、偶然、エリックの訪問と同じ日、彼が仮眠をとっていた夜中の十時にエヴァを急襲した。「邪悪な後見人」来たると言い、押し入るように敷居をまたぐと、エヴァの不意の失踪にあれこれ不満を言いながら、金細工の小箱を取り出して錠剤を二錠呑んだ。その小箱は、父ウィリーの持ち物だったことをエヴァは見逃さない。彼は勝手に椅子に座り、両肘を鷲のように広げて椅子のひじにだらりと置き、頭をそらせている。エヴァは座らなかった。こうした無礼の数々もさることながら、「彼がこれみよがしに応接間を無視したことほど、エヴァの憤りをかき立てたものはなかった。彼女はそれを侮辱以上のものと見た――この部屋は彼にとって新しいものではなく、すでに下見をしていたのではないか……ひそかに「偵察」していたのだ!」(一〇〇頁)

コンスタンティンの態度は、「どこか裁判官のような、清教徒のような雰囲気」で、法廷で犯人を審問しているようである。ときには親代わり気取りでエヴァの「心の状態」を心配し、精神分析医の診察を促しもする。あるいはエヴァがまだ子どもだった頃の思い出に耽り、「ぜひとも君をお助けしたい」とうそぶく。エヴァは、しかし、見ていないようで彼の「刺」（弱点）を先刻承知している。傲慢の裏に卑屈が張り付いていることを見透かしている。引き際の悪いコンスタンティンと、どうやら初対面らしいエリックとの鉢合わせで茶番劇となるこの真夜中のシーンは、エヴァの無垢と知恵、嘘と真の境界の錯乱、あるいは理性の仮面を剥いだ男（性）・女（性）の原初的様相、ひいては人はどこまで野蛮になれるのか——こうした人生最大の謎、人間の心の闇の深さを考えさせずにはおかないのである。エヴァがエリックと二人で海岸から拾ってきた流木で焚いた火は燃え尽き、キャセイ邸は漆黒の闇に沈んでいる。

無垢と経験——イズーの影——

エヴァが大あくびをして眠りについた同じ真夜中、ラーキンズ荘では、イズーが瞑想に耽っていた。文学を専攻して教師となったイズーは、「書物を通して千回以上の命を生きてきた。私は内的に生きてきた」と自負してきた。ところが、エヴァがここに引っ越してきたことで、嫉妬、猜疑心、苛立ち、どうにも制しがたい感情に、今イズーは苛まれている。「思い出以下になりつつあったエリックへの情熱は、いまは思い出以上」になっていた。二人とも別々の意味で、窓から逃げた小鳥のようなエヴァに無関心ではいられず、それがまた癪の種である。ウィリーの「山のような金」を操るコンスタンティンは、イズーに対する嫌悪と裏返しの求愛を繰り返していた。もしエヴァが消えたら、あの金はどうなるのか？　いや、「彼女はぜったいに消えたりしない。それは動かない。彼女は永遠

だ」。（一四三頁）

イズーの内省は千々に乱れ、教え子エヴァの「取り止めのなさ」を言えた義理ではない。ただ、「知性のどこが恐ろしいかというと、何の役にも立たないことだ」と自戒できるところは、エヴァには欠けている年の功ではある。自己省察と言えば、巧妙に仕組まれた結婚を見抜けなかった自己の「思い上がりの罪」を見つめるイザベル・アーチャー(7)と重なる場面かと想わせながら、じつは、ボウエンが描くイズーの内的独白は、なんとも騒々しく、滑稽である。伝統的内面描写――心の襞に分け入り、人間の深層を描出する小説の醍醐味――を放擲し、あえて外と内との境界を溶解するボウエンの姿勢が見て取れる。それは、エヴァが後に国立肖像美術館を訪れて確信することと呼応する。「エヴァの知る人はもはや『一枚の肖像画』以外の何物でもなかった。そこに『本当の人生』はない。この人生のほかに本当の人生はない。……人々を調査したいという願いは通らないのだ。彼らが何をするか、なぜするのかを知るすべはない」（三〇九頁）。エヴァの感慨は、作者ボウエンの「語り」――言葉の限界への新しい挑戦――と相関していると言えるだろう。それはまた読者各人の「読み」への作者からの挑戦でもあるのだ。

イズーとエヴァが直接対決する場として選ばれたのは、ブロードステアーズにあるディケンズゆかりの「荒涼館」である。六月のある午後、エヴァを待つ間、ディケンズその人に熱中しているイズーの目から、館の書斎や寝室に陳列されている調度品や、由緒ある品々が事細かに披歴され、ボウエンはよほどディケンズを敬愛していたに違いないことが覗える。ほどなく現れたエヴァは、芍薬の花柄のコットンドレス、赤いキャンバス地のビーチ・シューズ、肩から白いエナメル革に似せたプラスチック・バッグをぶら下げていた。イズーの見るところ、「頭の先から足の先まで田舎娘」そのものだった。だが、そのエヴァは、悠然と構えて一歩も退かず、威風堂々、イズーにあい対している。

話の中心は言わずと知れた金銭問題だ。なぜエヴァ自身から「莫大な金額」の小切手がイズー宛てに送られたのか。「手切れ金」なら、後見人コンスタンティンから、彼の最後の仕事として、すでに「偉大な金額」が送られていた。「私だって、償いをしたかったの」とエヴァは言う。何のための「償い」か？　その真相を確かめたくて、わざわざキャセイ邸までやってきたのに、肝心な点については、エヴァは一切触れず、話を逸らしたり、はぐらかしたり、かつての教師ミス・スミスを煙に巻いて、見事なまでにその場を支配している。ついに、イズーは認めざるを得ない――

エヴァは、自分の行動と自分のあり方のすべてについて、以前よりずっと高く自分を評価している。いまや彼女は所有している。何を所有している？　天文学的な富を、そしてその当面の結果がここにあり、合理的に見て、その解答としてこれが妥当だったのだろう。私たちは失敗しただけでなく、なぜか始めてすらいなかったのだ……。イズー・アーブルは、内心、肩をすくめた。（一一九頁）

「十二月に私は小さな子供をもつことになるでしょう」。この場の最後に言い放ったエヴァの言葉に、やはりエヴァはエリックの子を産むのか。そのための「償い」だったのか。一瞬、謎が解けたと想うのはイズーだけではないだろう。これを機に、イズーはエリックを見捨て、フランスへと姿をくらます。

音のない世界に生きる――ジェレミーのまなざし――

「何とか物事を結びつけるようにしなさいよ。これ、それから、あれ、それから次と、それが考えるということなの」。かつてイズーは、ラムレイ校で、言語障害をもつエヴァによく言語の論理について諭したものだ。しかし、言語の論理を超える感情や、とっさの衝動の原理についてはどうだろう。年齢や経験では計り知れない人間の不思議についていては、小説は言外に語ってくれるものである。イズーの影から自由になったエヴァの行動とその結果が語りかけてくることは何か。風雲急を告げる物語の後半（第二部「八年後」）は、奇想天外な様相を見せながら、音のない世界――「聞こえない」日々を生きるということ――を反射鏡にして、人が生きるということ、そして死ぬということ、この普遍的命題について問いかけてくる。

八年の時が流れ、エヴァとジェレミーは、シカゴのオヘア空港からロンドン行きのフライトに搭乗していた。八年前のクリスマスに授かった、というより、エヴァが非合法に養子にしたジェレミーは、見た目に美しい子どもで、「金髪、大空のような青い瞳、デリケートで色白なのに、健康そうな」、申し分のない少年に成長している。

離陸を待つ間、彼は膝の上のコミック本をなおざりに眺め、だがその間ずっと、出てこない言葉をエヴァにぶつけていた。そのたびにエヴァが瞑想的な微笑を浮かべるので、彼は、その唇を一瞬見つめてから、微笑を返した。彼らのやり取りはどれもこうした真剣さで取り交わされ、二人とも同じだけ真剣だった。（一四七頁）

そう、ジェレミーは生まれつきの聾唖《ろうあ》者である。エヴァはアメリカ中を巡りあらゆる方策を試みてきたが、彼は言葉の習得に協力しないばかりか激しく抵抗した。「寄ってたかってさせようとすると、彼は腹を立てるの。動揺するのね。彼は自分なりのやり方で幸福にしていたいんでしょう」というわけで、ジェレミーは八歳にして未だ言葉を発することを知らない。八歳は母語習得の臨界年齢だとすると、彼はいま、人生いかに生きるかに関わる重要な岐路に立っているのだ。エヴァが二人だけの充足した世界を飛び立ち、初めてジェレミーをイギリスに連れ出したのは、母語の習得に欠かせない環境の中に彼をおくことで、何とか新しい道を拓こうとしたからであろう。エヴァ自身、父ウィリーと世界を転々としホテル暮らしが長かった結果、生涯、微妙な言語障害をきたしていることが作品の根底にある。ジェレミーの存在は、重層的な言葉の諸相、すなわちコミュニケーションの意味や相互理解に果たす言葉の可能・不可能性、「聞こえる」ということと「聞く」、「聞きわける」ことの乖離などについて、読者の思いを刺激してやまない。

一方、聞こえないジェレミーの見る目の鋭さは、ときに際立った異彩を放つ。空港から直行したラーキンズ荘再訪は、じっと見つめるジェレミーの視点から、彼と同じく居場所のないエヴァの孤独を遠近法で見つめ、悲劇の予兆ともいえる一幅の風景画となっている。

エヴァの後ろの車の中で、少年がこの約束された家、約束がかないそうな家に見とれていた――いかにも家らしく、杏のように赤く、どこから見ても四角くて、お伽の国の果樹園だった。彼はエヴァがのろのろと進むのを見ていた――なぜのろのろするの？――彼は、ドア・ベルが見つからない彼女がついにベルを一つ発見し、やっと押すのを見ていた。ジェレミーはドアが開くまで息を殺していた――ドアの中に頑丈そうな、困ったような女性が立っていて、ぴったりした明るい赤のドレスを着ていた。対話が続き、赤の女性のほうの断固とし

た、反駁できない首の振り方で話が区切られた。その間ずっとエヴァは、杖のように立っていた。（一四八頁）

エヴァがジェレミーに見せたかった家、「約束がかないそうな家」は、見ず知らずの人の手に渡り、赤信号のような女が二人を拒んでいる。では、家族の喧騒に溢れていた牧師館はどうだろう。二十歳になったヘンリーはケンブリッジ大学生となって家を離れ、長女カトリーナは医学療法士の資格をとってロンドンで下宿生活を始めようとしている。アンドルーはヘイリーベリー校に勝手に入学を決め、ヘンリーの「親友だった」妹のルイーズは、死んでしまった。ダンシー牧師は、牧師にあるまじき暴言を吐いて、思い通りにならない子どもたちへの鬱憤を晴らしている。ジェレミーは、「家庭」といってごまかしてきたものが解体する現場を目のあたりにすることになったのだ。ジェレミーが聾唖者であることに気づくと、ヘンリーの心にこみ上げてきた憐憫の情が、嫌悪の波になった。「君はカスをつかまされたんだ。もう金は返してもらえないよ。法律を守らなかったんだから」。エヴァには相変わらず残酷なヘンリーは、なぜか聞こえていないジェレミーの存在感に圧倒されている。

少年は、ときおり何気ない視線を顔から顔に投げ、話している人から次に話す人を見ていた。その様子は、たんに情報を得ているというよりも、この世のものならぬ洞察眼で見つめているようだった。少年は、障害があり、みなそれを思うと辛かったが、自分たちこそが、ある種の能力を欠いているのは自分たちのほうだ、という威圧感を彼らに感じさせた。（一五八頁）

ジェレミーのまなざしは、ヘンリーですら不安に陥れるのだ。それは、おそらく双方に兆し始めたライバル意識によって、否応なく意識させられたものではなかったろうか？　エヴァは認めている。「彼女の帰国は、ジェレミーの変わりやすいまなざしの中に男性の兆候を目にしたからだった。」（一八九頁）

風景をつらぬく銃声

「ここで私たちはハネムーンを過ごすはずだったのよ」。エヴァのこの言葉で始まった物語の最終章には、ふたたびこの言葉がタイトルとして掲げられている。エヴァの空想の舞台であった城は、八年後、現実の恋が繰り広げられる舞台となる。彼女の恋の相手は二十歳になったヘンリーである。ここから大団円へと一直線に進むプロットの展開は、ページを繰るのがもどかしいほどの迫力に満ちている。

序曲のように、ジェレミーに奇跡が起ころうとしていた。イギリスの「家庭」に見切りをつけて突然フランスへと居を移したエヴァとジェレミーは、フォンテーヌブローで地元の住民に知られた人物になっていた。住民たちは、城の公園で犬の散歩をさせながら、子どもを連れた若い女性を避けてはやり過ごしながら、毎回少しずつ近づいてきて、あなたたちはほぼ合格ですよとほのめかすことすらあった。挨拶が交わされ始め、やがて会話へと発展した。そうした会話の中で、あるヒントが提案され、ジェレミーは、ボナール医師夫妻に預けられることになったのだ。

エヴァはよもや自分がジェレミーを他人の世話にゆだねることになろうとは夢にも思わなかった。それだけではなかった。五月という月が進むにつれ、彼の唇がフランス語の単語を形にしようと、あるいは、形にしようと努力し始め、初めて彼はエヴァ以外の話し手の唇に合わせて、以前は拒否した、淡々とした正確で科学的な配慮に応じるようになった。彼はついに納得した――。(二一五頁)

いったい何がその誘因になり得たのだろう? どんな方法で「自分の枠を出る」という考えが彼に理解できたのか、あるいは、ひとりでに分かったのか? こうしたエヴァ自身の疑問を解くヒントの一つは、フォンテーヌブローの「ふつうの生活」にあるだろう。ここでは、二人は歴史を刻むコンクリートの建造物と対峙するのではなく、柔らかい街の光景の中に自然に溶けこみ、風景の一部となっている。ふつうの日常生活がジェレミーを沈静させ、安心させ、変化を促したのではなかったろうか。それはエヴァにとっては、習慣になっていたジェレミーとの意思疎通が壊れたことを意味していた。「彼と彼女の宇宙は終わりだった。それも崩れたのではなく、たんに終わったのだ。すでに過去のものだった。」(二一六頁)。ジェレミーが英語ではなく、フランス語を母語とするであろう予兆もまた、これまで一体であった母と子の双方からの自立を決定づけている。

「変わりゆく風景」の最後のシーンは、ふたたびロンドンはヴィクトリア駅である。結婚は躊躇しながらも、エヴァの花婿としてハネムーンに旅立つ一幕を演ずることを承諾したヘンリーと、ついに花嫁となるエヴァを祝福しようと、ヴィクトリア駅の八番線プラットフォームに、ほとんど全ての人物が集結している。よりを戻したらしいアーブル夫妻(イズーとエリック)、コンスタンティン、さらにエヴァの伯父、叔母という初登場の人物たちまで揃い、なぜかミスタ・デンジが映画監督助手のようにエキストラの間を縫って動きまわっている。

運よくできた小島のような空間に、エヴァがのっぽの蝋燭《ろうそく》のように立っていて、たまたま射した日光が全身を照らしていた――淡色のスーツの襟に花はなく、代わりにダイヤモンドの壮大なブローチが柔らかな輝きを放ち、彼女の顔に反映している。「母のものだったのよ。二人の結婚式の時に母が父からもらったの」（二六二頁）。物欲しげなイズーにエヴァは頬笑み、ダイヤモンドの上で燦然と輝いている。

ここでカメラは決定的な瞬間をとらえる。ゴールデンアロー号の客室の中、花婿役のヘンリーがエヴァの耳元でささやいた――「この列車からもう降りない」と。彼は突然、本物の花婿になると告白したのである。生まれてはじめて、エヴァの目から涙があふれた。

何かが起きた。戸惑いつつ、煌めいて、じわじわとあふれてきて、たゆたい、零れ落ちた。目からあふれ落ちたのは奔流ではなく、一つ、二つ、三つ。四つの涙のしずくだった。一粒、一粒、ためらいがちに、いまある場所に驚きつつ、ゆっくりとさまよってから落ちた。一番早かったのがダイヤモンドのブローチに落ちて、しぶきを上げる。「ほら、何かが私に起きているのよ！」エヴァは小躍りして喜んだ。（二六六―二六七頁）

この数分後、初めて愛を知ったエヴァの命は、あっけない終わりの時を迎える。ヴィクトリア駅に銃声が鳴り響き、エヴァは、ジェレミーと全ての人の眼前で、歓喜の人生の幕を引いたのである。

時は止まり、音は消え、ボウエンはいっさいの解説を拒み、最後の風景をそのまま投げ出している。静止画面が、脳裏に焼きつき、心が激しく揺さぶられる。この瞬間から、新しいストーリーが始まるのだ。そして、読者の数だけ異なる多種多様な解釈が生まれるのである。エヴァの歓喜の涙は、おそらく「ジェイン、ジェイン」と呼ぶロチェスターの幻の声や、『ダロウェイ夫人』の窓辺の老婦人の微笑のように、描かれた事実以上に、人生の真実を語り続けるだろう。

作者は徹底してヒロインの外観を描かず、いわんや内的独白や心象風景も皆無のまま、ただ最後の「涙の雫」で、エヴァの生きる歓びを伝えている。[8] 自らの欲望に忠実に生きる人物たちが織りなすプロットの展開は、ときに荒唐無稽、ときにメロドラマのようであり、めまぐるしく「変わりゆく風景」の中で、嘘と真実は幾重にも重なり合い、虚構と現実の境界は霞んでいる。エヴァの歓喜の涙は、生と死の境さえ峻別する必要があるのかと問いかけているようだ。[9] 生きるということとは？　死ぬということとは？——人類の始祖の名を冠したエヴァ・トラウトの未完成な存在そのものに、ボウエンは創作という限界ある営為の、無限の可能性を託したと言えるであろう。

注

（1）マーガレット・ドラブル『夏の鳥かご』(*A Summer Bird-Cage*, 1963)、アンジェラ・カーター『シャドウ・ダンス』(*Shadow Dance*, 1966)、フェイ・ウェルドン『太った女の冗談』(*A Fat Woman's Joke*, 1967)、バーニス・ルーベンス『いがみ合い』(*Set on Edge*, 1960) など、いずれも六〇年代に颯爽とデビューした女性作家の新しい息吹を伝える最初の作品である。現代女性作家研究会窪田憲子編『六〇年代・女が壊す』（イギリス女性作家の半世紀 第二巻、勁草書房、一九九九）参照。

（2）ベネットとロイルは、共著 *Elizabeth Bowen and the Dissolution of the Novel* 八章「激動」（一九九五）において「小説という形式の溶解を試みた先駆的な作品」とボウエンのユニークな語りの諸相を評価した。その後のエヴァ・トラウト論は、ほぼこの作品をボウエンの代表作の一つと位置付けている。

（3）Maud Ellmann, *Elizabeth Bowen :The Shadow Across the Page*, 二〇五頁。

（4）Elizabeth Bowen, *Eva Trout, or Changing Scenes*, Vintage Press, 1968, pp. 124–125.　以下、引用箇所は頁数のみを記す。日本語訳文はすべて太田良子訳『エヴァ・トラウト』（国書刊行会、二〇〇八）による。

（5）同性愛については、Neil Corcoran, *Elizabeth Bowen: The Forced Return*　一二六頁以下に詳しい。

（6）ヴァージニア・ウルフ『自分だけの部屋』（川本静子訳、みすず書房、一九九九）
（7）ボウエンが敬愛するヘンリー・ジェイムズの初期の集大成『ある婦人の肖像』（一八八一）四二章の有名な瞑想の場面。
（8）この点に関してEllmannの論考は示唆に富む。Ellmann,『前掲書』第七章二〇三―二一五頁参照。
（9）Jessica Gildersleeve, *Elizabeth Bowen and the Writing of Trauma: The Ethics of Survival*, 第九章、一七一頁参照。

II

ノンフィクションおよび短編

第十一章『ボウエンズ・コート』

アングロ・アイリッシュ一族の年代記
――失われた館への慈しみを込めて――

木梨　由利

深化した過去への意識

ボウエンズ・コートのような家はない。（中略）ボウエンズ・コートは恍惚とさせる。（中略）ボウエンズ・コートは、不思議な、時間を超越した空気の中に立っている。それは、ボウエン家の最初の土地に立っている。[1]

これは、エリザベス・ボウエン（Elizabeth Bowen, 1899–1973）の『ボウエンズ・コート』(*Bowen's Court*, 1942) の中の一節である。「ボウエンズ・コート」(Bowen's Court) は、著者ボウエンの五代前の先祖がアイルランドのコーク州 (County Cork) に建てた広大な屋敷――いわゆるビッグ・ハウス (Big House) ――の名前である。彼女が生まれた時（一八九九年）には、ダブリンで弁護士をしていた父のヘンリー六世 (Henry VI, 1862–1930) の所有になっていて、一家はヘンリーの夏の休暇にはここに住むのが常であった。[2] 一九三〇年には、父の死によって、一人娘である著者自身が相続した。

ボウエンが、自著の中でこの屋敷のことを振り返るのは初めてではなく、『最後の九月』(*The Last September*, 1929) で、主人公のロイスが住む邸宅、ダニエルズタウン (Danielstown) は、この屋敷をモデルとしている。しかし、屋敷の名前そのものを表題とした新たな著作は、新天地で土地を得て、そこに館を建て、刻苦勉励して守ってきた祖先たちそれぞれの人生や、彼らの運命を左右したアイルランドの政治的・社会的状況などを丹念に辿った一大記録であって、歴史書として分類されている。

一九三九年の初夏に執筆を開始、同年九月には第二次世界大戦が勃発している。執筆の動機と戦争には無論直接の関係はない。九月の時点で最初の二章は完成していたし、戦争が始まっても、書きだした時の価値観はそのままであったともいう。しかし、屋敷を遠く離れたロンドンで執筆を続ける間も、破壊の脅威に晒されることによって、「歴史的な過去と同様、個人的な過去も、以前より大きな意味を持つようになった。過去は意味を獲得し、いたずらに謎めいてみえることはなくなった」(「あとがき」四五四頁)という。戦火は、幸い、アイルランドに立つボウエンズ・コートにまで迫ることはなく、その屋敷は、ボウエンにとって、「平和のイメージ」として、戦時を耐え抜くための心の支えとなり続けた(「あとがき」四五七頁)。

従って、『ボウエンズ・コート』は、夏の住居として愛した屋敷の優しい思い出の記録などでは決してない。それは、人の生き死に直面する極限的な状況の中でこそ生まれた、鋭い歴史認識を秘めていると考えられる。とは言え、その書は、作家としての背景や思想などを探るための、二次資料としてだけ重要なわけではないし、歴史の専門書にありがちな、堅苦しい筆致で書かれているわけでもない。むしろ、深い洞察力と豊かな想像力を思わせるような、読者が思わず惹き付けられてしまうような、文学書としての魅力を合わせ持っている。イングランド、あるいはアイルランドの多くの作家の影響も指摘され、イギリスの文学の伝統の中に位置づけられるべき、重要な書物と言えるであろう。

本章では、「ボウエンズ・コート」という屋敷のありようと祖先たちの生き方を眺め、その上で文学書としての魅力に言及する。

ボウエンズ・コートの内と外

ボウエンズ・コートは、アイルランド南部のコーク州に位置している。北東部の主要な町、ミッチェルズタウン (Mithchelstown) の南西数マイルの、キルドラリー (Kildorrery) の村を抜けて、山間部へとそれる道の突き当りにその屋敷はある。山や丘に囲まれて、その他の家や人の営みから完全に孤立して立つ四角い建物が、ボウエンズ・コートの館である。名前の由来は単純で、まさにその形によるものだという。

この館が完成したのは、一七七五年。建てたのは、ヘンリー・コール・ボウエン (Henry Cole Bowen)、いわゆるヘンリー三世 (Henry III, 1723–88) で、エリザベスから五世代遡る。ボウエン家とアイルランドとの縁は、十七世紀半ば、イングランドから侵攻してきたクロムウェルの軍隊に、ウェールズ出身のヘンリー・ボウエン (Henry Bowen, ?–1659)、別称ボウエン大佐 (Colonel Bowen) が参加していたのが始まりであった。彼は、遠征の報酬として、一六五三年に土地を与えられ、アングロ・アイリッシュとして、ここに定住することになる。ただし、この館ができるまでには、彼の世代から数えて四世代、百年以上を要することになるわけであるが。

館は、イタリア様式の、高さのある建物で、付近の採石場からもってこられた石灰岩でできていて、その外壁は、まるで生き物のように、天候によって色を変えるという。

好天の時には石灰岩は、暖かい、白っぽい粉をまぶしたような光沢を帯びる。欄干が明るい青空に映えて、まるでイタリアの建物のように見える。しつこい雨の後では石に濃い青みを帯びた灰色の染みができて、不規則な黒い筋が現れる。そして、やがて、家は、黒い、雨に濡れた背後の木々の間に滲んだように見えなくなってしまう。寒い日の薄闇の中、あるいは、暖かい日の薄暗がりの中では、鋼色になるか、薄紫色になる。いっぱいの月の光の中では、銀めっきを施した白亜のようにキラキラ輝く。（二一二頁）

蔦が這うこともないむき出しの外壁は、窓によって、規則的に区切られる。その窓の数は、館の壮大さを示し、かつ独特な雰囲気を醸し出す。沢山の窓が光を反射するため、「早朝や夕方、太陽の位置が低い時、外から見ると、館は、篩の穴のような小さな光で満ち満ちているように見える（二一二頁）。

三階建ての建物の内部にある部屋は、広々として、なお奥まで見通せる部屋ばかりである。とりわけ、舞踏室になるはずだった、「ロングルーム」(Long Room) と呼ばれる部屋は、家の前面から裏面までをぶち抜きで作られていて、がらんとしているにもかかわらず、館の「核」であり、長く留守にした後で帰宅を実感させるのはこの部屋であるという。他にも、「外の天気の光や色やにおいまでをも取り込みながら、それでも室内そのもので、都会風で眠気を誘うような」居間、一族の肖像画が壁にかけられ、夜には、テーブルの上のろうそくの光が、ガラスのドアに反射するホール、夕方の残光が差し込んで、暖炉で薪の火がはじける、居心地のいい図書室など、魅力ある部屋が館に収まっている。

そして、その周りを豊かな自然が取り囲んでいる。針葉樹や桜の木が植えられた草地、ライムやブナの並木道、窓の下の柘植の生け垣や、深くはない森の中を、列をなすように植えられた月桂樹の木々など――。少し離れた庭園には、果樹や野菜が実り、季節ごとにさまざまな花が咲き誇り、一つのまとまった世界を作っている。野鳥もまた豊富で、森には大群のミヤマガラスが生息し、季節や時間によって、カモメやサギが邸内の草地に飛来したり、フクロウが窓から飛び込んで来たりもする。

アングロ・アイリッシュが権勢を誇った時代に建てられた、典型的なビッグ・ハウスの一つである、この屋敷は、厩も農園も、すべてをその領内に備えていて、いわば、「独立した島、一つの世界」（一九頁）ともいえるのである。

この館は著者のお気に入りで、イングランドを中心に活躍している時代は、夏の館として利用し、また夫が退職した後の七年間は、年間を通じて居住するようになった。来客をもてなすことの好きな彼女は、ここに、ヴァージニア・ウルフやアイリス・マードックなど、文壇の著名人も大勢招待している。(3)

しかし、残念ながら、屋敷はもう残ってはいない。維持費の高騰には対処しきれず、一九五九年に屋敷は人手に渡り、結局解体されてしまったのである。一九六三年に『ボウエンズ・コート』の再版が決まった時、館の内外の詳細な記述を削除しなかったのは、屋敷への愛着の深さによるものなのである。

ボウエンズ・コートの「誕生」と「成長」

ボウエンズ・コートが建つのは、ファラヒー (Farahy) と呼ばれるようになる土地で、山間部や沼地を除いても、七百五十エーカー（約三・〇四平方キロメートル）になる、広大さであった。出身地のウェールズにも地所を持ちながら、新たな土地を求めてアイルランドに来たボウエン大佐は、熱心に土地を管理するが、家族を呼び寄せて「家庭」を作ろうとなどとはせず、隙間風の入る半分廃墟になった城に住んだ。父親同様遠征に参加していた長男のジョン (John, ?-1718) が途中で合流するが、結婚後は、舅であるニコルズ大尉 (Captain Nicholls) が所有するキルボ

レーン城 (Castle Kilbolane) の一角に住み、妻の死後そこを出た後も、家らしい家に住んだ様子はない。

「自分の家」を最初に建てたのは、その息子ジョン二世 (John II, ?–1720) であるが、「キルボレーン・ハウス」(Kilbolane House) と呼ばれるその家は、祖父、つまりニコルズ大尉が所有する敷地にあり、さらにその息子のヘンリー二世 (Henry II, ?–1722) も、生家を離れることなく、若くして亡くなった。

「自分が住むべき場所」として、ファラヒーに興味を持った最初の人物はヘンリー三世 (Henry III, 1723–88) であった。両親が早く死去したため、彼はキルボレーン・ハウスの祖母のもとで育てられる。三人の後見人の一人は、法学博士のルエリン・ナッシュで、ファラヒーの借地人でもあり、少年との交流を楽しみ、「この将来性のある被後見人を励ましたり、導いたりした」。「ファラヒーでナッシュ家の人々と過ごした幸せな日々のせいで、ヘンリーが、もとの土地に戻りたく思ったのかもしれない」と、著者は推測する（二二一―二二二頁）。[4] ただ、ヘンリーが実際にファラヒーに住み始めるのはずっと後のことである。二人の祖父から三箇所の地所を譲り受けた彼は、裕福で、人好きのする外見をもち、社交的であった。「自分の家で客をもてなしたい」と思い始めた一七五〇年頃、近隣の町、マロー (Mallow) で、アナベラ (Annabella) と名付けられた家を借りて、ボウエンズ・コートへ移るまで、そこで四半世紀を過ごしている。

一七六〇年、彼が十二歳下の従妹と結婚した時、彼には、ボウエン家の財産を自分とその嗣子で守りたいという思いと同時に、「家庭」が欲しいという思いがあった。一方、この時期は、キルボレーン城の西の塔の所有権をめぐる裁判が進行中で、莫大な費用を投入しながら、六四年に敗訴が決定する。この時の無念さは、ボウエンズ・コートの建築を決断させる大きな要因となったに違いない。

この時期は、アイルランドの改革に意欲的なジョージ三世が即位し、また、イングランドから移住してきて、

「自分の庭の中で遊んでいて、時々柵越しに石を投げる子どものようだった」アングロ・アイリッシュたちが、「自分たちを、アングロ・アイリッシュという民族であると自覚し出した時期」（一五八頁）でもあった。

ボウエンズ・コートを建てるという決意は、大きな決断がなされるときの常で、少しずつ固められていった。その決断をさせるもとになったものは二つあった。一つは、記念碑を建てたいという、頭の中に生まれた願望であり、もう一つは、自分自身が所有する土地に住みたいという心の中の願望であった。結婚と共に、彼は成熟してきていた。アングロ・アイリッシュの成長を最も感じたのもちょうどその頃だった。若きヘンリー・ボウエンとしての自分が及ぼす影響に関する感覚は大きくなって、何かもっと気高く、厳しいものになった。彼のマローでの遊びの時代々は終わった。彼の子どもが生まれようとしていた。過去から受け継がれた生命が、彼の中を通って、未来に向かおうとしていて、彼はそのために、価値のある道筋を作ることを決意した。

（一六六―一六七頁）

ボウエンズ・コートは、建築費の不足により、結局一部未完成なままで終わるのであるが、工事が終了した一七七五年は、「自分たちの土地に自分たちの家が建った」記念すべき年であった。「北東の角の未完成な部分を完成してくれる」と、父から期待されていた長男、ヘンリー四世（Henry IV, 1762–1837）は、マロー以遠には行くことがなかった父とは違って、オックスフォードで学んだ。アイルランドの田舎に住むことを嫌い、後年はバースに移り、その地で死んだ。彼が不在の間、屋敷はその弟のロバート（Robert, 1769–1827）の献身的な努力によって守られるが、ボウエンズ・コートが、拡大されるのは、その孫のロバート・ボウエン(1830–88)の代になってからである。

トリニティ・カレッジ卒業後、土地の管理に取り組んだロバートは、知力、体力、行動力いずれにおいても優れていたようで、「徒歩や馬で忙しく動いていない時はほとんどなく、所有地で、良く知らない土地は一ヤードもなかった」という。彼は、家の裏に建て増ししたウィングに執務室を作り、小作料や賃金の受け渡しもそこで行った。未完成だった北東の隅には、食器室や下男の部屋が入った差し掛け小屋を作ったが、中でも画期的だったのは、水の供給をする搭が作られたことであった(三二二頁)。彼はさらに、館の外でも、農園を改善し、防風林を作り、村へ通じる新しい馬車道を作るなどさまざまな改革を行った。

彼の祖父のヘンリー三世も、堂々として、王族の家柄の出である母に似て華があったとされるが、ロバートは、ヘンリー三世以上に愛想がよくて、自信にあふれていた。著者はの次の言葉は、威圧感ともいうべき圧倒的な力を感じさせる。

大勢の人が彼を好きで敬愛していた――あるいは、少なくとも、彼には、人々が彼を好きで敬愛しているかのように「振る舞わねばならなくさせる」何かがあったのは明らかである。彼の気性による熱っぽさと力には、文字通り、何か魅力的なものがあったのに違いない。彼のそばに味方や仲間や客がいないということは決してなかった。(二九二頁)

ボウエンズ・コートに射す光と影

『ボウエンズ・コート』には、きらめくカットグラスのランプの光のもと、湯気のたつ料理が次々に供される華やかな晩餐会の場面がある（三四五頁）。ロバートの時代、かなり頻繁に晩餐会が催された様子で、一八七六年に書かれたとされる日記には、親戚や友人が滞在して、「客間が空室だったことはめったにない」ことが記されている（三四四頁）。

しかしながら、見かけが華やかではあっても、ボウエン一族がずっと平穏無事であったわけでは決してなかった。一つの理由として、彼らは常に訴訟問題に悩まされていた。最初の裁判は、ヘンリー二世の時代、ニコルズ大尉がボウエン一族の財産を着服し、隠したのではないかという疑いから始まったものであるが、キルボレーンをめぐる訴訟は、十九世紀まで繰り返された。一族の、財産に関する、いわば強迫観念について、著者は次のように述べる。

　事実、キルボレーンへの執念の根っこには、このニコルズへの強迫観念があって、何世代にもわたってボウエン一族を支配し、人生の見方のバランスを失わせ、訴訟をすることによって莫大なお金を失わせ続けた。そもそも、宝物がどれだけあったのか、（中略）私たちにはわからない。（中略）失われてからの時間が長ければ長いほど、それだけ、想像上の分け前は大きくなって見えるものである。ボウエン一族には、事実を避けたり、その前で躊躇したりして、結局は自身が夢想で苦しむことになるという傾向があった。（一〇〇頁）

度重なる訴訟は、当然、経済的にも一族を苦しめていた。

政治的・社会的にも、この時期には、アングロ・アイリッシュは、十八世紀に誇った栄光を失いかけていた。イギリスの支配のもと、プロテスタントの富裕な地主とカトリックの貧しい小作人という経済的格差が生まれていたアイルランドで、十八世紀後半、ヘンリー・グラタンは、イギリスとの貿易不均衡の改善やアイルランド議会の尊重を訴え、事実上立法権を回復させるなど、アイルランド議会の地位を回復させることに成功してはいた。その後、一八〇〇年にはグレートブリテンとアイルランドの両議会で連合法が可決され、翌年、アイルランドはイギリスに併合された。その後、ダニエル・オコンネルらの尽力によって、一八二九年には、カトリック教徒解放法が定められるなど、アイルラド人たちの地位向上のための努力の幾分かは実を結んだが、実質上は、アイルランドがイギリスの植民地であることに変わりはなかった。

一八四五年から四九年にかけては、ジャガイモの病害に端を発する大飢饉で、約百万の人が命を落とし、アメリカ合衆国などへの移住もあって、当初八百万人を超えた人口は半世紀のうちに四百万人台にまで減少した。アイルランドの独立を叫ぶナショナリストたちの反乱も少なくなく、こうした状況を受けて、十九世紀の後半には、イギリス政府は、アイルランドへの自治権付与を検討するようになった。ロバートが繁栄しているように見えるのは、実は、ロバートたち、アイルランドのイギリスへの帰属を求める、プロテスタント中心のユニオニストたちの力が弱くなっていた時代なのである。

貧困にあえぐ人々が溢れた社会では、政治的な背景のない襲撃や強奪も恐らく珍しいことではなかったであろう。ボウエンズ・コート自体もそのような事件に巻き込まれている。一七九八年、ナショナリストたちによる蜂起が失敗に終わった直後のことで、ビッグ・ハウスは格好の的であったかも知れない。ボウエン家襲撃の計画が、ヘンリー四世と懇意にしていた牧師の下男の耳に入ったため、襲撃に備える時間があり、屋敷は難を免れた。しかし、「堅実と高潔の館」、「勤勉と秩序を表す記念碑」が攻撃の対象となったこと、「あらゆる種類の友人に開かれるために建てられた屋敷が、敵をはねつけねばならなかったこと」は、ボウエン家の人々の胸に苦い思いを残したのである（二一六—二一九頁）。

その後、ヘンリー五世 (Henry V, 1808–41) の、三十代初めでの早い死を乗り越え、既述のロバートの時代に至るわけであるが、そのロバートの精神を狂わせる事件は、同時にボウエンズ・コートにとっても、かつて経験したことのない危機であったと言えよう。

社交的で活動的な地主であったロバートとは対照的に、その長男のヘンリー六世 (Henry VI, 1862–1930) つまり、エリザベスの父は、内省的で、知識の探究を大きな喜びとし、法廷弁護士を志す。しかし知識そのものよりも成功を求めるロバートにとっては、これは、「裏切り」（三七五頁）としか思えなかった。ヘンリーにも、屋敷への愛着も責任感もあったけれども、屋敷の管理が彼の最大の関心事ではなかったし、義務と思ってもいなかった。ボウエンズ・コートを守り、発展させることがロバートにとって生涯を懸ける仕事であったのに対し、ヘンリーは、屋敷を、「ロバートの自己中心主義という漆喰《しっくい》でつなぎ合わされた建物」（三七六頁）と見なしていたのである。激怒したロバートは、ヘンリーに相続させるつもりだった森林地の樹木を片っ端から切り倒す。

ロバートが死去し、ボウエンズ・コートを相続したヘンリーは、最初は仕事の場であるダブリンと実家の間を往復するが、やがて、ダブリンで、「家庭」を持つことを余儀なくされる。出費を押さえるために、ボウエンズ・コートの家具の一部がダブリンに送られる。この時は、実は、ボウエンズ・コートにとって、大きな転換点であった。

ヘンリーとフロレンスのダブリン行きによって、ボウエンズ・コートは、家具よりもはるかに多くのものを失うことになった。ヘンリー三世が初めてこの家に家族を住まわせた時からずっと人が住み続けていたその流れが、今途切れたのである。フロレンスとヘンリーがダブリンに住んでいる間、ボウエンズ・コートには誰も住んでいなかった。全く誰一人として。（中略）ボウエンズ・コートは、本質的には、家族のための家であった。一七七六年以来、それは家族の団欒の象徴であり、魅力的な理念であり、何世代にもわたる人々の強烈な人生の中心だったのである。（四〇三頁）

一方、アイルランドの自治をめぐる問題は依然として解決せず、一九一六年にはダブリンで、共和主義者による「イースター蜂起」が起き（四三八頁）、地方でも、武装したアイルランド人とイギリス軍との間の果てしのない衝突が続いていた。一九二一年には、ボウエンズ・コートの近所のビッグ・ハウスが、一晩で三軒焼き討ちにあうという事件が起きている。『最後の九月』のダニエルズタウンが炎上するのとは異なって、ボウエンズ・コートは、最悪の事態は免れた。翌年、共和派に地雷を仕掛けられた時も、大きな被害は免れたものの、館はまさに、アイルランドの動乱の時代をかろうじて生き延びたのであった。

物語としての『ボウエンズ・コート』

『ボウエンズ・コート』は、十七世紀半ば以来、イングランドによる植民地化に苦しんだアイルランドが、一九二一年に、（北部の州を除くものの）一応の独立をかちとるまでの国家の歴史、とりわけ、コーク州の歴史であると言える。著者は、イギリス政府によるアイルランドに対する政策や、アイルランド人による反乱など、アイルランド全体に関わる政治的、社会的状況を説明するとともに、アーサー・ヤング（Arthur Young）の『アイルランド旅行記』（*A Tour in Ireland*, 1780）や、コークの歴史家スミス博士（Dr. Smith）の記述、あるいは、地元の新聞記事の一節などを引用（二一八頁）しながら、当時の町や人々の様子を鮮やかに描写する。この作品は、その地に大きな関わりをもった著者なればこそ書くことができた貴重な地方史なのである。

しかしながら、著者ボウエンは、一般的な歴史を書くことを第一の目的としているわけではない。「これは歴史の本ではない。だから、私はボウエン家の人々が群がる場面に戻ろう」（二一九頁）とか、それに類した表現が繰り返し示すように、この書物は、ボウエン家の祖先たちの、約二百五十年に及ぶ年代記であるともいえる。一時は支配層として権勢を誇りながら、やがては少数派になってしまう、アングロ・アイリッシュと呼ばれる人々の栄枯盛衰を、著者は、さまざまな社会的事象を挟み込みながら辿っていく。

そして、その衰退には、ボウエン一族の側にも、非がないわけではないことを、著者は鋭く指摘する。彼らは、アイルランドに暮らしながら、アングロ・アイリッシュが構成する狭い世界に留まって、自分からアイルランドやアイルランド人を理解しようとしなかったと、彼女は冷静に、客観的に分析する。

彼らは基本的には、イングランドを経由してアイルランドの土地を手に入れたウェールズ人の一族のままであり続けた。この「土地」（彼らの土地）に対して、彼らの大きな絆は存在していた。（中略）彼らは、自分たちの階層について標準とされている意見を持つジェントリーであって、その意見の中にはプロテスタンティズムがあり、国王への忠誠心が際立っていた。（中略）彼らは、一七八二年（アイルランドの自治議会が機能した年──現筆者注）にしたよりも、もっと積極的に前に出ることもできたし、また、すべきであった。（中略）その後、アイルランドは、彼らの所有地の境界の外で、どんな機会も役割も差出しはしなかった。そして――残念なことに――、彼らもそういったものを自分から作り出したり見つけ出したりしようとはしなかった。（二七七頁）

とは言え、著者は、一族の至らぬところを責めてばかりいるわけでは決してない。ヘンリー四世のような例外もいるにせよ、彼らの殆どが、勤勉で、伝統や生活倫理を重んじる一族であり、地主としての義務もわきまえていたことを、さまざまなエピソードで示している。ヘンリー四世のために身を粉にして働いたロバートの息子のヘンリー五世は、「父のモラリティへの共感」のため（二八四頁）自分自身の夢の実現をあきらめ、二十歳という若さで父の後を継ぐ。治安判事として精力的に近隣を回り、やがて新しい道路の建設事業に着手し、そして、いわば、その事業のために、自らの命を落とす。[5] 彼の妻は、大飢饉の時に、食べ物を求めて館に来る飢えた人々のために、疲れた体に鞭打って、スープを作り続けた（三〇八頁）。彼らの息子のロバートは、自分にも小作人にも厳しい地主であったが、「土地を絞る以上に人を絞る」ことはせず（三六四頁）、その妻は、地代を払えず怯えながら空手でやってくる小作人たちの手に、自分のポケットから出たお金をそっと滑り込ませる優しさを持っていた（三六三―三六四頁）。一九二一年、ボウエンズ・コートが焼き討ちを免れたのは、所有者のヘンリー六世の人徳によるという話を、著者が信じたとしても、決して身びいきのせいとは言えないだろう。

ところで、この、「明らかに『歴史的でない』人々」（四五二頁）の物語を、著者は何を元に仕上げているのか。「直観」と言う言葉を、著者は用いている。書簡や日記は当然のこと、遺言状や訴訟の記録に到るまで、入手できた記録や、聞き取り調査で得た話など、自分が知っていることで、枠組みを作り、直感で色付けをしていったというのである（四五二頁）。従って、作品には、時として、断定を避ける表現と共に、著者の想像の世界が展開される。

そして、そうした場面が、それぞれ、興味深い「物語」として読めることが多い。例えば、ボウエン大佐が、長男のジョンと、カトリックのキューシン（Cushin）家の娘との逢引を想像する場面（七七頁）や、大家族の中で新婚生活を送るヘンリー二世とジェイン・コール（Jane Cole）の「蝋燭《ろうそく》越しの目配せ」の場面（二一七頁）などは、それだけで一編の物語になりそうな、ロマンスの趣を持っている。ニコルズ大尉が隠したとされる宝物に関わる描写には、ミステリーやサスペンスの要素があり、戦闘の場面には、アクション映画を思わせるような迫真性がある。ストーリー性に富み、かつ、登場人物の心理を克明に追っていく、ボウエンの小説に見られるような要素が、『ボウエンズ・コート』でも随所に溢れているのである。

その背景には、膨大な文学作品の宝庫がある。著者自身が作品の中で言及しているマライア・エッジワース（Maria Edgeworth, 1767–1849）を初めとして、レ・ファニュ（Le Fanu, 1814–73）の『アンクル・サイラス』（*Uncle Silas*, 1864）、アイルランドの作家のチームである「サマヴィル・アンド・ロス」（'Somerville and Ross'）の『インヴァーのビッグ・ハウス』（*The Big House of Inver*, 1925）や、レイディ・グレゴリー（Lady Gregory, 1852–1932）の、一九二〇年代の『日記』（*Journals*）などの影響をハーマイオニー・リーは指摘している。また、アンソニー・トロロープの小説群もそれらに連なるものとして数えられる。(6) アイルランドの作家ばかりではない。ジェイン・オースティン、フロベール、ヘンリー・ジェイムズ、E・M・フォスターや、ヴァージニア・ウルフなども挙げられる。つまり、ボウエンのいう「直観」は、そうした作家や作品と接することで鍛えられたものなのである。

永遠のボウエンズ・コート

『ボウエンズ・コート』は、祖先の失敗を冷静に見つめ、なお、その一方で彼らが自分たちなりの規範を持って誠実に生きてきたことを評価しようとする。そのようなボウエンのスタンスを、リーは、次のように総括する。

ボウエンは、合理的な保守主義者で、財産は、道徳的な見地から有益であり、社会にとってよい行為は、壮大な理想の表現であるとの、十八世紀のアングロ・アイリッシュの理想を継承しているのである。彼女の主張は、「(ビッグ・ハウスの) 建築者」は、力への衝動を、様式の概念に向け、そのことが、その後、彼らに規範を与え、彼らがより良く振る舞うように仕向けたかもしれないというものである。(「序論」p. xiv)

人生の半ばはイギリスで生活し、ずっとアイルランドにいたわけではないボウエンに、アイルランドの現実がどれほど正確に見えていたのかと問う人もあるかもしれないが、離れていたからこそ見えていたものもあるに違いない。「小説家であり、一族の最後の一人であって、部分的にせよ、家を離れて生活し、ついには、その家を、避けられない運命にゆだねたボウエンこそが、アイルランドにおける祖先たちと歴史との関係を診断するのにふさわしい」とリーは述べるが (「序論」p. xi)、その言葉には大いに説得力がある。

『ボウエンズ・コート』は、歴史書であると同時に、ボウエンズ・コートをめぐる人々と、その人たちの人生に影響を与え、まるで「生きて支配しているとも見えるような屋敷」[7]の物語とみることができる。そして、また、リーが示唆するように (『評価』三四—三五頁)、彼女の他の作品との関係、また、アイルランドの文学作品との関係において、興味深い問題を提示してくれてもいる。

既述したように、屋敷がすでに取り壊された後も、ボウエンは、現在形で書かれた第一章を削除したりはしなかった。その理由として、彼女は、ボウエンズ・コートの不滅性に触れ、「私がそれを過去のものにしてしまう理由がわからなかったと言うしかない」と述べている（「あとがき」四五九頁）。彼女は言う。

私がボウエンズ・コートのことを思う時、それは存在している。そして、屋敷を知っていた人々が思う時、やはり、それは存在している。（「あとがき」四五九頁）

屋敷を知っていた人ばかりではない。これまで知らなかった読者たちもまた、この作品を通して、三百年近く存在し続けた屋敷のことや、そこに住んだ個性豊かな人々の生き方や思いについて、目を開かされたというべきであろう。

かつて、シェイクスピアは、自分を魅了した貴公子の美を、ソネットに歌うことで不滅のものにしようとした。『ソネット集』(*The Sonnets*, 1709) の十八番で、「人が息をし、見ることが出来る限り、自分の詩は生き、その詩があなたに命を与える」と、詩人は歌う。このソネットの中の貴公子のように、今はなきボウエンズ・コートも、それを直接知る人、知らぬ人、それぞれの読者の胸の中で生きていく。そして、『ボウエンズ・コート』という作品も、英語で書かれた夥しい数の文学作品の中で、永続的な地位を保っていくと思われるのである。

注

（1）Elizabeth Bowen, *Bowen's Court* (New York: The Ecco Press, 1979)、p. 108. ただし、一部を略した関係で、以下、同書からの引用は本文中に頁数のみを記す。また、後年付されたあとがきは、「あとがき」と記した後、頁数を示す。

（2）ここでいう「常であった」というのは、あくまで、著者が七歳の時、ヘンリーの病気のため、母とイングランドに行くまでの時期でのことを指している。

（3）Noreen Doody, "Elizabeth Bowen: A Short Biography," *Elizabeh Bowen*, ed. *Eibhear Walshe* (Dublin: Irish Academic Press, 2009), pp. 8–9. Renée C. Hoogland, *Elizabeh Bowen: A Reputation in Writing* (New York: New York University Press, 1994), p. 11. なお、ウルフは書簡や日記でもボウエンズ・コートでの滞在について触れている。Virginia Woolf, *The Sickle Side of the Moon*, ed. Nigel Nichols (*The Letters of Virginia Woolf*. Vol. V) (London: Hogarth Press, 1994), p. 298 (Monday 30, April, 1934). Anne Oliver Bell, ed., *The Diary of Virginia Woolf*. Vol 4. 1931–35 (London: Penguin Books, 1987) pp. 209–210.

（4）もっとも、両者の幸せな関係は最後までは続かず、後に、ナッシュ家でのヘンリーの滞在時の費用をめぐる争いは法廷にまで持ち出された（一四八頁）。

（5）ヘンリー四世は、道路建設に情熱を抱くあまり、毎日、天候に関わりなく、工事の視察にでかけ、冷たい雨に打たれたのがもとで、早逝する。

（6）アイルランド文学からの影響については、下記の二冊に詳しい解説がある。Hermione Lee, *Elizabeth Bowen: An Estimation* (London: Vision Press Limited, 1981), pp. 21–23.（以後、本書からの引用の際には、本文中に『評価』と記す。）Hermione Lee, "Introduction" to *Bowen's Court & Seven Winters* (London: Vintage, 1999), pp. viii–ix. なお、（以後、本書からの引用の際には、本文中に「序論」と記す。）

（7）Maud Ellmann は、「『ボウエンズ・コート』の主人公は家で、家が人を支配している」との見方をする。Maud Ellmann, *Elizabeth Bowen: The Shadow Across the Page* (Edinburgh: Edinburgh University Press, 2003), p. 50. 場所や家による支配と言う考え方は、ボウエンの他の作品とも共通するものと思われる。

第十二章 『ローマのひととき』

謎にみちた旅行記
――喪失と再生のあいだ――

高橋　哲雄

見えにくい謎――ローマの旅

『ローマのひととき』(*A Time in Rome*, 1959) はエリザベス・ボウエン (Elizabeth Bowen, 1899–1973) の残した唯一の旅行記である。(1)

彼女にはすでにその声名を高めた『最後の九月』(*The Last September*, 1929)、『パリの家』(*The House in Paris*, 1935)、『日ざかり』(*The Heat of the Day*, 1949)、いちばん新しいところで『愛の世界』(*A World of Love*, 1955) を含め八冊の長編小説と六冊の短編集があり、アングロ・アイリッシュ文学の掉尾を飾る作家として揺るぎのない地位を固めていた。その一方で、七年前の一九五二年には夫のアラン・キャメロンを失い、さらに同じ一九五九年には、彼女が三十年近くも当主であり百八十三年にわたって一族の本拠でありつづけたボウエンズ・コートを人手に渡すという不幸が続いた。作品のうえでも『愛の世界』から次の長編『リトル・ガールズ』(*The Little Girls*, 1964) まで、長編作家としては九年の長い空白があった。そうした「危機」ともいえる時期に生まれた唯一の書下ろし本がこの旅行記なのでる。

しかし、この本はこれまで論じられることがごく稀であった。旅行記ということで軽く見られたからかもしれない。また発表当時のイーヴリン・ウォーの酷評に垣間見えるように、高い評価が得られなかったからかもしれない。ウォーは、ジョン・ベッチマンらと並べてボウエンを「(老障害騎手にとっては)不成績の年で、落馬してレースから外れた。ナンシー・ミットフォードは辛うじて鞍にしがみついている」と日記に記した。伝記作家のヴィクトリア・グレンディニングは「今度はウォーの予想はハズレだった」と裁定したものの、当時の評判については「誰しもを納得させたとは言えなかった」とする。(2)

問題は作品の性格のつかみにくさにあった。エヴァ・ウォルシュは、本書についての初の本格的な連作論文の冒頭で「ボウエンのすべての作品中もっとも謎にみちたもの」(most puzzling)と言い、ハーマイオニ・リーは「成功したガイドブックとしてはあまりに個人的で、歴史研究としては印象記ふうにすぎる」と言い「気まぐれで気まま」(fanciful and indulgent)とも評す。パトリシア・クレイグは「ボウエンの想像力はいつもの鋭敏さでは働いていない。にもかかわらず『ローマのひととき』は個人的観察や印象の、完全に信頼できる興味深い集成である」とする。そしてグレンディニングも、この本は「人生、宗教、愛、そして愛の政治学についての個人的評釈に充ちている」とした。(3)

彼らの評言を集約すると、ガイドブックと言うよりは個人的な印象記、あるいは意見や感想の部分の多い旅のエッセイといった性格が浮かんでくる。ボウエン自身は本書のあちこちで、ガイドブックを書くつもりはない、人さまの役に立つことはできないからとつぶやき、では印象記かと聞かれて答えず、分類不能と自称し、ガイドブックの脚注とまでもいかぬ欄外のなぐり書きのようなものという言い方をしている。

このとらえにくさは、実は本書のほぼ全編がローマにかこつけた寓話(allegory)として構成されているからではないかと私は思っているのだが、そうしたスタイルの本を、生涯のこの段階で書くことになったのはなぜか。そもそも何のために書かれたのか。なぜローマなのか。まずはその成り立ちを探ることから始めたい。

成り立ち――二つの喪失

本書の執筆が思い立たれたのは、グレンディニングによれば、刊行の六年前一九五三年四月のローマ滞在中のこととされる。戦前ボウエンは毎春きまったようにイタリアを訪れていたが、この十七年ぶりのブリティッシュ・カウンシルの招待によるローマ訪問は格別に心に響くものがあったようで、彼女はこのとき「セラピ」としてローマについて書こうと決めた。その前年に夫アラン・キャメロンを失い、そのショックから創作に集中できず、ほかに没頭できる対象を求めていたという。実際にはその間に『愛の世界』をはさんでいるが、以来彼女は毎年のようにローマを訪れ、それこそが「最大のセラピ」であったとグレンディニングは言う。ローマには多数の友人が待っていて、ボウエンは昼間には仕事に励み、「幸せで美しい夕」をさまざまの仲間と過ごした。『ひととき』は一見、二月初旬からイースター明けの四月下旬までの一回の旅の収穫のように読めるのだが、実はこれらの旅の合成であった。[4]

他方、本書刊行の年にはアランの死とも結びつくもうひとつの喪失が待っていた。本邸であるボウエンズ・コートの売却である。アランは良き夫であるとともに貴重な稼ぎ手であり、金のかかるボウエンの暮らし向きを支える有能な資産管理人でもあって、彼の死は即金銭的窮迫につながった。ボウエンは一九三〇年代から五〇年代初めまでシーズンには自邸で社交界を開いていたが、すべて二人の稼ぎで賄っていた。維持だけでも莫大な費用の掛かるビッグ・ハウスである。早晩行き詰まりは見えていた。一九五〇年代のボウエンは創作こそ低調であっても、他の面での活動は目覚ましかった。そのなかではアメリカでの講演・講義はよい収入になったが、そんなことで追い付くわけはない。一九五八年六月十六日のチャールズ・リッチー（カナダの外交官でアランの生前からの恋人）への手紙は、これからローマに発つが百ドルを送ってほしい、ローマの本が出ればすべてうまく行くだろうとあり、ほとんど悲痛といってよい窮迫感をにじませている。(5)

ボウエンのライフ・ヒストリーの大きな節目となったこの二つの喪失は彼女の後半生のキーワードとなるdispossession（脱所有、喪失）とdislocation（ズレ、位相感の混乱）とに深く関わり、本書のなかにも影を落とす。しかし、個人のセラピの場としてではなく、作家のテーマとしてなぜローマを選んだのか、その意味を語るのでなければ、この「もっとも謎にみちた」作品を解き明かすことにはなるまい。

混乱と立ち直り

『ローマのひととき』は次のような章別構成をとっている。

Ⅰ　混乱 (Confusion)
Ⅱ　長い一日 (A Long Day)
Ⅲ　夜 (On Such a Night)
Ⅳ　微笑 (Smile)
Ⅴ　解放 (The Set Free)

全体は、二月初旬ローマのホテルに到着した夜に始まって、四月末復活祭のあとローマ駅を列車が離れるシーンで終わる構成をとっており、また夜から昼、また夜と入れ替わる緩やかな時間枠があるかにも見えるが、実際にはクロノロジカルな流れというよりはイメージあるいはテーマの流れに沿った進行になっている。「混乱」の章は文字通り混乱から始まる。到着の夜、「私」（ボウエン）は部屋が気に入らない。中心部の高級ホテルだが裏手の狭い部屋で、窓は高くベッドは低い。三か月分の荷物を抱えて、閉所恐怖の気分に陥る。「物書きなので落ち着ける部屋」を頼んだのが裏目に出たらしい。食事に出ると高級レストランでは本を読みながらの食事は不作法らしいと知る。部屋を変えて気分一新、翌日から歩き出すと、今度は町で買った地図が破れやすく、むやみに大きくて広げにくく、風が吹くと顔に貼りつく。

こうした女一人旅の「混乱」は、アランを失いボウエンズ・コートを手放さねばならぬボウエンの心理的混乱(dispossession)と重なって見える。それが次には地理的な混乱(dislocation)に席を譲る。街路や川筋の軸線の狂い、有名な七つの丘の同定さえ難しい。街の座標軸は放射線状の街道によって確保され、城壁によって旧市街と新市街は区切られるが、そもそもローマの本来の（自然の）地形とは何か。どの時代の過去がどの過去にかぶさって新しい地層や地形を成しているのか。わからないことばかりというのに、良質な地図や年表といった必要な情報が不足している。これらが「歴史の重圧」として彼女のうえに圧し掛かる。地理的混乱、とくに地層（歴史）の重なりのそれは、全編の重要な伏線をなすとともに、歴史に分け入ってゆく必要を暗示することで、次章へのつなぎとなる。

今日のはじまり

第二章「長い一日」。ローマの日中はシエスタのせいで長く静かである。「真昼の真夜中」とボウエンの言う時間帯にも開かれている「ある場所」へと、彼女の足は「おのずと向かう」。古代ローマの中心部に当たるフォロ・ロマーノからカピタリーノの丘を経てパラティーノの丘に至る廃墟群がそれである。実は本書の全体をつうじてアンバランスに高い比重で取り上げられている時代は古代、とくに帝政初期なのである。共和制や帝政末期、中世にはほとんど関心が払われていない。教皇のローマは世界の巡礼中心地であったが、数行を割くのみ。四大教会にも順序立てた紹介が与えられていない。個々には好みの教会がいくつもあるものの、中世社会については「薄汚い中世」とか「暗黒時代の無感動」とか手厳しい。バロックの建築や美術については「簡素なのは好きだが、ボロミーニは別」と述べるにとどまる。さすがにベルニーニにはあちこちで単発的に触れている。

この古代好きについては本章の中間部でそれを窺わせる箇所がある。ローマで会った人との対話のかたちをとったメッセージである。

「でもまたどうしてローマなんか?」「ローマじゃいけませんか」「だってギリシャじゃありませんもの」「たしかにね」「たとえば、ちょっとでもローマが古くさいとお思いになったことは?」「別に古すぎはしませんわ」——「それなら、ローマで何をごらんになるのです?」「今日のはじまりです」「それじゃ今日はとんでもなく長いことになりますね」「今日は長い一日です」(『ローマ』七六—七七頁)

「今日のはじまり」(beginning of today)とはまた謎めいた言葉である。しかし、ボウエンのバランスを失した記述ぶりに見られる思い入れの深さからすれば、帝政初期のローマを指すと考えないわけにはいかない。またそう考えると納得のゆく部分が少なくない。初代皇帝アウグストゥスが妻リヴィアとともに、普請最中の不安定な帝国の建設に取り組んだ、ローマ史のなかでも稀な、英雄的とも悪魔的ともいえる、混乱から再生への模索の時代である。

ボウエンのローマ史への傾倒には年季が入っていて、二十三歳のとき婚約者のアランに、「(ローマに行ってきたが) 最悪でした、こんなことならあなたの家でローマ史の勉強をした方がよかった」と書き送っているぐらい。文中でも「ラテン語はできない (けど)」と断るほどで、相当な読書量がうかがえる。[6]

他方、本書を構想していた頃のボウエンの想いを占めていたのは、あくまでアイルランドだった。別れが眼前に迫っていたボウエンズ・コート、滅亡に瀕したアングロ・アイリッシュ支配と「種族」そのものへの想いであった。彼女はすでに自伝的な家族史『ボウエンズ・コート』(*Bowen's Court*, 1942) を著していて、出自への関心には並ならぬものがあったが、その想いをアウグストゥスとリヴィアのローマに託して一篇の政治的・人間的寓話に仕立てようとした。つまり、ローマを語るなかに、やはりかつては帝国建設の波頭に立っていたボウエン家への想いを忍ばせようとしたのではないか。

いささか深読みではと思われるかもしれぬが、すでにそうした発想に立った連作論文が現れている。エヴァ・ウォルシュの仕事[7]がそれで、長くなるが引用を三つ続ける (すべて拙訳)。

ボウエンはローマをアングロ・アイルランドに読み替えた。彼女のアングロ・アイリッシュ的感性はとくに帝国時代のローマ、アウグストゥスのローマの遺跡への執心ぶりに表れている。アウグストゥスのローマはボウエンによって駐屯地文化として再構成された。つまり、家族空間が殺戮後の死体置き場になったり，治世が新しく不安定で、女性は不安定で野蛮な時代の女城主であるような場なのだ。とくにボウエンの関心を惹いたのはリヴィアの歴史像である――リヴィアは、アングロ・アイリッシュの征服者の妻でクロムウェル以後敵対的な風土のなかに孤立した屋敷の女主人に作り変えられた。

この論文では、本書でのボウエンのアウグストゥス時代のローマへのつよい関心を考察し、自らのアングロ・アイリッシュの継承物をいかに使って帝国ローマの女性たちの生活、ヴェスタルの聖処女、およびとくに皇后リヴィア像を解釈したかを検証する。本書は、ボウエンが非服従的なアイルランドの風土の中に追いやられたクロムウェル植民の末裔という自己認識と、勝利を収めたばかりの征服者アウグストゥスと皇后リヴィアのもとでの急ごしらえで不安定な帝国ローマの始まりとの間に架けた想像上のつながりへの透徹した洞察を与える。

ボウエンはアウグストゥスを成り上がり者で、不穏と野蛮な戦争状態の中から権力の座にのし上がった支配者と見ていた、だからなおのこと、妻は新しい権力秩序の一部として公けの眼にきびしくさらされる。ボウエンはリヴィアを自己の領分、つまり家政を司る存在と見る。「女性の魅力的な部屋は戦士をくつろがせるだけでなく、非公式ながら重大な話し合いのために連れて帰る同志たちの心をも開かせる」。

（文中の引用は『ローマ』一九五頁）

ウォルシュによれば、ローマに旅する人は自己のアイデンティティの根源にかかわる大問題を持ち込みがちなのだそうで、ボウエンの場合はそれが自己の出自とそれに規定された生き方であった。クロムウェル軍士官の末裔である大地主として反抗的な土地のなかに生きねばならなかった一族の最後の女城主 (chatelaine) の自覚と責任、さらには自責の念に立つ彼女は、アウグストゥスや、とりわけ妻リヴィアを一種の理想像とした、というのがウォルシュの見立てである。複雑な人間関係、困難な状況を切り抜けてゆく才覚を見てとってのことであろう。

ただこのアレゴリーには無理もありそうだ。まず比較の対象設定。ボウエンがみずからをリヴィアに重ねようとしていたというのだが、単なる憧憬とか共感というのならともかく、理想像となると問題があろう。一族の歴史の幕を引く宿命のヒロイン役のボウエンが、帝国建設を成功させるしたたかな女主人リヴィアの課題や行動を、みずからの問題意識とするだろうか。いかにも唐突。ウォルシュは、それを承知してか、リヴィアをまずボウエンにではなく、クロムウェル後の新征服者の「ある妻」の生き方に重ねる。その仮想の妻の置かれた状況の厳しさや孤独を、今度はボウエンの作品のヒロインの心境で表現しようとする。城館での孤立感であれば『日ざかり』のステラ、あるいはカズン・ネッティを立てるという形をとる。しかし彼女らはボウエンその人ではない。

こうした問題性にもかかわらず、ウォルシュの読みによって「いささか支離滅裂で謎めいた」この「奇妙な旅行記」のわかりにくい構図に、貴重な一本の補助線が引かれたことはたしかである。次の第三章「夜」とつづく第四章「微笑」では、リヴィアの人と時代がいっそう立ち入って描出される。

「こんな夜であったか」

「長い一日」は「夜」で区切られる。篠田綾子は章題 On such a night をなぜか単に「夜」と訳しているが、これは『ヴェニスの商人』の五幕一場のリフレイン In such a night を枕にしているとも見られ、それだとポーシャ邸での大団円を控え、主人を出迎える下僕たちの「こんな夜であったか」の「夜尽くし」の掛け合いの場になるのだが、ローマの夜も同様にさまざま。

ボウエンはローマではよく眠った。到着当初の混乱から解放されてきたこともあろう。対するに古代ローマ人は不眠に悩まされた。騒音、無灯による犯罪、インスラ（庶民のアパート）の高層化による崩壊の危険などによる。

しかし、パラティーノの丘をはじめとする貴族・市民の住まう「ドムス」と呼ばれる館はそれとは無縁であった。ここは人の出入りが多く、多数の奴隷を使い、半ば社交・公共の場であり、さらに人間以外の神々の宮居でもあった。人々の信仰のしみついた土地への新参者であったローマ人にはこうした伝統や公共への敬意が求められた。アウグストゥスはカエサルの轍を踏まぬため、共和制を尊重する外形を保つのに腐心した。

ドムスの暮らしを語るときボウエンの心を占めていたのはおそらく「ビッグ・ハウス」であった。アングロ・アイリッシュの大邸宅であるとともに領地経営と地方支配の本拠であり、地元を超えた社交界を形成していた。新来者の支配拠点であるだけに、外部世界への配慮が求められ、公私の区分が不明瞭、家名や財産を尊ぶ点ではドムスに似ている。反面、ドムスと違うのは、都市ではなく地方基盤であること、収奪の歴史から多くは周囲のカトリック住民からは孤立していたこと、社交界の範囲は地域単位というよりダブリン、ロンドン、あるいはヨーロッパに及ぶ場合が多かったこと。ドムスの主人が住民の反抗や敵意を無視できなかったこと、また奴隷、解放奴隷の能力を活用してきたのに比べると、アイルランドの領主たちは地方的な偏狭と怠惰に浸りつづけてきた。

ボウエン自身のアングロ・アイリッシュとはどういうものであったか。彼女の思想・行動はしばしば「バーク的保守主義」(Burkean conservative) と呼ばれる。「バーク的善」、「財産権のバーク的理想化」、「歴史意識についてのバーク的伝統」、あるいは「啓蒙的帝国主義のバーク的伝統」というふうに。バークとは言うまでもなくエドマンド・バーク (Edmund Burke, 1729–97)。プロテスタント支配体制の偏狭や非寛容に対しては、すでに十八世紀後半以降、支配階級の側からも批判があり、その代表的な論客である。若くて美学者として名を挙げ、アングロ・アイリッシュでありながら母と妻がカトリック、ホイッグ派庶民院議員でイングランドに土地を持ち、自由貿易派という特異な経歴の持ち主である。名誉革命によって確立された議会制中心の帝国体制を是とし、帝国の中心としてのアイルランドの地位を重く見た。アメリカの植民地支配に反対、彼の死後実現した英愛合同（一八〇〇）にも反対。自由貿易派で小作農には甘くないが、カトリック住民との融和を図って刑罰法に反対し、無用な対立を生んだ伝統墨守派の愚昧を厳しく批判する。彼の名はフランス革命の国際的急進主義ジャコビニズムと対立した保守派思想家として記憶されるが、アイルランドではむしろリベラルと位置づけられる。(8)

ボウエンはバークの死後百年近く経ってからの生まれで、アングロ・アイリッシュが完全に凋落して後の世代に属するが、たしかにバーク同様、アイルランドがイギリス帝国の重要なメンバーであるべきと考えていたし、カトリック差別にも自己の「種族」の問題として痛みと罪障感を感じていた。この点は、アイルランド問題に関しては彼女の導師で古い友人であったショーン・オフェイロンの影響もあった。ただボウエン家と周囲の住民との関係は例外的に良好で、内戦の間も周辺のビッグ・ハウス群と違って焼き打ちに遭う羽目にはならなかった。ゲリラ兵が彼女の不在中のボウエンズ・コートに入り込み、書斎のキプリングの革装本を読みながら眠り込んでしまった話など、当時の時勢では奇跡的なまでに牧歌的ではないか。地所の中心を領民用の「ミサの道」が通る屋敷なればこその逸話であろう。

バークはまたフランス革命批判の眼目としてそれが古きものを無差別的に破壊し、土地への愛情や郷土への忠誠心を失わせる点を掲げ、歴史・風俗の重視をテコにして、のちの「文化ナショナリズム」の基礎づくりに貢献するところがあった。宗教や人種、階級を超えた「アイルランド人という共通の呼び名」のもとにという「原ナショナリズム」的アプローチはボウエンのものでもある。彼女は自分がアングロ・アイリッシュ、つまり「イングリッシュからはアイリッシュ、アイリッシュからはイングリッシュと見られる存在」であり「アイルランド海の真ん中でいちばん落着ける」と告白しているが、自分をアイリッシュと呼んでも、イングリッシュと呼ぶことはなかった。

彼女の忠誠度を同心円で示せば、中心はアングロ・アイリッシュ、次はアイリッシュ、イングリッシュ、ヨーロッパ、後年はアメリカの順と言われる。

その背景にはアイリッシュとしてのプライドが存在する。ボウエンは幼時イングランドで学校に通っていたとき、敗北がどっかと居座っているアイルランド史とは対照的に、ブリテン史のとっつきやすさ、ドラマ化しやすさ、常勝モードの非知性的傾向にショックを受けた。イングランドに対しては丁重(polite)ではあっても忠順(loyal)ではないのだと言い、「(イングランドへの) 丁重さ (politeness) は憐れみ (pity) をあらわすものでなければならない」と思っていたという。[9]

リヴィアの微笑

「微笑」の章では、これまでと違ってローマ二千五百年の歴史を彩るいくつかの代表的な時代をあらわす場所やモニュメントが取り上げられている。ただ、いささか急ぎ足。フォロに少時戻ったかと思うと今度は中世、さらに十六世紀末のシクトゥス五世の再建した街筋が紹介される。そうかと思うと十九世紀の旅行者の視線に立って、彼らの目に映った場面を再現しても見せる。だが、焦点はあくまでも章末に置かれた皇后リヴィアその人である。

リヴィア (Livia Drusilla, 58B.C.–A.D.29) はアウグストゥスの妻で二代目皇帝ティベリウスの母。というと順風満帆の人生が思い浮かぶかもしれないが、事実はそれとは程遠かった。共和制初期からの名門の生まれでローマ三美女の一人とうたわれ、同族の貴族に嫁して一児を挙げた(ティベリウス)まではよかったが、次男を懐妊中に日の出の勢いのアウグストゥスと恋仲になり、協議離婚してアウグストゥスと一緒になる。次男は先夫の子とされた。

二人の間に子は生まれなかった。アウグストゥスは自分の血筋にこだわりがつよく、ほかに女性をつくったが、リヴィアは貞節を守り、簡素な生活を守り、身辺を正して徐々にスキャンダルを過去のものにしていくのに成功した。彼女はファースト・レディとして完璧であった。頭がよく目が届いて、家政の切り廻しはもちろん、政治にも明るく、世情の表裏に通じ、不安定な段階にあった帝政確立のため刻苦精励、筋書き通りに事を進める。同じく子のないナポレオン妃ジョセフィーンは妃の地位を失うが、リヴィアははるかに賢く、権力意思も強固だった。「そもそも彼女はアウグストゥスを愛していたのだろうか」とボウエンは問いかける。一九三四年に出たロバート・グレイヴズのベストセラー伝記『この私、クラウディウス』[10]におそらくは触発され、それまでのただの才色兼備の皇后像とはちがった複雑なリヴィア像の、微細な心奥のひだに分け入ったスケッチを残した。ところが学殖と想像力に溢れた『この私』では、リヴィアは夫アウグストゥスを含めて少なくとも六人を毒殺しながら八十七歳の天寿を全うした稀代の悪女とされている。それをボウエンは必ずしも否定していない。それどころか、こういう箇所もある――「リヴィアは典型的なローマの女性だった。目がよくきき、能力もある。指先の感触に生きる」と。

「指先の感触に生きる」(living in the fingertips through their touch) とはどういうことだろう。手先が器用で、上流家庭の嗜みとされる紡いだり織ったりの作業に堪能ということなのか。わざわざそんな知れ切ったことを書くはずはあるまい。リヴィアが毒薬調合の名手であることを仄めかしたのではないかとも受け取れる。「典型的なローマの女性」(very Roman woman) のなかにはボルジア家の人々も入ることは承知でのはず。だとすると、そんなおそるべき女性のどこにボウエンは入れ込んだのだろう。

もちろん、自分にないところこそ憧れの対象となることもある。リヴィアの実用的で全方向的な才知、目的のためには手段を択ばぬタフさも、その中に入っていたかもしれない。

どちらも気の許せない周囲に包囲され、常に観察され、行動と結果に責任をとらねばならぬ孤独な「女城主」の立場にあったとするのはウォルシュの見方だが、ボウエンについてはどうだろうか。周囲と友好的な関係にあったことはすでに触れたが、人とのつながりの質はおそらくリヴィアとは異質であった。孤独は同じでも質が異なる。二人をより深いところで結びつけたのはおそらく美的感受性の共有であり、城館の優雅なホステスとしての共感もしくは憧憬であっただろうが、「リヴィアの（失われた、もしくは隠された）微笑」に関わるこの重要な点に関説するゆとりはもうない。(11)

しかし、ボウエン個人はどうであれ、ボウエン家の維持はむつかしかったろうし、種族としてのアングロ・アイリッシュは亡び去る運命に置かれていた。ひるがえってアウグストゥスは少なくとも四回暗殺されかけた。リヴィアは共和主義への初志を捨てきれない夫を帝位の野望実現へと誘導するのに苦心した。しかし、帝政もやがては惨憺たることになる。二代目以後十二人の皇帝中七人が暗殺された。この「不滅の都」でボウエンが辿りついたものは自らと同じ亡びゆく種族との巡り合いであった。

解放のひととき

「解放」と題する最終章はこれまでの諸章以上にアレゴリーに充ちていて、どこを切ってもアイルランドの顔が現れるのに、アイルランドという言葉が出てくるのは一箇所だけ。ローマのシーンで埋め尽くされている。

滑り出しはいかにも「解放」にふさわしく、一八四九年から六〇年のイタリア統一への激動の過程が語られるので、近代を解放の時代ととらえ、それを結びとする構成かと思うが、そうはならない。夢想家マッチーニの共和国宣言に始まり、行動の人ガリバルディの登場と敗北、実務と謀略に長けたカブールに引き継がれて統一へと向かう。そう整理されると、アイルランド独立運動をなぞっているようなものではないかと思わざるをえない。マッツィーニはピアース、ガリバルディはコリンズ、そしてカブールはデ・ヴァレラと。

そうした興味深い隠喩、寓話が繰り返されたうえで、終わりに近づいたところに、死を象徴する空間——墓地——が現れる。

ローマの、たてこんだ日当たりのいい墓地には解放の空気がある、生の余剰 (overflows of livingness) という印象を受ける、とボウエンは言う。墓は死すべき運命を語るが、生の重荷への告別をも意味する。プロテスタント墓地のキーツの墓近くで、ボウエンは、詩人ジョン・キーツと同じ時期に亡くなった二人の無名のアイルランド娘の墓に出会う。この世はキーツを失ったが、詩人は滅びない。死は詩を損なわない。しかし無名のアイルランド娘は何者でもないために一層喪失感は深い。ニール・コーコランは、「書く」ことによって詩人・作家は死後の名声という償いを受けるが、無名人は救われずに消える、しかしその人生へのボウエンの想像によって生を享ける。「死は消去するが、文 (writing) は再生する」と。

同じ感情は教会や美術館を巡って絵画や彫刻を記憶に刻んでいるときにも湧く。別れがつらいのは作品自体の価値よりも、勝手に愛してしまったものの方だった、とボウエンは言う。愛は不滅のものより死すべきもののほうに定着しやすい。美は不滅だ、それでいい、それなのにと、ボウエンはボルゲーゼ美術館の窓から庭の花を見ながら泣き始める。非感傷的と自認し、悲しいときは泣かないとも言ってきた彼女が——なのである。(12)

このあと、彼女はもう一度同じ発作に襲われる。ローマを離れる列車の窓から走り去る家々を見ながら、突然風景が揺らぎ、霞み、目を刺すのを覚えたのだ。そして次の言葉で全編を締めくくる。ああ、愛するローマよ、永遠の都なんぞこの世にあるものか――My darling, my darling, my darling. Here we have no abiding city.「マイ・ダーリン」は恋人リッチーなのか、亡き夫アランなのか、それとも篠田綾子の訳したようにローマととるのがいいのか、それともボウエンズ・コート？ それらすべてにかかると受け取るのが正解か。ローマとればhereは「この世」ではなくローマなのだとしてもよくなり、この地ではついに永遠は見出せなかったという意味合いがつよまる。

ここでひとつ、ウォルシュ1によって明らかにされた事実がある。「永遠の都」はパウロの「ヘブライ人への手紙」（13－14）から引かれたものだが、実はそれ、ボウエンズ・コートの地所内に今も残る教会の中にエリザベスの祖父母の記念銘板があり、そこに刻まれた次の一文からとったのだという。Here we have no abiding city but we seek one to come. 彼女は生涯を通じて滞在中の日曜にはこの言葉を読んでいたことだろうし、キャメロンの葬儀の日にもそれを見たことであろう、とウォルシュは意味深く付け加える。(13)

もはや明らかであろう。レシピとしてのローマ滞在、ローマ本の執筆は「ひととき」のわざでしかなかった。しかし、その「ひととき」は「永遠の都」への反語的なメッセージを込めたものなのであり、「永遠」「不滅」を超えた短い「有限のとき」の価値、「一回かぎり」なればこその尊さを主張しようというものではなかったか。ビッグ・ハウスの人たち、無名のアイルランドの少女たち、愛したローマの風景や美術品はすべてやがては廃墟や土に化す有限の存在である。人々の記憶とともに生き続け、そして記憶とともに葬られよう。だが忘れてならぬのは、無名のアイルランド娘も、無名に近かったリヴィアも、ボウエンの筆によって蘇り生命を与えられた側面ではなかったか。

タイトルの *A Time in Rome* は末尾の 'no abiding city' とみごとに照応していると私は見る。その「ひととき」を、歴史の重みを掘り起こす（調べ・歩き・書く）作業に没入することで、ボウエン自身も再生へのイニシエイションを果たした。書く人、とりわけ長編作家である（その点にかけては自分にはアイリッシュよりイングリッシュの分量が多いとも語る）ボウエンはやがて晩年を飾る二つの長編を書く力と、もしかしたら発想や技法をも、この旅を、そしてこの「謎にみちた旅行記」の執筆を通じて獲得した、と私には読めるのである。(14)

注

（1）Elizabeth Bowen, *A Time in Rome*, Alfred A. Knopf, 1959, Longmans, Green 1960. 私は Penguin Books, 1989 を使用した。グレンディニングの伝記をはじめ多くの研究書では一九六〇年発行と記されているが、それはイギリス版初版 (Longmans) のことで、アメリカ版 (Alfred A. Knopf) は一九五九年刊行であり、事実ボウエンは五九年十二月二十一日にローマでそれを受け取っている。コーコランは一九五九年の方を採用していて、本稿もそちらをとった。なお本書には、篠田綾子の邦訳『ローマ歴史散歩』（晶文社、一九九一）がある。篠田の達意の名訳に敬意を表しつつも、本文後述のように a time という言葉に著者が込めたはずの重要なメッセージを考え、あえて「ローマのひととき」をここでは訳題とした。断りない限り訳文はすべて篠田のものであり、そこからの引用は『ローマ』とする。

（2）Victoria Glendinning, *Elizabeth Bowen*, 1977, renewed 2005, First Anchor Books 2006, p. 272. ウォーの日記は一九六一年一月四日の分。

（3）Eibhear Walshe, No Abiding City, *Dublin Review* 36, 2009, p. 25. 以下 Walshe 1 と略称。Hermione Lee, *Elizabeth Bowen*, Vintage, 1981, 1999, p. 190 : Patricia Craig, *Elizabeth Bowen*, 1986, Penguin, p. 132 : Glendinning, *op. cit.*, 269.

（4）Glendinning, *op. cit.* p. 267: Elizabeth Bowen and Charles Ritchie, *Love's Civil War: Letters and Diaries of a Lifetime*, ed. by Glendinning and Judith Robertson, 2008, emblem ed. 2009, pp. 203–211, 288–289, 296, 308–312, 314–315, 329, 345–349. 以下、*LCW* と略称する。ここに一九五三年から五九年までのローマ関連のやりとり、内心の吐露が記録されている。本書と重ね

合わせると興味深い。

（5） *LCW*, p. 308. なお一九四八年のリッチーの、いとこシルヴィアとの結婚を、もうひとつの「喪失」とみる見解もある。

（6） このやりとりには当時の、ギリシャを重んじローマをその鈍重な亜流とみる風潮へのボウエンの批判的な口吻が読みとれる。また「今日のはじまり」は、もうひとつの隠れた意味として、ボウエン自身のイニシエイションを指すとも読める。あたらしい生き方への出発点、跳躍台としてのローマ、リヴィア的な生き方——それは「混乱」の部分的解決でしかなかった——と決別しての「解放」への旅立ち、それを見守るリヴィアの「微笑」。ここは二つの隠喩が組み合わされているかもしれない。

（7） 引用1は Walshe 1, p. 29：引用2は Walshe, The Smile of Livia: Elizabeth Bowen and Augustan Rome, *Classics Ireland*, Vol. 16, 2009, p. 26：引用3は同じ Walshe 2, p. 33. なおアランへの手紙は一九二三年四月二十八日のもので、*The Mulberry Tree: Writings of Elizabeth Bowen*, ed. by Hermione Lee, Vintage, 1999, pp. 195–197 で読むことができる。

（8） アングロ・アイリッシュ思想のなかに占めるバークの位置づけについては、テリー・イーグルトン『表象のアイルランド』、紀伊国屋書店、一九九七年、鈴木聡訳、第二章、シェイマス・ディーン『アイルランド文学小史』国文社、北山克彦・佐藤亨訳、二〇〇一年、六六—八八、とくに七六—七八、九四頁が、もっとも示唆に富む。ほかボウエンのバーク的性格については、"Eibhear Walshe (ed.) *Elizabeth Bowen*, 2009, Irish Academic Press, 特に集中の二編 Vera Kreilkamp, "Bowen: Ascendancy Modernist" と Julie Anne Stevens, "Bowen: The Critical Response" を、『ローマのひととき』については編者自身の "A Sort of Lunatic Giant" を参照（以下 Walshe 3）。バークの経済思想については中澤信彦『イギリス保守思想の政治経済学——バークとマルサス』、ミネルヴァ書房、二〇〇九に詳しい。

（9） R. F. Foster, *Paddy and Mr Punch: Connections in Irish and English History*, Allen Lane 1993, Penguin Books 1995, p. 106: Allan Hepburn, "Introduction" to *People, Places, Things: Essays by Elizabeth Bowen*, Edinburgh University Press, 2008, pp. 8–9.

（10） ロバート・グレイヴズ『この私、クラウディウス』、みすず書房、二〇〇一年、多田智満子・赤井敏夫訳。

（11） Walshe 2, pp. 35–36.

（12） Neil Corcoran, *Elizabeth Bowen: The Enforced Return*, Oxford University Press, 2004, pp. 13–14. テキストではボウエンは二度泣いたことになっているが、リッチー宛の手紙ではピンチョの丘の夕日のテラスでも涙している。四月でなく十月末でローマ最後の夕だった。悲しみでなく心地よい感情からで、この偉大な都は永遠だ、いつでも帰ってこられる、離れるのがこわいわけではない、と。*LCW*, p. 288.

(13) Walshe 1, pp. 33–34.

(14) Corcoran, *op. cit.*, pp.19–21.

第十三章 「相続ならず」

廃墟という相続遺産
――プロット、人物、そして場所――

太田 良子

長い短編、四編のこと

エリザベス・ボウエン (Elizabeth Bowen, 1899–1973) は一八九九年六月に生まれ、二十世紀と自分は双生児のようだという自覚があった。六十四年の治世を全うしたヴィクトリア女王の崩御が二歳のとき、続いて訪れた二十世紀初頭の小春日和のようなエドワード時代に幼少期と少女期を送り、一九一四年、彼女が十五歳の時に始まった第一次世界大戦は十九歳になるまで続いた。一九一六年には、長くイギリスの植民地だったボウエンの第二の祖国アイルランドで、イースター蜂起 (Easter Rising) の悲劇があった。第二次世界大戦が始まったときボウエンは四十歳、世界を荒廃させた戦争が終わった時には四十六歳になっていた。続く共産主義の台頭と東西の冷戦時代を見て、一九七三年に肺癌で没するまで、ボウエンは二十世紀の主要な五十年間を執筆活動とともに生きた。長編小説 (novels) 十篇と短編 (short stories) 百編余りを世に送り、ノン・フィクションを三冊、その他書評家として作家・作品論のほか、文芸・文明論を書き、紀行文も出し、児童書も『グッド・タイガー』(*The Good Tiger*, 1965) というのが一冊ある。十九世紀とは様相を一変した二十世紀、その有様を誰よりも鋭い観察眼で精緻な文章で写し取ったのが、エリザベス・ボウエンの作品群だと言える。

ボウエンは最初に志していた絵画の勉強から方向を転じ、十九歳前後から創作を始め、一九二三年に最初の短編集『出会い』(*Encounters* ,1923) を出した。そして一九六五年の『闇のなかの一日、その他の短編』(*A Day in the Dark and Other Stories*,1965) にいたるまで、生涯で七冊の短編集を出している。一九八〇年にアンガス・ウィルソン (Angus Wilson, 1913–91) が選んで編集した『エリザベス・ボウエン短篇集』(*The Collected Stories of Elizabeth Bowen*, Jonathan Cape, 1980) にそのうちの七十九編が収録されている。ウィルソンはその序文でボウエンを「天性の芸術家」と呼び、ここに収められた短篇のうち、少年・少女ものの短篇をとくに賞賛し、チャールズ・ディケンズ (Charles Dickens, 1812–70) の子どもたちに比肩すると評価している。ボウエン自身、『デイヴィッド・コパーフィールド』(*David Copperfield*, 1849–50) をはじめ、ディケンズはよく読んでいた。(1)

ウィルソンの選集が出たとき、ウィリアム・トレヴァー (William Trevor, 1929–) は『タイムズ・リテラリー・サプルメント』(*The Times Literary Supplement*) 紙に、ユードラ・ウェルティ (Eudora Welty, 1909–2001) は『ニューヨーク・タイムズ・ブック・レヴュー』(*New York Time's Book Review*) 紙にそれぞれ書評を書いた。トレヴァーは、ボウエンと同じく出自はアングロ・アイリッシュで、アイルランド南部のコーク州のマイケルズタウンの生まれ、エドマンド・スペンサー (Edmund Spenser, c.1552–99) が『妖精女王』(*The Faerie Queene*, 1590) を書いたキルコールマン城も廃墟となってその一帯にある。トレヴァーは「もし一家が引っ越さないでマイケルズタウンにいたら、近くのボウエンズ・コートのテニス・パーティから転がってくるボールの球拾いに毎夏雇われていただろう」(2)と言っている。ボウエンズ・コート (Bowen's Court) はボウエン一族のビッグ・ハウス (Big House) である。この書評で彼は、「彼女はイングランドをよく知るようになったが、イギリス人について書くときは、友人同士のサークルのはじっこにいる仲間外れを思わせる視点で書いた」と述べている。アングロ・アイリッシュのボウエンの作家としての特色を言い当てていると思われる。

ウェルティはボウエンズ・コートに来たこともあるアメリカ南部の作家で、この二人はお互いの作品を高く評価していた。ボウエンはウェルティに、「私とこの世紀は同い年なのよ」と嬉しそうに語ったという。ウェルティはボウエンの「長い短篇」に言及し、その中でも「夏の夜」がベストだと言い、これはボウエンの想像力が力の限りに発揮された作品で、エマ、二人の娘のうちのヴィヴィ、フラン叔母、聾《ろう》者のクウィニーは、密かなエネルギーに満たされながら、互いに交わることもなく、「この夜の一部となり、戦時下の世界の一部となっている」と述べている。(3)

ボウエンの短編は短いもので「古い家の最後の夜」('The Last Night in the Old Home', 1934) の四頁、長いもので「林檎の木」('The Apple Tree', 1934) の十頁くらい、という長さにほとんどが収まっている。その一方で、先にウェルティのところで述べた「長い短篇」ともいうべき短編が四編ある。「相続ならず」('The Disinherited', 1934) が三十三頁、「幸せな秋の野原」('The Happy Autumn Fields', 1945) が十五頁、「蔦がとらえた階段」('Ivy Gripped the Steps', 1945) が二十四頁、「夏の夜」('Summer Night', 1941) が二十七頁を数え、これらがウェルティによって"Longer ones"と呼ばれ、ここで「長い短篇」と呼ぶ四編である。(4) 短編作家としてのボウエンの力量はすでに高く評価されるところ、この「長い短篇」は優劣付けがたい傑作とされている。先に述べた書評でトレヴァーは「幸せな秋の野原」を一番の傑作と見ている。

晩秋から初冬へ

「相続ならず」について、「変化する時代の犠牲となり、期待をことごとく奪われ、新たな人生を見いだせずに動けなくなった」人々を描き、「変化と失望をめぐる欲望と可能性の間のギャップを追及している」とするアラン・E・オースティンの解説は、「相続ならず」に込められたメッセージについて基本となる道筋を示している(5)「相続ならず」は十一月末の晩秋の風景に始まる物語である。

秋が早くきた。日中はまだ明るいのに、森は遠目には黄色くなり、その非現実的な輝きは、金属片が反射しているようだった。波打つような森は、もはや夏のざわめきに乱されることもないブロンド一色に染まった丘を背景にして、強い輪郭線を見せていた。早朝など、朝露が降りると、明るい白い花が、細長い藍色の暗がりと暗がりの間に咲いたようだった。午後は大気がせわしなく動いたが、日没後は薄い霧が出て、月がおぼろに霞んだ。秋はこの最初のころが美しかった。極限に達した美しさの中に衰退が兆していた。甘美な死病のかすかな気配に、愛する者は死について想いめぐらせるのかもしれない。

そのあと秋雨がきて、濡れそぼるばかりの単調な日々があった。木々の葉が紅葉せずに枯れてしまい、雨に打たれて散っていった。中秋の頃はおだやかになり、動きもなく、気力も乏しく過ぎていった。日に日に境界線が曖昧になり、霧が一日かけて庭に蜘蛛の巣を張りめぐらし、太陽は霧を通して斜めにゆっくりと傾いていき、その道中で、茶色くなった西洋梨の木、淡い黄色に紅葉したスグリの葉、そこここに一輪だけ咲いている金仙花《マリーゴールド》、そして濡れた薔薇の花などに触れたりしながら、沈んでいった。風はなく、鬱蒼とした森がじっとたたずんでいた。その黒々とした茂みとは対照的に、音の絶えた十一月の夕暮れの中、樫の木だけはまだ黄色く、驚いたような光を放っていた。すべてはゆっくりと朽ちていった。雨で濁って増水した川は、漂白されたような萱釣草の土手の間を縫い、流れに落ち葉をとらえて下っていった。雨のあとは、日も射さない灰色の空が地上を縛り、水溜りが草地を縫い、冷たい葦の茂みにひそんで、輝きのない水面をさらしていた。ときどき空は上空を鳴らす疾風にかき乱された。夏の鳥は南に去った。切れぎれになった枯葉がまだ木の枝にしがみつき、永久に落ちまいとしているように見えた。永遠が降りてきたような、晩秋はそういうときだった。十一月も半ばを過ぎ、夜半など風が立った。(6)

ともかく美しい書き出しである。花々の名、木々の種類が文章に溶け込んでいる。このような秋の訪れも晩秋も冬の到来も、現実には誰もそのまま目にすることはない。あり得ない風景なのだ、もしボウエンがこのように描き出さなければ。たとえばジョン・コンスタブル(John Constable, 1776–1837)に晩秋を描いた名画があったとしても、ここまで描いただろうか。移り変わる大自然の沈黙の美と荘厳、カントリーサイドを彩る精巧な色彩の驚異には神秘があって、静寂の中で何かが語られている。

この風景に心を乱されるのが「相続ならず」のヒロインの一人ダヴィナ・アーチワースで、なにも気づかないのがもう一人のヒロイン、マリアン・ハーヴェイである。だが登場人物やプロットより先に風景が作家の目をとらえている。ボウエンは風景や場所や建物がおのずから語っているストーリーがまず見える作家だった。

場所が目の前にまず浮かぶ作家が私であることは、誰にもわかることではないだろうか?　読者としての私は、場所を中心とする事柄に、もっとも強く反応する。私にとってフィクションの真実味は、場所の詳細な描写にある。どんな物語でも、その背景——出来事を取り巻く環境——が不明だったり抽象的だったり概念的だったりすると、本を読んだぞ、という気がしない。真空の中にいる人は誰であれ、私に言わせれば、肉体を持った存在とは思えない。(7)

アイルランドの廃墟や、戦火のロンドンから作品が生まれたボウエンは、作家が作品で使う風景（"Scene"）について、さらにこう述べている。

風景はプロットから派生したものである。プロットに現実味を与える。場所がなければ何事も起きない(Nothing can happen nowhere.)。……風景は、登場人物にもまして小説家の意識の中にある。小説の構成要素の中で風景は、作家に自分自身の実力をもっとも意識させるものだ。だから危険なのだ。力のない小説家はつねに風景を取り入れなければと思っている。（ジェイン・オースティンが風景描写を省略して、文脈から予想され得るときに風景描写を控えているのは、彼女が小説の作法をマスターしていた証拠である）。小説に風景を使うことが正当化されるのは、風景が小説の動き（action）と人物（character）の土台になっている場合に限られる。(8)

ボウエンも言うとおり、ジェイン・オースティンの小説では、灰色の空から雪がひとひら落ちてきた、または、今日は朝、雨が降った、というような一句が小説に奥行きを与えている。いまはオースティンの情景描写について述べるときではないが、十八世紀にはワーズワス、コールリッジによるロマン主義宣言があり、以来、春や野の花々、秋風や西風が詩になり、人々が心を寄せるようになった。だがオースティンは情景描写をプロットの上に置くことはまだしていない。二十世紀も三〇年代に入ると、世界大戦が遺した災禍が社会の至る所に消えない傷を残した。無数の命が失われ、屋敷も街路も一変し、原型をとどめない廃墟となった。あったはずのものが無くなっている。だから暗闇の中、人は過去の記憶をさぐり、記憶がかき集めた風景を見る。だからボウエンはさらに言う。

風景は、物理的なものだから、人物の物理的な特性と同じく、コピーである、というか合成されたコピーである。風景も記憶から——合理的には共有できないものである記憶から——かき集められる。だからつまり、絵画、写真、映画のスクリーンが記憶の供給源になる。そして夢も。すべては「実物」——家、町、部屋、公園、情景——がもとになっている。しかし、プロットにするためには、実物を少し歪めて使う必要がある。遠い記憶は、すでに想像力によって歪められているので、風景として使うにはたいへん役に立つ。(9)

人の心理とモノに相関関係があること、夢が現実と切れないことは、聖書がすでに多くを語っている。なにもフロイト (Sigmund Freud, 1856–1939) を待たずとも、十九世紀中葉に哲学者ウィリアム・ジェイムズ (William James, 1842–1911) が人の心の動きをとらえ、「意識の流れ」("a Stream of Consciousness") という表現にいきつき、その弟で作家のヘンリー・ジェイムズ (Henry James, 1843–1916) は十九世紀の小説を支配していた全知の作者に代わる視点人物を実作に取り入れている。我が国伝統の俳句ではすでに、季語は人の心を表わす、という了解がある芸術である。ジェイムズ・ジョイス (James Joyce, 1882–1941) の『ユリシーズ』(*Ulysses*, 1922) の第十五挿話「キルケー」('Circe') について、一九四〇年にウラジミール・ナボコフ (Vladimir Nabokov, 1899–1977) が言っている、「この章を正しく理解した注釈者はゐない。もちろんわたしは精神分析的な解釈など、全面的にそして絶対にしりぞける。……フロイト派には、わたしは属してゐないからだ」と。[10] 心理学や社会学などの理論家に先んずる天与の観察眼を持つ作家たちは、自らの創作の流れの中で、ヒロインの心象を風景に語らせ、さらには林檎やドアや庭や火や水にストーリーの多くをゆだねてきている。初めは人物画の背景にすぎなかった風景が、やがて絵画の主題になったように、小説においても風景描写または自然描写がプロットと人物と同等な意味を持ち、重要な役割を受け持っている。

古い屋敷と新しい家々

さて、秋から晩秋へ、初冬へと移り変わる風景は、イギリスのとある古い大学村とその周辺に開拓された新興住宅地、という新旧二つの場所に今年も訪れている。

古い大学村のほうに住んでいるのがダヴィナ・アーチワース、彼女は背の高いエキゾチックな美人だが、「働くなんて論外」であり、自分に「何ができるか見当もつかない」という二十九歳の女。ちなみにオースティンの『説得』(*Persuasion*, 1817) のヒロイン、アンは二十六歳ですでにオールド・メイドになる将来を自他とも予測している。いま結婚適齢期がないのは、社会的な要因による。「独身女性は、貧しくなりがちです」とオースティンは言い、「若くなる人はいない」とボウエンは言う。アンは準男爵の娘、金の心配はないが、貴族でもないのに貴族趣味を捨てないダヴィナは、「貧しい親戚はどうあるべきか、ダヴィナはこれが少しも身につかなかった」。この一行を見ると、ジョナサン・スウィフト（Jonathan Swift, 1667–1745）の冷笑するような風刺がボウエンにも伝わっていると言いたくなる。ともあれダヴィナには、時代の流れに戸惑う階級社会、とくに結婚以外の「よりどころ」を失った女性を見守ろうとする（時には突き放す）作者の目が注がれている。

ボウエンはオースティンがあえて言外に置いた「不幸」に目を向けないわけにいかない時代の中にいた。オースティンから百年、全世界は第一次世界大戦という、かつてない「不幸」に遭遇し、ことに世界中で最も激しい変化に直面したのが、伝統と慣習が定着していたイギリス社会だった。蓄積してきた力と富の象徴であるロンドンのシティ、大聖堂や国会議事堂、オペラハウスや高級ホテル、タウン・ハウスやカントリーハウスの損壊や崩壊、貴重な家具や絵画の損壊・焼失は、具体的に目に見えるだけに、人々の心を打ちのめした。屋敷は焼失し、後継者も死んだ。「相続ならず」は文字通り、相続すべき由緒ある遺産が失われたこと、同時に由緒正しい相続人がいなくなった「不幸」を見つめた短編である。しかしボウエンの場合、「もっとも荒涼とした時にこそコメディが息づく」[11]。取り上げた主題は真剣で深刻であっても、そこにいる人はみな人間らしい可笑しみがあり、意地悪や慾張りやケチがいて、滑稽な可笑しいシーンができ上がる。

さてダヴィナはさしずめ放蕩娘、「数知れぬ恋愛沙汰と　なにかと贅沢な生活習慣」から無一文になって転がり込んだのが、伯父の未亡人であるミセス・ウォルシンガム・アーチワースが所有する古い荘園屋敷だった。

このお上品な丘のふもとを流れる川の川床のレベルにある古い村は、円形に植えられたニレの木々に囲まれて、こじんまりと古びていた。苔むした農家の屋根は黄色くなり、教会の尖塔にある風見鶏から、ときおり金色の光線がさっと走った。日曜日には塔から湧きおこり、丘を登ってくるのは、荘厳な鐘の音だった。薄い煙のかたまりが垂れこめ、流れる川面で光に溶けて、村の家々の屋根の上に棚引いていた。……［ミセス・アーチワース］の屋敷は、背後にはトキワガシの木、側面には剪定したヒイラギの並木があり、正面は高くて狭く、暗い死んだような窓が並び、幽霊小説の表紙みたいだった。……夜風が落ち葉を不気味に騒がせ、中庭じゅうを追い回し、中庭の玉砂利をまだら模様にしてから、ランプの向こうに広がる、コウモリの硬い翼のような暗闇に消えていった。（八五、八六、九三頁）

古いままに変わりようもない屋敷と村、古い木々に囲まれ、「幽霊小説の表紙みたい」な、とは。そこに居候をしているダヴィナは、金があれば、結婚すれば、という古来の習慣から抜け出せない古い女だった。

一方、新興住宅地に住むマリアン・ハーヴェイは、十五歳年長のマシューと結婚して十二年、子供は男児が二人、マシューは役所仕事を早期退職し、死んだ叔母の遺産がさらに入ったのを機に、自分が青春時代を送った大学村にほど近い丘の上に新しく建った家を買った。

この宅地を購入するには明確な条件があり、一定の金額の住居を建てられる者に限られている。ニワトリは飼わない、木造のガレージは建てない、洗濯物は戸外に干さないという協定もあった。……互いに離れて建てられた家々は、知り合いになれないイギリス人同士を思わせ、……ハーヴェイ家の居間［は］……ステンレス製の窓枠の窓……スチーム暖房のせいで壁に結露が生じ……空気は生気を奪われて干からびていた。……時計は時を刻んでいたが、部屋は呼吸をしていなかった。（八四、八九頁）

ニューリッチのために建てられる現代設備の整ったニューハウス、ニワトリは飼わない、洗濯物は外に干さない。静かに優雅に上品に住むためのルールが、逆に隣人との争いや生活臭を匂わせ、理想と現実のギャップをすでに予言している。イングランド南東部に建設された英国最初の田園都市、レッチワース(Letchworth)など、理想を全部取り入れた設計図で建てられた高級住宅地がロンドン近郊に開かれ始めた二十世紀初頭、ジョージ・オーウェル(George Orwell, 1903–50)とは違ってボウエンは、こうしたニュータウンにはすでに幻滅していたようだ。[12] だがマリアンは新居が自慢でならないハッピーなハウスワイフ。十九世紀のハウスワイフに与えられた「家庭の天使」("The Angel of Home")という呼称は、曖昧なまま、二十世紀になると、家事使用人に代わって出てきたモダンな設備が家庭に入り、「家庭の天使」から伝統的な役割を奪っていく。ハウスワイフもまた相続すべきものを見失った存在だった。

「人の悪事をなすや」('The Evil That Men Do', 1923)のハロルドの妻(妻は名無し)がマリアンに一番近いハウスワイフだ。マリアンはこの朝、詩の朗読会で知り合った男から手紙が来て、彼女はそぞろ胸を騒がせていた。そこにロンドンから帰宅した夫から素晴らしいハンドバックを贈られて夫に抱きつき、胸騒ぎはすっかりおさまる。彼女の夫ハロルドもマリアンの夫マシューも仕事でロンドンに出て(女に逢っていることは容易に想像がつく)、機嫌よく帰宅する。妻にはとても優しい夫で、夫婦仲はとてもいい。「段取り」('Making Arrangements', 1926)のマージョリーは夫の家を出て行くが、こちらはユーモアが通じない面白くもない夫に愛想をつかしたものの、別の男と暮らそうというだけのこと。小説『北へ』(*To the North*, 1923)のエメライン・サマーズは旅行会社を経営しているが、結婚はまだしていない。ボウエンにあっては、結婚生活と仕事を両立させたヒロインはまだ見られない。

「よりどころ」('Foothold', 1929)のジャネットは忠実な夫ジェラルドがいて、夫が買ってくれたジョージ王朝後期様式の屋敷に引っ越してきたばかり。イギリス人の最高の趣味と言うべき屋敷や庭のリノベーションに腕を振るう愉しみで一杯である。子供はボーディング・スクールに行っている男児が二人。家族の友人で作家のトマスは、人妻である彼女を人妻であるという意味で崇拝している。ジャネットは階級的にマリアンより数段上のアパーミドル、それらしい社交生活を満喫しながら、いつの間にか心のうちに空白ができている。

屋敷があって、庭があって、友達、書物、音楽、手紙、自動車、ゴルフ、その気になったらけっこうロンドンまで行くし、ええ、そういうわけで、その合間の時間など一分もないわ。それでも余地がどんどん増えてきっと隠れているんだと思う。(「よりどころ」三〇二頁)

そしてジャネットは、十八世紀中葉にこの屋敷の持ち主だったクララ・スケップワースの存在を知り、平穏無事な主婦だったらしいクララについて、「彼女が幸福でなかったと考える理由もなさそうだし。面白くなかったのよ。満ち足りていた女は、みんな面白くないでしょ」と言って彼女に自分を重ね、不満を増幅させ、階段の踊り場やドアの前を通るクララを見るようになり一体化していく。夫ジェラルドには見えないクララが、トマスには見える。これも問題である。男二人はこう思う、「彼らはもっと屈辱を感じないでいられただろう、もしジャネットが愛人を作っていたら」と。

「相続ならず」のマリアンが将来、マージョリーになるか、ジャネットになるかは、今後の問題である。ともあれ今宵は、夫マシューがロンドンで一泊すると言って出掛けた。それは夫のいない夜である。マリアンはダヴィナと夜遊びに出る。

ダヴィナの夜、マリアンの夜、そして真夜中のプロセロ

ミセス・アーチワースの荘園屋敷は、二階建ての厩舎が付いた本格的なもので、馬車がなくなった今、厩舎の二階にはお抱え運転士のプロセロ（Prothero）が住んでいる。馬車に代わって使っているのは高級車ダイムラーで、プロセロは四カ月前にその運転士として雇われた男だった。

プロセロは第一次大戦に従軍、生還して、帰還兵士のお決まりコースである車のセールスマンになる。[13] ある日電車の中で上流夫人のアニタと知り合い、深い仲になる。セックスに溺れたアニタは川沿いの一軒家を偽名で借りて、二人はそこで逢引をする。プロセロがやって来ると、窓のピンクの水玉のカーテンから彼女が腕を出して、窓を閉める。アニタが求めていたのは彼の「下男」（"flunkey"）である肉体のみ。一方プロセロは、戦争で失った何かをアニタに求めていたのかもしれない。セックスするたびに「下男」の体に興奮するアニタに絶望した彼は、枕を口に押し当てて彼女を殺す。これがバンガロー殺人事件となって、新聞にも記事が載る。しかしアニタの夫はこのバンガローは夫婦の休息用に借りたものだと証言、真犯人を追跡するより自分の立場が大事な男だった。殺人事件は結局迷宮入りとなる。

プロセロはその後、マルセイユに出張したおりに、さる別荘の雇い人を飲酒癖で首になった男に出会い、有り金を飲んですっからかんの彼に二百フランやってパスポートを買う。さらに五十フラン渡して彼から紹介状（雇われるには前雇用主の紹介状が必要）を巻き上げると、その酔漢をマルセイユの港に突き落とし、石のように彼が沈むまで見ていた。ホテルに残したパスポートから、警察が彼の会社に連絡したが、元兵士のセールスマンなど、顔すら誰も覚えていない。「歓楽街で身を滅ぼして消息を絶った愚かなイギリス人」として彼は葬られる。こうして本

名も不明な元イギリス兵はプロセロとなって帰国、ミセス・アーチワースの自家用車ダイムラーの運転士になった。

川べりの湿気が多いバンガロー、酔った船乗りや売春宿の女でごった返す港町マルセイユ、そしてイギリスの古い村で、老女が乗ったダイムラーが「耕運機」か「霊柩車」のように、のろのろと進む。これらの情景が戦場からやっと生還したイギリス兵士の、見捨てられた孤独な戦後を物語っている。教育や技能訓練を受ける間もなく戦場に赴いた若者たち。やっと生還しても、まともな職業に就くことができない。「生まれてこなければよかった」、「戦争で殺してほしかった」と言うプロセロは、多くの元兵士が抱えているやり場のない現状を、裏切られた怒りを代弁している。

プロセロが住まいにしている厩舎の二階は、その窓が庭の植樹をはさんでミセス・アーチワースの寝室の窓に面している。真夜中を過ぎた一時、二時まで明かりが付いているのをミセス・アーチワースはちゃんと見ている。彼女はただのばあさんではない。世故にたけていて、金にうるさい老女である。プロセロの窓に人影が映らないことから、プロセロが女を連れ込んではいないと見ているが、電気代はこっち持ちだ、とあって、十時には消灯するように言い渡す。すると十時きっかりに電燈は消え、代わってほの暗い蝋燭の火が毎晩灯る。夜から夜へ、プロセロは愛着と憎悪が半ばする手紙を亡きアニタに宛てて書いていたのだ。同じ手紙を書き、書いた手紙をストーヴの火にくべる、その果てしない繰り返し、これが厩舎の二階にいるプロセロの夜だった。

D・H・ロレンス (D.H. Lawrence, 1885–1930) は、階級差を乗り越えたレディ・チャタレーと森番のメラーズのために、二人に子供を与え、ロマンティックな可能性のある将来を用意したが、ボウエンは違う。アニタには、身分の差を刺激材とする性愛しかなかった。性の快楽を知ったレディ・チャタレーがやがて、アニタのように変貌することもありえない話ではなかろう。

ついでダヴィナとマリアンの夜が始まる。

十一月も終わりに近いある夜、プロセロの部屋に上がる階段に人の気配がする。ダヴィナがマリアンと夜遊びに出るにあたり、彼に金をせびりに来たのだ。プロセロとキスをして、ダヴィナは一ポンドもらう。これをセックスの代償、ととるのは読み間違い、九時の鐘が鳴り出したときにダヴィナは階段を上がり、その鐘の音が鳴り終わらぬうちに階段を降りてくるダヴィナをマリアンが見ている。プロセロがダヴィナに貸した金は合計七ポンド十シリング六ペンスになっている。

金がなくては夜遊びはできない。ジェイムズ・ジョイスの「アラビー」('Araby')の少年もそうだった。先に触れた『ユリシーズ』の第十五挿話「キルケー」は「夜の町」とも言われる。ジョイスもボウエンも夜のシーンが好きだ。「アラビー」も夜に始まる短篇で、ぼくはマンガンの姉になにか買いたいのに、その金はおじさんにもらうしかない。九時を過ぎておじさんがやっとくれた一フロリンを握りしめて、ぼくが「アラビー」という看板の出たバザーに到着したとき、時計はもう夜の十時十分だった。「暗闇を見上げながら、ぼくは自分が空しい虚栄に駆り立てられ、嘲笑された動物であるのを悟った。ぼくの目は苦悩と憤怒に熱くなった」(14)。

ダヴィナはプロセロからキス一回と交換した一ポンドをもって、マリアンのマイカーのクーペに乗り込む。持ち金が一銭もない屈辱を、ダヴィナもマリアンも意識している。だからこそ、使用人から金をもらうダヴィナにマリアンは不快な顔をし、夫から金をもらうマリアンには吐き気がする、とダヴィナは言うのだ。

途上にあった旅籠屋の時計が十時を打つころ、マリアンのクーペが、オースティンのヒロインが一生出たこともない夜の闇へ向かって走り出す。ダヴィナとマリアンはさらに夜の奥へ、真夜中へと向かう。

真夜中のマスカレード

暗闇の中を走るクーペのライトが照らし出したのは、豪華なパラディオ様式の番小屋二軒に挟まれた広い門だった。さらに門を三回くぐると、巨大な屋敷が現れた。玄関のドアからどっとでてきた黒い人影とともに二人は中に入る。

　凍えそうに寒い大ホールがあり、黒白の市松模様の床と無数の円柱が憤慨しているような様子を呈し……シートを掛けた家具が描く氷山のような輪郭……シャンデリアは袋で覆われてチーズみたいに見え……暖炉の中から冷気が流れてきた。当主不在の家だった。……赤い大理石の柱台の上にはプシケの像が片腕で胸を覆って上手に立っていた。……金色の花飾りのある時計が、マリアンの頭上でか細い音を立てて真夜中を告げると……。

（三八六、三九八頁）

ここはロード・シンガミーの荘園屋敷、秋冷の真夜中、寒さで凍えそうな屋敷には、不在の当主に代わってオリヴァーという男が滞在している。彼はその実、屋敷の付属図書館の蔵書カタログを作るために雇われただけ。彼はダヴィナの恋人だった男で、この美男美女のカップルは金がなくなって、結婚する時期も情熱も消えてしまった。オリヴァーは二十ポンドで蔵書のカタログ作りを引き受けたが、彼がカタログを完成するとは誰も思っていない。

今宵この廃墟のような荘園に集まった彼の仲間は、ティーハウスを開くために百ポンド欲しい中年女のミリアム、ロンドンで金持ちの女と同棲している生活力のない白系ロシア人のポール、賭博で五千ポンド儲けたのを機に歯科医を休業、今夜の酒代に自腹を切ってその金を使い切り、明日から元の歯科医に戻るパードン、そしてロード・シンガミーがオリヴァーの監視役として寄越した家政婦で、恐ろしく太ったミセス・ベニントン、しかし彼女は泥酔して眠りこけたまま、終わりまで目を覚ますことはない。そこにダヴィナとマリアンが加わって、男女三人ずつ、真夜中のマスカレードの人員が揃った。ロード・シンガミーはケチな男で、暖房のスイッチを切り、ワインセラーの鍵を持ち去っていた。彼も金がない没落貴族の一人なのだろう。

早く来た秋、早い夜の到来、ダヴィナとマリアンが時鐘に急き立てられて到着した荒廃した荘園屋敷が、深夜のマスカレードの会場だった。「相続ならず」の面々を前に、マスカレードの主催者、オリヴァーが傍白する。

……オリヴァーが父親からもらったのは、悪い忠告だけだった。オリヴァーは金持ちを軽蔑し、貧乏人を嫌悪し、酒を飲んではクソ中産階級なんか死んでしまえと毒づいていた。……自分自身を憎悪して信じなかった。古いしきたりに足止めを食い、新しいしきたりは居場所を与えてくれなかった。……彼自身の親戚は、その滑らかな表面の下に抜け目ない卑しさがあり、何一つ頼めない手合いだった。彼らはできるかぎり手をつくして、オリヴァーを友人たちに丸投げした。……彼は感謝の念に欠けた乞食で、どもりがあるのも不利だった……しかし身長があり金髪だったので……失意のヴァイキングといった風情だった。……意味なく特権階級の生まれてきたわけではなく、ダヴィナ同様、何の屈託もなく平気で悪いことをした。(三八八—三八九頁)

オリヴァーの独白の一句一句に、マスカレードで仮面の下に隠した「相続ならず」の遺産がすべて出ている。階級社会が共喰いをはじめ、アパーミドルが仮面の下に隠していた俗悪が露出している。『パリの家』(*The House in*

Paris, 1935）で、イギリスのアパーミドルの娘カレンは、私たちにとって変化とは劣化にほかならない、いっそう革命が起きて欲しいと言った。変化とは劣化、変化とは仮面の下でうごめいている素面だった。オリヴァーの失意と憎悪にカレンと同様のジレンマと怒りが入り混じって、この廃墟のような荘園屋敷にこだましている。当主不在の荒れ果てた荘園、冬を前に凍えるばかりの墓所のような荘園に、真夜中のうたげに集った幽霊のような面々。同じ真夜中に、ダブリンではアラビーの市から空しく帰った少年がマンガンの姉を想って眠れぬ夜を過ごしている。古い大学村の荘園屋敷では蝋燭の明かりの下、プロセロが長い手紙を書いている。冬が迫る風景の中を車で駆け抜け、新旧の交代を告げる時計に追いかけられて、真夜中に入り込んだ男と女。風景が人物とプロットと一体になっている。プロットと登場人物と一体になるときに、風景描写が許される。場所がなくては何事も起きない。廃墟のような風景がプロットと人物を支え、「相続ならず」は大団円を迎えている。

場所および風景が創作のインスピレーションになるというボウエン。そのボウエンが書いた作品として「相続ならず」を読むことができた。いまあらためて冒頭の風景描写を見ると、これがまさに一時代の終わりの風景であったことがよく分かる。最初の世界大戦の余燼が消えない中、次なる戦争を招きかねない不穏な空気がさらなる廃絶を予感させる。ボウエンの目には、カントリーサイドに訪れた晩秋の気配に、戦間期のイギリス社会の不安が重なって見えたのだろう。風景が一時代の終焉の現実を表わしている。

さて、真夜中が去り、ミルクのような日光が射す朝がきた。ダヴィナは伯母の元に帰り、ザクロ色の口紅を唇に塗り、「お金さえあれば」と思う。マリアンはロンドンから帰る夫を迎えにクーペに乗って駅へ行く。給水塔とガスタンクが草地の向こうに見え、新しい家々のステンレスの窓枠が光る。丘を登って来た男性二人は、道路建設のための杭を打ちに来た男たちだ。この先築かれる新しい風景も、きっと新しい物語の土台に変貌するに違いない。

「相続ならず」は、戦争も廃墟も、崩壊も喪失も、冬も夜も、そして新旧のすべてが相続遺産の目録の項目であることを示した。相続されない遺産、どの時代にもそれはあって、作家のヴィジョンとフィクションがそれを後世に語り継ぐ。作家の本分はここにあるのだと思う。

ボウエンが書いた歴史とフィクション、または過去と記憶に関する記述から、二、三抜粋しておきたい。

子供時代に帰るほかに、過去（または過去の理想）に戻るもう一つの道がある、それは人工的な記憶の道だ。……フィクションを書く者はみな、人工的な記憶に一役演じてもらわなくてはならない。

過去を歴史からではなくフィクションからためらわずに摘むがいい。フィクションという芸術は、一枚の絵に仕上げる必要から、削除し、編集する――つまりウソをつく。ナマの歴史は勝利者たちの年代記である。勝利には敗北が含まれている。信頼は裏切られる。過去の多くの部分が、恩寵によってであろうか、忘れ去られなかったら、現代の我々のセンシビリティは、その影響に堪え得ない。

人間のジレンマは人間であることから切り離せない。それはいまも昔も変わらない。(15)

注

（1）ボウエンの伝記に関する記述は、Victoria Glendinning, *Elizabeth Bowen: Portrait of a Writer*, London: Phoenix, 1993, Edited by Eibhear Walshe, *Elizabeth Bowen*, Dublin: Irish Academic Press, 2009 を参考にした。なお本論に引用した訳文は、特記しない限り、すべて拙訳。

（2）William Trevor, *Excursions in the Real World*, London: Hutchinson, 1993, p. 2.

（3）Phyllis Lassner, *Elizabeth Bowen: A Study of the Short Fiction*, New York,Twayne Publishers, 1991, pp. 168–179.

（4）ここに挙げた短編六編は、*The Collected Stories of Elizabeth Bowen*, New York: Alfred A. Knopf, 1981, with an Introduction by Angus Wilson に収録された各作品の頁数で数えて記した。なお邦訳としては、「古い家の最後の夜」と「林檎の木」は、エリザベス・ボウエン『あの薔薇を見てよ』（太田良子訳、ミネルヴァ書房、二〇〇四年）に収録、「相続ならず」、「幸せな秋の野原」、「蔦がとらえた階段」、「夏の夜」は、エリザベス・ボウエン『幸せな秋の野原』（太田良子訳、ミネルヴァ書房、二〇〇五年）を参照。

（5）Allan E. Austin, *Elizabeth Bowen* (Revised Edition), Boston: Twayne Publishers, 1989, p. 79.

（6）'The Disinherited', *The Collected Stories of Elizabeth Bowen*, New York: Alfred A. Knopf, 1981, with an Introduction by Angus Wilson, p. 375. 以下、同作品からの引用は頁数のみを記す。その他のボウエン作品からの引用は、作品名と頁数のみを記す。

（7）Edited by Hermione Lee, *The Mulberry Tree: Writings of Elizabeth Bowen*, London: Harcourt Brace Jovanovich, Publishers, 1986, p. 282. (7)

（8）Elizabeth Bowen, *Collected Impressions*, London: Longmans Green and Co., 1950, pp. 253–254.

（9）*Ibid.*, p. 254.

（10）丸谷才一『6月16日の花火』、岩波書店、一九八六年、六〇頁

（11）Lassner, *op. cit.*, p. 254.

（12）Valentine Cunningham, *British Writers of the Thirties*, Oxford: Clarendon, Press, 1988, p. 259.

（13）帰還後の兵士の仕事先は「父がうたった歌」が訪問販売のセールスマン、「ラヴ・ストーリー　１９３９」が車のセールス

マン、『心の死』ではブラット少佐が農園の差配人になるための面接に不合格、無職のまま。

(14) 高松雄一訳、ジェイムズ・ジョイス『ダブリン市民』、集英社、一九九九年、五五頁。

(15) Lee (Ed.), *op. cit.*, pp. 56–58.

第十四章　「夏の夜」

夕映えの世界に交錯する諦念と充足
——二つのアイルランドに向けられたまなざし——

米山　優子

黄昏時の孤独

一九四一年に発表された「夏の夜」('Summer Night') は、エリザベス・ボウエン (Elizabeth Bowen, 1899–1973) の短編小説の中でもとりわけ高く評価されている。[1] 戦時下の不穏なヨーロッパ、第二次世界大戦で中立を保ったアイルランドの複雑な立場と登場人物のヨーロッパ観、アングロ・アイリッシュとして生きたボウエンの視点などが巧みにストーリーと重なりあい、刻々と移り変わる夕暮れの情景を中心にした場面展開と、登場人物の心理描写から多くのことを考えさせられる。この作品でボウエンは、日差しや月明かり、空の色などによって時間の推移を描出し、夕映えから夕闇の世界へと読者をいざないながら物語を進行させる。冒頭の情景描写では大気と光の彩が見事に溶けあい、黄金色の干し草と赤いつる薔薇が鮮烈な印象を放っている。天上とこの世との対比が際立つ一節を通して、読者は登場人物が日常のくびきにもがく世界へと入り込んでいく。

太陽が沈み、残照がゆっくりと風景に溶けこむと、万物が火とガラスから造られたようになった。射るような真昼の視線からようやく解放された干し草の山は、二番刈りがすんだ牧草の上で浮き上がっているように見えた。その新鮮さがあたりの大気に染み込んでいる。さほど遠からぬ辺りにある丘陵が、斜面に灌木群を茂らせ、光を浴びて、もう一つの世界にある丘のようなたたずまいを見せ——おそらく人が足を踏み入れたことのないかの地に立つのは天上の悦びであり、木々の間に開けた空き地には金色の粉が柔らかく降っていることだろう。そうした丘陵に逆らって、燃えるように赤いつる薔薇が道路沿いの人家の庭に咲いていて、いかにもこの世を思わせていた——(2)

この短編とほとんど同名の抒情詩「ある夏の夜」('A Summer Night,' 1852) を書いたマシュー・アーノルド (Matthew Arnold, 1822–88) は、月夜の寂寥感を基調として、永続する幸福への懐疑心と自己への不安を吐露している。「むなしく高鳴る心」を抱えた詩人に、「澄みきった穏やかな月」が問いかける。

いまもなお、
死にゆくこともなく、
心から精神を渦巻くようにして運び去る
炎の輝きを感じることもなく、
波のように行ったり来たり揺れ動くばかりで、
情熱に流されることもなく、
時流に麻痺することもないような、

かつての安らぎのない気持ちでいるのか。（「ある夏の夜」二七—三三行）[3]

第二次大戦下のアングロ・アイリッシュと、ヴィクトリア朝の知識人が苛まれた孤独を並べて論じるのは無理があるが、「今の自分のままでいるように願うべきか、それとも甘んじて目の前にいる他者と同じようになるべきかわからない」（「ある夏の夜」三四—三六行）と答える詩人は、ボウエンの「夏の夜」で苦悩する登場人物たちと似ているように思われる。また、天上の世界とこの世との対比はアーノルドの「ある夏の夜」にも現れる。かすかな曇りもなく澄みきった天空は、この世の労苦を分かち合いながら気高く、塵や汚れとは無縁である（「ある夏の夜」七六—八二行）。そのような天上の世界は人の心の地平線がどれほど限りなく、どれほど広大で、どれほど澄んで透きとおっているかを示すために存在するのだとアーノルドは説く（「ある夏の夜」八七—八九行）。

「相続ならず」('The Disinherited', 1934)、「幸せな秋の野原」('The Happy Autumn Fields', 1944) と並んで、「夏の夜」は「ボウエンが作品に必要だと言うあらゆる技芸と語りの形式を兼ね備えた」[4]長い短編であり、この長い短編こそボウエンの才気が発揮されるジャンルであると評されている。[5]また、アイルランドを題材にしたボウエンの選集でも、編者が最も優れた作品として挙げているのは「夏の夜」である。[6]ボウエンは、「夏の夜」でどのような境地を描こうとしたのだろうか。

夕闇に向かう逃避行

物語は、ファミリーカーがアイルランドの夏野を日没と平行して疾走する場面で始まる。古ぼけた大型車の中は小柄な運転者一人で、時間を気にしながら、どこか上の空で先を急ぐ女である。田舎道を荒っぽい運転でひた走る女の顔には向かい風が勢いよく吹きつけ、峠の風景が飛ぶように過ぎ去る。余裕のない表情の女の眼には、日没前の美しい光景も映っていない。後部座席でコートや化粧カバンが左右に滑るのも気にしない。雑然とした車内から運転者の素性を窺い知ることもできず、読者には行先も行く目的も伏せたまま、女はホテルに立ち寄る。いら立つ女から電話をつなぐように言われたフロント係は、同性の鋭い観察眼で客の様子を読者に伝える。しわくちゃの服、素足にサンダル履き、息せき切って焦点の合わない瞳など、全体的に注意散漫な子どものような雰囲気を印象づける。居合わせた客とフロント係が戦況を話題にするそばで、女はつながった電話に飛びつき、頬を紅潮させながら受話器を大切そうに握りしめ、目的地で自分を待っている相手とことばを交わす。「あなた」(darling) という呼び掛けや、相手の沈黙はタバコの灰を落としているためだと女が知っていることから、受話器の向こうにいるのは親しい間柄の人物であると推測できる。しかし男の落ち着き払った声とは対照的に女の声は震え、二人の会話もどこか噛み合っていない。焦らずに来るようにと言った後で、「少佐は元気?」と男は尋ねる。女がエマという名前であることもここで明かされるが、それに対する弁解がましい受け答えから、三者の複雑な人間関係が読みとれる。

電話の相手はロビンソンという工場経営者で、小高い丘に建つ邸宅で不意の客をもてなしている最中であった。エマとの電話を切ると、ロビンソンは笑みを隠さないまま居間に戻り、聾唖の女クウィーニー・ケイヴィとその弟ジャスティンの饗応を再開した。ロンドンのシティで働くジャスティンは、休暇を過ごすために姉の住むこの町へやってきた。ジャスティンが例年のようにフランスやドイツやイタリアへ赴かないのは、戦争がそれを阻んだからである。眼鏡をかけ、髪はまばらで、神経質な思索家のような面持ちでありながら、四十代のジャスティンには人なつこい学生っぽさも残っていた。三年前にここへ移り住んだロビンソンとは、この休暇中にホテルのバーで出会った。「大柄で、金髪で、にこやかで、磊落で、冷血な」（六六〇頁）ロビンソンを前にすると、多弁なジャスティンは自分の内にある弱みを進んで吐き出し、頭でっかちな持論を展開した。知り合って間もないロビンソンに心を許したのは、「どこか不安で厄介な魅力」（六六〇頁）を感じたからである。この晩もジャスティンはロビンソンを相手に「思考と感覚の新しい形を見出すべきだ」と滔々と主張し、ロビンソンが客の長居を気にしはじめた素振りにも最初は気づかないようであった。

姉のクウィーニーは、住民たちの間で一目置かれる美しい中年の女であった。細面で「ピンクと白のスウィートピーがかすかに色褪せたような」（六五八頁）肌をしていた。弟の滞在中は一緒に近隣の家々のお茶会に出掛けていき、研ぎ澄まされた洞察力と上品な物腰で、「医者、事務弁護士、競売家、銀行家といった人々」（六五九頁）との交流を楽しんだ。

ロビンソンは工場では猛然と仕事に向かい、休日には高性能車を派手に飛ばすような暮らしぶりで、そのような「びくともしない男の個性」（六五九頁）が保守的な地元の女たちから疎まれていた。妻と別居中であることが知れ渡っても、ロビンソンは批判をものともせずに鷹揚に構えていた。それが却って女たちから敬遠される原因でもあったが、その夫たちからは仲間として受け入れられる存在であった。ロビンソンは、クウィーニーが秘かに「青い陶器の家」(blue china house)(7) と呼んで憧れていた館に住んでいた。青い壁の屋敷と、背高のパンパスや三日月形の花壇のある庭は管理が行き届いており、その清潔さはロビンソン自身の「耳、顎、襟元、深く切った爪」（六六〇頁）といった外見にも反映されていた。自分の住まいから見えるのとは違う風景を眺め、クウィーニーは窓辺で自分の世界に浸っていた。そのような姉をよそに興奮気味に話しつづけるジャスティンは、ロビンソンが当たり障りない会話を維持しながら時間を気にする態度を示していることにようやく気づいた。しかし、ロビンソンは議論を打ち切る代わりに、別居している二人の息子の写真をクウィーニーに見せる。それを見てクウィーニーは、もう一人娘がいるのではと直感するが、ロビンソンはクウィーニーのことばに動揺する。ロビンソンには実際に娘があったが、その子は既に亡くなっていたのだった。

留守宅に残された家族

エマの自宅は、ロビンソンの家から百キロメートル弱も離れたところにあった。エマがロビンソンのもとへ向かっている頃、夫である少佐は屋敷の果樹園を見回って戸締まりの準備をしていた。「まばらで下がり気味の口ひげ」をたくわえた長身の少佐は、「軍人らしからぬ猫背の男」であった（六六四頁）。足元の林檎を拾っては傷の具合を見て大切そうにポケットにしまう少佐の動作には、出来の悪い果実と反対に「規格品のような、不満を洩らさない」（六六四頁）様子が見受けられた。しかし、疑念や物思いに囚われる時にはたびたび顔を軽くしかめることもあり、この数か月間は表情がより険しくなっていた。

そこへエマから電話が掛かってきて、ドライブは順調で目的地まであとわずかだと告げる。妻が行き先を偽っていることに、少佐は気づいているのだろうか。同居しているフラン叔母さんは、甥の少佐から電話の内容を聞いて不審に思う。エマは電話で家族の様子を尋ね、夫とお休みの挨拶を交わしたのだが、午後遅くにようやく出掛けたとき既にお休みを言っていたからである。読者はフラン叔母さんのことばを通して、エマがぎりぎりまで外出を迷っていたことや裸足のまま出掛けたことを知る。さらに少佐と娘たちの会話からも、母が口笛を吹きながら荷造りしていたことや、ストッキングを履かずに出掛けた母をフラン叔母さんが心配していたことがわかる。寝しなの娘たちの詮索や追及をかわして、少佐はフラン叔母さんの待つ客間に戻る。父が寝室を辞した後、二人は父の落胆ぶりを気にするが、その理由を尋ねるダイにヴィヴィは戦争のことを考えているからだと答える。

父がため息ばかりつくのは本当に戦争のせいなのだろうか。ヴィヴィはなかなか寝つけず、遂にベッドを抜け出して屋敷の中を歩き回る。「気まぐれに引いた一本の線が、この子と動物を分かつ境界線だった。」（六六八頁）寝間着を脱ぎ、裸になってヴィヴィが覗いた家の内部は「人間の秩序」が失われているようであった。その無秩序に感化されて、ヴィヴィは赤と黄色と青のチョークで全身に星と蛇を描き込み、最後に母の寝室に行き着く。留守中の母のベッドの上で飛び跳ねると、今やすり切れた母の嫁入り道具の絨毯を通じて、階下に振動と騒音が伝わった。

少佐は様子を見に行こうとしたフラン叔母さんを制するが、予期せぬ激しい抵抗に遭う。叔母さんは屋敷の中で誰も自分の居室に寄りつかず、いつも自分がないがしろにされていると訴える。自分の眼で異変を確かめに行った叔母さんは、エマの部屋でヴィヴィの放埒ぶりを目撃する。そして非常な力で裸の子どもに毛布を巻きつけ、夜のお祈りをもう一度唱えさせる。興奮が冷めやらぬまま寝室に退いた叔母さんは、人生の思い出の品々に囲まれて今の自分の言動を反芻した。「客間に訪れた邪悪な瞬間」と、少佐に「私は要らないのね！」と叫んだ瞬間が「臭気のように」つきまとったので、叔母さんは服を脱ぎ捨てたくなるほどだった（六七一頁）。しかし、迷いもなく裸になって自由に振る舞ったヴィヴィと異なり、叔母さんはそれを実行できなかった。懺悔することも行動することもできない代わりに、戦争で「世界の血が汚染された」（六七二頁）ことを憂い、思いを巡らすだけだった。「いかなる傷口からも清らかな血はもう流れてこない――そう、英雄だって黒い血を流す。（中略）誰が黒い潮流をせき止められるのか？」（六七二頁）子どもですら無垢でいることはできず、生まれながらにしてこの世の悪を見抜いている。「エマは飛ぶように出て行った――なぜとも、どこへとも言わなかった。（中略）今夜はどうしたというのだろう——戦闘があるのか？　悪いことが起こりそうな夜だ。」（六七二頁）エマからの電話で心乱れたとき、叔母さんは少佐が家中の戸締まりをする音を聞きながら、「眠らぬ夜に対抗して家が要塞と化した」（六六七頁）と感じて落ち着いたはずだった。この家に神の祝福は降りず、「敵が侵入し、這い回っている」（六七二頁）と叔母さんは怯える。一人客間に残った少佐が何をしているのか、叔母さんにも読者にもわからない。「最後のドアが閉まり、家の監視役から解放される」（六七二頁）ときを叔母さんは待ちつづける。

それぞれの長い夜

亡くなった娘の写真を見て、その不憫さにクウィーニーは居たたまれなくなるが、ジャスティンはロビンソンを挑発するような発言に出る。別居中の妻子のことをぶしつけに尋ね、ロビンソンが地元の女たちに青髭だと噂されていることも隠さない。突然の来訪者の無遠慮さにロビンソンは呆れ、あからさまに時間を気にする態度で応酬する。エマの車が到着したのは、ケイヴィ姉弟がぎこちなくロビンソン宅から出てくるところだった。エマは門の外に車を止め、「闇の中でうずくまった車の中でうずくまった」（六七五頁）。二人が自分の車を凝視しながら町の方へ下りていくのを見つめ、視界から見えなくなってからようやく家の中に入った。

ロビンソンと居間で二人きりになったエマは、「夜がとてもきれいだった」と旅路を振り返るが、「冒険」をやり遂げたにもかかわらず悲し気で、「食事でも始めるように落ち着いていた」（六七七頁）ロビンソンと対照的であった。エマは、冷たく威圧的な雰囲気の居間で息苦しくなり、花の香りが漂う庭へロビンソンを誘う。しかし、別室に飾ってある子どもたちの写真や電化製品の並んだ台所を見て、ロビンソンとの距離をさらに感じる。エマは失望しながらも、庭から見える廃墟の城と湖におとぎ話の成就を願うが、現実的なロビンソンがその気持ちを分かちあうことはなかった。エマにとっての「冒険」は、ロビンソンにとって「単調な実習」（六七八頁）に過ぎなかった。

ホテルに戻ったジャスティンが、ロビンソンへの決別状を一気に書き上げて投函した一方で、クウィーニーは我を忘れるほど強い幸福感を覚えていた。クウィーニーにとってこの夜は、思いを寄せる相手と廃墟を歩いた二十年前を思い起こさせる夜でもあった。それは、クウィーニーが「きっとまたいつの日にか巡り合う夜」（六八二頁）であると信じてやまない思い出深い夜であった。読者は「言葉が影を落とすこともない静寂な世界」（六八一頁）で、青い陶器の家を訪問した余情をクウィーニーと味わいながら小説を読み終える。

つながりを求めて——通じ合う手段

エマはロビンソン宅へ向かう途中でロビンソンと夫に電話を掛けるが、二人との会話には共通点がある。どちらの場合も、緊急に伝えなければならない用件があるわけではない。相手は掛かってきた電話に少なからず驚き、ドライブの経過報告を聞いて飛ばし過ぎを忠告する。電話を先に切るのは男の方で、最後にエマが口にしたことばは相手の耳に届いていない。両方の相手に対するエマのことば遣いは至って親密だが、ロビンソンと話す際には緊張が感じられる一方で、少佐には「うたうような」（六六五頁）口調で嘘の旅程を告げる。電話に出る前、果樹園の点検をしながら林檎を拾う少佐のしかめ面は、禁断の果実を手にした妻が原因なのか。「あなたのこと考えてたから」（六六五頁）という妻のことばは本当に聞こえなかったのだろうか。ロビンソンも少佐もエマの最後のことばを聞かずして早々に電話を切っているが、エマと理解し合うことのない日常をほのめかしているようである。

エマとロビンソンが互いを必要とする気持ちは一方通行で、直接話す場面でも電話の場合と同じように心を通わせることはない。エマは電気のスイッチが至るところにあるロビンソンの台所を目にして疎外感を覚えるが、電化製品が象徴するのは現実的な合理主義を信条とするロビンソンその人である。ロビンソンにケイヴィ姉弟の長居を知らせるのは電気時計であり、ロビンソンには退屈で「眠たげな夏の町」(六六〇頁)に響きわたるのも、ロビンソンが庭を整える電動式芝刈り機の音である。

即物的なロビンソンに傷つけられるという点では、エマもジャスティンも同様である。ロビンソンには、ボウエンの知人でコークのキルドラリー(Kildorrery)で乳製品業を営むジム・ゲイツ(Jim Gates)という実在のモデルがいた。[8] 思い描いていたおとぎ話が消散したエマはやりどころのない悲嘆に暮れ、ロビンソン宅を辞したジャスティンは理由のわからない憤怒に身悶えする。二人がことばを交わすことは決してないが、ジャスティンはロビンソンへの決別状の中で、車内に身を隠さざるを得なかった客人に同情を寄せている。そして、もし問題を抱えて来訪したのなら、自分のところに来るべきだったとも考えられると述べている。不本意ながら退散せざるを得なかったのはエマのせいだったにもかかわらず、ジャスティンがエマを気遣うのは、エマもまた自分と同じようにロビンソンによって心の高揚を挫かれることを知っていたためであろう。

このように、物語の進行上は深いかかわりをもたない登場人物が意外な共通点で結びついている。電話を掛けるためにエマが立ち寄ったホテルのフロント係は、エマの眉を翼のよう(wing-like)だと評したが、フラン叔母さんも両肘を鳥の翼のように左右に張って少佐に抗議する。叔母さんは、家族の誰も本当のことを言わないからラジオを頼りにするのだと少佐をなじる。「話はいつも電話越し」で、何を言っても「何でもない」(六七〇頁)という返事しか返ってこないのが叔母さんには不満なのだ。干上がった水溜まりの底に取り残されたもののように、フラン叔母さんは屋敷の中で存在感がなかった。エマは叔母さんの影が漂う屋敷を飛び出し、ロビンソンとの束の間のおとぎ話を夢見て実行に移すも、その思いが満たされることはなかった。しかし、常におとぎ話の世界で生きているクウィーニーは念願叶ってロビンソンの家を訪問し、幸せな思い出に浸る。この作品を書いた後で、ボウエン自身は、イギリス駐在のカナダ人外交官チャールズ・リッチー (Charles Ritchie) との恋愛におとぎ話の世界への思いを馳せた。(9)

クウィーニーとフラン叔母さんにも接点がある。クウィーニーは、記憶を掘り起こしながら思い出と共に生きている。フラン叔母さんの自室にも「一緒にゆっくりと暗闇に向かう」(六七一頁) さまざま旅の記念品が置かれ、消え入りそうな追憶の世界の象徴を日常の友としている。未来よりも過去の方を向いている二人だが、エマとフラン叔母さんが不安な気持ちを抱えたまま物語が終わるのに対して、クウィーニーはまるで逆の心理状態にある。最後の場面では、クウィーニーの過去の秘話と共に、青い陶器の家の主へのほのかな思慕も明かされる。物語はあくまでもエマの行動を軸にして進行するが、クウィーニーを影の主人公として読むことも可能だろう。

厄介な来客に手を煩わされたものの、予定通りエマを迎え入れたロビンソンと、憧れの館で回想に耽るクウィーニーは、悩み多き登場人物の中で充足感に満ちた異質な存在である。因習的なコミュニティーに束縛されずに自由闊達な日々を送るロビンソンとは別の意味で、クウィーニーもまた住民に気後れすることなく快適に暮らしている。クウィーニーがロビンソンから子どもの写真を手渡され、じっくりと眺める場面で、二人はジャスティンが妬ましく思うほど心の通じ合う関係を築いている。

ジャスティンが見ている前で、窓を背にした二人のシルエットが一つに重なり、そのまま夕闇に溶け込んでいた。「この二人はぼくに反抗しているんだ」彼は思った。「姉は耳で聞かないし、この男は心で聞かない。道理でうまく伝わるわけだ」（六六四頁）

ことばを必要としない二人にとってジャスティンの饒舌は空回りし、唯一の防衛手段を失ったジャスティンは、自らの弱さを見せつけられてますます当惑する。ロビンソンに絶交を言い渡すとき、ジャスティンは対話で気持ちを伝えることができなかったことを省みて手紙という方法を選ぶ。一方的に相手を非難し、自分を貶め、姉とエマを弁護する文面を書きなぐるが、それがロビンソンに通じるかどうかは読者の推測に委ねられる。登場人物たちは議論、談話、電話、手紙を通して意思疎通を図ろうとするが、ロビンソンとクウィーニーはそのいずれも介さず、暗黙のうちに理解し合う。満足する者同士が互いを理解するのに必要なものは何もないのである。

最後に、渇望に満ちた日常から抜け出した母と、屋敷内で渇望を癒そうとする娘との接点を挙げておこう。花弁の落ちた薔薇や弦の切れたハープなど、少佐の家の室内はロビンソン宅と対照的に顧みられない様子が目立つ。エマが逃避行を決行した晩に、母と瓜二つのヴィヴィは裸で屋敷の中を徘徊する。エマのように外に出ることはできないが、ヴィヴィが垣間見た家中の無秩序は夜になおいっそう際立つ。「子どもの頃は知りたかった。成長するにつれて知識に欺かれることを知っていった。答えがわかっていても、その答えに前後関係をもたらす質問を忘れてしまった。」[10]とボウエンは書いている。知りたいという欲求に突き動かされて、ヴィヴィはあらゆる部屋を覗いて回る。ヴィヴィは忘れかけた質問を思い出そうとするかのように、何年も乗っていない木馬にまたがってみる。音を立てて木馬を揺らすと、籠の中のカナリアが騒いだが、覆いを掛けられた籠から出られない鳥はそのままヴィヴィを表しているようである。ボウエンは、「私たちは自分が最も切望し、最も欠いている安心感を子どもに――子ども時代という状態に――投影しつづける。」[11]と述べているが、「すべての感覚を動員して、夜を支配しようとしていた」(六六八頁)ヴィヴィは、子どもから大人に向かおうとしている。終始「子どもっぽい」(childish)という形容詞がつけられるエマは現実から逃げ出し、子どもと大人のはざまにいるヴィヴィは知ろうとする本能のおもむくままに行動する。「幼稚性」('infantilism')が精神的あるいは肉体的に未発達であることを意味する場合、感覚機能に障害のある者は過去と現在の隔たり、そして知識と感情の隔たりを埋めるという説があるが、[12]これには賛成しかねる点もある。しかし、聾唖のクウィーニーに誰よりも鋭敏な洞察力をもたせたのは他ならぬボウエンであり、ある意味でクウィーニーは少女のヴィヴィと同じような感覚をもちつづけているとも言えるだろう。

アングロ・アイリッシュとしての生き方を重ねて

すべての登場人物たちが共有しているのが、戦中を生きているという感覚である。第二次大戦中、ボウエンは秘かにイギリス政府にアイルランドの内情を伝えていた。「夏の夜」の執筆時期と、ボウエンの諜報活動の時期は重複する。しかし、短編集『恋人は悪魔』(*The Demon Lover*, 1945)の序文の中でボウエンは、「夏の夜」を含むすべての収録作品が戦時を描いた物語であり、戦争自体を主題にした物語ではないと明言している。[13]たとえば、ロビンソンがあらゆる点で戦争の残念性の一部を成していると言及されるように、[14]戦争は物語の背景以上のものではなく、中核を占めるのはあくまでも場所の情景とそこで思い思いに行動する登場人物である。中でも、とりわけ戦争に苛まれているのは少佐とジャスティンであろう。「夏の夜」において、第二次大戦は「言語が衰退し、個人のアイデンティティと政治的なアイデンティティが決裂したことを突きとめる背景」[15]に過ぎない。ジャスティンの饒舌は相手を攻撃すると同時に自己防衛の手段でもあるが、それすらもたない少佐は自らを責めるかのように表情をこわばらせ、戦争に巻き込まれた人生をどのように生き抜くか苦慮している。

エマがホテルからロビンソンと少佐に電話を掛ける傍らで、フロント係と他の客は英独の空中戦を話題にするが、「子どもっぽい」エマの反応は無頓着である。ボウエンは、中立を選んだアイルランドを「子どもっぽい国家」であると述べ、「国際社会の全般的な施策を把握する力が欠如している」がゆえに孤立に陥っていると非難する。[16] 物語の中でアイルランドを象徴しているのはエマだけではない。言語が機能しなくなったと言うジャスティンもまた、身動きのとれない小国の姿を体現している。ジャスティンの心の中には、いつも戦火で破壊されたヨーロッパの塔が歪んで映り、曲がったナイフが抜かれるときのような間接的な苦しみを覚えるのだった（六五九頁）。ボウエンは「中立を守るアイルランド人」としてジャスティンを描いているが、その戦争観が一般市民のそれと大きく違わぬとすれば、ジャスティンはロビンソンとの議論でアイルランド国民の立場を代弁していると考えられる。

ここしばらくは、われわれは考えもしないし、感じもしない。人間の機能が、知らないうちに低下しているんだ――知らないうちに停止してしまったんだ！（中略）われわれはもはや自分を表現できない。われわれの言うことなんか、現実に近づくことすらできないんです。すでに言われていたことに気がつくだけだ。（六六一頁）

ボウエンがイギリス政府に書き送った報告では、アイルランド国民の現実の一面が次のように記されている。

アイルランド語の教育と使用と全般的な流行への熱狂ぶりは、増していると私には思われる。デ・ヴァレラ（de

Valera) 氏はその運動をあらゆる面で支援している。今や『アイリッシュ・タイムズ』でさえ、一部をアイルランド語で印刷しているほどである。先週滞在したダブリンでは、ゲール語文化に関連した集会や祭典が大変盛況であり、市長公邸で一週間続いて開催された。プログラムは演劇、歌、会議で構成されていたようである。「ようである」としたのは、すべての報告がアイルランド語で書かれていたために読むことができないのである。（アイルランド語がわからないという）同じ理由で、また忙しかったせいで、どの催しにも参加しなかった。アイルランド全土の国民（大部分は教師）が集まっていたので、眺めるのは興味深かったであろう。（中略）参加者に政治的な関心は皆無だったようである。その週の間、街にはアイルランドの「民族衣装」が見られた。[17]

ボウエンが、アイルランド語に対する市民の意識に注目しているのは興味深い。アイルランド語をアイルランド文化の象徴と捉え、その隆盛に国民意識の高まりを見たボウエンが、アイルランド語を理解しない自分とアイルランド国民との距離を感じたであろうことは推測するに難くない。ボウエンは、アングロ・アイリッシュとアイルランド人との精神的な溝を狭めるためには、前者の歩み寄りが鍵となることを示唆している。

二つのアイルランド――イギリス人のアイルランドとアイルランド人のアイルランド――の間にあるこの隔たりが、若者たちに必ずや感じつづけられることは残念でならない。実際のところ、アングロ・アイリッシュがこれほど熱烈に自らをアイルランドにおける砦であると位置づけなければ、イングランドとアイルランドの両方にずっと大きな貢献をすることになるだろう（ユニオニスト志望のこの南部の人々でさえ、北部六州に対して少しも好意を抱いておらず、忍耐強くもないのは興味深いのだが)。もしアングロ・アイリッシュが自らの関心をアイルランド人の関心と融合させたら、アングロ・アイリッシュはもっとずっと堅実な、つきあい相手として「ふさわしい」アイルランドを作り上げられるだろう。(一七頁)

「ヨーロッパの思想に啓発された」島国アイルランドは、中立によってヨーロッパと距離を置いていた。「卓越性を誇り、アイルランド島の偏狭なナショナリズムを見越しているが、同時に外国の権力情勢に支援され屈従させられている」[18]、それがアイルランドの現実でもあった。ジャスティンは現実の破壊と再生をロビンソンに宣言するが、新しい世界の中心に据えるのは自分自身の存在である。

ここにいると、絶滅の深傷のどれを見ても心が痛んでずたずたになる。しかしそれこそぼくが探し求めたものなんだ、完全な絶滅こそがぼくの望みですよ。(中略)この「ぼく」を叩き潰してやるんだ。ぼくの惨めなアイデンティティとやらを叩き潰して、新しい命の蕾をふくらませるんですよ。「ぼく」じゃないぼくが——世界になる……(六六二頁、強調は原文による)

自我の追究は、「夏の夜」の重要なテーマの一つである。確かに戦争そのものの残酷なイメージは強烈ではないが、個々の登場人物に刻印された戦争の影を消し去ることはできない。これは、戦争によって「価値観が崩壊し、依存しあう社会と家族のさまざまなつながりが破壊された世界に対する自我 (the ego, the self) の関係を探究した」[19]作品と言える。ボウエンは報告書の中でアイルランドの選択を分析しているが、その解釈は複雑である。

中立はアイルランドにとって初めての自己主張であり、それだけで大きな意味をもっている。アイルランドは自らの中立を建設的に捉えており、単に否定しているわけではない。アイルランドの態度がイングランドにとって無知 (blindness)、自己中心主義 (egotism)、現実逃避、完全な臆病者であると映るに違いないということがわからないのは、まさしくアイルランドの激しやすい偏狭な考え方の典型である。(一一頁)

アングロ・アイリッシュとして誇り高く生きるボウエンの諜報活動は、さまざまな要因による「二心、内通、二重のアイデンティティ」に動機づけられたと考えられるが、そこに「引き裂かれた忠誠心」[20]が見出せるとしたら、ジャスティンの心の叫びはボウエンの声とも重なりあうかもしれない。

「夏の夜」が更けた後

「夏の夜」は、「思考と感情の不一致、現実から退却する諸形式、戦争と欺瞞の動機につながる情熱的な気持ちの倒錯」[21]を巡る「複数の挿話から成る芝居のような」[22]短編である。冒頭から結末に至るまで、とぎれのない夜の情景は一連の挿話をつなぐ役割を果たしている。ブルック (Jocelyn Brooke) は、ボウエンの作品では風景描写が最も重要であり、美しい風景を引き立たせる光のような独特の感受性によって、特徴ある情景が生み出されていると述べている（五頁）。

登場人物たちはその情景の一部になりきって存在感を際立たせているので、異なる場面設定にいるのはまったく想像できない。（中略）ボウエンの作品の絵画的特質――特に光に対して敏感であること――のもう一つの源泉と考えられるのは、ボウエンが生涯の大半をアイルランドで過ごしたという事実であり、そこでは光が情景の非常に重要な要因となっている。（六―七頁）

ブルックが指摘するまでもなく、ボウエン自身も「アイルランドは私の生まれ故郷だ。もしかしたらそのことが私のものの見方を解き明かしてくれるのではないだろうか？」[23]と認めている。イギリス人のアイルランドとアイルランド人のアイルランドという二つのアイルランドを常に意識していたボウエンは、永続する郷土愛をもちつづけるアングロ・アイリッシュであった。

「夏の夜」から、光や大気の描写が印象的な文章を挙げてみよう。「道路や石からくすんだピンク色の照り返しが消え、不機嫌に居残っていた真昼の亡霊を追い払っていた。」（六五四頁）、「黒々としたぶなの木が見え、その木々の間から夕空が明るくのぞき、花々と刈り取られた芝の色と香りが、濃くなる夕闇に誘われたように漂ってきて、下の方を流れる新しい小川のように、五感に立ち昇ってきた。」（六六三頁）、「もうすでに果樹園には青銅色の濃い闇が降りていて、果実の丸い輪郭と葉の区別がつかなくなっていた。輝かしい夕焼けは、その中を車で出ていくエマを見送ったばかりだったが、いまはもう空にはなかった。」（六六四頁）、「ドライブの最後の区間で、山麓にそった平坦な道路が十八マイル続き、迷っていた闇が、やっと垂れこめていた。（中略）西の空は次第にその黄色を呑みつくし、右手にそびえる高い尾根は不動の滝になるのが、見えないが感じられた。」（六七五頁）、「空に月はなかったが、乾いて張りつめた透明な闇があった。夜露は降りなかった。」（六七九頁）これらを読む読者の眼前には、登場人物と一体化した然るべき風景が広がる。ボウエンにゆかりのある人々による寄稿集の序文で、編者は「夏の夜」の冒頭を引用して次のように述べている。

「幸せな秋の野原」や「夏の夜」のような物語の雰囲気と場面設定は、ファラヒーやキルドラリー周辺の地方を源泉にしており、ボウエンは芸術的な観点からこれらの物語の執筆に最も満足感を覚えたと語っている。「夏の夜」の冒頭は、ボウエンが「見紛うことなくコーク州」であると位置づけており、まさしくこの例として挙げるにふさわしい。(24)

戦時に錯綜する思いを抱えた「夏の夜」の登場人物たちを包み込むのは、ボウエンの愛したアイルランドの大地であり、それを取り巻く光と大気である。ボウエンの生きた時代と場所が舞台となった「夏の夜」は、物語の構成要素すべてが完全に結びついてボウエンの世界の小宇宙を形作っている。

注

（1）Victoria Glendinning, *Elizabeth Bowen: Portrait of a Writer* (London: Weidenfeld and Nicholson, 1977), p. 111. Allan Austin, *Elizabeth Bowen* (Boston: Twayne Publishers, 1989), p. 85. Phyllis Lassner, *Elizabeth Bowen: A Study of the Short Fiction* (Boston: Twayne Publishers, 1991), p. 101. Clair Willis, *That Neutral Island* (London: Faber and Faber, 2007), p. 174.

（2）Elizabeth Bowen, *The Collected Stories of Elizabeth Bowen with an Introduction by Angus Wilson* (London: Vintage Books, 1999), p. 653. 以下、同書からの引用は頁数のみを括弧に入れて示す。日本語訳文は太田良子訳『幸せな秋の野原』（ミネルヴァ

書房、二〇〇五年）を用いるが一部改変している個所がある。

（3）Matthew Arnold, 'A Summer Night', Kenneth Allot, ed., *Arnold: Poems* (London: Penguin Books, 1954), pp. 161–163.　以下、同書からの引用は行数のみを括弧に入れて示す。日本語訳文は拙訳を用いる。

（4）Lassner, p. 97.

（5）Jocelyn Brooke, *Elizabeth Bowen* (London: Longmans, 1952), p. 30.　以下、同書からの引用は頁数のみを括弧に入れて示す。日本語訳文は拙訳を用いる。Clare Hanson, 'The Free Story' in Harold Bloom, ed., *Elizabeth Bowen* (New York: Chelsea House Publishers, 1987), p. 148.

（6）Victoria Glendinning, ed., *Elizabeth Bowen's Irish Stories* (Dublin: Poolbeg Press, 1978), p. 6.

（7）若き日のアーノルドは、ロビンソンの館の呼称と同じ「見晴らし荘」(Bellevue) というスイスのホテルを訪れている。Cf. H. F. Lowry, ed., The Letters of Matthew Arnold to Arthur Hugh Clough (London: Oxford UP, 1932), p. 91.

（8）Willis (2007), *Ibid.* Glendinning (1977), p. 138.

（9）Lara Feigel, *The Love-charm of Bombs: Restless Lives in the Second World War* (London: Bloomsbury, 2013), p. 177.

（10）Elizabeth Bowen, 'The Cult of Nostalgia' in Allan Hepburn, ed., *Listening In: Broadcasts, Speeches, and Interviews by Elizabeth Bowen* (Edinburgh: Edinburgh UP, 2010), p. 99.

（11）Bowen, *Ibid.* p. 100.

（12）W. J. McCormack, *Dissolute Characters: Irish Literary History through Balzac, Sheridan Le Fanu, Yeats and Bowen* (Manchester: Manchester UP, 1993), p. 238.

（13）Elizabeth Bowen, 'Preface to *The Demon Lover*' in Hermione Lee, ed., *The Mulberry Tree: Writings of Elizabeth Bowen* (London: Vintage, 1999), p. 94.

（14）William Heath, *Elizabeth Bowen: an introduction to her novels* (Madison: University of Wisconsin Press, 1961), p. 105.

（15）Heather Ingman, ed., *A History of the Irish Short Story* (New York: Cambridge UP, 2009), p. 152.

（16）Elizabeth Bowen, 'Eire' in Hermione Lee, ed., *The Mulberry Tree: Writings of Elizabeth Bowen* (London: Vintage, 1999), p. 33.

（17）Elizabeth Bowen, 'Notes on Eire' *Episonage Reports To Winston Churchill, 1940–2; With a Review of Irish Neutrality in World*

War 2 (Cork: Aubane Historical Society, 1999), p. 16.　以下、同書からの引用は頁数のみを括弧に入れて示す。日本語訳文は拙訳を用いる。

（18）Clair Willis, 'The Aesthetics of Irish Neutrality during the Second World War', *boundary 2*, 31: 1 (2004), p. 144.

（19）Edward Mitchell. 'Themes in Elizabeth Bowen's Short Stories' in Bloom, p. 48.

（20）Willis (2004), p. 139.

（21）Heath, *op. cit.*

（22）A. C. Partridge, 'Language and Identity in the Shorter Fiction of Elizabeth Bowen' in Masaru Seike, ed., *Irish Writers and Society at Large* (NJ: Barnes, 1985), 179.

（23）Elizabeth Bowen, *A Day in the Dark and Other Stories* (London: Jonathan Cape, 1965), p. 9.　日本語訳文は太田良子訳『ボウエン幻想短篇集』（国書刊行会、二〇一二年）を用いる。

（24）Eibhear Walshe, *Elizabeth Bowen Remembered: The Farrahy Addresses* (Dublin: Four Courts, 1998), pp. 9–10.

第十五章　「父がうたった歌」

戦争ゴシックと融和するリアリズム
――悪魔の化身となった元帰還兵の物語――

立野　晴子

戦争ゴシックの地平で

第二次世界大戦中に執筆していたエリザベス・ボウエン（Elizabeth Bowen, 1899–1973）の長編小説といえば代表作のひとつ『日ざかり』（*The Heat of the Day*, 1949）が広く知られているが、短編小説の名手としても知られるボウエンが自ら精選した短編集『恋人は悪魔、その他』（*The Demon Lover and Other Stories*, 1945）の作品の数々も、同時期に書かれたきわめて評価の高い短編作品として見逃すことはできない。ここには戦争が及ぼす計り知れない影響や社会的激変、人間の心に忍び寄る不可解な現象、人知を超えた超自然的な異界へと連れ込む恐怖の深層など、戦争とゴシックロマンが渾然一体となったいかにもボウエンらしい作品が網羅されている。そこで本章ではこの短編集の一編「父がうたった歌」（'Songs My Father Sang Me'）に焦点を当て、ボウエン作品における戦争ゴシックとリアリズムがいかに浸蝕し融和するのか、その構造とボウエン独自の超自然的世界そして自在に変容する人間の造形を中心に検証することとしたい。手順は以下の通りである。1.「父がうたった歌」における一人称の語りと話の信用性について、2.作品をリアリズムの視点から読み解く、3.物語の時代背景と登場人物の価値観、4.『恋人は悪魔、その他』（以後『恋人は悪魔』と省略）所収のボウエン後記を踏まえボウエンがこの短編集と戦争ゴシックとをどのようにとらえているか、5．幽霊譚の原型的モチーフ〈悪魔の恋人〉とは〈The Demon Lover をモチーフとして用いるとき本書では上記の表記とさせていただく〉、最後に6．本作品におけるリアリズムと戦争ゴシックの親和性、バラッドとしての位置づけ、について論をまとめることとしたい。

一人称の語りは信用できるか

さて、物語が開始される時代は第二次世界大戦中のある時、舞台はタバコの煙でぼんやりとフロアがうす暗く霞んでいる酒場の一角、この店で、演奏中のあるダンス曲を聞いてメランコリックになった若い娘が、踊ろうかと誘う青年の誘いを断り、彼を相手に「あたしの父は」といって一人称で父親のことを語り出すところから始まる。この点について、ニール・コーコランはそのボウエン論の中で、イギリス・ロマン派を代表する詩人のひとりS・T・コールリッジ (S. T. Coleridge, 1772–1834) の「老水夫の歌」('The Rime of the Ancient Mariner,' 1798) を念頭においてであろう、「父がうたった歌」の語り手は女性版老水夫のようだ、と記している。(1) 確かにこの冒頭での娘の姿は、婚礼に出かけようとする客を呼び止め一人語りを始める老水夫を彷彿させるものがある。この二つの作品は、いずれも一人称で語られ、語り手に名前がない点でも共通している。しかし語り手である老水夫が自身の苦悩の体験を語る「老水夫の歌」に対して、「父がうたった歌」では、語り手はヒロインの若い娘だが、その娘が語る話の主人公は父、しかもこの物語の核心は、七歳の誕生日に置き去りにされた当の娘自身の口から語られる父の失踪にまつわる過去の出来事である。つまり「父がうたった歌」では、ヒロインである語り手とその語り手の物語る主人公とが異なる点で、「老水夫の歌」に比べ、より複層した構造となっている。特に「父がうたった歌」では、娘の話が幼い日の衝撃的体験を語るいわば内的告白であるため、その話は信用できるのか、それとも彼女は「信頼できない語り手」なのかという、話者および話の内容の信用性をも問う必要がある。この信用性について、「父がうたった歌」の場合、もし娘の言葉の裏に独自の脚色や嘘や偏向が隠されているとし、彼女の語る言葉に信頼性を認めないとするならば、読者は虚実の判別がつかない状況に捨ておかれ、何が作品の真実なのかを読み解くことはできない。一方、この作品は全編を通じて父を語ることについては揺るぎない意思に貫かれ、時代も明確で、その背景も実際の歴史的事実と照応している。以上の点を踏まえ、本章では娘の語る話を信頼に足るものとして受容するという前提のもとに論を進めて行きたい。そこでまず娘の口から語られる父失踪の経緯を物語の文脈に照らしてリアリズムの視点から概観しておくことにしよう。これが後に言及する超自然的かつ幻想的な戦争ゴシックの素地となるからである。なお、この作品には固有名詞の記載がないため、以下、父、母、娘という記述は、固有名詞の代わりとしてお読みいただきたい。

戦禍と失業の憂鬱

父は、第一次世界大戦勃発の翌年、一九一五年頃にフランスに徴兵され、そして激戦の地での死線を乗り越え帰還した若者の一人である。しかし帰還した若者の多くがそうであったように、彼を待ち受けていたのは職がないという現実であった。この若き日の父のフランス出征は、膠着した塹壕戦で多くの若者が命を落としたあの泥沼化したフランドル戦線を、また帰還後の職探しに明け暮れる父の姿は、戦後、失業者で溢れた不安定なイギリス社会の実状を想起させ、戦中戦後のイギリスの若者の置かれた苛酷な現実の一端を浮き彫りにする。これが、これから語られる娘の父の置かれた帰還後の背景であり、物語の前提となるものである。

物語のあらすじはこうである。父は職探しをするかたわら農作業に従事しようかという気持ちはあるが、戦時中、フラッパーと呼ばれる可愛い女だった妻の嫌がる気持ちを思い何も言えぬまま、月日だけが流れている。しかしその父も、第一次世界大戦前に流行ったお気に入りのダンス曲二つを大声で歌うことがあり、娘が酒場で父の話を始めるのも、そのダンス曲の一つを耳にしたからである。若き日の二人の思い出だとしてそのダンス曲にこだわる父と、いまいましい戦争と昔のロマンスを思い起こさせるだけだといって聴くことさえ嫌がる母との間の埋めがたい溝は、二人の結婚生活がすでに破綻していることを物語る。ある日、突然、母は幼い娘の手を引いて夫の職探しにロンドンに出かける。母が持ち帰った仕事は、当時、時代の最先端を行く商品としてもてはやされた電気掃除機の訪問販売で、斡旋してくれたのは戦時中に「母を元気づけようとした男の取り巻き」[2]の一人、父は、家族を飢え死にさせる気かと言い放つ母の権幕を前に、その仕事を受け入れる。そうした中、父失踪の事件が起きる。この日は一九一八年六月生まれの娘七歳の誕生日で、朝から父は会社からの借り物であるセールス用の二人乗りの車で娘をドライブに連れ出す。車中では父娘は繰り返し大声で例のお気に入りの二曲を歌う。やがて車が丘の頂上に到着すると、六月の陽光で煌めく果てしない景色を眺めながら、父は幼い娘にイングランドや妻や平和のこと、そして娘誕生の報を戦地で受け取ったことなどを語る。暑い陽ざしで眠気に襲われた二人がまどろみの中に落ち、陽も移動する頃、娘が目覚めた時には父の姿はなく、子供の住所と母親の名前、車と電気掃除機を所有する会社の名前などの書かれた手書きのメモが、父のサインとともに車のラジエターに挟んであった。警察官の手で七歳になったばかりの娘は無事、家に届けられるが、逆上した母は思わず「あの人はあんたの父さんなんかじゃない」(六五九頁)

と口走る。父の失踪後、母は子供を遺棄したという理由で体よく父と離婚し、今は再婚してバミューダにいる頃。父から娘に届いた絵葉書は十四年前に来たのが最後で、娘も転々としていたから、ほかにも絵葉書があったのかもしれないけれども、来ないからといって父が死んだことにはならないし、今夜だってこの酒場にいるかもしれない。娘は今でも二十六歳の父を探しているのである。

　さて、ボウエンが物語で提示する歴史的年号は、父のフランス出征の一九一五年頃と娘の誕生の一九一八年六月の二つである。この二つの年号と歴史的事実とを交えて、物語を父失踪の年から再構成してみよう。

　父が失踪したのは、一九一八年生まれの娘が七歳の年であるから一九二五年である。しかも当初から娘は父の歳を二十六歳だといい、いつ父が二十六歳なのかについては曖昧なまま進行する。これらは子供の記憶の曖昧さや記憶の混乱を示唆するものとも、ゴシックロマン特有の超自然的世界へと導くためのボウエンの文学的な意図とも考えられる。しかし幼な心にも父失踪と二十六歳とが対で記憶されているのだとすれば、物語の構成上、失踪事件は父が二十六歳の時に起きたと考えてよいだろう。仮に父が一九二五年に二十六歳だとすると、彼は一八九九年生まれで、第一次世界大戦には十六歳で出征、当時、青少年が兵士になることは稀ではなかった。（ちなみに一八九九年はボウエン誕生の年でもあり、この年代設置は物語の父に終始、寄り添うという作者の思いの表れであろうか。）

　時が移り、娘が父の話をする今は第二次世界大戦のさ中であり、「父がうたった歌」の執筆も一九四四年である。これらから娘が父の話をする今という時を一九四四年と想定すると、一九一八年生まれの娘も成長して、今や失踪した父の年齢と同じ二十六歳、はからずも父娘の年齢が一致する。娘も若き日の父の考えや心情を理解しうる年齢に達しているということになる。しかし母の言動や父が娘誕生の報を戦地で受け取っているなど、この娘が父の実子ではないのは明らかである。母は、夫の職探しのため、戦時中、取り巻きの一人だった知人の男のオフィスをわざわざ幼い娘の手を引いて訪ねている。娘がこの男について、「厭そうな顔で母を見てから、ちょっと陰気くさい感じで、あたしを見たわ。どうしてだかわからないけど、切り札を握っているのは母だという印象を受けた」（六五四頁）と語るその時の様子や、「その男とは既婚者だったから結婚できなくて」（六六〇頁）という娘の意味あり気な言葉の端々から察すると、父の就職口を世話してくれたこの男が娘の実の父親なのかもしれない。各地を転々としていたから十四年前に来た父の絵葉書もそれが最後だという娘のこの間の事情を言い換えれば、娘は十四年前の十二歳の頃から母と各地を転々としたあげく、ある時点で再婚した母は娘を一人残してバミューダに去り、父の消息も生死も杳として知れぬまま、「浮浪児にだけはなるまい」（六六〇頁）と、一人で懸命に生きてきた娘の姿が浮かびあがるのである。

このように、娘が語る物語を、現実の歴史を見すえながらリアリズムの視点で読むと、第一次世界大戦前夜から第二次世界大戦終結前夜に至る三十年余にわたる戦禍の傷跡が見え隠れする。戦争に蹂躙された人々、父のように兵士となって戦場に赴いた若者たち、世界大戦後の長期失業に見られる深刻な社会問題、結婚生活の破綻、血縁のない親子関係、子供の遺棄、戦争孤児と浮浪児の存在など、戦中戦後に生き辛酸をなめた人々の現実が浮き彫りにされる。そして、娘の語る話が、この状況下で生きざるを得なかった人々の過酷な実人生の記録でもあることが理解されるのである。

一九二〇年代

このように父を巡る家族関係と社会的状況とを概観すると、人とは時代の子であり、時代の価値観とそこで起きる出来事も無関係ではないことは明らかである。ならば、父の生きた一九二〇年代とはどのような時代であり、二十歳半ばの父のどのような価値観や生き方が、失踪の決意へと拍車をかけたのであろうか。

一九二〇年代をひとことでいえば、戦争終結を待ちわびた人々が、新しい時代の息吹を求め新しい秩序を模索していた時代である。同時に、耐え難い恐怖の記憶を振り払いたい衝動に駆られた無軌道で狂騒の、つかの間の自由と開放感、奔放な生き方を楽しむ享楽のジャズエイジ、さらに失業、金融危機、インフレに見舞われた社会不安の十年でもあった。ボウエンは、ヒロインの父の仕事を電気掃除機の訪問セールスとすることで、女たちが新しい時代の到来とばかりに電化製品に夢中になった時代の空気を見事に描いている。ボウエンはまた娘の母を名ばかりにせよフラッパーとしたが、彼女たちのなかには、戦時中、出征した男たちの仕事を肩代わりし、男なしで生きることを学び、自立心の芽生えた者も多かった。スカートの丈が短くなり、ズボンをはき、ヘアスタイルもボブカットにするなどファッションの変貌でさえ、これまで男たちが独占してきたものを変え、自由を求め生き方をも変えようとする女たちの強い意志の表れであった。一九二〇年代は、人生の楽しみを求めて享楽的になる一方で、女たちが自立に目覚める時代であり、国民が総力戦で戦った第一次世界大戦を境に、価値観の転換に揺れた時代でもあったのである。

父はその大戦から無事、生還した。父が帰還して見たものは、戦勝国とは名ばかりの、何もかも疲弊しきった国土、そして物欲と享楽の群れる旧態然とした未来なき世界。仕事も妻との関係もうまくいかない。大地と親しむ農作業をすることもかなわない。社会の端役ともいうべき、亡霊のごとき生ける屍同然の居場所のない存在、しかも前線で地獄を見た男である。誰のための、何のための戦いだったのか。この打破しがたい疑念と現実への絶望こそ、まさしく父失踪の引き金にほかなるまい。

イングランドの尊厳を自己破滅的な情熱で歌う

だが、人知れず姿を消すこともできた父が、幼い娘をドライブに連れ出したのはなぜか。車で到着した丘の頂上で眼下を臨み果てしなく広がる景色を眺めながら交わされる父子の最後の会話に、本編を読み解く重要な鍵が、失踪を決意する父から幼い娘に宛てたメッセージが、さらに失踪後の父の行く末が、暗示される。娘は酒場の青年に父との最後の様子を次のように伝える。


「父は向うを向いていたの、頬杖をついてね。それでね、とうとうあたしが言ったの。『あれって、なあに?』」

「『何って、何が?』びっくりして父が言ったわ」

「『だから、あたしたちが今、見てるもの』」

「『イングランドだよ』って、父が。『あれがイングランドさ。もう一度、会いたくてね』」

「『でも、あたしたち、イングランドに住んでるんじゃないの?』」

「父はあたしのことなんか目もくれなかった。ただ『どんなに愛していたことか』って言ったの」

「『それなら、今はちがうの?』」

「『失くしちまった』って、父が言ったわ。『いや、あっちが父さんを失くしたのかな、今じゃ、どっちがどっちなのか分からない。何が起きたのか、分からない』父は向き直って、あたしを見て言ったの」

「『でもおまえは好きだろ? 父さんはおまえに見てほしかったんだ、一度でいいから、昔、父さんが見たものをね』」

「あたしは三つめのソーセージロールに取りかかっていて、口一杯に入っていたから、父をじっと見ることしかできなかった。すると父は言ったの、『あそこの下の方にもうひとつあるんだよ、見えるかい？』あたしは目を凝らしてみたけど、見えたのは遠い景色だけ。『平和だよ』って、父が。『よく見ておくんだ。忘れるんじゃないよ』」

「『平和って何？』って、あたしが訊くとね」

「『戦争が起きているときに思うものさ、ちゃんと戦えるように、ってね。これが、戦争がないとどこかに行っちまうんだな』」……

「父が実際に話した言葉は、聞いたことなんてなかったみたいに、どこかに消えてしまったけれど、でも父が言いたかったことは、あたしの中のどこかに突き刺さっていて、今もそこにあって、あたしと一緒に成長してきたの。それから父は戦争のこと、その昔どんな風に感じていたかとか、休暇や恋愛やダンスのこと、そして戦地に戻って行ったことを話してくれた、あたしが生まれた時のこともね」

「『七年前の今日だったな』って、『七年か、電報をもらった時のことはよく覚えているよ』」（六五七―六五八頁）

この直後に娘を置き去りにして妻子の前から姿を消す父は、この時、何を思い、幼い娘に何を語ろうとしたのであろうか。この父という存在とその失踪の意味に言及するに先だち、ボウエンの同時代人であり二十世紀イギリス文学を代表する作家の一人Ｄ・Ｈ・ロレンス（D. H. Lawrence, 1885–1930）の「イングランド、わがイングランド」（'England, My England', 1922）に触れておきたい。ロレンスは、この作品を一九一五年すなわち第一次世界大戦勃発の翌年に書き上げていたが、大戦後の一九二一年に大幅に改作している。妻フリーダがドイツ人であったことから、ロレンスはこの大戦で心身ともに蒙った筆舌に尽くしがたい災禍の傷跡を主人公のエグバートに仮託して描き、舞台もイングランド、第一次世界大戦が背景にあるのも「父がうたった歌」と同じである。

第一次世界大戦の十年ほど前のこと、エグバートが二十一歳の時、二十歳のウィニフレッド・マーシャルと結婚しその安住の地と定めたのは、「かつてあのサクソン人たちが渡来した太古の地霊の息づくところ、（中略）小さな村落とヨーマン時代の古きイングランドそのもののような田舎家」[3]である。定職にはつかず経済的には義父の財産に依存する生活とはいえ、土地を耕し、植物を愛で、妻を愛し、イングランドの音楽や舞踏や古い習俗を愛する「生まれながらの薔薇」（一〇頁）であり、金儲けやビジネス界、権力への意思や支配欲とも無縁の一種のエピキュリアンである。だが、金髪の美少女、長女ジョイスが六歳の時、彼の片づけ忘れた鎌のうえで転びその足が不自由になるという不慮の事故を境に、幸せな家族の関係が一変する。以後、エグバートは一族の中で身の置き所がなくなり、自らの存在をも見失いかけていた頃、第一次世界大戦が勃発する。軍国主義や暴力による支配には反対だが、生きる指針を見失っていたエグバートは自身のアイデンティティを再確認するかのように、信じてもいない戦争に参加し、自身の生命に対する本能を裏切り、自身の堕落を受け入れ、自ら望んで死地に赴くのである。夏の終わりにはフランドル戦線での戦闘に参加、やがて激戦の地で砲弾が頭を直撃し、まさに死を迎える瞬間、消えゆく意識のなかで、「死よ、おお死よ！　世界は血にまみれ、血は死で身悶えしている」（三九頁）のを実感しつつ斃れるのである。

こうして戦火に散るエグバートの物語はイングランドへの苦い皮肉の悲歌の様相を帯びて閉じられる。この物語は、生きることに精根尽き果てた主人公が自己破滅的な情熱を傾けて衰退しつつあるイングランドの尊厳を歌う寓話であろう。戦火に散る覚悟で臨んだ自死に等しいエグバートの自己破壊的な行為は一つのイングランドの終焉であり、「誇り高き古き良きイングランド」はもはや幻想であるとの強烈なメッセージにほかなるまい。ロレンスは「イングランドの薔薇」エグバートの姿を通してイングランドの崩壊する様を、断末魔のイングランドの姿を、象徴的に描いたといってよかろう。

翻って戦場に散ったエグバートとは反対に、父はその死の戦場から経帷子をまとって舞い戻る。しかしその眼に映じた一九二〇年代の世界もまた、荒廃した国土をさまよう生ける屍や亡霊の跋扈する冥界のごとき世界、まさに瀕死のイングランドの姿そのものではなかったか。大地とともに生き、自らの生命に忠実でありたいと願いながらも、明らかな死への願望をもって斃れたエグバートの挽歌は、父自身のイングランドへの絶望と皮肉の悲歌と相まって、あたかも両者は表裏一体、あるいは分身のように見える。ともに妻子から悲観的に去るのは、そのエピキュリアン的気ままさが今や自己破滅的な向こう見ずさへと変貌を遂げるからであり、この点でも両者は精神性を共有している。「イングランド、わがイングランド」が失墜したイングランドの受難劇の幕開けとするならば、現世に対する絶望という鍵を手にした父が、失踪という名の別の世界への扉を開ける「父がうたった歌」は、第二幕ということになるだろうか。

では、丘の頂上に立った父が最後に娘に見せたいと願い、自身も見納めに一目見たいと思ったものとは何だったのか。父自身がまず見届けるべきものは、戦禍に晒され無残に骸を晒すイングランドのあるがままの姿、その暴露された正体だったように思われる。だが、この大地の下にある平和をも忘れずに見ておくようにと、祈りにも似た気持ちを込めて娘に語りかける時、父が視線の先に見ていたものは、かつて存在したであろう緑豊かな田園と地霊に育まれ豊かな文化を持つ「誇り高く古き良きイングランド」、さらに人間と大地が共存する始原的世界ではなかったろうか。父の言う「平和」とは、愛と希望に満ち争いや破壊のない豊かな大地と人間そして大自然の共生する原初的総体を指すのではあるまいか。しかし父が最後に、「私が彼女を失くしたのか、彼女が私を失くしたのか。私にはどちらなのか分からない、何が起きたのかわからない」と独り言のように呟く時、ここでの「彼女」が祖国イングランドであり愛する妻の両義であるからには、父が認識するものは、祖国への喪失感、結婚の破綻という結末を迎えた愛の喪失、祖国も愛もともに失った絶望感と無力感、ある種の無感動と諦めである。これらの入り乱れる感情が彼の全身の血肉を駆け巡る時、父は自ら取るべき行動を明確に認識する。エグバートは地獄の戦場に身を投げ出すことで、父は娘をドライブに誘った後で娘を置き去りにし自ら失踪することで、それぞれ自己破滅的な行動を完結させ、負のアイデンティティを確立する。両者に共通の、現世への絶望に端を発した自己破滅的な行動は、改めてイングランド文化全体の命運を象徴的に表わしている。かつてのイングランドは幻想であり、もはや喪失したのだ、と。

では父の場合、なぜ失踪なのか、父の失踪はなぜ娘七歳の誕生日なのか、父とは一体、何者なのか。この物語は戦争体験に基づく現実的リアリズムだけで構築されているのではないのである。

戦争ゴシックとファンタジー

ボウエンは自ら作品を精選した短編集『恋人は悪魔』の後記で、戦争と戦時下での物語の意義を、次のように記している。

『恋人は悪魔』に収められた選集の短編は、一九四一年春から一九四四年晩秋にかけて戦時下のロンドンで書かれたものである。(中略)これらの物語は戦時の物語だが、戦争それ自体を描いたものではない。(中略)時代の空気や戦争の風土といった、戦争が生み落とした未知の産物を描いたものである。(中略)この短編集の初校を初めて通読した時、これらには共通するものがあると分かり非常に心をうごかされた。(中略)『恋人は悪魔』という短編集は有機的な総体であり、単なる選集どころか、ともかくも——良し悪しは別として——一冊の書物となっているのである。(中略)物語の中の幻覚は危機なのではない、ましてや物語は精神的危機を検証したものではない。(中略)イギリスで、とりわけロンドンで、戦時中、人々は奇妙で深遠で緊迫した夢を抱いていた。「戦争について何を忘れても」といった友人がいる。「私自身の夢、あるいは私に語られた他の人の夢のいくつかは、決して忘れたくはない。私たちは以前、こんな風に夢を見たことはなかったし、これからもこんな風に夢を見ることはないと思う」と。夜には夢で、そしてファンタジー——これらはしばしば子供っぽいほど無邪気なものだが——以前、平凡な人々は日中、こうしたファタジーで心を慰めたのだ。(4)

一編だけを取り上げたなら、ばらばらのスナップショットにすぎなくとも、全体を通してみれば有機的な総体を形成していると確信するに至ったボウエンの関心と嗅覚が書かせたものは、戦争行為そのものではなく、戦争が産み落とした副産物すなわち時代の空気や現象そして風土であった。そして戦時下であればこそ夢見ることの意義とファンタジーの果たしうる功績を語り、爆撃による恐怖や心の動揺、一人ひとりの顔に刻印された風景を、夢やファンタジーに託して描くことが、人々の本能的な救いであり心の癒しにつながるとのメッセージを熱く静かに語ったのである。しかし人々の本能的な救いであり心の癒しにつながる小説作法とは、いかなる形で表現されるのであろうか。戦争体験による現実的リアリズムだけでなく、幻想や夢に連なる手法とはどのようなものなのであろうか。「父がうたった歌」という作品に超自然的で怪奇的、幻想的な要素が潜んでいるとすれば、ゴシックロマンの原型的モチーフの一つ〈悪魔の恋人〉がそれである。

〈悪魔の恋人〉というモチーフ

そもそもこのモチーフは、十四世紀から十七世紀にかけてスコットランドでバラッドやフォークロア、詩などで歌われていたもので、今日なお「ハウス・カーペンター」("The House Carpenter") の題名でフォークソングなどでも歌い継がれている。七年間不明だった亡き恋人が、すでに結婚し子供もいるかつての恋人に「昔の誓い」を求めて彼女の元を訪れそして連れ去る、という話がおおよそ共通の筋である。女は、夫との結婚の誓いと子供への情愛が神聖なものであると一度は退けるが、かつての恋人が提示する富と一時のロマンチックな夢に負け、彼との船出を承諾する。ほどなくして女は後悔するが、むろん戻ることなどかなわず、行く手に待ち受けているのは地獄という話である。このテーマは、スコットランド・カルヴァン主義特有の善と悪を明確に峻別する宗教観に由来している。この善悪観が「分裂した自我」という意識や悪の本質に対する強い関心を生み出し、悪の誘いや悪の怪奇性への嗜好、また見えないものを見、聞こえないものを聞くという幻視、幻聴といったケルト・ゲール文化特有の感覚とともに、スコットランド伝承の伝統を引き継ぐ重要なテーマの一つとして継承されてきたのである。さらにそれ以前の十三世紀にも、精霊（悪魔）の女王を聖母と思いこみ跪き口づけしたため七年間精霊の国（地獄）へと連れ去られ、地獄での苦しみを知ったのち生還する「うた人トマス」(Thomas the Rhymer) のような予言的詩人の詩がある。地獄を見る中で、俗世は堕落し見捨てられた場所であり、世俗の喜びは悪魔のまやかし、恩寵は自然の中にではなく聖書の言葉のなかにのみ存在するとし、焼けつくような苦痛、裏切り、人間の罪、人間の邪悪など地獄を見た者こそが、人間界に帰還した時、真実を語る予言の才を持つと、伝えるのである。

ところで、「父がうたった歌」での究極の舞台設定は、まさに娘の七歳の誕生日である。七という数字はフォークロアでは超自然的なものと関係する数字の一つとされ、この物語でも七歳という年齢は幼児期を脱し子供期（少年／少女期）に至る通過儀礼の歳として、幼いながら娘も旅立ちの時を迎えるという点で重要な意味を持つだろう。（ちなみにボウエン自身、実父の精神疾患による父娘の離別という最初の精神的衝撃は七歳の時のことであった。）さらに父が娘を連れて訪れた丘の頂上は、アイルランド・ケルトの民間伝承では、超自然的存在の群れる場所すなわち異界でもある。ならば娘七歳の誕生日つまり父娘いずれにとってもこの新たな旅立ちの日に、この異形の者たちの住まう丘に立ち、祖国への喪失感に苛まれ、結婚も破綻し絶望のあまり妻子を棄て失踪を決意する、地獄からの帰還兵である父こそ、怨念とともに七年後に舞い戻った異界の使者、悪魔の恋人でなくて何であろう。戦争という名の現代の地獄を見、現実世界に帰還した父が、丘の山頂で「平和」という名の真実を娘に伝えたいと願ったとするなら、彼は悪魔の恋人であると同時に現代の「うた人トマス」でもあるだろう。だが異界の存在と化したうえは、消息を絶ち二度と俗世に戻ることがないのは、超自然的世界あるいは異界に住む者の宿命である。娘が、「人ってものは、だいたい帰ってこないものよ。あたしは、そういう彼らを非難したことはなかったわ」（六六〇頁）とある種の明るい諦めをこめて語るのも、異界の存在となった父の帰結が失踪であると認識しているからである。だとすれば、父からも再婚してバミューダに去った母からも存在を置き去りにされ、誰も帰ってくることなど期待せず、心のどこかに突き刺さってきたという父の最後の言葉を胸に秘めて一人生きてきた娘にとって、悪魔である恋人として舞い戻ってきた父の亡霊こそ、彼女の危うい生存の隙間を埋める存在でなくて何であろう。父との再会は見果てぬ夢だとしても、父との再会に一縷の夢を食む娘もまた、父という名の悪魔の恋人に憑りつかれ、生ける亡霊となって異界に足を踏み入れる。父を語ることと悪魔の恋人に憑りつかれることとは表裏一体をなし、娘は、ひたすら父のことを語り続けることで、幻想の世界で父なき孤独を楽しむ唯一の方法を見い出したのである。そしてもう一人、夫の存在を疎ましく思い続けた母にとってもまた、思いがけず戦争から生還した夫は、「昔の誓い」を求めて舞い戻って来た悪魔の恋人だったに違いあるまい。

娘が父の話を終える物語の最終部で、娘はタバコの煙でかすむ酒場で五十がらみのカーキ色の軍服姿の三人の兵士をぼんやりと眺める。娘が自分を取り戻すために必要なのは永遠の二十六歳の父だが、娘がぼんやりと酒場を見回す時、今頃は四十代半ばの父の姿を無意識のうちに探したであろうか。七歳の時の父の置き去りといい、悪魔の恋人という名の父に憑りつかれた姿といい、「人は帰って来ないもの」と諦めの念とともに戦時下に一人生きる若い娘の姿は、連れ去られた異界で生を食む亡霊のごとき姿を見せる。この物語はタバコの煙に霞む酒場に始まり、最後は娘が話し相手の青年にタバコを所望し（ボウエン自身、愛煙家であった）、そのタバコの煙とともに幕が閉じられる。タバコの煙でぼんやりとした姿しか見えない、あの酒場でたむろしていた軍服姿の兵士は、果たして生きた兵士だったのか、それとも戦没した亡霊の群れであったか、あるいはあの酒場自体、死者の集う場所、その空間さえ幻覚だったであろうか。ボウエンは何も語らず、また語る必要もないのである。『恋人は悪魔』の後記に記されていたように、ボウエンが望むのはただ一つ、戦禍に打ちひしがれる人々に夢を見る時空を創造することであり、この娘も含めてなべて苦しむ人々をその夢想のなかにたとえ一瞬でも解放することができたとするなら、作家ボウエンは十全な役割を果たしたことになるだろう。ならばこれこそ戦争の記憶をゴシックロマンの形式で語る戦争ゴシックでなくて何であろう。「父がうたった歌」は、ここに至ってリアリズムと幻想あるいは幻覚が互いに浸蝕し融和しあう戦争ゴシックとして見事に立ち上がる。そして帰還と憑依の物語もここに静かに閉じられるのである。

「さぁさ皆さん、お聴きなさい、私の身の上、私の国のことを」

この物語は、登場人物も本編の題名ともなっている曲名もいっさい固有名詞の記載はなく、幕が閉じられる。しかも時は戦時下、名前の無いヒロインの若い娘が「この話したっけ?」と語り出す冒頭は、娘が不特定多数の人々の集まる酒場のような場所で、誰かれとなく自身の身の上話をしてきたことを物語る。不特定な場所で不特定な人びとに対して、名の無い娘の口から紡ぎ出される話は、人類史上初めての世界大戦という異常な極限状態にあっては、どこにでもありうる話、誰の身にも起こりうる「あなたの」そして「私の」物語、名もなき多くの人々の物語だということを示唆するものであろう。すべてが匿名性で彩られているこの作品では、人物も場所も父が好んだという曲も、読者それぞれの心に響く名前で理解すればよいのであって、むしろ特定しないことで普遍性が生まれ、ここにこそこの作品の本質があるのだといえよう。

もとよりアイルランドやスコットランドには、民衆の生活を基盤にして民間伝承により語り継がれてきたバラッドやフォークロアの長い伝統がある。これらの物語は、歴史の浸蝕に耐え、主に口承として伝えられてきたところに特質があり、民衆の知恵や支配者に対する批判や抵抗を、歴史や地域を超え民衆とともに文化的な遺産として歌い継いできたのである。「父がうたった歌」では、子供の遺棄をはじめとする子供の犠牲、悪魔の恋人あるいは悪魔の化身、ある種の比喩的な近親相姦関係（父と血のつながりのない娘との）、超自然的な異界への参入と変容、死者の国の訪問（冥界下り）と帰還などのモチーフが根底に流れている。これらはボウエン作品にしばしば見られるというだけでなく、アイルランドやスコットランドの民間伝承やバラッドで歌い継がれてきた主要テーマでもある。「さぁさ皆さん、お聴きなさい、私の身の上、私の国のことを」と歌うアイルランド・バラッドさながら、「父がうたった歌」のヒロインの若い娘の物語も、棄てられた子供の行き場のない悲しみや不安、戦争で引き裂かれた人々の慟哭や戦争の愚かしさを、乾いた涙とともに語りかける民衆の魂の歌だと言っていいのではなかろうか。ボウエンは、戦争という明らかに残酷な現実の下で、悪魔のささやきが反響するゴシックロマンの怪奇性とリアリズムとをつづれ織りのように織りこんだ現代のバラッドを作り上げたといえる。ボウエンはこの作品で現代の亡霊物語、さらに苛酷な現実にからめとられ異界に足を踏み入れざるを得ない若い娘の亡霊を幻想あるいは幻覚という夢の中へと飛翔させるファンタジーを作り上げたといってもよいだろう。それに止まらずこの作品は戦争という名の亡霊にとりつかれ、容易には戦禍の傷跡を癒すことのできない西欧の、そして二十世紀に生きる人々の姿を映す現代の寓話ともなっているように思われるのである。

注

（1）Neil Corcoran, *Elizabeth Bowen: The Enforced Return* (Oxford: Oxford University Press, 2004), p. 156.
（2）Elizabeth Bowen, 'Songs My Father Sang Me,' *The Collected Stories of Elizabeth Bowen* (New York: Alfred A. Knopf, 1981), p. 654. 以降、同書から引用する場合は、引用箇所のあとに頁数のみをカッコ内で示す。引用訳文は拙訳。
（3）D. H. Lawrence, 'England, My England,' *England, My England* (Harmondsworth: Penguin Books Ltd,1968), pp. 7–8. 以降、同原文からの引用は引用箇所のあとに頁数のみをカッコ内で示す。引用訳文は拙訳。
（4）Elizabeth Bowen, *The Demon Lover & Other Stories*, (Harmondsworth: Penguin Books Ltd,1966), pp. 196–198. 引用訳文は拙訳。

III

ボウエンに関わる他のテーマ

第十六章　ウルフとボウエン

ウルフとボウエンのちょっと冷たく、優しい関係
――その人生と文学における交流について――

奥山　礼子

ボウエンが見た最後のウルフ

一九四一年三月二十八日ヴァージニア・ウルフ（Virginia Woolf, 1882–1941）は、ロドメル（Rodmell）〔イングランド南部の村〕のウルフ夫妻が所有するモンクス・ハウス（Monk's House）の近くを流れるウーズ川で入水自殺を図った。遺体は四月十八日に下流で発見された。夫レナード・ウルフ（Leonard Woolf, 1880–1969）に残された遺書には、また襲ってくるであろう狂気にもう耐えることができないこと、そしてこれまで献身的に尽くしてくれたレナードへの感謝の気持ちがつづられていた。(1)

このウルフの入水自殺の六週間前、つまり一九四一年二月十三日から十五日にかけてモンクス・ハウスに滞在していたのがエリザベス・ボウエン（Elizabeth Bowen, 1899–1973）である。ウルフの伝記を著した甥のクウェンティン・ベルによると、彼女はこの十七歳年下の新進気鋭の作家の訪問をとても喜んでいたという。(2) ボウエンはカーテンの繕いものをしていたウルフの様子を次のように表現している。

彼女は早春の陽だまりに膝をついて坐り、頭を後ろに反らして、あの非常におもしろい、むせぶような、楽しそうな、梟のような声で笑いました……それが私の心にずっと残っています。だから人びとが全面的に彼女を暗黒が求める殉教者とか、まったく悲劇のような人と考えるのを見ると、私は奇妙なショックを感じます。

（『ウルフ伝』二二四頁）

この引用でもわかるように、世間がウルフの死を悲劇的に書きたてる中で、ボウエンは死の直前のウルフの姿を目撃した一人の作家として、そして友人として、彼女の真の人柄を伝えようとしている。しかしこの穏やかで平和なウルフの様子は、彼女が後輩の作家であるボウエンに見せた偽りの姿だったのだろうか。ベルによると、実際は一九四一年一月中旬頃からウルフは体調が悪く、レナードも彼女のことを非常に心配していたという。（『ウルフ伝』二二四頁）

この二人の作家の間にはどのような関係があったのだろうか。ヴァージニア・ウルフはエリザベス・ボウエンを、ボウエンはウルフをどのような存在として見ていたのか。一九三〇年代におけるこの世代を越えた二人の作家の交流をたどることは、それぞれの作家の研究にとって重要なことであると思われる。

この二人の関係についての先行研究は非常に少ないが、これはボウエン側の一次資料があまり出版されていないことが理由の一つであるかもしれない。ボウエンの書簡に関しては、伝記を執筆したハーマイオニ・リーが『マルベリー・ツリー』(*The Mulberry Tree*, 1986) に手紙のごく一部を取り上げており、同じく、伝記を著しているヴィクトリア・グレンディニングが、ボウエンと恋愛関係にあったカナダのイギリス駐在外交官チャールズ・リッチー (Charles Ritchie, 1906–95) への書簡と彼の日記を編集している。ウルフとボウエンの作品の比較研究はかなり出版されているが、具体的に二人の個人的な関係のみを取り上げたものはなく、作品研究のために個人的な関係について言及しているものばかりである。したがって、限られた資料を手がかりにしながら、主に第一次資料が充実しているヴァージニア・ウルフ側から二人の関係を探っていきたいと思う。

二人の友情の進展

ボウエンはT・S・エリオット (Thomas Stearns Eliot, 1888–1965) やデイヴィッド・セシル (Lord David Cecil, 1902–86) といったウルフの友人の多くと知り合いだった。(3) しかし実際にボウエンとウルフが出会ったのは一九三一年の終わり頃で、レディ・オトリーン・モレル (Lady Ottoline Morrell, 1873–1938) の茶話会の席だった。翌年二月四日のオトリーンへの手紙で、「キャメロン夫人」〔ボウエンは一九二三年にアラン・キャメロン (Alan Charles Cameron, 1893–1952) と結婚〕の住所を教えてくれたことに対する感謝と、さらに「いつかまたもう一度彼女に会いたいので、手紙を書きたい」(4) と述べられていることから、これが事実だとすると、茶話会後にウルフからボウエンに最初の手紙が出されたことが推測できる。

一九三〇年代において、ロザモンド・レーマン (Rosamond Lehmann, 1901–90)、スティーヴン・スペンダー (Stephen Spender, 1909–95)、イーヴリン・ウォー (Evelyn Waugh, 1903–66)、L・P・ハートリー (L. P. Hartley, 1895–1972) らの二十代から三十代の年齢の若い作家たちにとって、ブルームズベリー・グループ (Bloomsbury Group) の存在は目の前に立ちはだかる山のようであった。なかでもウルフはボウエンにとって、その頂点とも言える存在だった。(5)

当時ロンドンの社交界や文壇は非常に狭かったため、情報伝達も速く、本人が望めば社交生活も華々しいものとなった。たとえば、スティーヴン・スペンダーがボウエンに書いたように「午後にロザモンドとお茶をし、エリオットと昼食を食べ、A・P・ハーバート（A. P. Herbert, 1890–1971）と夕食、ヴァージニアとコーヒー。本当に文学的な一日だ」（『ボウエン伝』七七頁）というほど、作家間での付き合いは頻繁で、特に一九三〇年代においてこれらの若手の作家たちはブルームズベリー・グループの大御所の作家たちとも積極的に交流していたことが窺われる。この若い作家たちの集団は、ボウエンも述べているように「唯一の集団化しない世代」（『ボウエン伝』七八頁）であり、スティーヴン・スペンダーいわく「大きなゆるく結びついた家族」のようなもので、「ほとんどの者が彼らの親であるブルームズベリーのやや間接的な庇護のもとにあった」（『ボウエン伝』七七—七八頁）。

ボウエンは「魅力的で、楽しく、刺激的な人物であり、彼女の仲間もヴァージニア・ウルフと同じ高尚な特質をもって」おり、何よりも「彼女にはアイルランドの温かみ、慈しみ、親しさがあった」（『ボウエン伝』一〇三頁）。さらにボウエンはウルフと同じく「恥ずかしがりで、慣習的」[6]であり、作家たちが社会の出来事に夢中になることを批難する立場を取っていた（『ボウエン伝』七六頁）。このようなことから、ウルフは茶話会で紹介されたこの魅力的な若い作家に自分と同じ「匂い」を直感し、もう一度会いたいと思ったのではないだろうか。

ウルフからボウエンへの最初の手紙は一九三二年三月八日で、「親愛なるキャメロン夫人」で始まる非常に形式張ったものだった。「もちろんまたお目にかかれることを望んでおります」（『書簡』V　三一頁）というウルフの文面から、この手紙以前に、二人の間でなんらかのやり取りがあったことが推測できる。友人エセル・スマイス（Ethel Smyth, 1858–1944）への三月十七日の手紙に、「ミス・ボウエンはたどたどしく言葉を発し、顔を赤らめる」（『書簡』V　三五頁）とウルフは書いているが、これは幼少時より吃音の癖のあるボウエンが、ウルフの前でひどく緊張したことを示している。ウルフにとってもちょうどこの時期は、リットン・ストレイチー (Lytton Strachey, 1880–1932) のあとを追ってドーラ・キャリントン (Dora Carrington, 1893–1932) が自殺した直後で、心理的に非常に沈んでいた。そんなときに出会ったこの若い作家に、ウルフはなんらかの安らぎを感じたことが想像できる。

一九三二年七月二十二日に書かれた手紙も前述と同様の形式的な呼称で始まり、『北へ』(*To the North*, 1932) の贈呈に対する感謝が述べられる。さらに「出来事ではなく――つまり茶話会とかではなく、ミルトンなど」についての「読書日記」をつける考えを実行することをボウエンに勧めており（『書簡』V　七九頁）、十七歳年長のベテラン作家らしく後輩作家にアドヴァイスする姿が見られる。

一九三二年十一月三十日と十二月七日のそれぞれの手紙では、「親愛なるミス・ボウエン」と書き出しに変化が現れ（『書簡』V　一三二、一三四頁）、さらに翌年一月三日の手紙は「親愛なるエリザベス」で始まり（『書簡』V　一四四頁）、二人の関係がこの時期、徐々に接近してきたことがわかる。内容はボウエンがショートブレッドを贈ってくれたことに対する礼状だが、冗談を交えたウルフの口調からボウエンに対する親近感と二人の間の以前より打ち解けた雰囲気が感じられる。

あなたは何て危険な友人なの！　ショートブレッドが好きだって、何気なく言うと――ショートブレッドが届く。それじゃ若い象が好きって言ったら、同じことが起きるかしら？　そう思うわ。……でも気をつけなさいよ――私はよく深紅のフラシ天でお茶入れを作るのよ――この次はそれが［それを受け取るのが］あなたの運命よ。私はそれに金糸で忘れな草を刺繍するわ。（『書簡』V　一四四頁）

一九三三年五月十六日のイタリアのシエナからボウエンに宛てた手紙では、親しい友人にいつも書いているように、糸杉の下でナイチンゲールが囀り、蛙が鳴くのを聞きながら昼食をとっていることや、イタリアの農民はとても魅力的だとイタリア旅行の楽しさが伝えられ（『書簡』V 一八三頁）、また六月二十二日の手紙では、アイルランドのボウエンの邸宅ボウエンズ・コート (Bowen's Court) への招待に、是非訪問したいとウルフは答えている（『書簡』V 一九八頁）。その後も同年七月の手紙には、T・S・エリオットの妻ヴィヴィアンについての記載もあり、ボウエンがウルフの古くからの仲間内でのゴシップの輪に入っていることがわかる（『書簡』V 二〇四、二〇五頁）。また、リーは、一九三四年の四月に、T・S・エリオット、経済学者のメイナード・ケインズ (John Maynard Keynes, 1883–1946)、ヴァージニアの甥のジュリアン・ベル (Julian Bell, 1908–37)、そしてボウエンが、タヴィストック・スクエアのウルフの住まいに集まり、エリオットの新刊本『異神を求めて』(*After Strange Gods*, 1934) について議論したことを指摘している（『ウルフ』六四一頁）。このことからも、ボウエンがブルームズベリー・グループの輪の内に受け入れられたことが推測できる。

ボウエンズ・コート訪問

一九三四年三月二十六日のボウエンへの手紙で、ウルフはアイルランド旅行のスケジュールを送り、ボウエンズ・コートに一泊できるかと尋ねている（『書簡』V 二八四頁）。四月二十五日にウルフ夫妻は愛犬のピンカを伴って車でロドメルを出発した。ヴァージニアにとってはこれが最初で最後のアイルランド旅行だった。彼らはフィッシュガードからコークに渡り、四月二十八日にボウエンズ・コートに一泊する（『書簡』V 二九六頁）。

ウルフはアイルランドやボウエンズ・コートについて、友人や姉に手紙を書き送っている。四月二十九日のボウエンズ・コートから出したオトリーンへの手紙には、「それは美しく、物悲しい土地で、エリザベスの家はまさに私が想像していたものだった」と書いている（『書簡』V　二九八頁）。旅行の最中にボウエンに送った礼状にも、あまりにアイルランドの景色が美しすぎて、どうやったらここに家を持つことができるかを問い合わせたこと、またボウエンズ・コートの「願かけ井戸、アヒルたち、糸車、漆喰、ベッド」を楽しんだことを記している。さらに「ボウエン家の人びとの人生を忘れないで」と最後に書き加える（『書簡』V　二九八頁）。これはのちにボウエンが描く一族の歴史『ボウエンズ・コート』（*Bowen's Court*, 1942）のことであり、ウルフは滞在中にボウエンから聞いた、彼女の一族の歴史に作家としてインスピレーションを感じ、彼女に書くことを強く勧めたのだと思われる。

ウルフは姉ヴァネッサ・ベル（Vanessa Bell, 1879–1961）への手紙では、しばしば辛辣に自らの感情を表現する。このアイルランド旅行について、「エリザベスはとてもすばらしく、彼女の夫もどっしりしていて口数が多いが、噂よりいい人だった」と褒めるが、ウルフ夫妻がボウエンズ・コートで会った文芸批評家のシリル・コノリー（Cyril Connolly, 1903–74）とその妻については、「チェルシーの悪臭を持ち込んだような」、「動物園の外ではなかなかお目にかかれないような魅力のない夫婦で、猿もシリルよりはるかに好ましく思える」とあからさまに嫌悪感を表す。また、ボウエンズ・コートについても、「エリザベスの家はただの大きな石の箱だが、イタリア風のマントルピースや壊れた十八世紀の家具、穴の開いた絨毯でいっぱい――それでも彼らは上流階級の威厳を下げまいと晩餐などには盛装して出てくる」と皮肉を交えて辛辣に述べる（『書簡』V　二九九―三〇〇頁）。しかし二年後の一九三六年六月のオトリーンへの手紙でアイルランド旅行に触れ、グレンガリフの景色がとても気に入ったこと、その海岸線と後ろの丘は「私には勝るものがないほど美しく思えた」と述べる。「物思いに沈んだ土地だ」と言いながらも、ウルフはアイルランドにかなり好印象をもったことがわかる（『書簡』VI 四五頁）。

リーのように、このときまでにウルフはアイルランド抗争でのアングロ・アイリッシュを取り上げた『最後の九月』(*The Last September*, 1929) を読んでおらず、ボウエンを「文学的に同等な者とか近しい友人」（『ウルフ』六五一頁）として扱っていなかったと見る研究者もいる。実際、この二人の作家の関係が接近したのは、このボウエンズ・コート訪問後からであろう。翌一九三五年一月のウルフの姪アンジェリカの十七歳の誕生日パーティに、ウルフたちがフィッツロイ・ストリートのヴァネッサのアトリエで、大叔母のジュリア・キャメロン (Julia Margaret Cameron, 1815–79) の人生に基づいた三幕の風刺喜劇『フレッシュウォーター』(*Freshwater*, 1976) を上演したとき、観客としてボウエンも招待された。ヴァネッサがミセス・キャメロン、レナードがミスタ・キャメロン、ジュリアン・ベルがテニソン、アンジェリカがエレン・テリー、ダンカン・グラント (Duncan Grant, 1885–1978) がG・F・ワッツをそれぞれ演じた、仲間内だけに通じるジョークのような劇だが、[7] そこにボウエンが招待されたことは大きな意味のあることだと思われる。

二人の関係がより親しく打ち解けたものになるのは、一九三五年にボウエンが夫アランの仕事に伴い、ロンドンのリージェント・パークにあるクラレンス・テラスに移ってからである（『ウルフ』六五二頁）。ウルフはタヴィストック・スクエアの自宅とロドメルのモンクス・ハウスを、ボウエンはクラレンス・テラスとアイルランドのボウエンズ・コートを、それぞれ行き来するなかで、ロンドンにいる間はさらに頻繁に訪問し合っていたことがこの時期のウルフの手紙から窺われる。

「眠り姫」の疑い

ヴィタ・サックヴィル＝ウエスト (Victoria Mary Sackville-West, 1892–1962) 宛てのウルフの手紙には、ボウエンについての言及が数多く見られる。ここには女性同士の恋愛感情の駆け引きにウルフがボウエンを利用していたことが明らかに見て取れる。一九三二年十月十八日の手紙でウルフはボウエンを「私のエリザベス」とよび、翌日彼女が独りで会いに来ることを告げながら、彼女がまだレズビアン的性向に気づいていない「眠り姫」ではないかと疑う。そしてそれを彼女の小説に探ろうとしていることが述べられている（『書簡』V　一一一頁）。一九二九年にヴィタがヒルダ・マシソン (Hilda Matheson, 1888–1940) と徒歩旅行に行ったことに対してウルフは激しく嫉妬したが（『書簡』V　一一一頁）、その仕返しのようにこの手紙には明らかにヴィタの嫉妬心をかき立てようとしているウルフの作為的な意図が窺われる。そしてこのウルフの企みは一九三四年にボウエンズ・コートを訪問した際のヴィタへの手紙にもはっきりと表現されている。「エリザベスと私は彼女の庭にある願かけ井戸で手を握りしめたの。……何を願ったと思う？（はっきり率直に言ってしまえば、私の唯一の願いはあなたを嫉妬させることなの）」（『書簡』V　三〇二頁）。

ボウエンはのちにアメリカ人の詩人で小説家のメイ・サートン (May Sarton, 1912–95) と恋愛関係になったことが指摘されている（『ウルフA―Z』二五〇頁）。サートン自身もインタヴューで、彼女との恋愛を認めながら、「すばらしい友達で、とても温かい、与える人」(8) とボウエンについて述べている。二人がどの程度本当の恋愛関係にあったのかは定かではないが、この時点におけるウルフの直感は当たっていたようだ。

ヴィタ、ウルフ、そしてボウエンは幸せな結婚生活を送りながら、ほかの女性を愛するという共通点をもっていた。(9) 文学的才能、性格、階級、思考のレベルにおいて、ウルフはボウエンが自分の恋愛対象となるのに値する人物であり、したがってヴィタに嫉妬心を抱かせるのに十分な人物であると判断していたのは確かであろう。

二人の文学的な繋がり

ボウエンは文学的にウルフから多大な影響を受け、特に処女作『ホテル』(*The Hotel*, 1927) はそれが顕著に見られる作品であることが指摘されている(『ウルフ』六五二頁)。また、一九六〇年に出された『オーランドー』(*Orlando*, 1928) の序文でも、ウルフの「美意識は信仰となり、私たちは信者だった」と述べるほどだった。(10) 二人の友情は順調に深まっていったが、ウルフはボウエンの本について意見を述べることは非常に少なかった。

ウルフが唯一ボウエンの作品について手紙で自らの感想を語ったのは、彼女が最も気に入っていた『パリの家』(*The House in Paris*, 1935) についてである。「力まずに深くなり、賢さ (cleverness) が表面で眩惑せずに、その役目を十分果たしている」と始まり、非常に速く一気に読み終え、「あなたの世界が私の世界を威圧する」のを感じたと述べる。ここでウルフが強調するのが「賢さ」で、作家はあらゆる機能を使ってものを書くが、「水面下で賢くならなければいけない」と説いている(『ウルフ』六五三頁)。ウルフはボウエンに作家の心得として「賢さ」を表面に出してはいけないと助言しているが、自らの文学を語るときによく用いる「水面下 ('under the water', 'submerged')」という表現をあえて使っている。ここからも、一人の作家として『パリの家』を高く評価し、作家として力をつけてきたボウエンの才能をさらに伸ばそうとするウルフの身振りが窺える。ボウエンもこの難解な手紙の真意を把握し、「とてもすてきな手紙だ」と友人に述べている(『ウルフ』六五三頁)。

しかし姉ヴァネッサへの一九三八年十月の手紙では、文芸批評家のレイモンド・モーティマー（Raymond Mortimer, 1895–1980）が『心の死』(*The Death of the Heart*, 1938) を褒めたことに対し、ウルフは「嫉妬していない」と言いながら心穏やかではない様子を見せる。さらに翌日のボウエン宛ての手紙では、この本の書評について「熱狂的だけど意味がない。私が知りたいことを何も言っていない」と不満を述べながらも、「でもとにかく皆が褒めている」と付け加える（『書簡』VI 一八七頁）。このような文面から、『心の死』によって高い評価を得たボウエンに、ウルフは嫉妬に近い感情を抱いていたことがわかる。

ボウエンはレナード・ウルフが『ある作家の日記』(*A Writer's Diary*, 1953) を出版した翌一九五四年に、『ニューヨーク・タイムズ』紙にこの本の書評を書いている。この本はヴァージニアの二十七年に渡る膨大な日記から、レナードが「直接的に彼の妻の仕事に言及するもの」だけを選定して一冊に「圧縮した」ものであるが、ここにボウエンの名前はほとんど登場しない。つまりヴァージニアは日記においても、彼女の文学創作に関する部分にボウエンを登場させることがなかった。ここでボウエンはレナードの編纂者としての労をねぎらいつつ、「望まれたであろうことは、この芸術家が書く際に関係するあらゆること。つまり丸ごとの彼女の存在（生）の感覚だ」と強く訴えた（『いま考えること』一四七頁）。「一人の友人として、彼女は［私のために］惜しみなく時間を使い、笑い、からかい、ときには惜しみなく哀れみを示した」（『いま考えること』一四八頁）と、個人としてのウルフについて述べながら、ボウエンはさらに彼女の芸術と個人的生活の密接なつながりを強調し、日記から彼女の個人的な部分を全面的に排除したレナードの編集に苦言を呈した。さらに「彼女の芸術の源泉はある種の喜び」（『いま考えること』一四九頁）という表現を用いて、ウルフの人生のさまざまな喜びが彼女の芸術の原動力になっており、したがって彼女の人生と創作は切り離すことができないものなのだと繰り返し主張した。この言葉は、現実を生きた生身のウルフを実際に知っていたボウエンだからこそ言いえたことであり、ウルフの創作原理を明確に表現しているものである。

掛け替えのない存在

ウルフは日記でボウエンをぞんざいに扱う態度をしばしば見せた。「お茶のあとの時間をエリザベス・ボウエンに使わなければいけない。彼女のことは好きだけど、後悔のもと」[11]と彼女との交際を迷惑がる記載も見られる。ボウエンは「馬のようなスタミナ」で誠心誠意ウルフに接しようとするが、ウルフの精神的な「脆《もろ》さ」を理解しておらず(『ボウエン伝』九九頁)、ウルフは自分に向けられたボウエンのエネルギーを少々もて余していたことがわかる。しかしその友情が失われそうになったとき、ボウエンが彼女自身にとって掛け替えのない存在であったことにウルフは気づく。

一九三九年から四十年にかけてウルフの手紙や葉書にボウエンはまったく返事を出さず、ウルフはその理由がわからないまま、その事態を「亀裂」とよんで非常に狼狽する。「私は彼女が好きだし、彼女も私を好んでくれていると思っていた」、「私たちは真剣に語り合えた」と嘆き、このまま彼女から応答がなければ二人の友情は終わってしまうのではと危惧する(『日記』V　二九三―二九四頁)。しかしほどなくボウエンから「会いたい」という葉書が届き、ウルフは狂喜する。ウルフになんらかの原因があってある誤解が生じたようだが、理由は明かされないまま収束し(『日記』V　二九五頁)、ボウエンは四十年六月二十五日にはじめてモンクス・ハウスに一泊する。

しかしこのボウエンの訪問はウルフの心にある大きな波紋を残した(『日記』V　二九九頁)。七月一日付けのロドメル滞在の礼状で、ボウエンは滞在中に語った続きとして、愛国心からイギリス政府の諜報活動に志願した経緯を詳細に述べている。[12] またウルフの同年七月五日の日記には、七月三日にボウエンと語りながらロンドンのシティを歩き回ったことが記されている。語られた内容は詳細に示されてはいないが、羅列した会話の内容の中にボウエンが諜報活動でアイルランドに行ったことが挙げられている（『日記』V 三〇一頁）。ウルフのどの手紙においてもこの件についての言及がまったく見られないことから、これは二人の間での極秘事項であり、この不自然なロンドン散策もこの件について二人が話すためのものであった可能性がある。ウルフにとって、あまり社会参加に積極的ではなかった、アッパーミドル階級の「恥ずかしがりで、慣習的な」ボウエンが、国を真剣に思い、愛国心をもって諜報活動に踏み切ったことは、大きなショックであったに違いなかった。

ボウエンと残酷な妖精

ウルフの死の約一年後の一九四二年四月二十日のチャールズ・リッチーの日記には、「彼女［ボウエン］の人生に非常に大きな影響」、また「彼女の中でまだ生きづいている影響」[13]を与えたウルフについての記述が見られる。ウルフは「ある種の妖精の残酷さ」をもっていて加虐的になることがあり、「自分がどのくらい人を傷つけているかわかっていなかった」（『愛の内乱』三〇頁）とボウエンは述べている。この言葉から、おそらくボウエンもウルフに傷つけられた一人であったことが推測できる。さらにウルフは「彼女に熱狂する知的で複雑な人びと」の世界に住んでいて、「そこから決して出ずに、守られた生活を送っていた」（『愛の内乱』三〇頁）と述べられる。これはウルフを取り巻くアッパーミドルのブルームズベリー・グループおよびその周辺の人びとの集団を指していると思われ、ウルフがこの非常に閉鎖的な世界に安住していたとボウエンは考えていたことがわかる。一九六七年十月二十九日の日記には、「小さなブルームズベリーの世界」には「互いに果てしなく長い手紙を書き、互いを分析し、裏切り、ばかにし、羨ましがるぞっとするような習慣」があったとボウエンがリッチーに語ったことが記されている（『愛の内乱』四四五頁）。ウルフの死から二十六年を経てボウエンの心に残るブルームズベリー・グループの印象は、あまり好ましいものではなかったようである。それは彼女が若いときに彼らと過ごした時間において微妙に感じたある疎外感、つまり表面的には受け入れているように見せても、芯の部分でよそ者を排除しようとする彼ら独特の仲間意識に対する嫌悪感が、長い歳月を経ても彼女の脳裏に残っていたからではないかと思われる。

それでもボウエンはウルフから文学的にも、個人的にもさまざまな影響を受け、絶えず「畏敬と恐れ」（『ウルフ』六四五頁）をもってウルフを敬愛した。ボウエンがウルフにおいて最も好んだのは、「彼女の溢れんばかりのおもしろさ」（『ウルフ』六五二頁）だった。そのため冒頭で挙げたようにウルフの死後、彼女の暗い側面ばかりが強調されるのに耐えられなかったのだろう。最後にボウエンがロドメルを訪ねたとき、二人は「冗談を言い、くつろいで」（『ウルフ』七五四頁）過ごした。ボウエンの二月十七日付けのこの滞在に対する礼状にも、ロドメルの二階の部屋のシクラメンやおいしいオムレツのことなどが言及され、きわめて楽しい時間を過ごしたことが記されている（『マルベリー・ツリー』二二〇頁）。ウルフはこのとき、精神的な苦悩の中にありながらもその気配をまったく見せなかったのは、この掛け替えのない友人と最後の楽しいひとときを過ごしたかったからではないだろうか。そして死の一週間前にも、ウルフは『心の死』について「いい作品じゃなかった？」と友人に書き送るほど（『書簡』Ⅵ 四八四頁）、最期に至るまでボウエンのことを気にかけ、彼女の作家としての才能を高く評価していた。

ヴァージニアの死の知らせを受けて書いたレナードへの手紙に、ボウエンは「大きな意味のあるものがこの世からなくなってしまったように思えます。彼女はすべてを照らしていました。……彼女を知り、彼女を愛することができたのは最高のことです」（『マルベリー・ツリー』二二一頁）と記した。この十年に渡って、二人の間には時には冷たく、時には温かいさまざまな感情のかけ引きがあったかもしれないが、この言葉こそがボウエンのウルフへの感情のすべてを集約しているのではないかと思われる。ウルフの日記の完全版は一九七七年から出版されたため、ウルフがいかに彼女を掛け替えのない大切な存在だと思っていたかを知ることなくボウエンはこの世を去った。しかしボウエンがウルフという「残酷な妖精」の少々身勝手ではあるが、温かく深い愛情を十分に理解していたことは確かであり、二人が人間として互いに魅かれ合っていたことは紛れもない事実である。そしてこのような二人のちょっと冷たく優しい関係は、作家としても人間としても、互いの才能と資質を認め合ったウルフとボウエンだからこそ続けることができた関係だと言えるだろう。

注

（1）Virginia Woolf, *The Letters of Virginia Woolf*, Vol. 6, eds. Nigel Nicolson and Joanne Trautmann (London: Hogarth, 1980), p. 486-487.　以下引用頁は本文中に（『書簡』Ⅵ　頁数）で示す。

（2）Quentin Bell, *Virginia Woolf: A Biography*, Vol. 2. (1972; rpt. London: Hogarth, 1973), p. 224.　以下引用頁は本文中に（『ウルフ伝』頁数）で示す。

（3）Hermione Lee, *Virginia Woolf* (1996; rpt. London: Vintage, 1997), p. 652.　以下引用頁は本文中に（『ウルフ』頁数）で示す。

（4）Virginia Woolf, *The Letters of Virginia Woolf*, Vol. 5, eds. Nigel Nicolson and Joanne Trautmann (London: Hogarth, 1979), p. 14. 以下引用頁は本文中に（『書簡』Ⅴ　頁数）で示す。日記の注では、オトリーンの茶話会後の一九三一年十二月三日にボウエンはウルフ夫妻とお茶を飲んだことが指摘されている（『日記』Ⅳ　五五頁、注６参照）。この注が間違っているか、ウルフのオトリーンへの手紙になんらかの意図があったかは不明である。

(5) Victoria Glendinning, *Elizabeth Bowen: Portrait of A Writer* (London: Weidenfeld and Nicolson, 1977), p. 77.　以下引用頁は本文中に（『ボウエン伝』頁数）で示す。

(6) Virginia Woolf, *The Diary of Virginia Woolf*, Vol. 4, 1931–1935, ed. Anne Olivier Bell (London: Hogarth, 1982), p. 86.　以下引用頁は本文中に（『日記』Ⅳ　頁数）で示す。

(7) Mark Hussey, *Virginia Woolf A to Z* (New York: Facts On File, 1995), p. 93.　以下引用頁は文中に（『ウルフA―Z』頁数）で示す。

(8) May Sarton, 'The Art of Poetry No. 32.' *The Paris Review* No. 89. Fall 1983. Web. 15 September 2015.

(9) Lisa Golmitz Weihman, 'The Problem of National Culture: Virginia Woolf's *Between the Acts* and Elizabeth Bowen's *The Last September*' in Ann Ardis and Bonnie Kime Scott, *Virginia Woolf: Turning the Centuries* (New York: Pace UP, 2000), p. 71.

(10) Elizabeth Bowen, *Afterthought* (London: Longman, 1962), p. 40.　以下引用頁は本文中に（『いま考えること』頁数）で示す。

(11) Virginia Woolf, *The Diary of Virginia Woolf*, Vol. 5, 1936–1941, ed. Anne Olivier Bell (London: Hogarth, 1984), p. 121.　以下引用頁は本文中に（『日記』Ⅴ　頁数）で示す。

(12) Elizabeth Bowen, *The Mulberry Tree*, ed. Hermione Lee (London: Virago, 1986), pp. 215–216.　以下引用頁は本文中に（『マルベリー・ツリー』頁数）で示す。

(13) Victoria Glendinning, ed., *Love's Civil War: Elizabeth Bowen and Charles Ritchie, Letters and Diaries 1941–1973* (London: Simon & Schuster, 2009), p. 30.　以下引用頁は本文中に（『愛の内乱』頁数）で示す。

＊以上の文献において、本文中の引用はすべて拙訳による。

第十七章　ボウエンの学校小説

大人の世界の入り口に立つ少女たち
――少女の声のリアリティ――

田中　慶子

寄宿舎制学校という揺籃

思春期の少女はエリザベス・ボウエン（Elizabeth Bowen, 1899–1973）のテーマの一つであるが、長編小説にも短編小説にも、さまざまな年代の少女が登場する。二十世紀初頭はイギリスの中産階級の子女の教育の場が家庭から学校共同体へと切り替わっていく過渡期であった。ボウエンの書く少女は学校教育を受ける者とそうでない者がいるが、本稿ではボウエンの女学生に焦点を置く。そして彼女の時代の学校生活がいかに作品の制作に影響を及ぼしたか、主に寄宿舎制女学校の少女レイチェルを主人公とした短編二部作「チャリティ」（'Charity', 1926）と「ジャングル」（'The Jungle', 1929）をとりあげて考察する。

エリザベス・ボウエンは両親ともアングロ・アイリッシュの家庭に一人娘としてダブリンで生まれ、母を早くに亡くした。伯母が彼女の面倒をみることになり、ハートフォードシャーに引きとられ、最初はデイ・スクールに通学した。二年後、彼女は全寮制のダウンハウス・スクールに入学し三年間を過ごした。ボウエンにとって学校の時間は、第一次世界大戦の勃発とか一九一六年の復活祭蜂起といった外界の事件からは隔絶していた。学校休暇中はイギリスの母方の親族とアイルランドの父の家に代わる代わる身を寄せた。短編「マリーア」('Maria', 1934) では、そのようなボウエンの境遇が語られている。

マリーアは、すべてに配慮が行き届き、居心地がいいという評判の学校の一つに在籍していた。マリーアは今、エナ伯母がダズリー夫人に説明しているのを立ち聞きしたとおり、母のない少女で、感じやすく、気難しい面があり、たいそう内気な少女だった。学校の人たちはこうした点に配慮し、少し猫背気味であることと、プディングと名のつくものはすべて嫌いであることを愛情深く心得ていた。彼女は品格に関してはすでに「仕上げ」が終わり、――あとは、社交界に出るときに備えて、髪形と容貌を仕上げるばかりになっていた。加えて水泳とダンスとフランス語を少し習い、とりわけ無害な入門程度の歴史、そして高貴な義務《ノブレスオブリージュ》について学んでいた。本当にいい学校だった。それでもマリーアが休暇で帰省すれば、寄宿舎制女学校にいれられた母なき娘だからとマリーアをいくら慰めても足りなかった。(1)

二十世紀になって、中流家庭の女子教育において大きな変化があった。元来、女子は家庭教師によって教育を受けるのが一般的であった。最も著しい変化は男子のパブリックスクールに倣った女子の全寮制学校の出現である。新興の中流階級には親は娘のために個人授業の費用を出す余裕がなく、娘を下の階級の子どもの行く公立学校に入れたくもないので、特に私立女子校に人気があった。

ボウエンの晩年の長編小説『エヴァ・トラウト』(*Eva Trout*, 1968) には、ミス・スミスという影響力の強い教師が登場する。エヴァはラムレイ・スクールに入学する前、別の学校に在籍していた。父親が湖畔の大きな城を購入し、彼は恋人コンスタンティンの友人ケネスに、その管理を委ねる。この思いつきは、ケネスからコンスタンティンを隔てることだった。エヴァにはエルシノアという情緒不安定なルームメイトができる。エルシノアは、湖に入水し、病の床につき、母親が来て彼女を連れ去る。窃盗、中毒、放火、脱走など一連の不幸な出来事のため、学校はエルシノアが去った直後に閉鎖される。

この廃校のエピソードは、短編「林檎の木」('The Apple Tree', 1934) にも出てくる。少女が自殺したクランプトン・スクールが廃校になったスキャンダルは、当時新聞をにぎわした。七年たっても新婚のマイラ・ウィングは悪魔祓いをしてもらわなければならないほど、追いつめられていた。マイラは最初、自殺したドリアという生徒と、はみ出し者同士寄り添っていた。ところが麻疹にかかって病室に隔離されたのがきっかけで新しい優等生の友達ができると、マイラにはもうドリアは必要なくなり、邪魔になり彼女を見捨て、自殺に追いやった。「彼女にひどいことを言ってしまったのです。あんたなんて死んじゃえばいいのにって。ね、当時は学校を出たら外の世界があるなんて、想像もつかなかったのです。」(「林檎の木」『選集』五二二頁) いずれも少女の友情関係の危うさ、強い制御とデリケートな配慮を要する思春期の子どもと学校経営の難しさを物語る。

ダウンハウス・スクールはケント州ダウンにあるチャールズ・ダーウィンの元の家で三十歳のミス・オリーヴ・マーガレット・ウィリス (Olive Margaret Willis, 1877–1964) によって設立された。ダーウィンが『種の起源』を執筆した書斎が生徒控え室になった。約四十年間その校長を務めたミス・ウィリスは、ブライトンのローディーン・スクールの前身の寄宿舎制女学校を出て、オックスフォードのサマーヴィルカレッジに進学し、(女性は一九二〇年まで正規の学籍は認められなかったが) 歴史を学んだ。その後、母校ローディーンをはじめ、いくつかの私立、公立学校で教鞭をとった経験で、当時の女子の通常のカリキュラムを超えた幅広い教養を身につけていた。一九〇七年にアリス・カーヴァーと組んで設立したダウンハウスに、彼女は新しい女子教育の理想の実現を図った。カーヴァーが寮母として寮生活を切り盛りし、ウィリス自身は国語、ラテン語、聖書、および歴史を教えた。彼女は女子教育に非常に強い信念をもち、キリスト教信仰を中心にすえ、生徒の個性を重んじた。開校当初たった一人の生徒で始まって、学校はまたたく間に大きくなり、礼拝堂、体育館、および教室が敷地に建設され、村の他の二棟の家を借りた。学校は文人や学識のある親に人気があり、そのような家の育ちの良い娘たちによって高い質が保たれていた。雑誌『パンチ』の恒例のクリケットの試合は、父兄のひとりE・V・ルーカスがチームのキャプテンを務めてJ・M・バリー、A・A・ミルンを含む別のチームとの対抗戦が一九一三年ここで行われた。一九二一年までに生徒数は八十名以上に増加し、学校は手狭になり、現在の敷地、バークシャーのコールド・アッシュに移転した。(2)

学校物語と学校小説

ボウエンは、一九四八年にアントニア・ホワイト(Antonia White, 1899–1980)の『五月の霜』(*Frost in May*, 1933)の序文を書いた。(3)『五月の霜』はいわゆる少女の学校物語であるが大人向けであり、ボウエンはその越境について論じている。『五月の霜』は、ホワイトのローハンプトンの聖心修道院学校の寄宿生時代を題材にした自伝的小説である。主人公のナンダ(フェルナンダ)・グレイは九歳でリッピントンの修道院学校に送り込まれる。誓願を志すまじめな生徒だったが、十四歳の時にひそかに書いていた小説がもとで退校させられる。

このプロットも父親がカトリックに改宗したことと、学校の生徒の多くがカトリックの上流家庭であるという設定もホワイトの自伝的事実にもとづく。ホワイト自身はその後、モダニスト作家として知られるようになるが、父親に捧げる処女作は、カトリックを知ることで人生が変わるよこしまな者の物語を書いていた。無知と人生経験の不足から邪悪な人々について、わけもわからず「名状しがたき悪徳に耽っていた」としか書けなかったのだが、未完成原稿が明るみに出て問題になり、釈明の機会も与えられず退学処分になる。彼女はその後二十年間、父親が他界するまでペンを折っていた。修道院学校を放校になった後、父親が教鞭をとるセント・ポール校に入学するが適応できず中退して女優を志すが、うまくいかなかった。その後、雑誌に記事を書き、広告業で稼ぎ、ＢＢＣでも通訳の仕事をした。彼女が手がけたコレット (Sidonie-Gabrielle Colette, 1873–1954) の「クロディーヌ」ものの翻訳は定訳となっている。

『五月の霜』の序文を読むと、ボウエンの学校物語に対する意識を知ることができる。

学校小説は、分別され、細分されてもよい。学童向けの本来の学校物語、それと大人向けのだ。私は、まず『五月の霜』を学校物語と呼ぶ。二次的な定義にそうと、これは学校小説である。つまり大人向けである。だが、『五月の霜』は十二歳の利口な子どもでも、おもしろく、わくわくしながら読めるだろう。

（『マルベリー・ツリー』一一四頁）

ボウエンは『トム・ブラウンの学校生活』(*Tom Brown's School Days*, 1857) を学園小説の決定版とし、それこそが多数の安っぽい後継の大量生産の発端となるのだが、すべては「男らしさ」を繰り返し説き、その美徳が報われることを示すために書かれた、と述べている。さらにホワイトの学校小説の特徴は、主人公が女の子であるということで『五月の霜』は大人の読者には郷愁をさそうジャンルに属するし、子どもの読者には教訓を与える。寄宿舎制女学校という設定は子どもの読者の想像力を捉え、たとえ経験がなくても家庭や親の支配から遠ざかった生活を疑似体験できる、とボウエンは指摘する。

正規の学校物語（若い人たち向けに書かれた）に話を戻すと、男子向けの本は女子向けの本よりも遥かによい。聖オロオロ学院《ディザーリング》四年生の巻き毛を振り立てたおてんば娘たちは、子ども部屋を出てきた少女たちにとっては明らかに侮辱的なくらい非現実的である。これに対して、どうも女学生のほとんど全員の愛読者と幼い男の子たちは男子の学校物語を非難することはない。私としては、唯一の楽しく読めた女学校物語として思いつくのは、そして今、再読できるのは、スーザン・クーリッジの『学校に行くケーティ』だけである。女学校小説は（『五月の霜』を別にすれば）コレットの『学校のクロディーヌ』しか思いつかない。

（『マルベリー・ツリー』一一四―一一五頁）[4]

ボウエンが愛読したクーリッジのケーティはシリーズの一冊でアメリカの家庭小説であるが、イギリスのヴィクトリア時代の学校物語の系譜に連なる。[5] ケーティが入学する東部の全寮制学校には多彩な少女たちと典型的な独身女教師のキャラクターが登場する。ボウエンが「非現実的」として忌み嫌ったのは、名前こそ挙げていないがアンジェラ・ブラジル（Angela Brazil, 1868–1947）に始まる一連の女学校物語である。一九二〇年代から四〇年代にかけては女学校物語の主人公は、大概、最終学年よりも四年生であった。ブラジルは相当の自由を謳歌できて、まだ試験にも就職にも悩まされないから、少女の一番楽しい時期は十三歳から十四歳であると考えていた。[6] 二十世紀前半のブラジル以降の少女小説作家の御三家は、シャレー学校シリーズで有名なエリノア・ブレント＝ダイヤー

(Elinor Brent-Dyer, 1895–1969)、「ディムジィ」シリーズで人気を博したドリータ・フェアリー・ブルース (Dorita Fairlie Bruce, 1885–1970) とアベイ・シリーズのオクゼナム (Elsie Oxenham, 1885–1960) である。オクゼナムの作品ではおてんばの主人公が、髪の毛で思いがけない女らしさを示すのは常套手段であった。(7) ダイヤーは教員養成カレッジを出て学校を開いたことがあり、ブルースとオクゼナムは、それぞれガールス・ガイドやキャンプファイアといった少女の活動団体の運動に寄与した。いずれも独身女性で少女たちのために教育者に準じた仕事に生涯を捧げたのである。

アンジェラ・ブラジルは一八六九年生まれでイギリス初の女学生物語の作家である。二十世紀前半に彼女は五十冊以上の少女小説を出したが、大多数は寄宿舎制女学校ものであった。彼女はまた子供の年鑑や「ガールス・オウン・ペイパー」などの雑誌に多数の短篇も発表した。生涯で四十九冊の寄宿舎制女学校物語と雑誌に約七十の短編を発表した「女学生物語の女王」である。制作のペースは平均して一年に小説二冊、短編小説五編という多作ぶりである。

世紀転換期ごろに出版されていた少女のための読み物の多くは教育的で、少女に良妻賢母への献身、道徳的美徳を植えつけようとするものであった。ブラジルは生徒の視点から描かれた女子校物語の作家の第一人者となっていた。その作品は読者にそれまでの道徳的教訓ではなく娯楽を与えるのがねらいであった。その人気の絶頂期には学校の権力者からは道徳的規範に対し破壊的で好ましくない影響があるとみなされ、イギリスの女学校の校長から禁書にされた事例もあった。ブラジルは多くの後継者たちと違って、特定の学校を舞台としたシリーズは書かなかったが、長編にはいくつか組作がある。小説の多くはそのたびに新しい登場人物、新しい学校、新しいプロットを提示しているが、後半に書かれた本ではしばしばマンネリ化した。その舞台の学校は二十から五十人の生徒がいて、その規模は拡大家族的な共同体を形成しているが、伝統と規則によって一種のミクロ国家としての役割を果たす。ブラジルの本は商業的に成功し、少女の間で広く読まれ、当時の女学生文化に大きな影響を及ぼしたといえる。彼女の出版活動は女子の読み書き能力の増大した時代に合致していた事情もある。一九二〇年までに教育令の発布で女子のグラマースクールへの進学者数も飛躍的に増加した。ブラジルの本もまた、社会慣習と読者の期待の変化を反映して、おもむきが変化していった。一九一四年以前に書かれた作品ではまだ主人公がヴィクトリア時代的な問題を抱えている傾向があったが、その後少女の成長の可能性と社会の期待の変化に並行して、主人公はもっと解放されていく。(8)

独身の女性教師

アントニア・ホワイトが英訳し、ボウエンが愛読した『学校のクロディーヌ』(*Claudine à l'école*, 1900) はコレットの処女作で、語り手のクロディーヌは寄宿生ではないが、学園は同性愛の世界である。母のないクロディーヌは女助教エーメに恋をして、父親に頼んで自分の家庭教師に雇ってもらうが、エーメは校長セルジャン女史と愛し合っているのを知って嫉妬し、愛は軽蔑に代わる。ボウエンはグレアム・グリーン (Henry Graham Greene, 1904–91) が編纂した『オールド・スクール』(*The Old School*, 1934) に寄せたエッセイ(9)で、ダウンハウス・スクール時代を回想している。

私たちは先生に恋をすることは、私の知る限りはずっとありませんでした。休暇には相当、感情が積みあがっていて、手紙が重要になったのでした。学校時代、私たちはみんな恐ろしく不器量でした。学校の制服はジバーであっても誰にでも合うというわけにはいきませんでした。[10] 赤い手首が袖口から突き出し、髪はきつくひっつめにされていたので（短髪はその当時、流行ではありませんでした）目を閉じるのもやっと、という具合でした。（『マルベリー・ツリー』一七頁）

二十世紀の前半、国や規模を問わずあらゆる女子教育機関で、女生徒が女性教師や上級生を熱愛する現象が見られた。ヴィクトリア時代に女同士の友情が奨励された風潮があって、男の同性愛は有罪化されたが、女性の場合は問題にならなかった。だが十九世紀末からヨーロッパで性科学という新たな学問が発生し、ハブロック・エリス(Havelock Ellis, 1859–1939)がこの現象に注目した。エリスは本来の性的逸脱者と、女性だけの環境で異性の代わりを求める疑似同性愛を区別した。女学生の多くは成長過程のロール・モデルを必要としているのであり、卒業するとそんな想いはきれいに忘れ去り、異性と出会い結婚して母親となる。

一九二〇年代にはまた独身の女性教師が有害視される向きもあった。ヴィクトリア時代にはたとえ性的敗北者とみなされたとしても、その処女性と無垢は同性との関わりにおいては美徳とされた。二十世紀になって、独身女性は哀れみ、軽蔑、嘲笑の的となっていた。結婚よりも新しく女性に開かれた職業に自己実現を図ろうとする中流階級の女性が増加するようになると、独身女性に対する敵意は新たな含みを帯びてきた。十九世紀には教職は独身女性には母性のはけ口となり、学校が家庭に代わる共同体となるふさわしい仕事だと考えられていたのが、二十世紀になると独身女性の人生経験の狭さや似非母性愛が少女の正常な成長と社会化にとってはロール・モデルにならず、かえって悪影響であるという非難になった。[11]

映画『制服の処女』が、一九三二年ロンドンで上映されたのを、ボウエンも見た。マヌエラというプロシア軍人の娘が母親を亡くした後、全寮制女学校に編入学するが、そこで、生徒たちの憧れの的である独身のベルンブルク先生に出会い、母親のように慕う。校長の誕生日に生徒たちが芝居を上演することになり、マヌエラが主役を熱演し、大成功する。晩さん会で、マヌエラは我を失いベルンブルク先生への思いを全生徒の前で叫び、酔いつぶれてしまう。激怒した校長は、マヌエラの他の生徒とベルンブルク先生からの隔離処分を決める。マヌエラはベルンブルク先生から別れを言い渡されて、投身自殺しようとする。

『制服の処女』を見ても、もっと繊細な人たちの学校時代の印象を読んでも、私の母校はつまらないか、自分が鈍かったのかなという気にさせられました。実際、しぶとい、愚鈍な子であった私は、全然悩みなんかありませんでした。(『マルベリー・ツリー』二〇頁)

『エヴァ・トラウト』のイゾルテ・スミスは、エヴァの少女時代のみならず、その後の人生にも少なからぬ影響を与える。最初の学校生活が終わって二年後に、エヴァは父親にイギリス全寮制学校に入学したいと言いだした。新しい全寮制学校で、エヴァはイゾルテ・スミスと出会う。エヴァの親代わりとなって、イゾルテはエヴァのスピーチと言語の才能を磨き上げる役目を引き継ぎ、エヴァに英語と詩を教える。自分に関心が向けられ、エヴァは彼女に恋をする。この衒学的で理想家肌の教師には、少なからずミス・ウィリスが、そしてベルンブルク先生の存在が投影されてはいないだろうか。

この素晴らしい教師は抜群にきわだっていた。彼女は何でも教えることができた。彼女のダークスーツはどこかの修道会の僧衣であったかもしれない。大枝が揺れる窓を背景に直立して、時に額に手をかざすのだったが、そんな時、指先を頭にもっていけば電信回路が完成するかのように見えた。授業中、その声が手綱を引き、興奮を制御しているようだった。知識を伝えながら、その高揚感をも伝えていた。彼女の書く文章の知的美しさは輝きによって伝達された。彼女が話す言葉は、誰も聞いたことのない新語のように聞こえた。事実としての事実に寄せる忍耐強くもあり皮肉なこだわりが、彼女特有の反骨心とも呼ぶべき精神と共存していた。私見や憶測を解き放ち、無限に飛翔させる力だった。（『エヴァ・トラウト』四八頁）

このようなイゾルテに対するエヴァの初期の礼賛のまなざしは、ボウエンのダウンハウス・スクールの回想を読むと、ミス・ウィリスの肖像に重なるところがある。

彼女についての変わらぬ心象はあのころ二匹の大きな犬と灰青色ツイードを着て動き回っていた姿です。私はミス・ウィリスが話すのを教室で、礼拝堂で、あるいは始業式や終了式に聞いて初めて話された英語がどのように聞こえるか、または演説の機能が何たるかを理解したのでした。また私は、これほど修辞的ではない話しぶりを聞いたことはありません……先生がおやすみを私達に言って寝室を回っている時に、先生は時々、とどまり、お話しをするようにせがまれることがありました。それから、先生の話はとっても面白くなりました。笑い声が隣室の人たちに聞こえて羨んだり、いらいらさせたりしたことでしょう。

（「ミス・ウィリス」『人々、場所、事ども』一一三頁）(12)

ボウエンはミス・ウィリスが英雄崇拝を相いれなかったとも述べている。親しみやすく、かつそのような隙を見せない毅然とした態度が校長の権威を弱めることなく、生徒から程よい距離を置き、きわめて健全な学園の雰囲気を保っていたと思われる。『エヴァ・トラウト』では卒業後もエヴァとミス・スミスの絆は保たれるのであるが、ミス・スミスの存在はエヴァにとって有害でなかったとはいえない。ボウエンはミス・ウィリスを教師として敬愛したが、ロール・モデルとか亡き母親の代わりを求める程に傾倒することはなかったようである。

「水仙」('Daffodils,' 1923) はワーズワスの詩の表題にちなんだ短篇である。この作品を読むと学校の近くに住む女教師と女学生の気安い関係と心理的距離の遠さがわかる。教師のミス・マーチェソンは帰宅すると道端で花売りから買った水仙をいけて、生徒たちに出した課題を点検している。だが出てきたレポートはいわゆる既成の詩句の「切り貼り」ばかりで、がっかりする。ちょうどその時、窓の外に三人の女生徒たちが通りかかったので部屋に招き入れる。彼女たちはそこに飾られた写真に教師のミス・マーチェソンの別の顔を発見し、好奇心をもって先生の写真の秘めたるロマンス話を聞きたがる。

「写真、もっとあるんですか?」
「ええ、いろいろな人たちがとったわ。私は長いことポートレイトはとってないから、このスナップをとったとき写真を欲しがった人たちが争奪戦だったのよ」
「人たちって?」先生の株は目に見えて格上げされた。(「水仙」『選集』一五頁)

だがミス・マーチェソンは愚痴をこぼし抽象論しか語ろうとしない。先生の話は授業の延長のようでつまらなくて、いつまでも相手はしていられない。先生のお茶の誘いをきっかけに、生徒たちは辞退してそそくさと出ていく。

三人は解放され、納得して互いに目配せをした。

「ミス・マーチェソンは本当の人生を生きていないのよ」ドリスが言った。

彼女たちは腕を組んで、通りをぶらぶら下って行った。（「水仙」『選集』一七頁）

少女たちの関心ごとは学校の外、映画の世界やロマンスが待ち受けているかもしれない卒業後の将来しかない。語るロマンスもないミス・マーチェソンを少女たちは哀れむ。独身女教師はもはや人生の門出に立つ夢と可能性にみちた若い娘の尊敬の対象ではない。

「チャリティ」と「ジャングル」

「チャリティ」も「ジャングル」もレイチェルの「永遠の親友」探しがテーマになっている。「チャリティ」では休暇中、母がレイチェルの学校の友だちチャリティを泊りがけで家にお茶に招くのを許してくれる。その一日のできごとである。レイチェルは初めてのホステス役をすることになり学期半ばから、その日を心待ちにしていた。だが、いざとなると学校にいる時と違う状況に戸惑い緊張して、チャリティの反応を気にしてばかりいる。チャリティも普段よりずっと丈の長いドレスを着て、大人ぶって気どった振る舞いをしている。

チャリティに家じゅうを案内して庭を見せ、飼っているウサギ、秘密の場所を見せ、父が蝶の標本を見せてしまうと、もうすることがない。結局、学校にいるときと同じフレンチ・クリケットと暗号解きで時間をつぶすしかない。クリケットのボールが植木鉢をひっくり返しチャリティが叫び声をあげると、レイチェルはいつもの調子になった、と安心して「笑うトマホーク」になりインディアンごっこを仕掛ける。ところがチャリティの反応は冷たく、まったく乗ってこないので、レイチェルは自己嫌悪になる。

四つ年上の姉アデラとの間に明確な境界線がしかれる。アデラは大人の世界にいる。レイチェルの家では子供と大人の区別がはっきりしている。レイチェルは今、十二歳だった。アデラは十六歳でタバコを吸うし、ディナー・パーティに出ることが許されている。チャリティもその気でイヴニング・ドレスまで用意してきたのに、レイチェルと二人、予備室でポーチド・エッグの子ども用夕食を食べることになる。レースのハンカチをテーブルに広げてレストランごっこをするが、レイチェルは（十二歳の子どもが階下でディナーをとらないのは世界中でうちだけだろうか）と不安になる。

ようやく食事を始めると、ポーチド・エッグをオードブルに見立てて二人は近衛士官と姫になって芝居を始める。これは他者になるというごっこ遊び、ロジェ・カイヨワが定義する、虚構の世界を一時的に受け入れる「模倣《ミミクリー》」である。今度はチャリティも乗ってきて寸劇の世界に二人で入り込むことができた。カイヨワの分類に従うとフレンチ・クリケットはアゴーン（競争）、暗号解きはルドゥス（障害）であるが、レイチェルとチャリティが過ごす時間はすべて〈子どもの遊び〉である。そもそもレイチェルのホステス役も、お客としてのチャリティも普段とは別の人格を装う演技である。

夜になるとレイチェルは姉にチャリティを寝かしつける役目を頼み、アデラのやり方が気に入らなかったらどうしようと気を揉む。最後にチャリティはホームシックになったといって泣き出し、客用寝室を抜け出し、レイチェルのベッドに入り込んでくる。まだ子どもなのである。チャリティにとっての「ホーム」とはもしかしたら、生徒が寝起きを共にする寄宿舎であるのかもしれない。アデラを対置することで、レイチェルたちの子どもらしさはひときわ鮮明になる。

結婚した姉のアデラは、来年の夏休みには泊まりがけで招いてあげる、男の子と女の子のダンス・パーティに連れていくからと約束した。「あたし、もう女の子じゃないの?」レイチェルはおそるおそる聞いてみた。「十六歳にならないと女の子っていえないの」アデラはきっぱり言った。(「ジャングル」『選集』二五二頁)

「チャリティ」は幼い女学生《リトルガール》の生態がテーマであるが、場所は寄宿舎制女学校ではなく、レイチェルが休暇中に帰省した実家であった。寄宿舎制学校という閉ざされた空間に生きる少女にとって腹心の友をもつことは、自分のステイタスを知り、アイデンティティを得るための一大事である。夏休みに帰省する列車の中でレイチェルはエリースという新しい文通相手をつくる。新しい友だちへの期待感の方が実家に帰れる嬉しさにまさる。レイチェルは夢に見るくらい、エリースのことを意識していたが、エリースから来た手紙は内容が薄っぺらだったので幻滅した。母親はレイチェルの友だち関係を気にしている。

「今の親友は誰なの?」母が部屋に入ってきて、娘が手紙を書いているのを見て、聞いた。母がこういう話をするときは心配そうな顔をした。レイチェルは育ちざかりの娘だったからだ。
「あら、今は別に誰とも」とレイチェルは言った。「女の子にちょっと書いているだけよ」

「チャリティがいたじゃないの。チャリティはどうしたの？　もう手紙は出さないの？」
「あら、彼女はむろん好きよ」とレイチェルは言い、こういう会話の対処を強く意識していた。「ただ、あの人ちょっと気取りすぎかな」（「ジャングル」『選集』二五三頁）

秘密を分かち合うという行為は友情の証のひとつである。レイチェルは実家でも、学校でも一人きりになれる秘密の場所を見つけていた。そこはアイデンティティを保つのに快適な空間である。教育評論家ディヴィド・ソベルはユングを援用して、子どもにとっての秘密の場所の重要性を指摘している。(13)

「チャリティ」では、レイチェルはチャリティに自転車置き場の屋根を秘密の場所として見せて招きいれるが、続編「ジャングル」ではレイチェルの秘密はチャリティに学校で皆におもしろおかしく吹聴されてしまった。学校でのレイチェルの秘密の場所は、ひとりで偶然発見した校庭の外の奥深く行ったところにある、いばらの茂みに隠れた空き地である。猫が死に場所に選びそうなひっそりとした場所で、浮浪者の痕跡もあった。

この時レイチェルは十四歳になっていた。目下のところ親友はおらず、いわば休止期間にあった。ときどき抑圧を感じ、自制するのが苦しくなる時があったけれど、その一方で今までの親友とこれから親友になれそうな少女たちを厳密に比較しては、大して違わないじゃないと感じた。誰一人、他の人以上に理解してくれそうもない……ジャングルなら完璧な人間が存在するのではないか、と確信できた。でも、完璧な人間はジャングルになんか興味を持たないかもしれない。ジャングルはジャングルのままでいい。（「ジャングル」『選集』二五二頁）

〈ジャングル〉の表す植物の生命力、その「柔らかく不定形で凶暴な意志」(14)は、思春期の少年少女たちの自分でも制御しえない不安定な心的状態に呼応する。茎や蔓の伸びようとする勢いは、狭い閉ざされた空間の中で生命の躍動として発散される。思春期のエロスが植生《フローラ》に昇華されているのである。ジャングルは寄宿舎制女学校の生徒レイチェルの心理状態に通じた心象風景である。

ジャングルの秘密は、これといってとりえのないレイチェルにとってはかけがえのない資産であり、エリースの関心をつなぎとめる手段であった。エリースを連れてきて、彼女にもその良さがわかってもらえたので、レイチェルは得意だった。

エリースはレイチェルのすぐ後についてきて、けたたましく空き缶を蹴飛ばした。「ものすごくいいところね」とエリースが言った。「あたしが見つけたかったたな」

「そう悪くないでしょ」さりげなくあたりを見回しながらレイチェルは言った。

（「ジャングル」『選集』二五六頁）

二人で礼拝に遅刻して揃って罰を受けて、レイチェルはエリースと一体化したような満足を覚える。「レイチェルはいつもなら罰せられると傷ついたのに、今は頭もいいし、勇敢になった気分でいた」。（「ジャングル」『選集』二五八頁）エリースはフランス系ユグノー教徒の家庭の娘である。勉強は苦手だが、もっぱら得意のフランス語で点数稼ぎをして進級する。彼女はまたスポーツ選手として学園の英雄である。最年少でレギュラー選手にもなった。実力と自信があるので他人に合わせたり媚びたりする必要はまったくない。その不遜なふるまいをレイチェルとしては黙って見ていられない。

「あのねえ」とレイチェルは言った「あんたは気にしないかもしれないけど、あたしの学年の友だち全員があんたのことどう思っているか、知らないでしょ。あんたは皆に対してナマイキだってさ」

「なにいってんの」とエリースは言った。「わけのわからないこと、いわないで。皆って誰のこと？　あたしはあたしが好きな人しか相手にしないし、あたしのことをナマイキと思われてもしかたないわ。あたしがナマイキなんじゃなくて、ほかの人たちがトロいのよ。」（「ジャングル」『選集』二五九―二六〇頁）

エリースは新しいタイプのスターである。先に挙げた二十世紀の女子教育のもうひとつの激変の現象として瞠目すべきは、女学校で帝国の母性にふさわしい身体を養うためスポーツに重点を置き、男子校ばりの質実剛健をめざしたカリキュラムが導入されたことである。十九世紀半ばまでは女子校で運動といったら、せいぜい行列をなして学校周辺を散歩する程度だった。だが一八八〇年ごろから女子校でも男子パブリックスクールに倣って球技試合が取り入れられた。ヴィクトリア時代のフェミニストたちが、淑女らしさの観点から否定されていた運動が女の子に心身ともに及ぼす効能を説いてきた成果である。ボウエンの在籍したダウンハウス・スクールも例外ではなく、ミス・ウィリスの相方のアリス・カーヴァーは、もともとホッケー仲間であった。ボウエンは競技の時間を回想する。

球技は必修で午後に行われました。気合いを示せば、下手なのは問題になりませんでした。ラクロスでは走れる人は場内をあっちこっち突いてまわって、走れない人はクロスをしっかりつかんでゆっくり大またに歩きまわりました。ラクロスはとても激しい競技なので、皆生き残れるのかしらと思いました。ホッケーは不格好だけど、それほど危険でもなかったのです。まったくの茶番といったら唯一クリケットで、誰にとっても屈辱的な動きでした。試合で活躍すると他の点でひどくなければ、その人を必ず見直しました。

（『マルベリー・ツリー』一九頁）

二人だけの秘密を分かち合ったつもりでいたのに、エリースはスポーツで躍進を続け、それとともに学校内でのステイタスも上がり、レイチェルとは疎遠になってしまった。冬のクリスマス休みまであと二週間という日曜日、レイチェルは久しぶりに独りで訪れたジャングルで、横たわっているエリースと思いがけず再会する。そこにはエリースも別の少女を連れてきて、二人でこっそりタバコを吸って、何とその子はそこで戻してしまったことがあったと告白する。自分の秘密基地を汚されて憤然とするレイチェルだが、エリースは悪びれた様子もない。

最後にエリースはレイチェルを眩暈《イリンクス》の戯れに誘い、そのまま彼女の膝を枕に眠り込む。[15]「チャリティ」も「ジャングル」も少女の入眠で終わっているのは象徴的である。眠り姫《スリーピング・ビューティ》の寓話のとおり、少女は成熟の時、異性の到来まで昏睡状態で待つのである。

以上、見てきたように、ボウエンが制作に意図したのは、学校生活をテーマにしながらも、子供向けの学校物語とは一線を画した大人向けの学校小説である。女学校の英雄はヴィクトリア時代の淑女ではなく、新時代のスポーツ万能の少女である。ボウエンの短編の学校小説のプロットは親友関係の結びつきと離別を軸に展開する。思春期の少女の、大人にとってはとるにたらぬ心理、行動原理、些細な宝ものが微細に描かれる。子どもと大人のあわいにいる思春期の少女たちは、模倣遊びをし、隠れ場所にこもり、眠り、大人になるまでの時間を所在なく過ごすのである。ボウエンが好んだ本、取りあげた題材からは彼女の学校時代に対する強い郷愁がくみとれる。長編小説『リトル・ガールズ』(*The Little Girls*, 1964) では女生徒の時の友情という絆を共有する中年女性たちを扱っている。女たちは五十年ぶりに再会して、いやおうなく共通の過去に向き合わせようとして、彼女らが埋めた様々な個人的なオブジェが入っているはずのタイムカプセルを掘りおこそうとする。ボウエンが描いたのは海辺の寄宿舎制女学校、文通や女学生特有の仲間うちに限定される共通の掟、女学生のペアかグループ間の同盟や嫉妬心、疎外感、表彰される生徒などアンジェラ・ブラジル以来、女学生物語で使い古されてきたモチーフではある。けれどもボウエンは、少女の声でリアルにその感覚、精神を伝えている。それらは二十世紀初頭に現れた新しい少女像であり、「元少女たちのために書かれた学校小説」といえるのである。

注

(1) Elizabeth Bowen, *The Collected Stories of Elizabeth Bowen* (London: Vintage Books, 1999), pp. 452–453.(文中の引用は拙訳、太田良子訳を一部参照した。)以下、同書からの引用は本文中に「選集」と記し、作品名と頁数を示す。
(2) Gillian Avery, *The Best Type of Girl: A History of Girls' Independent Schools* (London: Andre Deutsch, 1991), pp. 102–104. Anne Ridler, *Olive Willis and Downe House: An Adventure in Education* (London: John Murray, 1967), p. 115.
(3) ハーマイオニー・リー (Hermione Lee) 編纂の散文集『マルベリー・ツリー』*The Mulberry Tree* に収録された。Hermione Lee (ed.), *The Mulberry Tree: Writing of Elizabeth Bowen* (Sandiego, New York: Harcourt Brace Jovanovich, 1986)
(4) キャサリン・マンスフィールドの「カーネイション」は女子校の教室風景を描いたコレットの『学校のクロディーヌ』に

通じる雰囲気の短編である。後にボウエンはマンスフィールドの短編集を編纂して序文を書くが、なぜかこの作品は含まれていない。

(5) Margareta Löfgren, *Schoolmates of the Long-Ago* (Stockholm/Stehag: Symposion Graduale, 1993), p. 63.

(6) Sally Mitchell, *The New Girl: Girls' Culture in England, 1881–1915* (New York: Columbia University Press, 1995), p. 180.

(7) Rosemary Auchumuty, *A World of Girls* (London: The Women's Press, 1992), pp. 92–93.

(8) Julia Briggs, Dennis Butts and M.O. Grenby (eds.), *Popular Children's Literature in Britain* (Aldershot: Ashgate, 2008), pp. 168–180.

(9) このエッセイがリーの散文集のタイトルピースとなった。

(10) ローディーン・スクールの制服に倣った、コルセットをつけていなくてもわからないチュニック風の服。

(11) Auchumuty, pp. 141–142.

(12) ボウエンが創立記念誌『ダウンハウス雑記帳、一九〇七—一九五七』に寄せたエッセイは『人々、場所、事ども』（エディンバラ大学出版、二〇〇八年）に収録された。Allen Hepburn (ed.), *People, Places, Things: Essays by Elizabeth Bowen* (Edinburgh University Press, 2008)

(13) 「子ども時代中期には、自我が脆弱で未だできかけているところで、外界の視線から守られる必要がある。隠れ場所の秘密性は重要である。自我は変容する蝶のさなぎのように明るみに出る前は繭で包まれていなければならない。かくして子どもたちは見られない場所、自我の隠ぺいを始める場所を探す。」David Sobel, *Children's Special Places* (Detroit: Wayne University Press, 2002), p. 70.

(14) 川本三郎がユズキカズの漫画『枇杷の樹の下で』のジャングルと思春期の近似性について論じている。「植物の感受性——ユズキカズ論」『子どもたちのマジックアワー——フィクションのなかの子ども』新曜社、一九八九年、二〇二—二〇九頁。

(15) Vintage 版 (1999) のカバー写真がこの構図である。

＊本研究は科研費（二五五八〇〇六八）の助成を受けたものである。

第十八章　ボウエンと絵画

扉絵を手掛かりに読む『パリの家』
――マントルピースとは何か――

久守　和子

「パリの家」で出会う子どもたち

一九四九年に刊行されたエリザベス・ボウエン（Elizabeth Bowen, 1899–1973）のジョナサン・ケープ版『パリの家』（*The House in Paris*, 1935）には、一枚の扉絵（図１）〔図版の出典は本章末の注のあとに記載する。以下同じ〕が付されている。イギリスの挿絵画家ジョウン・ハッサール（Joan Hassall, 1906–88）による無彩色の版画である。(1)

ここに、『パリの家』冒頭に登場する二人の子どもが描かれる。一人はロンドンからその朝早くパリに着いた十一歳のヘンリエッタ・マウントジョイ、もう一人はイタリアのスペツィアから前夜パリに到着した九歳のレオポルド・グラント・ムーディ。二人は偶然が重なり、マダム・フィッシャーの家の応接間《サロン》で出会う。

扉絵の詳細を見てみよう。

画面左側のソファーの端にヘンリエッタが坐る。少女はサルの縫いぐるみを左脇に抱え、前に立つ少年レオポルドを見上げている。少年はセーラー服の上衣に半ズボン姿、靴下の片方がずり落ち掛けている。

レオポルドの背後にマントルピースが見える。後景の四分の三を占める大きいものだ。マントルピースの上に、貝殻型の器など小間物が並ぶ。さらに右上の壁に鏡が掛かり、鏡の左脇に――ジャポニスムの名残だろうか――う

図1
ジョウン・ハッサールによる『パリの家』の扉絵

ちわなど飾られている。

ハッサールは壁に掛かる大小の装飾物から、マントルピースの様々な意匠、床の嵌《は》め木に至るまで緻密に描く。後景を支配するのは、壁紙の縦縞やマントルピースを構成する縦横の線。これが前景の、非直線的な子どもたちの身体を逆に際立たせる。

読者はこの扉絵によりフィッシャー家のサロンの一角や、子どもたちの姿かたち、彼らと家具との位置関係など視覚的に把えることができる。ハッサールにより視覚化された、この子どもたちの出会いの場面を手掛かりに、『パリの家』を読み解くこととしたい。

三部構成の『パリの家』は、〈時〉と〈場〉の設定に特徴がある。

第一部と第三部は「現在」と題され、フィッシャー家で出会う子どもたちの一日を追う。第一部「現在」は早朝から午後二時頃まで、第三部「現在」はその後六時半頃まで。主要舞台は、パリの元下宿経営者マダム・フィッシャーの家、つまり表題にある「パリの家」である。これに対し小説の大部を占める中間の第二部は「過去」と題され、〈時〉は十年前に遡る（第二部を「現在」のレオポルドの透視力による、自身の出生の謎の読み解きと捉える解釈もあるが、筆者はその立場を取らない）。ロンドン中産上層階級の良家の娘カレン・マイクリスが従兄と婚約後、昔パリ留学時代——つまり「パリの家」下宿時代——に憧れた魅惑的男性マックス・エバートと再会、不義の子レオポルドを宿す過程が記される。舞台はカレンの行動に伴い、アイルランドのコークからイギリスのロンドン、ロンドン郊外のトウィッケナム、フランスの港町ブローニュ、イギリスの港町ハイズ、そしてふたたびロンドンなどと目まぐるしく変わる。

登場人物の〈内的心理〉がときに詳述されるのも作品の特徴だ。

第一部と第三部「現在」には〈子ども〉、ことに少年レオポルドの期待や裏切られたときの悲しみなど綴られる。これに対し第二部「過去」では、レオポルドの〈親〉、つまりカレンとマックスの十年前の内的葛藤が明かされ、「現在」の〈子ども〉と「過去」の〈親〉の苦悩が交叉し、複雑に絡み合う。

フッサールが題材を得る、第一部「現在」第一章（各部は数字を付した複数のセクションに分かれる。本章では各セクションを章と呼ぶこととする）を見てみよう。ここでは主としてヘンリエッタの視点が用いられる。

二月のある朝早く、ヘンリエッタはロンドンから夜行列車でパリ北駅に到着する。出迎えるのは、祖母の知人、中年のナオミ・フィッシャー。早朝とあって街は暗く、店も開いていない。ヘンリエッタは夕方には、祖母の滞在先南仏メントンに向け、リオン駅で夜行列車にふたたび乗らなければならない。だがそれまで、ナオミが面倒を看てくれるのだ。

ヘンリエッタはナオミと彼女の家へタクシーで向かう途中、レオポルドという少年が昨夜フィッシャー家に泊まったことを知る。様々な事情からイタリアでアメリカ人の養父母と暮らす彼は、フィッシャー家でこの日の午後実母と初めて対面する予定だという。そのため彼は今緊張しているが、会ったとき色々質問したりせず、二人で仲良く遊んで欲しいとナオミに頼まれるのである。

フィッシャー家到着後、ヘンリエッタは長旅の疲れからサロンのソファーに横になる。目を覚ますとレオポルドが部屋に来ている。ヘンリエッタがここにいると知らなかったと彼は言い、ドアを閉め部屋へ戻ってくる。

彼はサロンを横切ってマントルピースの方へ行くと、これを背にして立ち、臆する様子もなくヘンリエッタを見つめた。立ち居振る舞いに神経質なところがあったが、明らかに自分のことで頭がいっぱいで他人を怖がる暇などないようだった。黒い瞳をした少年はすごく痩せていて、フランス人のようにも、ユダヤ人のようにも見えた。鼻筋が高く端正で、髪の毛は前のところでいったん持ち上がり、それからまた後ろへ垂れていた。何世紀も前の絵に出てくる王族の子のように色白で堂々としていた。(2)

レオポルドを冷徹に観察するヘンリエッタは、十一歳にしては大人びた少女といえよう。彼女は少年がフランス人にもユダヤ人にも見えること、端正で王族の子のように堂々としていること、それでいて自己に囚われ、神経質なところがあることなど素早く見てとる。

彼女はレオポルドが背を向けるマントルピースにも目を留める。「渦巻き模様のついた灰色の大理石のマントルピースは、鉄製のシャッターが中に下りていた。部屋が多少とも温かいのは、スチームの通るパイプがあるからだった」(一九頁)

パリの二月といえば、冬の最中。ヘンリエッタをパリ北駅で迎えるナオミは、コートや毛皮の襟巻を身に着けている。マントルピースの炉に薪を赤々と燃やし、暖をとるのに最適な季節といってよい。だがフィッシャー家のサロンを暖めるのは「スチームの通るパイプ」、マントルピースには「鉄製のシャッター」が中に下りているのである。

血に染まるマントルピース

第二部「過去」第十二章に、フィッシャー家のサロンのマントルピースが再度登場する。〈時〉は「現在」から数え十年前の六月中旬、レオポルドの父親マックス・エバートがこのマントルピースの前で自ら手首の動脈を切るのだ。

マックスの自殺という、思い掛けない事件に遭遇したとき、彼の元婚約者ナオミは誰よりも友人カレンを慮る。マックスを愛したカレンが、彼の自殺に深い精神的打撃を受けているに違いないと考え、七月末、事件後の処理を終えると、ロンドンに住むカレンを訪ね、マックスの最期の様子を伝えるのである。

ナオミの母親マダム・フィッシャーは、十数年前、紹介状を携えパリに出て来た二十歳のマックスを知的会話で魅了し、以来我欲の赴くままに彼を操った。ユダヤ系イギリス人の父親とフランス人の母親をもつ彼の野心を煽り、上昇志向の強い魅惑的男性に育てたのである。だが銀行員となったマックスは、彼女の支配を嫌い、「家具や暗闇のように気にならない」（一五五頁）ナオミと婚約する。叔母の遺産を相続したナオミが、持参金を折よく用意できたのだ。ところがその後彼はマダム・フィッシャーの元下宿人カレンと再会、二人は互いに魅かれ合い、肉体関係を結ぶ。

マダム・フィッシャーは、この機会を逃さない。ナオミとの婚約を解消したマックスが、数日後憔悴し切った様子でナオミを訪ねて来ると、マダム・フィッシャーは二人をサロンに残す。マックスはカレンとの愛を貫く決心を固めたものの、生まれも育ちも違う自分との結婚がカレンを破滅させるのではないか、二人は人生に失敗するのではないか、自分の真の姿をカレンは知らないのではないかなどと不安に駆られ夜も眠れないのだ。ナオミはことばを尽くし彼を落ち着かせる。と、そのとき、マックスが顔面蒼白になり、サロンのドアを開けると、マダム・フィッシャーが暗闇に立っている。二人の会話を盗み聞きしていたのだ。ナオミは瞬時に察知する——マックスに自由な振る舞いなど一切許されず、自分の母親が彼の運命を握っているのだと。マダム・フィッシャーは満面の笑みを浮かべ言い放つ。「カレンを手に入れ、これであなたの地位も安泰ね」。マックスは苦悩に顔を歪め、ナオミに部屋を出るよう懇願する。そして「自分とカレンの愛もまたマダム・フィッシャーの掌中に落ちた」と観念し、絶望、マダム・フィッシャーの目前で手首の動脈を切るのである。

ナオミは二階の部屋に退いてからも、顔面蒼白のマックスばかり目に浮かび、「悪がこの家を支配する」（一九五頁）と知る。やがて階下の声が止み、玄関を出て行くマックスの異様な物音が聞こえる。階下におり、玄関口を見、サロンに戻ると、母親がソファーにぐったりと坐りこんでいる。〈勝利〉のさなか〈敗北〉を知ったというべきか、魂の抜け殻のようだった。だが憐憫の情など自分には微塵も起こらなかった、とナオミはカレンに語る。

　母の唇はこわばって、口もきけないほどだった。でもこういったの——「彼を追いかけて」。わたしがそう言われても動かずじっと立ったままでいるのを見ると、「ばかね、死にかけているのよ」と。わたしはマックスが精神的に、極度に参っている、という意味だと思った。でも母がソファーの上で身を動かし、だれかがワインかインクをこぼしたときのように顔をしかめたので、マントルピースの方を見たの。部屋は明るくないし、わたしはそれまで母の方しか見てなくて。でもそのとき、大理石の上にも、マックスが立っていた床の嵌め木の上にも血が飛び散って、それがドアまで尾を引いて、知らずにわたしが踏んだ所にこびりついているのが見えたの。マックスのペンナイフの長い刃が剥き出しになって、彼が立っていた所と母が坐っている所の中間に

落ちているのも見えた。（二七五頁）

マックスが自殺を図った後、サロンに入ったナオミの見た光景が、ここに記される。注意すべきは、人物と家具との位置関係である。ハッサールが扉絵に描くサロンの一角で、事件が起きたのは明らかだ。第一部「現在」第一章における出来事と、第二部「過去」第十二章における出来事とを重ね合わせると次のようになる。

現在少年レオポルドが立つ位置に、過去（十年前）彼の父親マックスが立ち、手首の動脈を切った。現在少女ヘンリエッタが坐るソファーに、過去（十年前）マダム・フィッシャーが、〈勝利〉のさなか〈敗北〉を知ったかのように倒れ込んだ。そして現在シャッターが中に下りる大理石のマントルピースに、過去（十年前）マックスの血が飛び散った。

マントルピースに飛び散る血を見たナオミは、マックスの絶望を察知し、家の外へ彼を追うが、道路を挟んだ路地の奥に彼をようやく発見したとき、すでに息絶えていた。

ナオミからマックスの最期の様子を事細かく聞いたカレンは、自分が彼の子を宿していると明かす。そして社会的地位の安定を約束する従兄との婚約を破棄し、海外に身を隠し、マックスの形見である子を産むと宣言するのである。

ここで、「現在」に話を戻そう。

「現在」フィッシャー家のサロンのマントルピースの前に立つのは、少年レオポルドである。彼は母親カレンとの対面を心待ちにし、彼女とイギリスで暮らすことを熱望する。彼はカレンの子であると同時にマックスの子である。十年前、マックスは――自分の子がいずれ生まれると知らずに――マントルピースの前で自ら手首を切った。作者が第一部「現在」第一章と第二部「過去」第十二章において、レオポルドと彼の父親マックスの背後にマントルピースを故意に配置するのは明らかだ。これは何を意味するのだろう。レオポルドと彼の父親にとり、マントルピースはどのような意味を持つのだろう。

暖炉の火が消えるとき

マントルピースは、通常、炉を囲む装飾部を指す。『オックスフォード英語辞典』には、木材や大理石など用い、炉の上部や側面を囲む装飾部と説明される。一方、マントルピースの囲む「炉」を指す英単語に、‘fireplace’や‘hearth’がある。注意すべきは、‘hearth’が〈家庭《ホーム》〉や〈団欒《だんらん》〉などと直結する単語であることだ。

暖炉に火が赤々と燃える。イギリス絵画では、これが〈一家団欒〉を象徴することが多い。

F・D・ハーディの油彩「初めての誕生日」（一八六七年、図2）を例に挙げてもよい。

画面は、赤子の第一回目の誕生日をいわう〈祝祭気分〉に満ちている。画面中央の食卓にケーキがのり、一本のろうそくに姉が

図2　F. D. ハーディの油彩「初めての誕生日」

火を灯すのを、食卓を囲む弟や妹——椅子に坐る猫まで——が固唾《かたず》をのむように見守る。食卓右側に立つ母親は、ティーポットに今まさに茶葉を入れるところ。

後景左側の戸口に、祖父母が到着する。祖母は——赤子に渡す誕生日のプレゼントだろう——人形を手に持っている。父親は仕立屋なのだろうか。アイロン、ハサミなど様々な仕立て道具が中景左側の机上に並ぶ。その父親が戸口で祖父母を迎える。

前景右側にレンガ造りのマントルピースがあり、暖炉の火が勢いよく燃えている。やかんから湯気がしきりにのぼり、ティーポットに湯が注がれるのも間近と思われる。赤子の誕生日をケーキで祝った後、皆に供するのだろう。四つ切の大きな三段ビスケットまで、炉の前に用意されている。[3]

他方、火の気のない暖炉の前に一家破綻のドラマが描かれることもある。

A・L・エッグの油彩「過去と現在」三部作（一八五八年）の、第一部「過去」（図3）は好例といえよう。作品は象徴性豊かだ。

画面後景中央に、大型マントルピースが描かれる。暖炉に火はない。画面右側の、椅子に坐る父親は眉間に皺をよせ、疲れたように、暖炉の前のテーブルに上半身を傾け、右拳を握る。左手は手紙を握り潰し、左足は紙を踏み

図3　A. L. エッグの三部作「過去と現在」の第一部「過去」

つける。

前景に旅行鞄などの一部が見え、彼が旅から帰ったばかりであることが分かる。彼は妻の愛人の手紙を帰宅後発見し、密通を知り、妻に家を出て行くよう厳命したのだ。

夫の前の床面に、妻が泣き崩れるように身を投げ出している。流行の衣裳に身を包み、髪の毛を美しく編み上げるものの、顔を上げることなく、絶望に拉《ひし》がれ、両手を握り締めている。

画面左側に幼い娘二人の姿が見える。姉は両親のただならぬ様子に驚いたような眼を父親に向ける。年端のいかない妹は親に背を向け、トランプ遊びに余念がない。だが、姉妹が椅子の上に築くトランプの「家」は、一家破綻を暗示するかのように崩れかけている。

室内の家具調度類などから中産上層階級の裕福な家庭であることが分かる。しかしマントルピースの上の立派な鏡が写し出すのは、密通を働いた妻に、外へ出て行くよう命じる開け放たれたドアである。火の気のない暖炉も象徴するように、夫婦関係は破綻、家庭は崩壊したのである。(4)

ここで、『パリの家』のマントルピースに再度目を向けよう。既述のように、十年前、マックスはフィッシャー家のサロンのマントルピースの前で自死を選んだ。大理石に飛び散る血は、〈関係の破綻〉や〈絶望〉、〈死〉を象徴するといえよう。では、〈一家団欒〉を意味する〈暖炉〉は『パリの家』に描かれないのか。

第二部「過去」第十一章の舞台は、ロンドン・リージェント・パーク近くの、高級住宅地にあるマイクリス家の応接間である。暖炉には、薪が燃える。

〈時〉は「現在」から数え十年前の六月初旬。マックスと初めて一夜を共にしたカレンは、この日港町ハイズからロンドンへ帰る。夜遅く自宅に着いた彼女は、母親が応接間で自分の帰りを待っているのを知り驚く。

カレンは女友達イーヴリンと週末を過ごすと偽って出かけた。ところが当のイーヴリンからカレンに夕方電話が掛り、電話を受けたマイクリス夫人が娘の嘘に気付いたのだ。だが応接間のドア口でカレンを迎える母親は、このことに触れない。娘を問い質したりもしない。それにもかかわらず、カレンは母親に尋常でない近寄り難さを感じ、不安に陥る。

母親はドアに片手をかけ、カレンが口火を切るのを待っていた。暖炉の中で薪が一本崩れ落ちる音が聞こえた。……カレンはスーツケースを置き、平静を装いながら母親について部屋に入っていった。マイクリス夫人は暖炉の前に立ち、その上の大きな鏡に室内が映るのをじっと見つめながら、立っていた……夫人はマントルピースの上のモノをいじくりまわすような世代の人ではなかったが、彼女の眼が部屋の映像の中のモノからモノへと覚束なげにさまようのをカレンは鏡の中に見た。マントルピースの上の黄色いバラが突然花びらを散らしたが、夫人は微動もしなかった。（一八〇―一八一頁）

マイクリス夫人は威厳ある態度を崩さないものの、マントルピースの上の鏡面に映る彼女の眼は虚ろだ。彼女はカレンと対面するのを避け、娘が口火を切るのを待つ。他方、カレンは母親が自分に何か疑念を抱くと感じながらも、週末イーヴリンとケント方面をドライブしたと虚偽の上塗りをする。炉の中の薪が崩れ、バラの花びらが散る。今まで波風一つ立たなかった家庭が、内側から崩れかけているのだ。

マイクリス夫人はイーヴリンから電話が掛ったことを最後まで口にすることなく、胸に蟠《わだかま》りをかかえたまま疲れているといい、休む支度をするよう娘を促す。

マイクリス夫人は向きを変え、ドアの方へ歩いて行った。「今晩はほんとうに疲れているのよ」と夫人はいった。「きっと雨のせいだわ。すまないけどランプを消して、暖炉に火除けをかけておいてね。お父様はもうお休みになったのよ」（一八二頁）

マイクリス夫人は疲労を雨のせいにし、応接間を出る。娘の嘘に気付きながらも、また娘が虚偽の上塗りをしたことに危惧を覚えながらも、事をあえて荒立てない。カレンも母親が何か疑問を抱くと感じながらも、真実を明かさない。彼女はマイクリス家の応接間の炉に「火除け」を置き、火が消える。家族に秘密のない、〈一家団欒〉のときは終わったのである。

パリのフィッシャー家のサロンとロンドンのマイクリス家の応接間は、マントルピース一つを取り上げても、当初対比を成す。一方のマントルピースには鉄製のシャッターが中に下り、他方のマントルピースの炉には薪が燃える。しかしマックスと一夜を共にしたカレンは、帰宅後、マイクリス家の炉に「火除け」を置く。両家のマントルピースは、不気味なほど様相が似通ってくるのだ。

共振する身体

J・M・ホイッスラーの肖像画に、マントルピース脇に立つ女性を描く作品がある。「白のシンフォニー第二番、小さなホワイト・ガール」（一八六四年、図4）である。

画面左側に立つ白い衣服を着た女性が、マントルピース上段に左腕を載せる。顔を左へ傾け、胴体部をやや右へ向け、右手でうちわを軽く握る。マントルピースの上の鏡に、彼女の顔が映る。

大理石のマントルピースは灰色がかった白色で、上段の右部と、これと直角を成す右側面の一部が描かれる。内枠の内部は焦茶色、さらに炉の奥は黒色に染まる。

画面右側から、桃色のツツジの花の付いた枝が数本覗き、華やかさを添える。同じく右側から射光が入り、女性の衣服の、胸元の純白さを一層際立たせる。

女性の素肌——左へ傾けた首筋、伸びた手先。また衣裳に隠された胸のふくらみ、リボンで締めたウエスト、下に広がるスカートなどが彼女の女性性を強調する。布地の柔らかさ、袖の膨らんだデザインがこれに温かみを加える。

図 4
J. M. ホイッスラーの油彩「小さなホワイト・ガール」

緩やかな曲線を多様に描く「ホワイト・ガール」と対照的に、マントルピースは、ひたすら直線を描く。マントルピース上段、右の側面、内枠、さらにその奥の枠、すべて直線を形成する。与える印象は、冷たい。

この無機物のマントルピースと生身の女性とを隣接させ、「白のシンフォニー」を共に奏でさせながら、女性の身体の有機物性を際立たせるところに本作品の特質があるといえよう。

『パリの家』第三部「現在」第一章に、マントルピースに身体を押し付け、泣きじゃくるレオポルドが描かれる。このレオポルドを論じる前に、第一部「現在」終結部を見ておかなければならない。

昼食後、サロンに戻ったレオポルドはヘンリエッタにトランプ占いをさせ、気を紛らわせようとする。だが内心、母親の到着を今か今かと待つ。そこに電報を手に握り、目を泣きはらしたナオミが現れる。彼女はレオポルドに躙《にじ》り寄り、詫びるように言う。「お母様が来られないの。来られなくなったの」(六五頁)。

第三部は、これと同じナオミのことばで幕を開け、第一部「現在」終結部と第三部「現在」冒頭部が一部重なることを示す。躙り寄るナオミに恐れをなし、マントルピースの前に立ち竦んだレオポルドは、母親が来ないと聞き愕然とする。あまりにも強い精神的打撃を受け、彼は逆に平然を装い、ナオミやヘンリエッタ相手に空威張りしたり、大口を叩いたりする。

だが心の折れる瞬間が訪れる。ナオミが用事のため部屋を去り、ヘンリエッタもレオポルドの馬鹿騒ぎに愛想をつかし、部屋を出ようとドアの取手に手を掛ける。「だって、僕の母親が……」と言った途端、レオポルドの口からすすり泣きがもれる。

レオポルドは身をぐるりと回し、大理石のマントルピースにおでこを押し付け、ぐりぐりと捩った。肩が片方持ち上がり、セーラー服の襟が歪んだ。……

わっと泣き声をあげるだけなら……とヘンリエッタは思った。だが、彼からほとばしる最初の音がヘンリエッタをひどく狼狽させ、彼女はレオポルドの襟のまわりの白い線を数え始めた。最初のうち、一つ一つのすすり泣きは何か恐ろしい事故であるかのように思われたが、それからそのすすり泣きが次第に早まっていった。

まるで自分の意志に反しひとりぼっちになったもの、罰を受けひとり閉じこめられたもののように、レオポルドは泣いた。（二〇八―二〇九頁）

母親が会いに来ないと知り、レオポルドは自己存在を否定されたかのような悲痛を覚える。母親とイギリスに行き、イギリスで共に生活することを夢見、イギリスの街角など様々想像していた彼は、想像の糸が突然切れ、〈未来〉、いや〈次の瞬間〉さえ、思い描くことができない。レオポルドは世の悲しみを一身に背負ったかのように泣く。ヘンリエッタは何も言わずドアの取手から手を離し、マントルピースの方へ行き、レオポルドの身体のどの辺に自身の手を置こうかと思案する。

結局ヘンリエッタは自分の体をレオポルドの体に寄せ、肋骨のあたりで彼の肘のところを押したので、彼のすすり泣きが自分のなかに伝わってきた。レオポルドがそのとき顔をさらにヘンリエッタからぐるりとそむけたため、彼の一方の頬とこめかみが大理石のマントルピースを押す形になったが、体はヘンリエッタに触れたまま動かなかった。一分間ほどそうしたのち、レオポルドの肘はまっすぐ伸びて彼女に向かい、左腕は、まるで木の枝を抱えこむかのように、無感情にむきつけにかたく彼女の体に巻きついた。こんなふうにしかと抱かれ、レオポルドが寄りそうマントルピースの方へ引寄せられたので、ヘンリエッタも大理石に額をのせた。彼女の顔が前にうつむき加減になり、こみあげてきた涙が服の上にこぼれ落ちた。（二一〇頁）

ヘンリエッタはレオポルドの悲しみに心を寄せる気持ちを、自身の身体を彼の身体に寄せることで表現しようとする。この表現方法はレオポルドを当初戸惑わせるものの、マントルピースに頑なにしがみつく彼も、ヘンリエッタの身体に触れ、自身を彼女に預ける形になる。共に涙し、共振する身体が二人をいわば一体化させる。ここに無機物マントルピースに対比される、子どもの身体の温もりが描かれる。

フィッシャー家のマントルピースの大理石には、かつて自殺したマックスの血が飛び散った。息子レオポルドも、大理石に「おでこを押し付け、ぐりぐりと捩《ねじ》［る］」、自傷行為に及ぶ。だがヘンリエッタが自身の身体をレオポルドの身体に近付け、彼の悲しみに〈寄り沿う〉ことにより、マントルピースの持つ意味が変わる。「レオポルドの頬はもはや大理石で傷つくことなく、マントルピースとヘンリエッタの二人の友に挟まれ」（二一〇頁）、心が鎮まる。大理石に飛び散ったマックスの〈血〉は、子どもたちの〈涙〉でいわば洗い流され、マントルピースは安らぎを与える〈友〉と化すのである。

手を重ねる

少年レオポルドとヘンリエッタの身体的接触は、第二部「過去」第六章の、レオポルドの両親、マックスとカレンの初めての身体的接触を想起させる。

〈時〉は「現在」から数え十年前の四月末日。ナオミが一部遺産相続することとなった、トイッケナムの、彼女の亡くなった叔母の家の庭で、マックスとカレンは午後のお茶の時間をナオミと過ごす。庭にはサクラの木が一本。サクラの花が満開の麗しさを見せるとはいえ、放置された庭の芝生は伸び放題、ルピナスは蕾を付けぬまま死にかけている。夕暮れが迫り、ナオミは用事のため家に入る。庭の芝生の上に残されたのは、マックスとカレン。

マックスはこのとき隣のカレンへ手を伸ばし、彼女の手を「芝生に押し付け」、二人の手は「お互いを探し求めるというよりも、同意のもとしばらくのあいだまとわりつく」。お互いの手を離したとき、二人は「倒れていた芝生の草が一本一本元通りに立ち上がる」（一二六頁）のを見る。

ナオミの叔母が亡くなったばかりの、いわば「死の家」の庭。現在、マックスはナオミと婚約中、カレンもまた従兄と婚約中。しかもナオミは、カレンの親しい友人である。しかし、この婚約者・友人を裏切るマックスとカレンの身体的接触は、これに終わらない。

翌日、ロンドンのヴィクトリア駅にナオミとマックスを見送りに行ったカレンは、列車内の人混みで身動きが取れなくなり、自身の身体とマックスの身体とが密着したまま彼と目が合い、二人は見つめ合う。四週間後、二人はフランスの港町ブローニュで密会し、さらに翌週、イギリスの港町ハイズで一夜を共にするなど関係は加速度的に発展する。

カレンはロンドンの何不自由ない、中産上層階級の良家の娘。ロンドンの同じ階級の人々はお互いを知りつくし、自らの崩壊を意味する〈変化〉を嫌い、平穏無事の日々を楽しむ。カレンは、この何事も起こらない、〈平穏無事〉をときに破壊したい衝動に駆られる。〈革命〉の到来すら望むのだ。

他方、野心家でありながらも、繊細で傷つき易いマックスは、マダム・フィッシャーと分かち難い自身の存在に苦しむ。マダム・フィッシャーはマックスに囁く。「カレンはあなたに惚れている……ナオミよりも高望みできる、カレンに鞍替えすべき」（一四七―一四八頁）マックスはマダム・フィッシャーの罠に嵌るまいと思うものの、カレンの美しさから眼を離すことが出来ない。

五月末の夏の太陽が照りつけるブローニュを、その翌週の雨が降りしきるハイスを、カレンとマックスは当て所もなくさまよう。二人は放浪者なのだ。マックスにユダヤ人の血が混ざることに象徴されるように、彼は安住の地を求めながらもこれに到達することが出来ない。彼は一時期ナオミに安住の地、安らぎ、家庭、つまり〈暖炉の火〉を求めるものの、これをあえて捨てカレンとの愛に生きる選択をする。その愛も、マダム・フィッシャーの魔の手に絡め取られたと知ったとき、彼はマントルピースを血の色に染めるのである。

カレンは、マックスと一夜を過ごしたハイスで、レオポルドを身ごもる。避妊対策を怠らない限り、一夜の情事など誰にも知られずに済むと考えるが、実際には子を宿す。翌日深夜、ロンドンの自宅に帰り、応接間の暖炉の前に母親のマイクリス夫人と立ったとき、カレンは、自身、〈母親〉だった。レオポルドの〈母親〉カレンが、マイクリス家の平穏、〈暖炉の火〉を消すのである。

「死の庭」でお互いの手を重ね、手を離したマックスとカレンは、「倒れていた芝生の草が一本一本元通りに立ち上がる」のを見る。だが「芝生の草」は、実際には「元通り」に戻らない。婚約者・友人に対する二人の背信行為は、レオポルドという「裏切りの子」を生むのである。

ぶつかる脚と脚

第三部「現在」第三章に、カレンの夫レイ・フォレスティアが登場する。

カレンは「現在」から数えて九年前、ドイツでレオポルドを隠密裏に出産、その後赤子をドイツ女性に預け、婚約を一度解消した相手、従兄のレイと結婚する。マックスとの情事やレオポルドの出生を知った上で、レイがカレンとの結婚を強く望んだのだ。

結婚後レイとの間の子を死産したカレンは、半ば錯乱状態に陥り、ナオミに依頼し、イタリア在住のアメリカ人、グラント・ムーディ夫妻とレオポルドとの養子縁組を成立させる。彼の出生の秘密を明かす者はなく、現在レオポルド・グラント・ムーディは存在するものの、マックスの子レオポルド・エバートは存在しない。存在を否定された子、それがマックスの子レオポルドである。カレンは成長した息子に会いたいと切実に願うものの、罪意識に阻まれ、対面を果たせない。レオポルドを自分たちの子として引き取ろうという夫の提案にも、拒絶反応を示し、なおかつ心が乱れ、精神的安定を欠く日々を送る。

この日、カレンが息子レオポルドに会う約束をしながらも、ヴェルサイユのホテルで精神不安定に陥り、最終段階で約束を反故にしたとき、レイは逡巡しながらもフィッシャー家にレオポルドを訪ねる。彼は微笑するレオポルドの口元がカレンそっくりなのに驚き、相手を見透かす、射るような眼つきは恋敵マックスに似るに違いないと考える。利発で早熟、高慢で自己主張の強い少年は、レイの考える理想の子ども像から程遠い。それにもかかわらず、レイはレオポルドの身柄を引き受ける決断を下す。「悪が支配する家」から少年を企まずして救出するのである。

マックスの自殺以来、病床に臥すマダム・フィッシャーは、この日レオポルドに会い、少年の出生や養子縁組成立にまつわる冷酷極まりない事実を彼に突き付け、力尽きたかのように病状を悪化させる。病人の看護でナオミは手が離せなくなり、代わりにレイがヘンリエッタをリオン駅に見送ることとなり、二人の子どもと共に夕方タクシーで出発する。

イタリア在住の、レオポルドの養父母の了承を得る暇がなく、レイはレオポルドをいわば「誘拐」する身。その上少女ヘンリエッタまで預かり、神経が張りつめ、狭いタクシーの中で息が詰まる。足元のレオポルドのスーツケースが邪魔に思われ、レオポルドが脚を自分の脚に故意にぶつけるのも癪に障る。第一、フィッシャー家を出発するとき、重病人が二階に臥すというのに、レオポルドは大声ではしゃいだ。その後もマダム・フィッシャーに余程強い印象を受けたのか、彼女のことばを度々引用する。その上、リオン駅構内の騒音のさなか——会話など到底成り立たないというのに——自分に大声で問い掛ける。レイはこのとき胸中、癇癪《かんしゃく》玉を破裂させる。

覚えておけ。おれが口をきけるところでなければ話ができないじゃないか。マダム・フィッシャーがああいった、こういった、などというんじゃない。タクシーの中で俺をけるんじゃない、病人のいる家でわめいたりするんじゃない……俺の足もとに絡まったりするんじゃない。(二五五—二五六頁)

レイはこれを口に出すわけではない。しかし彼がたとえ大声で叱ったとしても、レオポルドは自身を真綿でくるんだように扱うアメリカ人の養父母よりも、レイの叱責を心地よく感じたに違いない。タクシーの中でレイの脚に自分の脚をぶつけること自体、レオポルドにとっては、ヘンリエッタが〈身体を寄せること〉と同様、心の交流の一形態。しかも、歓びの表現。自身の存在を確認し、ひいては自身の存在を認める他者レイの存在をも確認する身体的表現。マントルピースが〈友〉と化す場合があるとはいえ、生身の人間との身体的接触の方が格段に快いものなのだ。

レイはレオポルドが養父母に抱く軽蔑・嫌悪を理解し、自身の判断でレオポルドをフィッシャー家から連れ出す。だが当座の行先は未定。心乱れる妻カレンの許へ、レオポルドを即座に連れて行くことは出来ない。したがってレオポルドの行先も未定。母親と会えるか、母親と一緒にイギリスに住めるか、父親マックスの求めた永住の地に行き着くか、小説は明らかにせぬまま終わる。

ハッサールの扉絵を手掛かりに、『パリの家』を解読すると、ボウエンがマントルピースを室内装飾・家具というよりも、登場人物の内的心理を反映する事物として活用していることが分かる。マントルピースは様々な側面を見せる。登場人物がときにその前に立ち竦《すく》み、ときに身を寄せる事物。家庭や団欒などの象徴的意味を持つ〈暖炉〉を内に含み、心の拠り所となり得る反面、血や涙を流す人間と対比的な無機物でもある。

ボウエンは第一部「現在」、第二部「過去」、第三部「現在」、それぞれにマントルピースを登場させる。フィッシャー家のマントルピースと、マイクリス家のマントルピースとを対比的に描きながらも、これと対峙するマダム・フィッシャーとマイクリス夫人が共に人間の冷酷さ、欺瞞を秘めることを暴き出す。マントルピースはさらにマックスと息子レオポルド、さらにカレンと息子レオポルドとを繋ぐ絆でもある。「現在」と「過去」という、異なる〈時〉を行き来し、人間の邪悪がもたらす苦しみ、親の罪が子にもたらす悲しみを精緻に描く中で、マントルピースと暖炉という、相反する資質を内包する事物を十二分活かすところに、ボウエンの着想の豊かさ、筆致の細やかさ、ひいては作家としての並々ならぬ力量が窺えるのである。

注

（1）ジョナサン・ケープ版のエリザベス・ボウエン小説全集（全九巻）は、一九四八年から五四年にかけ刊行された。各巻にジョウン・ハッサールの版画による扉絵が付され、ブックカバーのデザインにも同じ扉絵が活用されている。

（2）Elizabeth Bowen, *The House in Paris* (Jonathan Cape, 1949. Reprinted.1966), p. 21.　以下、同書からの引用箇所はカッコ内に

頁数で示す。引用に際し、邦訳（『パリの家』阿部知二／阿部義雄訳、集英社文庫、昭和五二年。太田良子訳、晶文社、二〇一四年）を適宜借用させていただいた。

（3）クリミア戦争から自宅に帰りつく帰還兵を描くT・フェイドの油彩「兵士帰還」や、J・コリンソンの油彩「ふたたび我が家に」（一八五六年）においても、家族が待つ室内に暖炉の火が赤々と燃える。兵士が戦場で何よりも恋しく想う〈我が家《ホーム》〉。それが、家族一同が炉辺で寛ぐ我が家なのだ。

（4）エッグの油彩「過去と現在」三部作には、この第一部「過去」の後に、その数年後を描く、第二部「現在」と第三部「現在」が続く。第二部「現在」には、父親の死後、経済的困窮に陥った娘たち、第三部「現在」には、婚外子を抱え自殺するより他術《すべ》のない妻の姿が描かれる。一時期画家を志したボウエンが、『パリの家』と題名や構成が似通うエッグの油彩「過去と現在」三部作を知っていた可能性は大きいと思われる。このエッグの作品に加え、火の気のないマントルピースを描く作品例をもう一点挙げておこう。R・B・マーティノーの油彩「古い我が家における最後の日」（一八六二年）である。ここには、一家の主の遊蕩の末、土地家屋を手放さざるを得なくなった家族が描かれる。〈我が家〉で過ごす最後の日というのに、主は幼い息子に酒を奨め、「祝杯」を上げる。彼らの脇の〈暖炉〉には、当然のことながら〈火の気〉がない。

図版出典

図1 Elizabeth Bowen, *The House in Paris*. Jonathan Cape, 1949. Reprinted 1966.

図2 John Hadfield, *Every Picture Tells a Story*. The Herbert Press, 1985.

図3 E. D. H. Johnson, *Paintings of the British Social Scene: from Hogarth to Sickert*. Weidenfeld and Nicolson, 1986.

図4 Richard Dorment and Margaret F. MacDonald, *James McNeill Whistler*. Harry N. Abrams, 1995.

第十九章　ボウエンと映像

スクリーンに舞う亡霊たち
——「死せるメイベル」と「恋人は悪魔」——

清水　純子

映画好きなボウエン

エリザベス・ボウエン（Elizabeth Bowen, 1899–1973）は映画が好きだった。ボウエンは、エッセイ「私が映画館に行く理由」で映画に「気晴らし、刺戟、美しい人々を見る、充電、笑い」[1]を求めると書いている。ボウエンは、「自分は映画批評家ではなく、一人のファンにすぎない」（「映画に行く理由」二〇七頁）と謙遜しながらもかなりの映画通であることを披露する。ボウエンは「映画館の暗闇は顔がわからないのでほっとできるし、たばこを吸いながら鑑賞できるために映画を好んだ」。[2] ボウエンは、一九五二年に、自分の小説は映画向きなので、キャロル・リード監督が映画化してくれればいいのにと語ったという（グレンディニング　二四八頁）。ボウエンの作品の多くはまだ映画化されていないが、これまでに『パリの家』（*The House in Paris*, 1935）は一九五九年ＢＢＣによって、「恋人は悪魔」（'The Demon Lover'）は『闇の暗がり』（*Shades of Darkness*）の中の一編として一九八三年、『心の死』（*The Death of the Heart*, 1938）は一九八五年、『日ざかり』（*The Heat of the Day*, 1949）は『デス・ヒート——スパイを愛した女』として一九八八年、『最後の九月』（*The Last September*, 1929）は一九九九年に映画化されている。ここでは

「スクリーンに舞う亡霊たち」をテーマにして、ハリウッド女優に熱をあげて破滅するイギリス男を描いた短編「死せるメイベル」（'Dead Mabelle' 映画化されていない）、そして最も有名な短編「恋人は悪魔」の映画化について論じる。

カレン・シェイラー（Karen Schaller）によれば「死せるメイベル」（一九二九年）は、イギリス映画界が批判にさらされた過渡期に書かれた。一九二五年にアイヴァー・モンタギュー（Ivor Montagu）がロンドン・フィルム・ソサエティを設立し、一九二七年には映画批評雑誌『クローズアップ』が創刊されたからである（シェイラー 一七一頁）。[3] モンタギューは左翼の映画人で、ソ連映画の紹介に尽力し、ソ連のスパイであると言われたが、ハリウッドについても詳しかった（トンプソン Thompson & IMDb.com）。[4]

「死せるメイベル」——実存とアイデンティティ

「死せるメイベル」は、短編の名手ボウエンが映画にも造詣が深いことを示す秀作である。映画は、この世に「実在する」あるいは「実在した」役者の姿と形を鮮やかにとらえながら、役者自身の肉体は観客の視線が向かうスクリーンの壁には実在していない、フィルムに焼きつけられた虚像でしかない、まやかしを目的とする装置である。映像とは、虚と実の境界線を形作る幻想と現実、もしくは夢と実存の架け橋をする途切れることのないだまし絵の近代的からくりだと考えられる。スクリーンに登場する人間の形をしたものは、観客と同じ場所と空間を共有しているように見えながら、その場に、現実にはいないという意味で実体がない、肉体を持たない幻影である。ボウエンは見る人（観客）に見られる人（俳優）と時空を共有しているような錯覚、うその満足を抱かせる映画を使って、実存という概念への疑問を提起する。

演劇や映画において、役者はだまし、観客はだまされるのが約束事である。役者は時空を超えて自分以外の人物あるいは存在になりきる義務と特権を持ち、観客も役者によってだまされることに快感を得て、その代価に金銭を支払う。しかし、映画は役者の身体が観客がいる時間と場所に存在しないという点において、舞台よりも観客を欺くことにおいてより大きな特権を与えられている。映画俳優は、フィルムにその姿を焼き付けられることによって時空を超えて存在できるからである。

映画——虚と実の境界線上の媒体

ボウエンは、映画という虚と実の境界線上にある媒体を用いていくつもの巧妙なひねりと風刺を加える。まず人間の実存という問題である。作品にかくまわれたハリウッドの新人女優メイベル・ペイシーは、映像に映る幻影でしかなく、観客席に座るウィリアム・スティックフォードと同じ空間と時間を共有していない。一九二〇年代はサイレント映画の時代であるから、主人公ウィリアムはメイベルの顔と身体をモノクローム（白黒）映像で見るのみで、その声を聴くことはできず、字幕によって彼女の言わんとすることを知るだけである。人間が外界の物を認識する際に用いる五感（視覚、聴覚、嗅覚、味覚、触覚）のうち、ウィリアムが使えるのは視覚のみである。たとえウィリアムが視覚の力を駆使して、足りない部分を空想と想像で満たしたうえでメイベルを認識し、メイベルを知った気分になったとしても、劇場内に存在しないメイベルがお返しにウィリアムを認識することはない。劇場に存在するウィリアムは実存する存在だが、フィルムに焼きつけられたメイベルはイメージでしかないので、現実には存在しない虚像である。しかし、メイベルに恋したウィリアムは空想によってメイベル像をかたどり、しだいにメイベルが自分を認識した錯覚に陥る。その結果、メイベルはスクリーンを抜け出してウィリアムの職場にまで押しかけてくる。

うしろの廊下へ出るドアがさっきから開いていた。ウィリアムは見ないようにしていたが、目をそらしている間にメイベルがそこに立っていた。彼女はドアの枠にその肩をもたれさせ、ほほ笑みながら、手にもった長手袋の片方をゆらゆらと揺らしている。今晩彼がどこにいるか、彼女には絶対の自信があった。(5)

ウィリアムがメイベルのスクリーンの幻影と暗闇で秘かに逢瀬を重ねる中で、ハリウッドに実在していたメイベル自身は「無残な死」(「メイベル」二一二頁)を遂げる。メイベルはスクリーンの内外のみならず、現実の世界においても存在しない死者になった。しかし、スクリーンに焼き付けられたメイベルのイメージは、ますます執拗にウィリアムにとりつき、誘惑の度合いを強める。死によってこの世に実存しなくなったメイベルは、スクリーンの内外において亡霊になったが、メイベルはスクリーンを通り抜けてウィリアムの日常生活にまで忍びよる。死後のメイベルは、ファム・ファタールの本性を露わにして、生血を求める女吸血鬼のように、「時間がどんどん血を流すのをともかく食い止めてやろうと」(「メイベル」二一三頁)するかのように、時と生の流れを逆流してウィリアムにしがみつく。メイベルは、実存を奪われた復讐をするかのようにますますウィリアムへの執着を強め、ウィリアムの脳裏にこびりついて離れず、彼の全存在を呑み込んで滅ぼそうとする毒婦の正体をあらわにする。ボウエンは、亡霊のメイベルのために、ウィリアムの精神の均衡が崩れ出していることを次の文章で暗示する。

彼がふり向くと、通路には誰もいなかった。どこにもいない彼女なら、そこにいたっていいじゃないか？　しかし、いなかった。もう彼女には絶対の自信も、ほほ笑みも、ドアの枠に持たれることも不可能なのだ。ウィリアムはここ数週間というもの、メイベルの完全な消滅に向き合ってきた。心の空白と廊下の空白が並んでいるのを見て、何か口走ったか、何かが動作に出たのだろうか、行員たちが帳簿からいっせいに目を上げた。

（「メイベル」二一三頁、筆者による傍線部分は自由間接話法）

メイベルは、ウィリアムの欲望が作り出した幻覚であること、メイベルによってウィリアムの現実と空想の境界は危うくされ、ウィリアムの精神状態が危機にさらされていることをボウエンは自由間接話法（三人称で書かれている文章に登場人物の心の中の言葉を入れ込む手法）を用いて描写する。スクリーンに住む亡霊のようなメイベルの実在感はウィリアムの網膜に焼き付き、ウィリアムの心にはメイベルの実存が次第にたしかなものへと変化していく。ウィリアムの脳裏では、実在しないメイベルが実体を持ち、見て、聞いて、嗅いで、味わい、触れることのできる肉体を持った現実が仮想現実へと変質していく。

ああ、メイベル……そのリアルな姿が目の前に立ちはだかり、映像があとからあとから空中を通って送られてくる。永遠のメイベル、手でさわれないメイベル。その不動には炎も手が出せず、時間を止めるだけ。フィルムを破壊し、スクリーンを破壊し、彼女の肉体を破壊したらいい。だが映画は続いた。メイベルは人の心の尺度がおよばぬところにいた。おそらく人の方が断片であり、影なのだ。彼女が滅ぼされ分解されるところは想像を絶する苦痛だったが（それでも彼は想像し、苦痛の意味をむさぼりつくし、出てくる事実はついに枯れつきてしまった〉、彼女はここに、この不滅の沈黙にもどってきた。ああ、メイベル……
（「メイベル」、二一六頁、筆者による傍線部分は自由間接話法）

スクリーンの夢魔メイベルに魅せられたウィリアムは、メイベルを欲望するあまりメイベルの実存を信じるようになる。

「きみはここにいる」と彼は言って、暗闇に手をさし出した。「きみがここにいるのをぼくが知っているのをきみはわかっているよね、自惚れやさん！　立って見てるんだね。見えるかい？……ここにいるのは、ぼくより先にきみのほうなんだよ。……」

メイベル……メイベルかい？　ああ、おいで……ここ、すぐそばに、彼の中に入り込み、彼女の現実が燃えさかった。……彼女がいた、左にも、右にも、四方八方で暗闇に写し出されていた。
（「メイベル」二一七―二一八頁、筆者による傍線部分は自由間接話法）

メイベルの死を銀行の同僚からほのめかされ、新聞で確認したウィリアムは、メイベルの最後の上演作『白い騎士』を見に「オデヲン映画館」まで人目を忍んで出かけ、スクリーンの上のメイベルと最後の密会を果たす。スクリーンの上のメイベルが消えて、夜の路上に一人放り出されたウィリアムは、幻覚と現実の間に宙づりにされ、現実の街路が映画よりも非現実的なものだと感じる。

「メイベル」という文字が映画館の正面の白壁でエメラルド色に光ったと思ったとたんに消えてしまった。「メイベル」もその下の入り口も消えていた。彼女はいなくなった。あと一か月か二か月して、彼女の戦慄が冷めて人気が衰えてしまったら、彼女の映画のフィルムは回収され、フィルムは溶かされるのだった。古いフィルムはエナメルの皮革に加工されるとか、するとメイベルは、靴か、ハンドバッグか、女の腰を巻くベルトになるのか。薄情なことだ、彼女を何だと思ってるんだ？「きみはここにいる」と彼は言って、暗闇に手をさし出した。「きみがここにいるのをぼくが知っているのをきみはわかっているよね、自惚れ屋さん！ 立って見てるんだね。ぼくが見えるかい？……ここにいるのは、ぼくより先に君の方なんだよ……」

（「メイベル」二一七―二一八頁、筆者による傍線部分は自由間接話法）

映画のフィルム内に保存された役者の姿は、半永久的に生き残れるはずなのだが、メイベルにはその法則は適用されない。駆け出し女優のメイベルは、その凄惨な焼死によって「甘美な恐怖におわった現実のせいで、観客の快感を恐怖に変え、逆に回したフィルムが時間を逆もどりさせてその前兆を示したかのよう」（「メイベル」二〇四頁）な怖いもの見たさの一時的人気を博したにすぎなかった。『なかば盲いて』（一九二四年）封切り時（一九二七年）にすでにこの世の人ではなくなっていたメイベルは、近代的技術である映像内の虚像として観客の前に甦り、共感を持った観客の脳裏に忍びこみ、そのイメージを増殖させることによってこの世に生き返ったのである。ボウエンはメイベルに二重の亡霊性の特徴――スクリーン上の幻影としての女優という存在と 現実上の実在の消滅――を持たせたキャラクタライゼーションを行っている。

映画——風刺の媒体

ボウエンの映画による風刺はさらに続く。亡霊メイベルは、映画という科学の生み出した装置によって、その死後も空間的にはアメリカのハリウッドからイギリスのロンドンまで移動し、時間的にはカメラのリールを巻き戻すように一九二四年からその三年前まで逆戻りして観客を悩殺しに墓場から戻ってくる。しかし、近代科学と産業の産物であるメイベルには、亡霊としての神通力において中世以来のドラキュラ伝説のような長寿は与えられず、短命に終わる運命が課されている。観客の快楽を満たす一時しのぎの娯楽品であり消耗品にすぎないメイベルは、フィルムの消滅と共にこの世から亡霊としてのアイデンティティまでも抹殺される。神秘的憧憬と畏怖の対象であった映画女優のフィルム消滅後のイメージの転身先は、皮革製品の中にしかない。

女優メイベルの完全消滅を予想したウィリアムは絶望する——「メイベルに死なれてはもう人生に意味はない。彼が死によって自分自身を抹消したくないと望む一方、メイベルは至る所でぶつかったものをスクリーンにして、明るく燃え続けるというのか?」(「メイベル」二一九頁)。「呪文のようなメイベルのあやしい魅力に捕らえられていた」(「メイベル」二一九頁) ウィリアムは、家の引きだしのピストルで自殺しようとするが、果たせない。メイベルによって幻想と現実の間に宙づりになったウィリアムには、生も死も選ぶことができない、ウィリアムには死の「出口もなかった」(「メイベル」二一九頁)。

次になぜ孤独な銀行員ウィリアムが駆け出し美人女優のメイベルに夢中になり、自分の生命まで吸い取られようとしたのかについて考察する。スクリーンの亡霊である女優メイベルの実存の不確実性についてはすでに述べたが、メイベルに夢中になったウィリアム・スティックフォードも自分の実存について悩んでいた。

彼は、一人で散歩するときや、暗闇で眠れずに横になっているときに、よく現実の本質について思索にふけった。「ぼくは何者だ——だが、僕は存在するのか？　もし存在するなら、ほかに何が存在するのか？　もしぼくが存在しないなら、存在するものは何かあるのか？　そもそも何かがあるとは……」

（「メイベル」二〇五—二〇六頁）

ウィリアムはイングランド銀行に勤めるインテリだが、孤独で自己不信に陥っている。女性とデートしたことがなく、心配した銀行の頭取が姪を紹介しても「内気なくせに自信過剰で、かけた眼鏡のはじから横眼でこそこそとあたりをうかがい、姪たちにすげなく肘鉄を食らわせ」、「姪たちは、あの人を二度と家に招待しないでと叔父に警告」（「メイベル」二〇六頁）するような人気も活気も魅力もない、若年寄りのようなさえないおたく男である。

同僚のジム・バーレットの誘いに不承不承応じて映画館に行ったことが、ウィリアムのメイベル熱中の始まりである。知性を誇るウィリアムは、エロスで売る女優のメイベルを軽蔑していたが、「あたしが信じられないのね？」という字幕とともにメイベルの顔がクローズアップになって「目の前に飛び出してきた」（「メイベル」二〇七頁）瞬間から「ウィリアムはそこに自分の脳裏の奥にある未開地を認めていた」（「メイベル」二〇七頁）、つまりウィリアムは脳裏に亡霊メイベルの棲みつく場を与えてしまったのである。実存というものの概念に疑念を抱いていたウィリアムは、「彼女のほうからせり出してきて、手で触れようとしているようだった」（「メイベル」二〇八頁）虚構の存在であるメイベルのリアリティに圧倒されて、存在しないはずのものの存在を信じるように徐々に洗脳されていく。ウィリアムは自分の「実在」(his existence, his being) のみならず、他者の「実在」(other existences) について、そして「現実の本質」(the nature of being) についてハムレットのように自問自答しようとするが答えを得られないで苦しむ。

映画による実存性の揺らぎ

ウィリアムの混乱した認識を通して作者ボウエンが問題提起するのは、そのものが「何であるか」と問う以前に、そのものがその人に「現れる」現象だけを問題にすることができるということである。人間はものを見た時、そのものがそこに存在するという先入観にとらわれるが、果たしてそこにそのものは見た通りに存在するのか？　人間の視覚がとらえたものは、そこに存在するかもしれないが、しないかもしれない。逆に現実には存在しない幻覚だと思っているものでも、その人が存在すると認識したものがその人の意識に存在すれば、そのものの実在を否定できないのではないか。同じ一人の人でも右目がとらえる映像と左目がとらえるそれとでは若干のずれがあるとされる。もし見る人の両眼の網膜が歪んでいたら、歪んでいない人と違う像をとらえたとしても、言葉による描写以外にはそれが実体と違うということはわかりにくい。客観的世界が実存するかどうかは容易に確かめられるものではないということである。事物の実存に関する認識は、多くの人々の共通の確信によって客観化されるが、ものごとの本質についてはさまざまな立場と視点があり、さまざまな解釈を生む。ボウエンが重用する自由間接話法は複眼による視点を表すとともに、登場人物の実存をリアルに見え隠れさせる巧妙な手法の一つだと考えられる。ボウエンは、ウィリアムのメイベルへの視線と認識を通して、人間が言葉によって了解し、相互に認識していると納得しているものの可能性の根拠と限界を問うているのではないだろうか。ボウエンは、事物のとらえがたさ、はかなさの提起によって客観的認識に対する現象学的疑問を呈している。

ボウエンはウィリアムを通して、主観的認識のもたらす実存性の揺らぎとともに、都会に孤立して生きる人間のアイデンティティの不安を訴える。自分がなにものであるかわからず、自分の存在に自信を持てない「自己不信型」（「メイベル」二〇五頁）のウィリアムは、人間的な交流が苦手で、他人と一緒にいるとリラックスできない。特に現実の女性は大の苦手で、一人でいることを好む。ウィリアムはスクリーンの美しき幻影メイベルに一目惚れする。映画から飛び出してきたようなメイベルに映画館の暗闇でウィリアムは、「一瞬彼女の映像に抱きしめられているような感じ」（「メイベル」二〇七頁）をおぼえ、「彼女の瞳に浮かぶ月の蔭をした白い光を見つめ、そこに自分が映って居たらいいのにと思った」（「メイベル」二〇七頁）。ウィリアムがメイベルに惹かれた理由は、第一にメイベルが現実に生きる女でなかったからである。人間嫌いのウィリアムは、「他者という存在が次々とぶつかってきて、無視も抵抗もできない恐るべき可能性を、もしくは蓋然性」（「メイベル」二〇七頁）を忌み嫌っていたために、なにも要求せず、邪魔をせず、ウィリアムの欲望に応じて現れるだけのメイベルが好ましかった。第二の理由は、メイベルのアイデンティティの二重性にウィリアムは共感と安心感を覚えたからである。現実の世界に生きているが自分の実存性を疑って悪夢にうなされる（「メイベル」二〇六頁）ウィリアムは、現実と虚構の二つの世界を股にかけて活躍するメイベルに自分の理想像を見た。とりわけ、メイベルが現実に悲惨な死を遂げて、本物のスクリーンの亡霊になってからウィリアムのメイベルに対する執着は強まる。死（現実）と生（映画）の二つの世界を楽に行き来する死後のメイベルのアイデンティティの二重性にウィリアムは、自己の理想像を見たのである。その意味で、メイベルはウィリアムのアニマ（ユング心理学による男性が無意識にもつ女性的な側面、男性が抱かれたり合体したいと思う理想の女性像）であると考えられる。つまりメイベルはウィリアムの意識下の理想的女性像であり、ウィリアムが隠し持つ女装した姿である。メイベルに関して「影」（"shadow"「メイベル」二一六頁）という言葉が幾度か使われているのも納得がいく。それだから昼間の日常生活を営むウィリアムは、スクリーンの暗がりの中からメイベルが接近して合体しようとすると感じる。スクリーンの上で欲情し、愛慾に身をまかせるメイベルは、実はウィリアム自身の投影像であり、メイベルの恋愛の相手もウィリアムなのである。ナルシスが水に映る自分の姿に見とれたように、ウィリアムは美しいメイベル像に自分自身を投影する。それゆえに現実の世界でのメイベルの死はウィリアムのメイベルとの一体感にひびをいらせる。

> 今朝は銀行に出て日常にもどり、悪びれないでいよう。では少し眠っておこうか。すると人生が、すなわち日々の生活の背後にあるあの抽象概念が、例によって頭をもたげてきた。ぼくは生きていて、肉体に囚われ、肉体の要求に囚われている。さまざまな役割につながれている。それはガス燈で見ると、日々の生活というやつは、みすぼらしく見えた。テーブル・クロスは夕食のときに皿からこぼした油がシミになり、帽子の内側は汗の跡が油じみた輪を作っている。こうして人は物質に刻印していくのだ。では物質でないものには？——何もない。癒されず、刹那的で、頭蓋骨の中の脳髄よりも脆いのが、彼の思索の構造だった。彼は存在する力がなくなっていた。では感じる力は？　感じたとしても、メイベルに死なれては、もう人生に意味はない。
>
> （「メイベル」二一九頁）

映画が引き裂くアイデンティティ

メイベルのアイデンティティの二重性（実像と虚像、生と死）に自己のアイデンティティの不確かさを重ね合わせて充足感を得ていたウィリアムは、メイベルの現実の世界での死に触発されて意識下に眠っていた死への欲望を掻き立てられる。メイベルに殉じて自殺をはかろうとしたウィリアムには、「普通ならそこにあるべきもの、つまり、彼女に捧げるべきたった一つの正しい意志表示を叶える手段は入っていなかった」（「メイベル」二一九頁）。自殺の道具を持たないウィリアムは、ピストル自殺のしぐさを女優のように演じただけで、現実には何もできない。分身のメイベルを失ってアイデンティティの拠るべき場所を奪われたウィリアムは、現実と仮想現実、生と死の二つの概念の狭間に宙づり状態のまま抜け出せず、どちらの世界にも所属できなくなる。ウィリアムの二つの世界に引き裂かれたアイデンティティは、作家エリザベス・ボウエンの影法師ではないだろうか。アングロ・アイリッシュの作家として、本国アングロとボウエンズ・コートの存在するアイルランドの複雑なアイデンティティの狭間にあったボウエンの心情（グレンディニング　一三―一六頁）を反映していると考えられる。

「恋人は悪魔」――視線のこだわりとアニムスとしての亡霊

「恋人は悪魔」では、「死せるメイベル」と男女の役割が完全に逆転している。「死せるメイベル」では亡霊は女性のメイベルで、被害者は男性のウィリアムだったが、「恋人は悪魔」では化けて出た可能性があるのは戦死したはずの元恋人の男性で、被害者は四十四歳の人妻ミセス・ドローヴァーである。「死せるメイベル」のウィリアムにとってメイベルがアニマであるとすれば、ミセス・ドローヴァーにとって名前のない亡霊男性はアニムス（男性が無意識にもつ女性的な側面、女性が抱かれたり合体したいと思う理想の男性像）であるといえる。

スコットランドのバラッド「恋人は悪魔」（'The Daemon Lover'）は、昔の恋人のために夫と子供たちを捨てた女が、実は悪魔だった恋人の男によって海の底に沈められる話である。(6) ボウエンの「恋人は悪魔」のストーリーは、このバラッドに比較的忠実にたどっているが、時は第二次世界大戦中の一九四一年八月末の夜六時から七時まで、場所はロンドンの古びた家からタクシーの中という近代的設定である。

ミセス・ドローヴァーが見たと想像される昔の恋人の亡霊は、スクリーンの虚像メイベル以上にその実存は不確かである。二五年前のその日を「記念日」だとして約束の履行を迫る手紙の実在も、絶叫する夫人を乗せて「人通りの絶えた道路のそのまた奥地へ入っていった」[7]タクシーの運転手が恋人その人であるということも確かめようがない。夫人は二十五年ぶりに娘時代住んでいた家に、誰にも告げずに、この家の管理人にも内緒で、「取りにきた目的物」(「恋人は悪魔」二〇九頁)を持ち帰るためにやってきた。しかし、ここで注意すべきことは、夫人の帰宅もこの古家へ足を踏み入れたことも、人間の眼によって見られていないと書かれていることである。元恋人が悪魔になって夫人を連れ戻しにタクシーでやってきたことは、読者がドローヴァー夫人の立場から推察するのみで、ボウエンははっきり描いていない――「仕切りをはさんで運転手と乗客は、六インチに満たぬ近さで、目と目を果てしなく見交わしていた。ミセス・ドローヴァーは数秒間、口をあんぐりと開き、ついに最初の悲鳴が上がった」(「恋人は悪魔」二一二頁)。ボウエンの技巧は、ドローヴァー夫人の主観を第三人称で語ることによって読者の想像のうえに亡霊を出現させている。したがって、ボウエンの記述する情景は夫人の視点だけを反映するため、すべて信用するわけにはいかないという疑念を呼ぶ。夫人は三番目の男の子出産の後、きわめて重い病気にかかって、チック症が残ったと書かれていることから、夫人は心身症ないしは神経症の傾向があると推測できる。「夫人はこの屋敷がどうなったか、どうしても見たいと思っていた」(「恋人は悪魔」二〇四頁)ので、ややバランスを欠いているかもしれない夫人の意識は、夫人が「見たい」ものを夫人に「見させた」のかもしれない。

「見てしまった」代償とは？

「恋人は悪魔」で特徴的なことは、「死せるメイベル」同様に、人間の見る力をつかさどる目、つまりドローヴァー夫人の視線へのこだわりである。夫人は昔の家を「見」にやってきた、恋人の手紙には夫人がロンドンを去ったのを「見」て残念だったと書いてあると夫人は認識し、部屋の鏡で夫人は四十四歳の顔を「見」て、歳月による容色の衰えを目のあたりにした。戦地に向かう恋人の顔を「きちんと見たことかなかった」し、「もうあとがないこのときに彼をはっきり見なかったので、今まで一度も見なかったような気がした」（「恋人は悪魔」二〇六頁）。結婚後は「いまなお監視されているという懸念は頭から消えていた」（「恋人は悪魔」二〇八頁）、恋人の脅迫めいた手紙に脅えて古家を飛び出した夫人を「家々が傷ついた瞳を凝らして次々と彼女の視線に応えた」（「恋人は悪魔」二一一頁）。究極の視線への恐怖は、夫人がタクシーの運転手と交わした視線同士の対決である。「目と目を果てしなく見交わ」（「恋人は悪魔」二一二頁）した直後に、ドローヴァー夫人は平静を失って絶叫する。夫人の神経が耐えられなくなって正気を失ったのか。夫人が見たものが悪魔として甦った恋人だったのか、本当に悪魔である恋人が存在したのかははっきりしない。

悪魔である恋人は、夫人の隠された欲望の姿であり、見えないはずの自我を見ようとした末に目に入ってきた夫人の自我のある種の現象だったと考えることもできる。自我の実態は、通常見ることができず、隠れたものとされている。ドローヴァー夫人は自分の心の奥底を探り、その正体を見極めたい欲望に駆られて、古い家を訪れ、過去を掘り起したために、自分が娘時代からずっと抑圧してきた歪んだ欲望を見てしまった可能性がある。夫人が最後に遭遇したオカルティックなタクシー運転手のまなざしは、夫人のアニムスとしての昔の恋人のまなざしであろう。悪魔である恋人の眼差しは、ドローヴァー夫人が依存している平凡な家庭生活とはかけ離れた加虐的自虐的欲望を示唆した可能性がある。ドローヴァー夫人は戦時下のロンドンにあって多くの死や流血を見聞きしてきたはずである。恋人は戦場で殺されて行方不明になったにもかかわらず、「待つ」という約束を破って自分だけ平穏無事な生活を送っていることを罰する夫人の罪意識が、ドローヴァー夫人を悪魔の恋人に引き合わせたのかもしれない。あるいは夫人は現在の平凡な結婚生活に不満を覚えて性的冒険を心の奥底で望んでいたのかもしれない。悪魔の恋人はドローヴァー夫人の隠された自分自身であり、夫人は自分のドッペルゲンガー（分身）に遭遇して悲鳴をあげたのかもしれない。ボウエンはすべて読者の想像にまかせている。

映画版『恋人は悪魔』

次にこのドローヴァー夫人の視線へのこだわり、つまり夫人の隠された自我がどのように映像上表現されているかについて述べる。テレビ映画『恋人は悪魔』は、寝室の窓辺に座ったドローヴァー夫人が若い恋人たちが戯れるのを見ている場面から始まる。この皺の寄った中年女性の視線がとらえるのは、息子ロバート（ヒュー・グランド）とそのガールフレンドの愛撫である。夫人は若い二人を見ながら涙を流し、「私のずっと前に失われた愛」とつぶやいて一九一六年の過去を回想する。場面は華やかなパーティ会場で、ドローヴァー夫人こと若いキャサリンは、第一次大戦に出兵する青年に「僕を待つのだ」と理不尽な約束をさせられる。真っ白なドレスを着て、白いイヤリングとネックレスをつけたキャサリンの手に、その男は自分の軍服のボタンを押しつけ、キャサリンの手には傷ができる。中年になったキャサリンがその傷をいとおしげにさする動作が後に挿入される。別れの涙を流すキャサリンの眼前に、魅力的だが残忍な男の青い瞳が大写しになる。このパーティ会場では、アルコールがふんだんにふるまわれ、恋人同士の羽目を外して愛し合う姿がここかしこに映し出される。その後、母が電話で恋人がフランスで戦死したことを聞き、キャサリンに告げる。場面は一九四一年に戻り、ケンジントンの田舎に家族と住む中年のミセス・ドローヴァーが、善良な夫に保護されて暮らす姿を映す。ロンドンの住居に戻った夫人は、テーブルの上の恋人からの手紙を見て驚愕するが、原作と違うのは、夫人がそのままタクシーに乗らず、旧友を幾人か訪ねて相談する点である。夫人は恋人の顔が思い出せないが、ケンジントンで留守をしている夫は、納屋にあったほこりだらけのアルバムからキャサリンの恋人のにやりと笑った写真を落す。恋人の写真は、映画の要所で何度も亡霊のように現れて、観客の脳裏にその顔を焼き付ける。ロンドンの夫人は、親切な女友だちに付き添われて安心して家の中の荷物をとり、タクシーに乗る。ところがタクシーの運転手が振り向いてにやりと笑った顔は、写真の恋人と同じ顔である。タクシーは、夫人の絶叫と共に人がいない通りを疾走する。

映画は、原作ではあいまいにされているタクシー運転手の顔を恋人の顔として、しっかりと映像上映し出している。また映画は、原作でははっきり描かれていないドローヴァー夫人の性的抑圧を若い恋人たちの抱擁を見つめる夫人の視線を通して暗示する。夫人は、息子ロバートと恋人の抱擁から、自分の若い頃の悪魔となった恋人とのロマンスを思い出すばかりではない。中年を迎えた夫人のまわりでは恋人同士の愛撫が多く見られ、観客の視界に飛びこんでくる。恋人たちの姿は、夫人の胸にある引き裂かれた恋人への未練、現在の夫では満たされない欲求不満を象徴していると考えられる。言葉による小説同様、映画でも全身を映さず、目や足だけ部分的に映し出すことによって登場人物のアイデンティティを隠すという手法があるが、この映画は、その手法とは逆にボウエンのあいまいな点をはっきりさせて観客に理解しやすくしている。

しかしそれゆえに、映画版はボウエンの小説の曖昧な含蓄の深さをだいなしにして無味乾燥なものにおとしめたという批判の声もある。「映画はメイン・プロットとは関係のない多くの登場人物、とりわけドローヴァー夫人の息子を加えた、カメラが回り出すとすべてのあいまいさは消滅した。すぐれた作家が三千語で三十分用の場面を書いたのに、腕の悪い映画製作者が長いばかりで無意味な場面にして引き伸ばしたうえに、砂の下から現れた顔のヒステリックなイメージの数々を不適切に付け加えた、なんとおぞましいことか[8]」と辛らつに批評されている。

映画は小説から題材を得ることも多いが、小説とは表現方法が違う。観客の理解度を重視すると、原作通りには作れないことも多い。映画は複数の人間を巻き込み、多大な費用と時間をつぎこんで作るために、製作者の意向や都合などいろいろな条件がからんでくる。たしかに登場人物の水増し、特にロンドンの友人たちと夫ドローヴァー氏の登場は不必要だったかもしれない。しかし、息子のロマンスと夫人の若い頃のそれとを呼応させ、夫人の過去への郷愁と現在の欲求不満を暗示している点、戦争の傷跡を暗示するレストランの男性客の顔の火傷に夫人が気をとられている場面などは、原作の意図を生かして巧みに映像化したと評価できる。悪魔である恋人の顔をはっきり見せ、運転手の顔と一致させている点は、映画という媒体が視覚に訴える存在であるから仕方がない。

ボウエンが映画を好む理由

ボウエンが映画館の暗闇を好んだ（グレンディニング　二二六頁）ということは、ボウエンが逆に視線を過剰なまでに意識していたということを意味する。「見ること」と「見られること」に神経をとがらせていたボウエンだからこそ、逆に「見られることのない」暗闇が必要であり、愛したのだと考えられる。視線を意識し、視線を集める長所と短所を知り、計算できたボウエンが描いた作品が視線の芸術である映画に向いているのは当然である。

しかし、ボウエンの小説が映画化向きであるという作者自身の自負にもかかわらず（グレンディニング　二四八頁）、作品の映画化は数において少ないうえに、映画になったものは地味で人目にたたないものばかりである。ボウエンの小説は、露骨な言い回しや赤裸々な感情の吐露からはほど遠い、控えめでエレガントな分別あるおとなの表現をよしとする。それだからこそイギリス小説の伝統に従った、深い味わいと知的な洗練に富んでいるのだが、逆に一般大衆にとっては、親しみにくさ、曖昧さ、わかりにくさを意味する。さらに映画は製品化されて観客の目に触れる以前に、制作者の映画化への意欲を刺激しなければ誕生にいたらない。製作者と観客の視線を惹きつけることが必要である映画にとって、あまりに洗練された婉曲な表現、過度の慎み深さは敬遠される原因になりうる。常に過剰な露出の欲望を抱え、見られることによってのみ生命を維持する映画にとって、ボウエンの小説は品がよすぎて、素材として注目されにくい。

映画にとってボウエン作品は、高貴でエレガントな手の届かない高根の花であった。ボウエンは映画を愛したが、強すぎる自意識のために、はにかみ屋で近づきにくいボウエン小説に映画は求愛をためらってきた。今、ボウエンの小説たちは、本当に愛し、理解してくれる、やり手で経済力あるハリウッドの映画製作者のプロポーズを待ちわびている。

注

（1）Elizabeth Bowen. “Why I go to the Cinema.” *Footnotes to the Film*. Ed. Charles Cavy. (London: Lovat Dickson; Readers’ Union, 1938). p. 205 & p. 226.　訳文は拙訳。以下同書からの引用は「映画に行く理由」頁数で記す。

（2）Victoria Glendinning, *Elizabeth Bowen: A Biography*. (New York: Anchor Books, 2006), p. 226 .　訳文は拙訳。以下同書からの引用はグレンディニング頁数で記す。

（3）Karen Shaller, “‘I know it to be synthetic but it affects me strongly’: ‘Dead Mabelle’ and Bowen’s emotion pictures.” University of East Anglia. (12 Feb 2013). P. 171. *Textual Practice*. 26 Mar. 2015. <http://dx. doi.org/10.1080/0950236X.2013.752224.pdf >. 訳文は拙訳

（4）Thompson Kristsin and David Bordwell, “Leftiest, Documentary, and Experimental Cinemas *1930–1945*.” in *Film History: An Introduction*.（New York: McGraw-Hill, 1994）p. 349.　訳文は拙訳。
“Ivor Montagu: Biography.” IMDb. IMDb. com. 28 March.2015. <http://www.imdb.com/name/nm0598749/bio?ref_=nm_ov_bio_sm.>.　訳文は拙訳。

（5）Elizabeth Bowen, ‘Dead Mabelle’ in *The Collected Stories of Elizabeth Bowen. with an Introduction by Augus Wilson*. (London: Vintage, 1999), p. 212.　以下「死せるメイベル」の引用は「メイベル」頁数で示す。「死せるメイベル」の日本語訳文は『あの薔薇を見てよ　ボウエン短編ミステリー集』（太田良子訳、ミネルヴァ書房、二〇〇四年）を使用した。

（6）“The Daemon Lover.” *Poetry, songs and writers of Scotland*. 20 Feb 2015. <http://www.poetryofscotland.co.uk/Ballads/daemon.php>.

（7）Elizabeth Bowen, ‘Demon Lover’ in *The Collected Stories of Elizabeth Bowen. with an Introduction by Augus Wilson*. (London: Vintage, 1999), p. 213.　以下「恋人は悪魔」の引用は「悪魔」頁数で示す。「恋人は悪魔」の日本語訳文は『ボウエン幻想短編集　ボウエン』（太田良子訳、国書刊行会、二〇一二年）を使用。

（8）Dr. Mark. “How to Ruin a Good Story: Elizabeth Bowen’s ‘Demon Lover.’” *A Noble Theme: Musings on Literature and Christianity*. 14 Feb. 2015. <http://tunemyheart.net/ant/?p=788>.　訳文は拙訳。

主要参考文献

＊本書執筆に使用した文献および使用しなかったが重要な文献を掲げる。
＊初版発行地、発行所名を省略している場合がある。

I　エリザベス・ボウエンによる作品（長編小説、短編小説、ノンフィクション、その他）

【長編小説】
Bowen, Elizabeth, *The Hotel* (1927. London: Penguin, 1956).
——, *The Last September* (1929. New York: Anchor, 2000).
——, *Friends and Relations* (1931. Chicago: The University of Chicago, 2012).
——, *To the North* (1932. London: Vintage, 1999).
——, *The House in Paris* (1935. Harmondsworth: Penguin, 1987).
——, *The Death of the Heart* (1938. New York: Anchor, 2000).
——, *The Heat of the Day* (1949. London: Vintage, 1998).
——, *A World of Love* (1955. New York: Anchor, 2003).
——, *The Little Girls* (1964. New York: Anchor, 2004).
——, *Eva Trout, or Changing Scenes* (1968, London: Vintage, 2011).
〈邦訳〉
ボウエン、エリザベス『リトル・ガールズ』（太田良子訳、国書刊行会、二〇〇八年）
——『エヴァ・トラウト』（太田良子訳、国書刊行会、二〇〇八年）
——『愛の世界』（太田良子訳、国書刊行会、二〇〇九年）
——『パリの家』（阿部知二／阿部義雄訳、集英社文庫、一九七七年。太田良子訳、晶文社、二〇一四年）

――『日ざかり』（太田良子訳、晶文社、二〇一四年）
――『心の死』（太田良子訳、晶文社、二〇一五年）

【短編小説】

Bowen, Elizabeth, *The Demon Lover and Other Stories* (Harmondsworth: Penguin, 1966).
――, *The Collected Stories of Elizabeth Bowen* (New York: Alfred A. Knopf, 1981. London: Vintage, 1999).
――, *The Bazaar and Other Stories*, ed. Allan Hepburn (Edinburgh: Edinburgh University Press, 2008).
――, *Elizabeth Bowen's Irish Stories* (Dublin: Poolbeg Press, 1978).

〈邦訳〉

ボウエン、エリザベス『あの薔薇を見てよ』（太田良子訳、ミネルヴァ書房、二〇〇四年）
――『幸せな秋の野原』（太田良子訳、ミネルヴァ書房、二〇〇五年）
――『ボウエン幻想短篇集』（太田良子訳、国書刊行会、二〇一二年）

【ノンフィクション】

Bowen, Elizabeth, *Bowen's Court* (1942. New York: The Ecco Press, 1979).
――, *Bowen's Court & Seven Winters* (1943. London: Vintage, 1999).
――, *Collected Impressions* (London: Longmans, Green and Co., 1950).
――, *The Shelbourne* (London: George G. Harrap & Co. Ltd., 1951).
――, *A Time in Rome* (1960. Harmondsworth: Penguin, 1989; London: Vintage, 2010).
――, *Afterthought: Pieces about Writing* (London: Longmans, 1962).
――, *Pictures and Conversations* (New York: Knopf, 1975).
――, *The Mulberry Tree: the Writings of Elizabeth Bowen* (London: Virago, 1986. London: Harcourt Brace Jovanovich, 1986. London: Vintage, 1999).

——, *Espionage Reports to Winston Churchill, 1940–42: with a Review of Irish Neutrality in World War II* (Aubane: Aubane Historical Society, 1999).

——, *Elizabeth Bowen*: 'Notes On Eire' ed. Brendan Clifford and Jack Lane (Aubane: Aubane Historical Society, 2008).

——, *People, Places, Things: Essays by Elizabeth Bowen*, ed. Allan Hepburn (Edinburgh: Edinburgh University Press, 2008).

——, *Listening In: Broadcasts, Speeches, and Interviews by Elizabeth Bowen*, ed. Allan Hepburn (Edinburgh: Edinburgh University Press, 2010).

〈邦訳〉

ボウエン、エリザベス『ローマ歴史散歩』（篠田綾子訳、晶文社、一九九一年）

【児童書】

Bowen, Elizabeth, *The Good Tiger* (New York: Alfred Knopf, 1965).

【書簡】

Glendinning, Victoria (ed.), *Love's Civil War: Elizabeth Bowen and Charles Ritchie, Letters and Diaries 1941–1973* (London: Simon & Schuster, 2009. London: Pocket Books, 2010).

Pritchett, V. S., Elizabeth Bowen, and Graham Greene, *Why Do I Write?* (London: Haskell House, 1975).

〈邦訳〉

ボウエン、エリザベス、グレアム・グリーン、V・S・プリチェット『なぜ書くか——エリザベス・ボウエン／グレアム・グリーン／V・S・プリチェットの往復書簡集』（山形和美訳、彩流社、二〇一二年）

【DVD】

'The Demon Lover' *Shades of Darkness*. Dir. Peter Hammond. Adapt. Eric Mohan. Perf. Hugh Grant, Miranda Richardson (Granada Television, 1983).

Ⅱ　エリザベス・ボウエンについての研究書（伝記、作家論、作品論、その他）※雑誌は除く

Austin, Alan E., *Elizabeth Bowen* (Boston: Twayne, 1960).

——, *Elizabeth Bowen: Revised Edition* (Boston: Twayne, 1989).

Bennett, Andrew and Nicholas Royle, *Elizabeth Bowen and the Dissolution of the Novel* (New York: St. Martin's Press, 1995).

Blodgett, Harriet, *Patterns of Reality: Elizabeth Bowen's Novels* (The Hague: Mouton, 1975).

Bloom, Harold (ed.), *Elizabeth Bowen* (New York: Chelsea House, 1987).

Brooke, Jocelyn, *Elizabeth Bowen* (London: Longmans, 1952). 〈邦訳〉Ｊ・ブルック『エリザベス・ボウエン』英米文学ハンドブック No. 9（松村達雄訳、研究社、一九五六年）

Christensen, Lis, *Elizabeth Bowen: The Later Fiction* (Copenhagen: Museum Tusculanum Press, University of Copenhagen, 2001).

Corcoran, Neil, *The Elizabeth Bowen: Enforced Return* (Oxford: Oxford University Press, 2004).

Craig, Patricia, *Elizabeth Bowen* (Harmondsworth: Penguin, 1986).

Darwood, Nicola, *A World of Lost Innocence: The Fiction of Elizabeth Bowen* (Newcastle: Cambridge Scholars Publishing, 2012).

Ellmann, Maud, *Elizabeth Bowen: The Shadow Across the Page* (Edinburgh: Edinburgh University Press, 2003).

Gildersleeve, Jessica, *Elizabeth Bowen and the Writing of Trauma* (Amsterdam: Rodopi, 2014)

Glendinning, Victoria, *Elizabeth Bowen: Portrait of a Writer* (London: Wiedenfeld and Nicholson, 1977. New York: Avon Books, 1977. New York: Knopf, 1978. London: Phoenix, 1993. New York: Anchor, 2006).

——, *Elizabeth Bowen: A Biography* (New York: Anchor Books, 2006).

Heath, William, *Elizabeth Bowen: an Introduction to Her Novels* (Madison: University of Wisconsin Press, 1961).

Hepburn, Allan,'Trials and Errors: *The Heat of the Day* and Postwar Culpability', *Intermodernism: Literary Culture in Mid-Twentieth-Century Britain*, ed. Kristin Bluemel (Edinburgh: Edinburgh University Press, 2009).

Herron, Tom (ed.), *Irish Writing London: Revival to the Second World War* (London: Bloomsbury, 2013).

hoogland, renée c., *Elizabeth Bowen: A Reputation in Writing* (New York: New York University Press, 1994).

Ingman, Heather (ed.), *A History of the Irish Short Stories* (New York: Cambridge University Press, 2009).

Jordan, Heather Bryant, *How Will the Heart Endure: Elizabeth Bowen and the Landscape of War* (Ann Arbor: University of Michigan Press, 1992).

Kenney, Edwin J, *Elizabeth Bowen* (London: Associated University Presses, 1975).

Lassner, Phyllis, *British Women Writers of World War II: Battlegrounds of their Own* (London: Macmillan, 1998).

——, *Elizabeth Bowen: A Study of the Short Fiction* (New York: Twayne Publishers, 1991).

Lee, Hermione, *Elizabeth Bowen* (1981. London: Vintage, 1999).

——, *Elizabeth Bowen: An Estimation* (London: Vision, 1981).

——, 'The Bend Back: *A World of Love* (1955), *The Little Girls* (1964), and *Eva Trout* (1968)', *Elizabeth Bowen*, ed. Harold Bloom (New York: Chelsea House, 1987).

McCormack, W. J., *Dissolute Characters: Irish Literary History through Balzac, Sheridan Le Fanu, Yeats and Bowen* (Manchester: Manchester University Press, 1993).

Osborn, Susan (ed.), *Elizabeth Bowen: New Critical Perspectives* (Cork: Cork University Press, 2009).

Plain, Gill, *Women's Fiction of the Second World War* (Edinburgh: Edinburgh University Press, 1996).

Schneider, Karen, *Loving Arms: British Women Writing the Second World War* (Lexington: The University Press of Kentucky, 1997).

Sturrock, June, 'Mumbo-Jumbo: the haunted world of *The Little Girls*', *Elizabeth Bowen: New Critical Perspectives*, ed. Suzan Osborn (Cork: Cork University Press, 2009).

Walshe, Eibhear (ed.), *Elizabeth Bowen* (Dublin: Irish Academic Press, 2009).

——, *Elizabeth Bowen Remembered: The Farrahy Addresses* (Dublin: Four Courts, 1998).

Weihman, Lisa Golmitz, 'The Problem of National Culture: Virginia Woolf's *Between the Acts* and Elizabeth Bowen's *The Last September*', eds. Ann Ardis and Bonnie Kime Scott, *Virginia Woolf: Turning the Centuries* (New York: Pace University Press, 2000).

White, Terence de Vere, *The Anglo-Irish* (London: Victor Gollancz, 1971).
〈邦語〉
木梨由利「過去の影の下に――エリザベス・ボウエン『パリの家』――」津田塾大学「文学研究」同人『現代イギリス小説と女性――新しい地平を求めて――』（荒竹出版、一九八五年）
小室龍之介「空襲下の嘘と隠蔽――ボウエンの『日ざかり』と言語の混乱」福田、伊達、麻生編『戦争・文学・表象――試される英語圏作家たち』（音羽書房鶴見書店、二〇一五年）
松井かや「『悪魔』とともに行く未来――エリザベス・ボウエン『愛の世界』試論」富士川義之、結城英雄編『亡霊のイギリス文学』（国文社、二〇一二年）
山根木加名子『エリザベス・ボウエン研究』（旺史社、一九九一年）
吉田健一「ボウエンの『日ざかり』に就いて」一九四七年.（『英国の文学の横道』、講談社、一九九二年）
【オンライン資料】
A Noble Theme. *How to Ruin a Good Story: Elizabeth Bowen's* "Demon Lover." 14 Feb. 2015. <http://tunemyheart.net/ant/?p=788>.

Ⅲ　その他の参考文献

Arnold, Matthew, *Arnold Poems* (London: Penguin, 1954).
Auchumuty, Rosemary, *A World of Girls* (London: The Women's Press, 1992).
Avery, Gillian, *The Best Type of Girl: A History of Girls' Independent Schools* (London: Andre Deutsch, 1991).
Bell, Quentin, *Virginia Woolf: A Biography*, Vol. 2 (1972. London: Hogarth, 1973).
Briggs, Julia (ed.), Dennis Butts and M.O. Grenby, *Popular Children's Literature in Britain* (Aldershot: Ashgate, 2008).
Caillois, Roger, *Les Jeux et Les Hommes* (1958).〈邦訳〉ロジェ・カイヨワ『遊びと人間』（清水幾太郎、霧生和夫訳、岩波書店、

一九七〇年）
Carey, John, *Pure Pleasure* (London: Faber and Faber, 2000).
Chambers, David, *Joan Hassall: Engravings and Drawings* (London: Pinner Private Libraries Association, 1985).
Cole, Robert, *Propaganda, Censorship and Irish Neutrality in the Second World War* (Edinburgh: Edinburgh University Press, 2006).
Colette, Sidonie Gabrielle, *Claudine à l'école* (1900).〈邦訳〉S・G・コレット『学校へ行くクロディーヌ』（川口博訳、三笠書房、一九五五年）
Coolidge, Susan, *What Katy Did at School* (1873).〈邦訳〉スーザン・クーリッジ『全訳高校生ケーティ』（中村能三訳、秋元書房、一九五六年）
Cunningham, Valentine, *British Writers of the Thirties* (Oxford: Clarendon Press, 1988).
Deane, Seamus, *A Short History of Irish Literature* (University of Notre Dame Press, 1994).〈邦訳〉シェイマス・ディーン『アイルランド文学小史』（北山克彦・佐藤亨訳、国文社、二〇一一年）
Dorment, Richard and Margaret F. MacDonald, *James McNeill Whistler* (New York: Harry N. Abrams, 1995).
Eagleton, Terry, *Heathcliff and the Great Hunger* (London: Verso, 1995).〈邦訳〉テリー・イーグルトン『表象のアイルランド』（鈴木聡訳、紀伊国屋書店、一九九七年）
Feigel, Lara, *The Love-charm of Bombs: Restless Lives in the Second World War* (London: Bloomsbury, 2013).
Forster, R. F., *Paddy & Mr Punch: Connections in Irish and English History* (London: Allen Lane, 1993. Harmondsworth: Penguin, 1995).
Fussell, Paul, *Abroad: British Literary Traveling Between the Wars* (Oxford: Oxford University Press, 1980).
Gwynn, Dennis, *The Life and Death of Roger Casement* (London: Newnes, 1936).
Hadfield, John, *Every Picture Tells a Story* (London:The Herbert Press, 1985).
Halperin, John, *Eminent Georgians* (London: Macmillans, 1995).
Heilmann, Ann, *New Woman Fiction* (New York: Macmillans, 2000).
Hepburn, Allan, *Troubled Legacies: Narrative and Inheritance* (Toronto: University of Toronto Press, 2007).

Hussey, Mark, *Virginia Woolf A to Z* (New York: Facts On File, 1995).

Hyde, H. Montgomery, *Trial of Sir Roger Casement* (Florida: Gaunt, 1995).

Inglis, Brian, *Roger Casement* (London: Hodder and Stoughton, 1973).

Johnson, E. D. H., *Paintings of the British Social Scene: from Hogarth to Sickert* (London: Weidenfeld and Nicolson, 1986).

Kreillkamp, Vera, *The Anglo-Irish Novel and the Big House* (New York: Syracuse University Press, 1998).

Kristin, Thompson and David Bordwell, 'Leftiest, Documentary, and Experimental Cinemas, 1930–1945', Kristin, Thompson and David Bordwell, *Film History: An Introduction* (New York: McGraw-Hill, 1994).

Lawrence, D. H., *England, My England* (Harmondsworth: Penguin, 1968).

Lee, Hermione, *Virginia Woolf* (London: Vintage, 1996).

Le Fanu, Joseph Sheridan, *Uncle Silas: A Tale of Bartram-Haugh* (Harmondsworth: Penguin, 2000).〈邦訳〉レ・ファニュ『アンクル・サイラス　上・下』（榊優子訳、創土社、一九八〇年）

Light, Alison, *Forever England: Femininity, Literature and Conservatism between the Wars* (London: Routledge, 1991).

Löfgren, Eva Margareta, *Schoolmates of the Long-Ago* (Stockholm: Stehag, 1993).

Mitchell, Sally, *The New Girl: Girls' Culture in England, 1881–1915* (New York: Columbia University Press, 1995).

Nicholson, Virginia, *Singled Out: How Two Million British Women Survived without Men after the First World War* (Oxford: Oxford University Press, 2008).

Paxman, Jeremy, *The Victorians: Britain Through the Paintings of the Age* (London: BBC Books, 2009).

Punter, David and Glennis Byron, *The Gothic* (London: Blackwell Publishing, 2004).

Ridler, Anne, *Olive Willis and Downe House: An Adventure in Education* (London: John Murray, 1967).

Sekine, Masaru (ed.), *Irish Writers and Society at Large* (NJ: Barnes and Noble, 1985).

Sobel, David, *Children's Special Places: Exploring the Role of Forts, Dens, and Bush Houses in Middle Childhood* (Detroit: Wayne State University Press, 2001).

Trevor, William, *Excursions in the Real World* (London: Hutchinson, 1993).

Wallace, Diana, *Sisters and Rivals in British Women's Fiction, 1914–39* (New York: St. Martin's Press, 2000).
White, Antonia, *Frost in May* (Oxford: Heinemann Educational, 1992).〈邦訳〉アントニア・ホワイト『五月の霜』(北條文緒訳、みすず書房、二〇〇七年)
Wills, Clair, *That Neutral Island* (London: Faber and Faber, 2007).
Winsloe, Christa, *Child Manuela: Novel of Madchen in Uniform* (London: Virago, 1994).〈邦訳〉クリスタ・ウィンスロオエ『制服の処女』(中井正文訳、三笠書房、一九五八年)
Woolf, Virginia, *To the Lighthouse* (1927. London: Wordsworth Editions Limited, 2002).〈邦訳〉ヴァージニア・ウルフ『灯台へ』(御輿哲也訳、岩波文庫、二〇〇七年)
——, *The Diary of Virginia Woolf*, Vol. 4, 1931–1935, ed. Anne Olivier Bell (London: Hogarth, 1982).
——, *The Diary of Virginia Woolf* Vol. 5, 1936–1941, ed. Anne Olivier Bell (London: Hogarth, 1984).
——, *The Letters of Virginia Woolf*, Vol. 5, eds. Nigel Nicolson and Joanne Trautmann (London: Hogarth, 1979).
——, *The Letters of Virginia Woolf*, Vol. 6, eds. Nigel Nicolson and Joanne Trautmann (London: Hogarth, 1980).

〈邦語〉
海野弘『1920年代旅行記』(冬樹社、一九八四年)
川本三郎『子どもたちのマジックアワー——フィクションのなかの子ども』(新曜社、一九八九年)
清水一嘉/鈴木俊次 編『第一次大戦とイギリス文学——ヒロイズムの喪失』(世界思想社、二〇〇七年)
田口茂『現象学という思考——〈自明なもの〉の知へ』(筑摩書房、二〇一四年)
竹田青嗣『現代思想の冒険』(筑摩書房、一九九二年)
風呂本武敏編『アイルランド・ケルト文化を学ぶ人のために』(世界思想社、二〇〇九年)
丸谷才一『6月16日の花火』(岩波書店、一九八六年)
ウルフ、ヴァージニア『自分だけの部屋』(川本静子訳、みすず書房、一九九九年)
サミュエルズ、アンドリュー他『ユング心理学辞典』(「アニマとアニムス」の項目)(浜野清志他訳、創元社、一九九三年)
ジョイス、ジェイムズ『ダブリンの市民』(高松雄一訳、集英社、一九九九年)

【オンライン資料】

“The Demon Lover: Ballads 6” *Welcome to the Poetry, Songs and Writers of Scotland*. 16 Feb. 2015. <:http://poetryofscotland.co.uk/Ballads/demon.php>.

“Ivor Montagu: Biography.” *IMDb*. imdb.com. 28 March. 2015. <http://www.imdb.com/name/nm0598749/bio?ref_=nm_ov_bio_sm>.

（小室龍之介・編）

エリザベス・ボウエン年譜

一八九九年
六月七日エリザベス・ボウエン、ダブリン市ハーバート・プレイス十五番地に生まれる。ともにアングロ・アイリッシュである父ヘンリーと母フローレンスの間に生まれた一人娘。父は同地で法廷弁護士を開業。ボウエン一族は十七世紀にクロムウェルのアイルランド侵攻に参戦したウェールズ出身のヘンリー・ボウエンを始祖とするアングロ・アイリッシュ。アイルランド、コーク州にビッグ・ハウス、ボウエンズ・コートを所有。冬季はダブリンで、夏季はボウエンズ・コートで過ごす。

一九〇六年（七歳）
父が心気症を自覚して入院したことから、母とともにイギリス、ケント州の親戚宅に身を寄せる。

一九一二年（十三歳）
母が肺癌《がん》で死亡。当時住んでいたケント州のソルトウッド地区教会墓地に埋葬、墓石がある。エリザベスの吃音が顕著となる。父、退院。ハートフォドシャー州にあるデイ・スクール、ハーペンデン・ホール校に入学。

一九一四年（十五歳）
ケント州のダウン・ハウス女学校（寄宿学校）に入学。第一次世界大戦勃発。

一九一八年（十九歳）
第一次世界大戦終結。ボウエンはダブリンの病院で、この戦争の後遺症シェル・ショックに苦しむ帰還兵の看護に当たる。

一九一九年（二十歳）
ロンドンに出てアート・スクールに通う。二学期だけで退学。短編を書き始める。
アイルランド独立戦争始まる。

一九二一年（二十二歳）
父、再婚。イギリス軍将校のジョン・アンダーソン中尉と婚約、すぐ解消。

一九二三年（二十四歳）
最初の短編集『出会い』出版。八月、ノーサンプトン州の教育局補佐官だったアラン・キャメロン（当時三十歳）と結婚。彼はアングロ・スコティッシュ。

一九二五年（二十六歳）
アランがオックスフォード市教育長に就任。同市郊外のオールド・ヘディントンに住む。知的なオックスフォード社会に歓迎され、デイヴィッド・セシルやシリル・コノリーらと交流する。

一九二六年（二十七歳）
第二短編集『アン・リーの店』出版。

一九二七年（二十八歳）
長編第一作『ホテル』出版。

一九二九年（三十歳）
第三短編集『そしてチャールズと暮らした』出版。長編第二作『最後の九月』出版。
一九三〇年（三十一歳）
父、他界。ボウエンズ・コートを相続し、一族初の女性当主となる。
一九三一年（三十二歳）
長編第三作『友達と親戚』出版。
一九三二年（三十三歳）
長編第四作『北へ』出版。
一九三四年（三十五歳）
第四短編集『猫が跳ぶとき』出版。
一九三五年（三十六歳）
長編第五作『パリの家』出版。アランがBBC直属の学校教育中央情報局長になったため、ロンドンのリージェント・パーク、クラレンス・テラス二番に居を移し、以後一九五二年まで居住。ヴァージニア・ウルフら多くの文人の知己を得る。
一九三八年（三十九歳）
長編第六作『心の死』出版。
一九三九年（四十歳）
イギリス徴兵制度導入。九月、対独宣戦布告。第二次世界大戦突入。戦時中、エリザベスはロンドン市内の空襲監視人となり、一方、英国情報局（当時はMOI）の諜報員という任務を帯び、第二次大戦では中立策をとったアイルランドの情勢を観察、時の首相チャーチルに報告。アランは国防軍に参入。
一九四一年（四十二歳）
第五短編集『あの薔薇を見てよ』出版。カナダのイギリス駐在大使チャールズ・リッチー（七歳年下）と知り合い恋愛関係になる。
一九四二年（四十三歳）
ボウエン一族の年代記、『ボウエンズ・コート』出版。
一九四三年（四十四歳）
七歳まで暮らしたダブリン時代の回顧録、『七度の冬』出版。
一九四五年（四十六歳）
第二次世界大戦終結。第六短編集『恋人は悪魔』出版。
一九四八年（四十九歳）
CBE（大英帝国三等勲爵士）を授与される。
一九四九年（五十歳）
長編第七作『日ざかり』出版。ダブリン大学より名誉博士号。講演などで渡米。
一九五〇年（五十一歳）
随筆集『印象集』出版。
一九五二年（五十三歳）
アランの病状悪化により、ロンドンを引き払いボウエンズ・コートへ移る。アラン、死去。
一九五五年（五十六歳）

長編第八作『愛の世界』出版。

一九五七年（五十八歳）
オックスフォード大学より名誉博士号。

一九五九年（六十歳）
戦後の不況と財政的逼迫から、近隣の農場主、コーネリウス・オキーフにボウエンズ・コート売却。オックスフォードに住まいを移す。

一九六〇年（六十一歳）
オキーフによってボウエンズ・コート解体。旅行記『ローマのひととき』出版。

一九六四年（六十五歳）
長編第九作『リトル・ガールズ』出版。この年、ケント州ハイズに住居購入。カーベリー荘と名付けたこのささやかな家が終の棲家となる。ボウエンが住んだというプラークがある。

一九六五年（六十六歳）
第七短編集『闇の中の一日』出版。

一九六九年（七十歳）
長編第十作『エヴァ・トラウト』出版。

一九七〇年（七十一歳）
『エヴァ・トラウト』、第二回ブッカー賞のショートリストに残る。自叙伝『挿絵と会話』に取り掛かる。未完のまま死後出版。

一九七一年（七十二歳）
第三回ブッカー賞選考委員。肺炎で入院・治療。

一九七三年（七十三歳）
長年の喫煙習慣から発症した肺癌のため、二月二十二日早朝、リッチーに見守られロンドンのユニヴァーシティ・カレッジ病院にて死去。コーク州ボウエンズ・コートの跡地に残るセント・コールマン教会の墓地に父と夫のかたわらに埋葬される（母の墓はケント州に）。最後の長編小説『ザ・ムーブ・イン』の第一章が遺稿となった。

（甘濃夏実・編）

あとがき

『エリザベス・ボウエンを読む』がここに出版された。「エリザベス・ボウエン研究会」(Elizabeth Bowen Forum)は、二〇一三年六月九日、当初の会員十六名（現在は四十一名）で、六本木の国際文化会館で創立総会を開き、正式に発足した。エリザベス・ボウエンは、欧米ではすでに二十世紀を代表する作家としての評価が定着し、彼女が作品に込めた問題には錯綜する現代への示唆があって、さらに多くの研究者が注目している作家である。当研究会は、日本では未紹介に近いエリザベス・ボウエンの研究を目的として発足した。そして、難解なボウエンのテクスト読解の精度を高めるための「ボウエン読書会」と、相次いで出版されるボウエン研究書を参考にしつつ、独自の仮説を立ててボウエンを論じる「ボウエン研究発表会」という二本の試みを研究方針と定め、それぞれ十回前後の会が国際文化会館会議室を会場にして開かれてきた。読書会または研究発表会の発表要旨は、年二回発行の『エリザベス・ボウエン研究会会報』に記載されている。未熟で稚拙ながら現時点までの研究活動の成果を世に広く見ていただきたく、期待する人々も少なくないとの自負心もあって、ここに出版されたのが本書である。

論集発行について全会員の承認を得て、二〇一四年一月に会員五名からなる編集委員会（うち編集長一名）を立ち上げ、編集委員会が提示した編集方針は、執筆者はエリザベス・ボウエン研究会会員であること、提出論文は学術論文として専門的な水準に達したものであると同時に、もっとも重要な読者層である一般読者にも読み応えのある内容を鋭意心がけること、エリザベス・ボウエン研究の発展に寄与し、かつ本書のために書き下ろしたものであること、共著になるので編集委員会が提示した内容・表記についての基準を守ること、などである。先に述べた「ボウエン読書会」と「ボウエン研究発表会」で発表をした会員を中心として執筆希望者が徐々に名乗り上げ、結果、ボウエンの小説十編を論じた第一部、第二部はボウエンのノンフィクション二編と短編三編を論じたもの、第三部が各テーマに沿ってボウエンの周辺を論じたもの、として、三部構成で本書を編むことになった。

エリザベス・ボウエンが七十三年の生涯で著わした小説は十編、短編小説集は七編を数える。本書ではその第一部でボウエンの小説十編をすべて取り上げた。一九二三年、二十四歳で最初の短編集『出会い』を出し、長編小説は『ホテル』（一九二七）から『エヴァ・トラウト』（一九六九）まで、その執筆生活は五十年におよび、その五十年は二度の世界戦争、欧州全土の荒廃、アイルランド問題、大英帝国の崩壊、そして東西冷戦にいたる二十世紀の激変の動きと重なっている。二十世紀文学をリードしてきたジョイスとウルフは世紀半ばにも満たない一九四一年に他界、ボウエンと同年の生まれであるヘミングウェイは一九六一年に猟銃自殺、その一方でボウエンは第二次大戦中もロンドンに留まり、リージェントパークにある自宅は二度までも空爆を受けて一部損壊した。彼女の代表作であり戦時小説の代表作である『日ざかり』（一九四九）の原題は、*The Heat of the Day*（『時代の熱気』）であり、ここに収められたどの論文からも、ボウエンがとらえた「時代の熱気」に触発され、ゴーストや超自然現象を駆使することからプロテスタント・ゴシックともよばれるボウエン独自の作品世界に引き込まれて論文執筆に挑んだ筆者たちの熱いまなざしが感じられる。その熱気のおかげで第一部は、ボウエンの小説は、完成度に多少の差はあれ、十作品が互いに呼応し合って有機的な全体を構成していることが検証できたと見ていいのではないだろうか。

ボウエンが書いたノンフィクションとしては『ボウエンズ・コート』（一九四二）と『ローマのひととき』（一九六〇）が最も注目すべき著作である。前者はオリヴァー・クロムウェル以来の正真正銘のアングロ・アイリッシュであったボウエン一族の三〇〇年のファミリーヒストリーであって、アングロ・アイリッシュ・アセンダンシーの歴史そのものを後世に伝える第一次資料にも等しい著作。後者は旅行記の体裁を取りながら、六〇年代を前に人生の岐路に立たされたボウエンの深刻な内面をうかがわせる貴重な著作である。このあと第二部はボウエンの短編を論じた論文三編が続く。ボウエンは短編作家としても文学史に一章が割かれる作家で、なかでも「長い短編」と呼ばれる四編、すなわち、「相続ならず」（一九三四）、「夏の夜」（一九四一）、「幸せな秋の野原」（一九四五）、「蔦がとらえた階段」（一九四五）は、いずれ劣らぬ傑作とされている。そのうち「相続ならず」と「夏の夜」が本書に取り上げられた。第三部には、各執筆者がとらえたテーマを、それぞれに得意とする独自の研究手法から見たボウエン論が四編そろった。本書を通じて、二度の世界戦争をくぐったボウエンが英国伝統のコメディ・オブ・マナーズをとおして見せた二十世紀の変貌、さらにはモダニズム、ポストモダニズムを越えて、人間と社会と時代のねじれをするどくとらえた作品から、現代に通じる多面性を持ったエリザベス・ボウエンの世界の奥行きが少しでも見えたら幸いである。ボウエンにはまだ評論集やエッセイなどの著作があり、エリザベス・ボウエン研究会の今後の研究活動にご期待いただくよう願っている。

本書が出るまでの長い道のりをここで短く述べる。ボウエンの作品に関心を持ったのは、一九八〇年代、本務校の東洋英和女学院短期大学英文科（一九九八年に四十八年間の歴史を閉じ、東洋英和女学院大学に吸収改組）で、アンガス・ウィルソン編集のペンギン版のボウエン短篇集をテクストに使ったのが第一歩だった。授業でボウエンの「女学生もの」や「幽霊譚」を読むうちに、ボウエンは面白い、怖い、と言ってボウエンのファンになった元東洋英和女学院短大英文科の学生諸姉の存在が、ボウエンを続けて読む大きな原動力になったことは彼女たちへの感謝もあって記しておきたい。ボウエンは小説も短編も文章が難解で、容易に意味が通らない個所が少なくなく、やがて全文をできる限り訳す必要に迫られた。拙訳ながら、小説六作品、短編集三作品が、ここ十年で相次いで出版できたのは、ある程度訳稿が出来上がっていたからである。

本書『エリザベス・ボウエンを読む』が出版されるまでには、私事ながら、小池滋、高橋哲雄、故後藤郁夫、故渾大防《こんだいぼう》三恵《みえ》、中島かほる、礒崎純一、姫島由布子、伊藤嘉孝、倉田晃宏、故ドクター・リー・コールグローブ、その他多くの方々のお力があった。またこの十年余の間にエリザベス・ボウエンとその作品については、新聞・雑誌などの紙上で小池昌代、鹿島茂、松浦寿輝、湯川豊、吉野仁、豊崎由美、杉江松恋、風間賢二、富士川義之、阿部公彦、井波律子、その他の諸氏が書かれた書評を目にした方々もおられることと思う。本書『エリザベス・ボウエンを読む』が多くの愛書家の方々にとって、エリザベス・ボウエンの作品をさら理解し愛読する契機になることを、「エリザベス・ボウエン研究会」の会員一同心から願っています。最後になりましたが、本書の出版を快諾された音羽書房鶴見書店の山口隆史社長に、会を代表して深くお礼申し上げる次第です。(文中敬称略)

二〇一六年五月

エリザベス・ボウエン研究会会長　太田　良子

アイルランドおよび北アイルランド

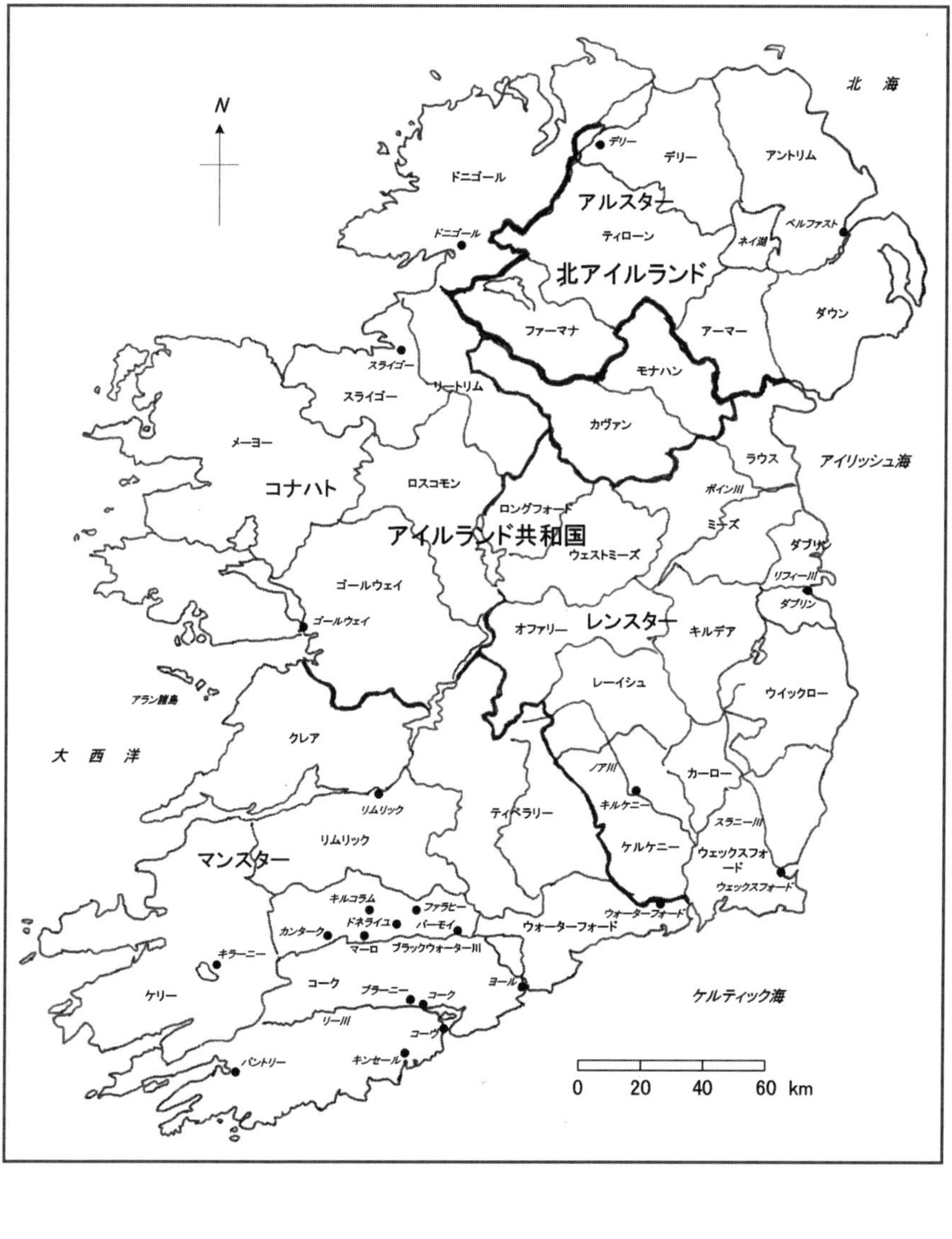

イギリスおよびアイルランド

【レ】
冷戦時代　Cold War　249
レズビアン　Lesbian 13, 321
レッチワース　Letchworth　259
レ・ファニュ、シェリダン　Le Fanu, Sheridan　103, 119, 225
連合国　the Allies　144

【ロ】
「老水夫の歌」 'The Rime of the Ancient Mariner' 294, 295
ローマ　Rome　234, 235, 236, 237, 240, 244
『ローマのひととき』 *A Time in Rome*　22, 181, **229–247**
ロレンス、D. H.　D. H. Lawrence　262, 301, 302, 303
ロンドン　London　5, 8, 15, 16, 20, 21, 22, 122, 123, 160, 161, 254, 257, 259, 320, 325
ロンドン空襲／空爆　the Blitz　30, 138, 140, 142

7, 15, 22, 30, 51, 63, 120, 211, 212, 215, 216, 217, 220, 221, 222, 224, 226, 227, 229, 230, 233, 235, 244, 250, 251, 318, 319, 320, 321, 385
『ボウエンズ・コート』 *Bowen's Court* 20, 23, 51, 154, 168, **211–228**, 235, 319
防空警備員 Air Raid Precautions 137, 138
「訪問者」'The Visitor' 4
亡霊 ghost 373
『ホテル』 *The Hotel* 9, 14, **29–47**, 65, 82
「ホテル」hotel 29, 30, 31, 32, 33, 34, 35, 36, 37, 38, 39, 40, 41, 42, 43, 44, 45, 46
ホワイト、アントニア White, Antonia 332, 333

【マ】
マクドナルド、ジョージ MacDonald, George 4
マコーレー、ローズ Macaulay, Rose 6
マゾヒズム masochism 11
マードック、アイリス Murdoch, Iris 215
「麻痺」"paralysis" 14
「幻のコー」'The Mysterious Kôr' 4, 13
「マリア」'Maria' 37, 330
『マルベリー・ツリー』 *The Mulberry Tree* 51, 53, 314, 326, 327
マロー Mallow 216, 217
マンスフィールド、キャサリン Mansfield, Katherine 13, 31, 348
マントルピース mantelpiece 351, 352, 354–366, 368, 370, 371, 372

【ミ】
ミッチェルズタウン Mithchelstown 213
民間伝承 → フォークロア

【ム】
無垢と経験 innocence and experience 121
ムッソリーニ Mussolini, Benito 89, 97

【モ】
モズリー、オズワルド Mosley, Oswald 97
モダニズム Modernism 9, 66, 83
モーム、サマセット Maugham, Somerset 31

【ヤ】
屋根裏の狂女 a mad woman in the attic 11
闇 darkness 59, 61
『闇の暗がり』 *Shades of Darkness* 373
『闇の中の一日』 *A Day in the Dark and Other Stories* 250
「闇の中の一日」'A Day in the Dark' 37
ヤング、アーサー Young, Arthur 223

【ユ】
有産階級 the propertied classes 68, 82
幽霊譚／幽霊小説 ghost story 18, 258
『ユリシーズ』 *Ulysses* 256, 263

【ヨ】
吉田健一 149
余剰の女性 Surplus Women 89, 90, 101
「よりどころ」'Foothold' 259

【リ】
リアリズム realism 76, 293, 294, 295, 298, 304, 306, 309, 310
リー、ハーマイオニ Lee, Hermioni 155, 169, 171, 177, 225, 226, 230, 314, 320
リージェント・パーク Reagent' s Park 15, 122
リチャードソン、サミュエル Richardson, Samuel 188
リッチー、チャールズ Ritchie, Charles 20, 22, 23, 244, 281, 314, 325, 326
『リトル・ガールズ』 *The Little Girls* 5, **171–186**, 229, 348
リメリック州 Co. Limerick 167
「林檎の木」'The Apple Tree' 251, 331
リンダム・ハウス校 Lindum House 171

【ル】
ルーベンス、バーニス Rubens, Bernice 187, 206

トロロープ、アンソニー Trollope, Anthony 225

【ナ】
内面の独白 interior monologue 83
「長い短編」“Longer Ones” (Longer Short Stories) 249, 251
『眺めのいい部屋』*A Room with a View* 30
ナチス the Nazis 144
ナッシュ、ジョン Nash, John 123
「夏の夜」‘Summer Night’ 251, **271–291**
『七たびの冬』*Seven Winters* 20
ナボコフ、ウラジミール Nabokov, Vladimir 256

【ネ】
ネズビット、イーディス Nesbit, Edith 4

【ノ】
『ノーサンガー・アビー』*Northanger Abbey* 73

【ハ】
廃墟 ruins 254
ハイズ（ケント州） Hythe 22, 23
「廃絶状態」“the desuetude” 17, 20
ハイド、ダグラス Hyde, Douglas 148
バウラ、モーリス Bowra, Maurice 14
ハガード、ライダー Haggard, Rider 4
バーク、エドマンド Burk, Edmund 238, 239
「初めての誕生日」‘The First Birthday Party’ 358
バース Bath 217
ハッサール、ジョウン Hassall, Joan 351, 371
ハーディ、F. D. F. D. Hardy 358
ハーバート・プレイス十五番地、ダブリン 15, Herbert Place, Dublin 1
ハーフォードシャー州 Hertfordshire 5, 171
ハーペンデン・ホール Herpenden Hall 5, 171
『パメラ』*Pamela* 188
バラッド ballad 294, 306, 309, 310, 385
パリ陥落 the Fall of Paris 138, 142
『パリの家』*The House in Paris* 3, 11, 12, 18, 19, 21, 37, 72, **103–120**, 171, 229, 265, 322, 351, 352, 360, 364, 371, 373
「バレエの先生」‘The Dancing-Mistress’ 9, 12
『ハワーズ・エンド』*Howards End* 101
「反逆者についての座談会」‘Conversation on Traitors’ 147
反小説 antinovel 76
反リアリズム antirealism 66, 83

【ヒ】
光 light 59, 60, 61
『日ざかり』*The Heat of the Day* 20, 21, 22, 32, 73, **137–152**, 229, 237, 293, 373
ビッグ・ハウス Big House 2, 5, 15, 22, 24, 29, 30, 31, 46, 49, 50, 51, 52, 69, 120, 153, 154, 155, 211, 215, 220, 222, 226, 231, 238, 250
ビッグ・ハウス小説 Big House novel 46, 156, 162, 165, 167, 168
「人の悪事をなすや」‘The Evil That Men Do’ 259
BBC British Broadcasting Corporation 122
『表象のアイルランド』*Heathcliff and the Great Hunger: Studies in Irish Culture* 120

【フ】
ファシスト fascist 143
ファシズム fascism 97, 138, 139, 141, 142, 144, 145, 146, 147, 150, 151
ファラヒー Farahy 215, 216, 289
ファンタジー fantasy 304, 305, 310
フォークストン Folkestone 22
フォークロア folklore 306, 309
フォースター、E. M. Forster, E. M. 30, 31, 101, 225
「風景」Scene 252, 253, 254, 256, 266
風習喜劇 → コメディ・オブ・マナーズ
ブッカー賞 the Booker Prize 23
『ブライズヘッド再訪』*Brideshead Revisited* 21

【ス】

「水仙」'Daffodils' 340, 341
スウィフト、ジョナサン Swift, Jonathan 257
枢軸国 the Axis 144
スクリーン screen 373
スパイ／スパイ活動 spy 140, 141, 149
スミス博士 Dr. Smith 223

【セ】

世界恐慌 The Great Depression 87, 101
セシル、デイヴィッド Cecil, David 14, 315
『説得』*Persuasion* 256
ゼネスト（1926 年）General Strike 95
一九二〇年代 1920s 298, 299
「戦時小説」"war-time novel" 21
「戦時恋愛」"war-time love" 21, 162, 169
戦争ゴシック war gothic (element) 293, 294, 295, 304, 308, 309
全知の作者 the Omniscient Author 255
セント・コールマン教会 23

【ソ】

「創世記」Genesis 188
「相続ならず」'The Disinherited' **249–269**, 273

【タ】

対英独立戦争 → アイルランド独立戦争
第一次世界大戦 The First World War/World War I 5, 30, 31, 32, 38, 42, 43, 44, 46, 87, 111, 148, 153, 154, 249, 257, 295–299, 301, 302
大飢饉 the Great Famine 2, 220
「第三者の影」'The Shadowy Third' 7, 17
「第三の自我」the third ego 78
対独戦線 the War Front against Germany 22
第二次世界大戦 The Second World War/World War II 9, 18, 20, 22, 88, 98, 99, 137, 138, 139, 140, 144, 146, 149, 150, 212, 249, 271, 273, 283, 293, 294, 297, 298, 385
ダイムラー Daimler 261, 262
ダウン・ハウス女学校 Downe House 5, 6, 171, 329, 331, 336
ダブリン Dublin 3, 4, 221, 222, 285
『ダブリン市民』*Dubliners* 14
『ダロウェイ夫人』*Mrs. Dalloway* 188, 205
ダンケルク戦 The Battle of Dunkirk 137, 138, 142
「段取り」'Making Arrangements' 259

【チ】

チェーホフ、アントン Chekov, Anton 13
「父がうたった歌」'Songs My Father Sang Me' **293–310**
チャーチル、ウィンストン Churchill, Winston 29
「チャリティ」'Charity' 343, 344, 347
チャリング・クロス駅 Charing Cross Station 23, 160, 161, 162
中立策 neutralism 20, 21
諜報部 → 英国情報局

【ツ】

「蔦がとらえた階段」'Ivy Gripped the Steps' 251

【テ】

『出会い』*Encounters* 6, 14, 250
『デイヴィッド・コパーフィールド』*David Copperfield* 250
ディケンズ、チャールズ Dickens, Charles 4, 195, 198, 250
帝国主義 imperialism 99, 120
デイ＝ルイス、C. Day-Lewis, C. 14
デ・ヴァレラ、エイモン de Valera, Aemon 144, 284

【ト】

『灯台へ』*To the Lighthouse* 43
『トム・ブラウンの学校生活』*Tom Brown's School Days* 333
『友達と親戚』*Friends and Relations* **65–84**
ドラブル、マーガレット Drabble, Margaret 187, 206
トラブルズ the Troubles 49, 50
トリニティ・カレッジ Trinity College 3, 213
トレヴァー、ウィリアム Trevor, William 250

グレートマザー　Great Mother　72, 78
グレンディニング、ヴィクトリア　Glendinning, Victoria　15, 66, 169, 230, 231, 314
クロムウェル、オリヴァー　Cromwell, Oliver　1, 2

【ケ】
ケアリ、ジョン　Carey, John　18, 19
ケイスメント、ロジャー　Casement, Roger　147, 148, 152
ゲイツ、ジム　Gates, Jim　280
ゲール語文化　Gaelic culture　285
ゲール語連盟　Gaelic League　148
幻想／幻覚　vision/illusion　309
ケント州　Kent　3, 4, 5, 22, 171

【コ】
『恋人は悪魔、その他』*The Demon Lover and Other Stories*　283, 293, 294, 304, 305, 308
「恋人は悪魔」'The Demon Lover'　16, 32, 373, 374, 385
『高慢と偏見』*Pride and Prejudice*　40
『五月の霜』*Frost in May*　332, 334
コーク　Cork　165, 166, 167, 223
コーク州　Co. Cork　154, 213, 222, 250, 280, 289
コーコラン、ニール　Corcoran, Niel　8, 56, 294
『心の死』*The Death of the Heart*　4, 11, 15, 18, 20, 22, 37, **121–136**, 323, 326, 373
孤児　orphan　37, 38
ゴシック小説　gothic novel (fiction)　108, 118, 157
ゴシック・ロマンス　gothic romance　9, 293, 297, 306, 308, 310
「誇示的消費」"conspicuous consumption"　10
ゴースト・ストーリー ghost story　7, 16
コノリー、シリル　Connolly, Cyril　14–15, 319
コメディ・オブ・マナーズ　comedy of manners　65
コールリッジ、S. T.　S. T. Coleridge　294
コレット、シドニー=ガブリエル　Collette, Sidonie-Gabrielle　333, 334, 336, 348
コンスタブル、ジョン　Constable, John　253

【サ】
『最後の九月』*The Last September*　3, 9, 29, 37, 46, **49–64**, 65, 82, 153, 254, 211, 222, 229, 320, 373
『挿絵と会話』*Pictures and Conversations*　76
サックヴィル=ウエスト、ヴィタ　Sackville-West, Victoria Mary　321, 322
サートン、メイ　Sarton, May　321

【シ】
「幸せな秋の野原」'The Happy Autumn Fields'　251, 273, 289
ジェイムズ、ウィリアム　James, William　79, 255
ジェイムズ、ヘンリー James, Henry　5, 19, 30, 31, 103, 207, 225, 255
『ジェイン・エア』*Jane Eyre*　188
シェル・ショック　shell shock　32
ジェンダー　gender　1, 9, 19
自我　the ego/the self　286
自己中心主義　egotism　287
「死せるメイベル」'Dead Mabelle'　374, 385
『自分だけの部屋』*A Room of One's Own*　207
「詩編」'the Psalms'　188
ジャングル　'The Jungle'　343, 345, 346, 347
『純粋な快楽　最高に楽しめる二十世紀の書物五十冊』*Pure Pleasure A Guide to the 20th Century's Most Enjoyable Books*　19
「純粋な快楽」"pure pleasure"　20
ジョイス、ジェイムズ　Joyce, James　14, 256, 263
荘園屋敷　the Manor House　257, 261, 264, 265, 266
ジョージ王朝時代　the Georgian Age　259
ジョージ三世　George III　259
「白のシンフォニー第二番、小さなホワイト・ガール」Symphony in White, No.2: The Little White Girl　362, 363

【ウ】
ヴィクトリア女王 Queen Victoria 249
ウィリス、オリーヴ・マーガレット Willis, Olive Margaret 6, 331, 332, 378, 379, 340
ウィルソン、アンガス Wilson, Angus 250
『ヴィレット』 *Villette* 103
ウェストミンスター憲章 Statute of Westminster 88, 96
ウェリントン公爵 Duke of Wellington 3
ウェールズ Wales 1, 213, 215
ウェルティ、ユードラ Welty, Eudora 250, 251
ウェルドン、フェイ Weldon, Fay 187, 206
ウォー、イヴリン Waugh, Evelyn 15, 21, 230
うた人トマス Thomas the Rhymer 306
ウルフ、ヴァージニア Woolf, Virginia 12, 43, 188, 207, 215, 225, 228, 313, 314, 315, 316, 317, 318, 319, 320, 321, 322, 323, 324, 325, 326, 327
ウルフ、レナード Woolf, Leonard 313, 314, 320, 323, 326

【エ】
英国情報局 Ministry of Intelligence (MOI) 20, 137
英国ファッシスト連合 British Union of Fascists 97
『エヴァ・トラウト』 *Eva Trout* 23, 187, 188, 330, 338, 339, 340
エッグ、A. L. A. L. Egg 359
エッジワース、マライア Edgeworth, Maria 156, 225
エドワード時代 the Edwardian Age 249
『エマ』 *Emma* 30, 40, 188
エリオット、T. S. Eliot, T. S. 315, 316, 318
『エリザベス・ボウエン』 *Collected Stories of Elizabeth Bowen* 250
エリス、ハヴェロック Ellis, Havelock 337
「エール」 'Eire' 144
エル・アラメイン戦 the Battle of El Alamein 138
エルマン、モード Ellmann, Maud 42, 65, 72, 103, 157, 169

【オ】
オーウェル、ジョージ Orwell, George 259
オースティン、ジェイン Austen, Jane 4, 30, 40, 73, 188, 193, 225, 255, 256
オキーフ、コーネリウス O' Keefe, Cornelius 22
「奥の客間」 'The Back Drawing Room' 8
オックスフォード（市） Oxford (City) 14, 20
オックスフォード（大学） Oxford (University) 6, 8, 18, 217
『オーランドー』 *Orlando, A Biography* 322

【カ】
カイヨワ、ロジェ Caillois, Roger 342
ガヴァネス（女家庭教師） governess 4, 9, 10, 11, 103, 104, 105, 109, 114
影 shadow 50, 59, 60
カーター、アンジェラ Carter, Angela 187, 206
『学校のクロディーヌ』 *Claudine à l' école* 336, 348
「家庭の天使」 'The Angel of Home' 259
「カミング・ホーム」 'Coming Home' 6
間テクスト性 intertextuality 12

【キ】
疑似恋愛 pseudo-relationship 12
『北へ』 *To the North* **85–101**, 259, 317
吃音《きつおん》（症） stammer 4, 75, 76, 83
キャメロン、アラン Cameron, Alan 8, 15, 22, 23, 122, 167, 229, 231, 235, 244, 315, 320
旧約聖書 the Old Testament 188
共産主義 communism 249
教養小説 Bildungsroman 82
「キルケー」 'Circe' 256, 263
キルドラリー（コーク州） Kildorrery (Co. Cork) 2, 213, 280, 289
金本位制 gold standard 96

【ク】
空襲監視人 air-raid warden 20
『グッド・タイガー』 *The Good Tiger* 249
クラレンス・テラス Clarence Terrace 15, 22, 122, 123, 320
クリスティ、アガサ Christie, Agatha 12
グリーン、グレアム Greene, Graham 8, 174
クレア州 Co. Clare 167

索 引

＊項目の配列は50音順である。
＊アラビア数字は頁を示している。
＊太字は連続して重点的に扱っている範囲の頁数を示す。
＊人名は姓、名の順である。
＊同じ意味の別項目は → で示す。

【ア】
IRA (Irish Republican Army) → アイルランド独立軍
『愛の世界』*A World of Love* 9, 23, **153–169**, 229, 231
『愛の内乱』*Love's Civil War* 325, 326
アイリッシュ・ゴシック Irish gothic 7, 103
アイリッシュ・ストーリー Irish story 9
アイルランド Ireland 38, 51, 104, 122, 138, 139, 144, 145, 146, 147, 148, 150, 152, 153, 154, 165, 167, 168, 212, 213, 223, 235, 238, 239, 254, 286, 288, 316, 318, 319, 320, 325
アイルランド義勇軍 Irish Volunteers 148
アイルランド共和軍 (IRA) Irish Republican Army 2, 153
アイルランド・ケルトの民間伝承 Irish Celtic folklore 307
アイルランド語 Irish 284, 285
アイルランド人 the Irish 51, 222, 223, 285, 288
アイルランド独立戦争 Irish War of Independence 2, 5, 109–110, 120, 149
アイルランド文学 Irish Literature 103
悪魔の恋人 demon lover 307, 309
アセンダンシー Ascendancy 2
アーチャー、イザベル Archer, Isabel 198
「あの薔薇を見てよ」'Look at All Those Roses' 8
アーノルド、マシュー Arnold, Matthew 272, 273
『嵐が丘』*Wuthering Heights* 78
「アラビー」'Araby' 263
『ある作家の日記』*A Writer's Diary* 323
「ある夏の夜」'A Summer Night' 272, 273
『ある婦人の肖像』*The Portrait of a Lady* 30, 103, 207
『荒地』*The Waste Land* 103
『アンクル・サイラス』*Uncle Silas* 103, 104, 105, 107, 109, 113, 114, 118, 225
アングロ・アイリッシュ Anglo-Irish 1, 2, 7, 9, 20, 21, 24, 30, 49, 50, 51, 52, 53, 56, 57, 58, 59, 60, 61, 63, 69, 82, 103, 108, 109, 111, 113, 118, 119, 120, 122, 137, 146, 147, 148, 161, 211, 213, 215, 217, 220, 223, 226, 235, 238, 239, 240, 250, 273, 285, 287, 320, 329
アングロ・アイリッシュ・アセンダンシー Anglo-Irish Ascendancy 50
アングロ・アイリッシュ戦争 the Anglo-Irish War 153
『アン・リーの店、その他の短編集』*Ann Lee's and Other Stories* 8, 14

【イ】
家 house 29, 30, 31, 37, 38, 43, 46
イェイツ、W. B. Yeats, William Butler 145
イギリス the United Kingdom 122
イギリス人 the British 30, 31, 288
イーグルトン、テリー Eagleton, Terry 105, 108, 118, 120
意識の流れ the stream of consciousness 66, 81, 255
イースター蜂起 Easter Rising 148, 222, 249
イタリア Italy 22, 30, 31, 318
『いま考えること』*Afterthought* 323
イングランド England 300, 302, 303, 313
「イングランド、わがイングランド」'England, My England' 301, 302, 303
『印象集』*Collected Impressions* 51, 52

米山　優子（よねやま　ゆうこ）　静岡県立大学国際関係学部講師

一橋大学大学院言語社会研究科博士課程単位取得退学　博士（学術）
著書：『ヨーロッパの地域言語〈スコッツ語〉の辞書編纂──『古スコッツ語辞書』の歴史と思想』（ひつじ書房、2013）、訳書：『オークニー文学史』（共訳、あるば書房、2014）など

＊立野　晴子（たての　はるこ）　拓殖大学非常勤講師

明治大学大学院文学研究科英文学専攻修士課程修了
著書：『スコットランド文学　その流れと本質』（共著、開文社出版、2011）、著書：『ディラン・トマス　海のように歌ったウェールズの詩人』（共著、彩流社、2015）など

奥山　礼子（おくやま　れいこ）　東洋英和女学院大学教授

日本女子大学大学院文学研究科英文学専攻博士課程後期単位取得満期退学
著書：『ヴァージニア・ウルフ再読──芸術・文化・社会からのアプローチ』（彩流社、2011）、訳書：『イギリス女性運動史』（共訳、みすず書房、2008）など

田中　慶子（たなか　けいこ）　静岡産業大学准教授

筑波大学大学院文芸言語研究科博士課程単位取得退学
著書：『階級社会の変貌──二〇世紀イギリス文学に見る』（共著、金星堂、2006）、著書：『現代イギリス文学と場所の移動』（共著、金星堂、2010）など

久守　和子（ひさもり　かずこ）　フェリス女学院大学名誉教授

青山学院大学大学院文学研究科英米文学専攻博士課程単位取得満期退学
著書：『イギリス小説のヒロインたち──〈関係〉のダイナミックス』（ミネルヴァ書房、1998）、論文：「若きバーナード・リーチの〈日本像〉──ホイッスラー、ファン・ゴッホ、劉生との関わりを考える──」野田研一編著『〈日本幻想〉表象と反表象の比較文化論』（ミネルヴァ書房、2013）など

清水　純子（しみず　じゅんこ）　慶應義塾大学理工学部非常勤講師

筑波大学大学院人文社会科学研究科文芸言語専攻イギリス文学博士課程修了
博士（文学）
著書：『アメリカン・リビドー・シアター　蹂躙された欲望』（彩流社、2004）、著書：『様々なる欲望　フロイト理論で読むユージン・オニール』（彩流社、2014）など

伊藤　節（いとう　せつ）　東京家政大学人文学部教授

津田塾大学大学院文学研究科英文学専攻博士課程単位取得満期退学
著書：イギリス女性作家の半世紀4『80年代・女が語る』（編著、勁草書房、1999）、著書：現代作家ガイド5『マーガレット・アトウッド』（編著、彩流社、2008）など

*北　文美子（きた　ふみこ）　法政大学国際文化学部教授

アルスター大学大学院アングロ・アイリッシュ文学専攻修士課程修了 MA in Anglo Irish Literature
著書：『アイルランド文学　その伝統と遺産』（共著、開文社出版、2014）、訳書：『ケルティック・テクストを巡る』（共訳、中央大学出版部、2013）など

渡部　佐代子（わたべ　さよこ）　神戸市外国語大学非常勤講師

神戸市外国語大学大学院博士課程修了　博士（文学）
論文：「Virginia Woolfにおける“elegy”の変遷――死者との交流の可能性と限界――」（神戸市外国語大学大学院提出博士論文、2012）、論文：「心の交流を求めて――『ダロウェイ夫人』におけるコミュニケーションの意味――」（『関西英文学研究』第4号、2010）など

鷲見　八重子（すみ　やえこ）　和洋女子大学名誉教授

津田塾大学大学院文学研究科英文学専攻修士課程修了
著書：イギリス女性作家の半世紀3『70年代・女が集う』（編著、勁草書房、1999）、著書：現代作家ガイド5『マーガレット・アトウッド』（共著、彩流社、2008）など

木梨　由利（きなし　ゆり）　金沢学院大学名誉教授

津田塾大学大学院文学研究科英文学専攻博士課程単位取得満期退学
論文：「『カスターブリッジの町長』――映画を通して見る世界――」十九世紀英文学研究会編『「カスターブリッジの町長」についての11章』（英宝社、2010）、論文：「小説の世界と映画の世界――『日陰者ジュード』と『日蔭のふたり』」十九世紀英文学研究会編『「ジュード」についての11章』（英宝社、2003）など

高橋　哲雄（たかはし　てつお）　甲南大学・大阪商業大学名誉教授

京都大学大学院経済学研究科経済政策専攻博士課程満期退学　経済学博士
著書：『スコットランド　歴史を歩く』（岩波新書、2004）、訳書：ヘルマン・レヴィ『イギリスとドイツ　類似性と対照性』（未来社、1974）など

執筆者紹介（担当章執筆順）

＊は編集委員

＊太田　良子（おおた　りょうこ）　東洋英和女学院大学名誉教授

東京女子大学大学院文学研究科英米文学専攻課程修了
著書：『〈衣装〉で読むイギリス小説』（共著、ミネルヴァ書房、2004）、訳書：ジョン・ハーヴェイ『黒服』（研究社、1997）など

甘濃　夏実（あまの　なつみ）　専修大学非常勤講師

東京大学大学院人文社会系研究科博士課程単位取得満期退学
論文：「空襲下の夢幻――第二次世界大戦期のロンドンと幽霊物語」武藤浩史編『愛と戦いのイギリス文化史 1900–1950 年』（慶應義塾大学出版会、2007）、論文：「「亀裂」にはまりこんだ『パリの家』」（『ヴァージニア・ウルフ研究』第 25 号、日本ヴァージニア・ウルフ協会、2008）など

杉本　久美子（すぎもと　くみこ）　東北女子大学准教授

日本大学大学院文学研究科英文学専攻博士後期課程単位取得満期退学
著書：『イギリス小説の探究』（共著、大阪教育図書、2005）、著書：『イギリス小説の悦び』（共著、大阪教育図書、2014）など

＊木村　正俊（きむら　まさとし）　神奈川県立外語短期大学名誉教授

早稲田大学大学院文学研究科英文学専攻博士課程単位取得満期退学
著書：『アイルランド文学　その伝統と遺産』（編著、開文社出版、2014）、訳書：『ケルティック・テクストを巡る』（共訳、中央大学出版部、2013）など

＊小室　龍之介（こむろ　りゅうのすけ）　上智大学言語教育研究センター非常勤講師

上智大学大学院博士後期課程文学研究科英米文学専攻博士単位取得満期退学
論文：「『灯台へ』を覆うくり返しのリズム――後期印象派絵画の美学」松島正一編『ヘルメスたちの響宴――英語英米文学論集』（音羽書房鶴見書店、2012）、論文：「都市騒音の政治学――階級、外国嫌いをめぐる『ダロウェイ夫人』の一考察」（『上智英語文学研究』第 38 号、上智大学英文学会、2013）など

松井　かや（まつい　かや）　ノートルダム清心女子大学講師

神戸市外国語大学大学院外国語学研究科博士課程単位取得満期退学
論文：「悪魔とともに行く未来――エリザベス・ボウエン『愛の世界』試論」富士川義之・結城英雄編『亡霊のイギリス文学――豊饒なる空間』（国文社、2012）、論文：「Elizabeth Bowen の描く家と女性――“The New House” と *The Last September* を読む」（『長野県看護大学紀要』第 12 巻、2010）など

エリザベス・ボウエンを読む

2016年8月1日　初版発行

編　者　エリザベス・ボウエン研究会

発行者　山口　隆史

印　刷　シナノ印刷株式会社

発行所　株式会社　音羽書房鶴見書店

〒113–0033　東京都文京区本郷 4–1–14
TEL　03–3814–0491
FAX　03–3814–9250
URL: http://www.otowatsurumi.com
e-mail: info@otowatsurumi.com

ISBN978-4-7553-0293-0
組版　ほんのしろ／装幀　吉成美佐（オセロ）
製本　シナノ印刷株式会社